VISITA AO PAI

CRISTOVÃO TEZZA

Visita ao pai

Companhia Das Letras

Grafia atualizada segundo o Acordo Ortográfico da Língua Portuguesa de 1990, que entrou em vigor no Brasil em 2009.

Capa
Bloco Gráfico

Foto de capa
Acervo do autor

Preparação
Márcia Copola

Revisão
Érika Nogueira Vieira
Ana Maria Barbosa

Dados Internacionais de Catalogação na Publicação (CIP)
(Câmara Brasileira do Livro, SP, Brasil)

Tezza, Cristovão
Visita ao pai / Cristovão Tezza. — 1ª ed. — São Paulo : Companhia das Letras, 2025.

ISBN 978-85-359-4206-4

1. Ficção brasileira I. Título.

25-273155 CDD-B869.3

Índices para catálogo sistemático:
1. Ficção : Literatura brasileira B869.3

Aline Graziele Benitez – Bibliotecária – CRB-1/3129

EDITORA SCHWARCZ S.A.
Rua Bandeira Paulista, 702, cj. 32
04532-002 — São Paulo — SP
Telefone: (11) 3707-3500
www.companhiadasletras.com.br
www.blogdacompanhia.com.br
facebook.com/companhiadasletras
instagram.com/companhiadasletras
x.com/cialetras

Honrarás pai e mãe.
Êxodo 20,12

1. O quartel

Em fevereiro de 1931, com vinte anos incompletos, meu pai, o mais velho de nove irmãos e irmãs de uma família de descendentes de italianos, saiu do sítio em que vivia em Rio Molha, município de Urussanga, Santa Catarina, e foi para Florianópolis alistar-se no Exército. Era uma tentativa de ganhar dinheiro e independência, aproveitando as oportunidades da "cidade grande", se é possível falar assim daquela pequena ilha, antes chamada do Desterro, com seus trinta e cinco mil habitantes. Ele seguia o clássico caminho trilhado por milhares de brasileiros do interior, movendo-se para a capital em busca de uma vida melhor.

Tento imaginá-lo daqui, quase um século depois, alguém que eu não cheguei a conhecer, exceto em poucas e vagas memórias infantis, e não muito boas; na minha lembrança congelada, um homem duro, rígido, frio, distante. Alguém que produz medo. Não tive muito tempo para saber se a sensação é verdadeira ou uma criação minha, na desproporção de algum ressentimento: meu pai morreu quando eu tinha seis anos. O que eu devo a ele, além da química acidental do DNA? Alguns gestos, o modo de andar? A cor dos olhos? A disciplina miúda? Para revê-lo, simulo a cena de um filme, em sépia: o jovem capiau, inseguro, aproximando-se do quartel do Exército com uma maleta, atendendo a algum edital, uma portaria, uma convocação, alguma porta aberta da civilização possível num horizonte asfixiante. No dia 14 de abril ele escreve ao *Presado amigo Manoel* agradecendo a um convite para visitá-lo: *Fico muito obrigado pelo seu convite. Eu podia vir a lhe visitar mas como ja tinha feito plano de me apresentar no Exercito como voluntario e por isso por encoanto não venho.* É como se sua vida, para mim, diante de suas anotações, começasse nesse momento.

Isso porque naquele mês, já engajado no quartel, meu pai começou a anotar toda a sua correspondência, em livros de páginas pautadas (serão vinte e seis volumes até o ano de sua morte; quatro deles se perderam). E anotava realmente tudo: cartas, telegramas, requerimentos, bilhetes, atestados, dedicatórias, criteriosamente datados. Em geral, são rascunhos que ele passaria a limpo para enviar, mas há casos de cópias separadas, que transcrevia nos livros, além da reprodução fiel de documentos (às vezes ele desenha até os selos e os carimbos do original). Os cadernos de capa dura e de tamanhos diferentes foram resistindo como relíquia familiar a todas as mudanças de casa e de cidade, até ficarem com a minha irmã, que há alguns anos os repassou para mim — afinal, sou "o escritor da família". (A expressão súbito me soa ambivalente ou premonitória.)

Sempre soube da existência desses cadernos, cheguei a folheá-los aqui e ali (*Cristovinho nasceu hoje*, diz a transcrição de um telegrama de 1952 a meu tio-avô Cristovão Bousfield, que me deu o nome), mas por alguma razão nunca me interessei por eles. De fato, uma leitura chata, quando eu abria um ou outro volume ao acaso: parece que ele só tratava de dinheiro e de ninharias, cópias burocráticas de cartas sem nenhum interesse, estilo ou talento especial, cheias de erros de grafia. Não se trata de um diário, de reflexões pessoais, de pensamentos avulsos ou lances poéticos, nada disso; ele transcreve única e exclusivamente o que "existe", sem invenção alguma: a carta ou o telegrama que vai enviar ou já enviou, a dedicatória de uma fotografia ou livro, o certificado de vacina, o bilhete apressado. São anotações de um tabelião de si mesmo mantendo uma compulsão infantil de arquivista.

Quando pensava a respeito, tentando me pôr no lugar das pessoas que escrevem diários, antecipava o trabalho que dá escrever mais ou menos sem objetivo e a energia perdida em algo que, ao fim e ao cabo, seria irrelevante. Ou, pelo menos, sem comparação com o modo como encaro a escrita de um romance. Sempre escrevi com dificuldade, em espaços livres de tempo metodicamente previstos e separados da lida diária da sobrevivência real, momentos enquadrados de solidão, e sob uma tensão muitas vezes angustiante, pela invencível incerteza do trabalho — como agora, quando não tenho plano algum do que fazer com o meu pai, além de um pequeno instinto, no limbo entre um romance e outro que me ocupam e me preenchem, sob a depressão de uma época que me parece pesada demais, um novo tempo cujo sentido desconheço.

Mais tarde, contemplando a fileira de seus cadernos na última prateleira do meu escritório, cheguei a alimentar um vago projeto de ficcionalizar sua vida. Os chavões visuais se sucedem: vejo-o desembarcando de algum velho ônibus numa rodoviária de Florianópolis, com fome, talvez um pouco assustado pela cidade maior, vagamente ameaçadora, o endereço do quartel nas mãos como única âncora neste momento. Imagino a cena inicial de um filme, quem sabe uma minissérie de época, como se apenas por este meio, projetado numa tela, sua presença ganhasse realidade: o início de uma aventura.

Cinquenta anos atrás, vivi a mesma sensação assustadora:

chegar a algum lugar estranho com um endereço, do qual dependerá minha sobrevivência. Meu pai é parecido comigo, com certeza. A mesma ansiedade ativa; ele sente medo, mas está feliz — sua vida está prestes a mudar. Ele quer mudar. Por histórias da família, sei que ele já tinha vivido dois batismos de fogo: aos dezesseis anos foi para o interior do Rio Grande do Sul trabalhar na construção de estradas, onde ficou por um ano; em pouco tempo saiu de novo, para outro ano de pá e picareta, dessa vez nas estradas do Paraná, em Palmas e Clevelândia — uma criança abrindo picadas na pedra e no mato, nas piores condições. Agora, pela primeira vez, vê a si mesmo quase como um adulto. O quartel será sua redenção. Imagino (pensando mais em mim mesmo do que em meu pai) que há algo de zumbi no entusiasmo juvenil, este teimoso jogar-se adiante que não exige muita razão ou argumento — basta avançar. Vá em frente. Meta a cara. Não tenha medo.

Escrever um romance que tivesse a imigração italiana em Santa Catarina como pano de fundo? A ideia parece boa, e o romance histórico é um gênero perfeitamente consolidado, mas desisto antes de começar. Não quero conversar com o meu pai sob o álibi da ficção, usá-lo a serviço interessado de um olhar imaginário qualquer, uma dupla ocultação. Também não me interessa brincar com o choque das linguagens. E sempre há o perigo de outras contaminações, sombras discretas mas insidiosas: o chamariz da ancestralidade, esse culto ostensivo que está na alma oral de todas as culturas tribais e que ressurge forte na vida contemporânea, a mitologia dos antepassados servindo de capa ideológica aos mais antípodas pontos de vista — isso jamais me tocou. Sempre vivi a fantasia utópica de começar do zero, alguém novo em folha, um ser que se vê dono absoluto de seu nariz. Não sou um deus nórdico, nem herdeiro de Júlio César, nem um príncipe Zumbi, nem um samurai ou um sacerdote inca — nada. Era menos um desejo de me livrar da tribo e mais o contrário, como se eu quisesse me livrar da culpa de pertencer a eles: eles que se livrassem de mim. No entanto, meu pai continua aqui, e não sei o que espero encontrar com esta visita às suas páginas.

Começo enfim a ler com algum sistema o que meu pai escreveu, ainda ao acaso, ainda resistente. Valerá a pena? Seria melhor assumir um deslocamento maior e escrever a história que ando matutando há anos, algo sobre uma "visita ao pai", na verdade ao túmulo do pai, por irmãos que não se dão bem, e daí inventar sentimentos verdadeiros e vidas paralelas — mas eu volto, compulsivo, aos volumes que estão diante de mim. O primeiro livro (*1º Caderno de Borrão — Quartel em Fpolis — 21-10-1932*) ganhou seu título promissor — é um *primeiro* caderno — mais de um ano depois de começado, o que parece indicar o surgimento, naquele ano, pela simples prática da escrita, de algum projeto de perfil literário: alguém que, percebendo o caderno que já escreveu sem pretensão nenhuma, puras cópias, descobre que pode sistematizar, organizar e representar sua vida por escrito. Talvez não nesses termos grandiloquentes; talvez fosse apenas o desejo quase lúdico de simplesmente marcar e fixar o tempo, que teria surgido a partir do simples exercício escolar da escrita (nesse primeiro caderno, entremeiam-se com as cartas trechos de ditados escolares, cópias de textos, anotações de aulas, piadas, exercícios de matemática). A escrita é uma realidade dupla que pouco a pouco substitui os fatos que lhe dão origem.

Os cadernos foram se organizando sob um claro espírito de coleção (o final do primeiro já conta com um índice, separando a relação de cartas pessoais das simples cópias de textos de sala de aula, *espulção dos francezes*, *luctas da independencia*), um impulso que em algum momento parece fazer parte da vida de todas as crianças e adolescentes, figurinhas, bonecos, adesivos, e que às vezes levamos adiante até o final da vida, âncora sentimental, um fiapo de infância que permanece. Eu mesmo tive uma coleção de caixas de fósforos vazias, que transformava em castelos; mais tarde, fui filatelista por alguns meses, por herança do meu irmão, que me passou aquele álbum caprichoso como quem transfere, solene, um raro documento medieval a ser conservado; hoje, já me vendo quase um fotógrafo verdadeiro, alguém que pensa com o olhar de fotógrafo, ainda que imperito e inseguro no ofício, coleciono fotografias, de uma forma que beira claramente a obsessão. Cheguei a comprar um digitalizador para recuperar negativos de décadas atrás, perdidos em caixas e gavetas, como se o passado revisitado, cheio de manchas, fungos, pó e arranhões, me reservasse a chave de algum intocado tesouro afetivo.

Relembrando essas ninharias agora, a súbita obviedade do meu impulso fotográfico me surpreende: a insistência em registrar todos os momentos, encontros e paisagens da minha vida e arquivá-los em pastas digitais devidamente datadas, que foram se mantendo por décadas de computador a computador e depois em pilhas de HDs externos, é semelhante ao projeto do meu pai: gravar cada momento. O espírito de acumulação — lembro vagamente de que nas teorias psicanalíticas isso seria indício de carência afetiva, mas me parece antes uma explicação de almanaque que de ciência, mas como saber? É uma área de percepção não mensurável. De qualquer modo, também no caso do meu pai não se tratou de um rompante juvenil qualquer, projetos definitivos que nascem cheios de entusiasmo e morrem num fim de semana, como tantos que assumimos para esquecer em seguida; a ideia inicial, de fato, se estendeu rigorosamente disciplinada pela vida inteira.

Como se quisesse comprovar a afirmação, vou direto ao último volume, de tamanho bem maior que os outros, na verdade um livrão de cartório antigo — a capa dura traz uma etiqueta com o logotipo da Livraria do Globo, onde se lê: *26º livro de registro de correspondência. Lajes,* 15-5-58. Meu pai é agora advogado; é também professor da Escola Normal e da Escola Técnica de Comércio da cidade, mas, pela minha memória familiar, ele parece mais interessado na criação de galinhas que mantém no quintal da casa, anotando custos e lucros da venda de ovos, como se a origem rural o puxasse de volta da perdição urbana. (Eu ainda não sabia, mas seus projetos naquele último ano, as cartas comprovam, seriam de fato completamente outros.) No dia 17 de julho de 1959, uma ou duas semanas depois de me levar a Florianópolis (onde eu passaria as férias na casa da minha tia) e voltar a Lages, ele escreveu à minha mãe (que na diáspora caseira daquele mês viajava ao Rio de Janeiro com minha irmã), reclamando da *carta michada* que recebeu, *carta de quem não tem tempo, escrita 'sobre o joelho'. Em todo caso, a ânsia nossa de receber notícias tornou-a grande.*

Gostei dessa última imagem, a palavra saindo um pouco do chão em que aparentemente ele passou a vida atolado. Mais adiante, reclama novamente da mulher, descendo às minúcias: *Nunca estive tão apertado de gaita, enquanto isso, tu nas praias do Rio. Os ovos baixaram, no mercado já estão a CR$.30,00.* Explica que nas duas últimas vezes pagaram Cr$.50,00 — *está duro para passar estes 15 a 20 dias.* Reclamou também do primogênito, que, encarregado de limpar o galinheiro, *levou 3 dias excomungando, dizendo "minhas férias dão em merda de galinha"*; noutro dia o filho rebelde foi a um "sarau" e voltou às três horas da madrugada. A carta se encerra com um beijo e um abraço à mulher e à filha, que devem ser recolocadas em seu tranquilo papel próprio, o espaço feminino desde sempre — *espero que venham bem dispostas para limpeza da casa, porque, felizmente, nunca mais ouvi o zunir da enceradeira.*

O granjeiro (*Resolvi guardar os ovos para chocar uma ninhada lá pelo fim do mês*) convivia com o advogado em desencanto: no dia 21 de julho de 1959 está registrado o rascunho de sua última carta, a prestação de contas a um cliente de uma cobrança desesperançada de quatro duplicatas no valor total de Cr$.30.842,00, em meio a um imbróglio familiar entre irmãos: *A única coisa que deixa vestígio que os 3 eram unidos é a tabuleta da firma 'Casa 3 irmãos'*. No dia seguinte, numa queda de lambreta, que aprendeu tardiamente a manobrar e com a qual vivia se acidentando (imagem nítida de infância, vejo-o uma noite chegando atrasado para jantar, esparadrapos no rosto manchado de sangue, e minha mãe faz uma piada sobre sua imperícia), ele bate a cabeça no meio-fio da calçada, após um choque com uma Kombi; resiste um dia inconsciente e morre na tarde do dia 23, uma quinta-feira. Viveu exatos quarenta e oito anos, dois meses e dez dias.

2. Dalila

Devolvo o último volume à estante e volto ao soldado de 1931: começar do começo.

Por que o Exército como opção de vida? A resposta parece óbvia — era uma escolha comum para alguém como ele, que sai do mato para a cidade grande de modo a fazer a vida naqueles idos anos 1930, numa região mais ou menos periférica daquele Brasil militarizado; de um mundo inteiro militarizado. Penso na desigualdade de nossos destinos, o dele e o meu. Lembro, orgulhoso anarquista comunitário aos dezessete anos, o nariz empinado de leituras finas — Conrad, Camus, Drummond, Graciliano —, do meu horror ao Estado e do meu desprezo aos militares, sentimentos que ainda se mantêm comigo, resíduos mais instintivos que racionais. São as pequenas percepções da cultura cotidiana, cacos de influência, temperamento, circunstância e convivência. Na vida concreta, nunca há tempo para pensar, refazer, mesmo arrepender-se, esse sofrimento inútil — um estalo e já estamos adiante. Outro estalo e estamos mortos. Entre aquele caipira que entrava num quartel em 1931, pensando apenas em sobreviver, e este jovem revoltado, branco, alegre e promissor, de vida estabelecida e bom capital cultural (ainda que sem um tostão), que afrontava o "sistema" em 1970, estão quase meio século de criação e ampliação de uma nova classe média brasileira, mais ou menos urbanizada, um pé livre e solto na modernidade, outro sempre atolado no atraso.

Aos dezenove anos, meu pai é mal e mal alfabetizado. As cartas vão revelar que ele já tem uma pequena poupança, fruto de seu trabalho precoce; e o seu capital cultural (e que realmente faz diferença) é apenas a herança familiar (nove irmãos crescendo no mesmo espaço) de um sítio de imigrantes italianos pouco letrados, recebido no século XIX por concessão de governo, parte da vasta colonização europeia do sul do Brasil — o que foi parte do projeto de "branqueamento" do Brasil, nunca exata ou legalmente explicitado, uma ocultação entretanto onipresente diante do mal-estar da escravização negra e suas consequências econômicas, morais e culturais.

Na porta do quartel, de maleta na mão, está meu pai, que, como todos nós, não pediu para nascer (mas que, também como todos nós, terá em pouco tempo de responder moral, emocional e criminalmente, até a morte, a cada gesto da vida que recebeu de presente), neto de colonos italianos transplantados para um sul do Brasil salpicado de indígenas, logo expulsos, dizimados ou mal absorvidos, incapazes de resistir àquela civilização invasora. A simpática figura exótica exaltada comedidamente por Montaigne quatro séculos antes e mais tarde cantada por Alencar como símbolo da brasilidade era de fato e de direito apenas um trambolho a ser varrido do caminho, seguindo a cartilha clássica dos povos originários das Américas. Um povoamento que, por si só, parecia relembrar, em cada atrocidade, sempre o desejo de raiz europeia do que quer que se pudesse ou se quisesse imaginar ou entender como "nação brasileira". (Num relance me ocorre a eventual relação entre a colonização vitoriosa do sul do Brasil — alemães, italianos — e a inacreditável presença de células neonazistas ativas na região, mas há complicadores enormes na conclusão simplista, o que é outra história.)

Num evento literário, me lembro agora, um escritor africano de expressão lusitana disse que não me via propriamente como um escritor "brasileiro". "Você faz literatura europeia", disse ele. O tom não foi agressivo: era uma constatação simples, quem sabe cordial, envolta na clássica formalidade da formação portuguesa, embora certamente não elogiosa.

Eu nunca havia pensado o meu trabalho nesses termos; era uma questão que não se colocava para mim nem remotamente: a ideia de que, de alguma forma, eu pudesse *não ser* "brasileiro". Ou, o que é mais absurdo ainda, que eu *devesse* ser brasileiro, como alguém que faz uma escolha objetiva numa prateleira de opções. A questão da "brasilidade" — assim, entre aspas — sempre soou para mim (não que eu pensasse nisso; trata-se de uma mera percepção intuitiva que faço renascer à força neste momento) como uma breve curiosidade histórica, uma fantasia engraçada, parangolés e macunaímas num desfile de Carnaval. Na hipótese pior, uma canalhice patriótica, mas certamente, imagino, esse não é o habitat de quem faz literatura, atividade que pressupõe sempre um máximo de honestidade, pelo menos no momento em que se escreve. Talvez para um africano que escreva em português, o caso dele, essa questão — a nacionalidade, ou a sombra de alguma "autenticidade literária" — seja de fato intelectual e filosoficamente central, a partir de sua inescapável relevância política. Uma espécie de escolha, de encruzilhada, de uma decisiva questão existencial, começando talvez pela própria língua: escrever em ioruba ou português? Ou tupi, como queria Policarpo Quaresma? As consequências existenciais dessa escolha serão fortíssimas.

Aqui, menos radicalmente, eu poderia pensar na representação mais fiel de traços de uma língua brasileira contrapondo-se à raiz lusitana, seguindo uma longa discussão escolar da nossa tradição literária e que, entre lances de bom humor e outros de fúria, não tem como chegar ao fim, exceto se o Brasil acabar. Claramente não era disso, de picuinhas linguísticas, que ele falava. Ou seria (provavelmente era) uma questão temática: haverá temas *naturalmente* brasileiros? O que, afinal, os outros esperam de nós? O que um europeu espera do Brasil? Temos algum papel circunscrito, um script a seguir? Ou, como diz Drummond, nenhum Brasil existe? Devemos dar atenção ao problema, ou isso é bobagem? Por alguma razão a conversa com o colega não prosperou. Mas continuei, defensivo, pensando nisso — em que sentido eu sou ou não sou um escritor "brasileiro"?

Volto ao meu pai diante do quartel.

Uma lenda familiar dizia que ele aprendeu a ler no Exército. Certamente não, e suas cartas de 1931 já comprovam que dominava (ainda que mal) a escrita — vou descobrir adiante que ele estudou em alguma escola da região até o terceiro ano primário. Mas o quartel deu condições práticas para que aprimorasse a vontade de autoeducação que já trouxe consigo. Seus primeiros registros indicam uma escrita capenga na gramática, com a natural insegurança ortográfica numa época de normas incertas; e a linguagem segue a meio caminho entre a imitação de fórmulas e a expressão pessoal.

No dia 1º de maio, quando começou a "instrução geral", uma carta para uma das irmãs comprova que a família de colonos com certeza tinha alguma familiaridade com as letras; e é visível que seu projeto pessoal de cuidar da própria educação já parece bem decidido:

> *O fim principal desta carta é pedir-te um favor a remmetter-me os artigos seginte:* O O *Secretario Moderno e Como se Escreve*

Cartas e a Grammatica Expositiva. É verdade que aqui nas livrarias encontra-se livros de todas as especies mas como tem em casa, os livros acima mencionados e vos não ledes n'elles pode remmettel-os com a maior breviedade, que assim mesmo tenho de comprar; Aritmetica Geographia e Geometria etc. porque os estructores só dão livros nas horas de aula e pouco mais.

Em abril, escrevendo a um primo, meu pai, de plantão no quartel, conta suas aventuras (*por encoanto estou só vagabundiando porque não tem escala so tem um brinquedinho de 2 horas de instrução physica por dia e nada mais*) e acrescenta uma nota de rodapé engraçada com um pedido estranho: *Peço resposta que notifica todas as novidades de lá principalmente dos namoros; as paixões os ciumes etc. etc.*

Posso imaginar a inquietação sexual do menino de dezenove anos saindo de casa pela primeira vez, só na "cidade grande". A primeira mensagem de amor é de 29 de abril, a uma certa Dalila, da cidade de Orleans (a dezessete quilômetros de Urussanga), provavelmente adaptada de um manual de cartas. Parece alguma paixão incipiente antiga, renascida na solidão do quartel:

> *Exma. Sra: Desde a primeira vez que tive a ventura de a ver em sua casa, e que pronunciamos umas phrases; já-mais esqueci-me de V. Exa. Embora não convercamos em assumpto de amor, mas atrahiu-me toda a atenção por V. Exa. Depois daquele dia estive em Orleas mais algumas vezes, e por enfelicidade não convercei mais! E porque? porque andava areciado que V. Exa. despresasse o meu amor. Fiquei todo esse tempo indeciso entre a esperança e a duvida: mas hoje não posso mais resistir o fogo do meu amor e escrevo a presente carta pedindo resposta com uma decisão…*

O rascunho traz ainda o que parece um esboço de poesia (*Nem bem a conheço/ Não sei bem o seu nome/ Mas se aceita o meu amor* [...] *pellas informações que deram-me,/ Seu nome é Dalila;/ Escrevo esta carta incerta,/ Para saber se a Srta. me ama* [...] (*Só espero a resposta escrita pela sua mão que para mim seria uma grande consolação*).

A musa Dalila desaparece de sua vida, mas a forma tateante do amor começava a se desenhar em frases sempre incapazes de dar conta do que se quer: a linguagem está demasiado chucra na sua mão. Ainda não é a palavra capaz de substituir o fato real pela sua imagem, que é o que passa a contar — e talvez jamais chegue a alcançá-la, esse terror de quem escreve. Apesar de tudo, é o texto de alguém que sempre se revela no rascunho carente de sua fala.

Numa carta ao *Estimadissimo primo Adolpho*, ele confessa:

> A *tal moça que tanto tenho padecido, ja tinha quasi esquecido e tu vieste a relembrar-me, mas posso dizer que ella foi quasi a esperdição da minha vida porque a amava costantemente sem ser amado até que por fin resultou a minha ausencia, pesso noticiar-me se o namoro della continúa, e se a Anita é costante para o Estevam.*

A "tal moça" seria a mesma Dalila? No desencontro engraçado de sentimentos (em que ele, desencantado, já espicha o olho para outra), tento sentir meu pai — ele está ali. Nada de singular; é o comum absoluto, um destino universal sob a chama simples do desejo, conformado pelo limite das convenções, o que se tempera pelo sentimentalismo livresco.

O afeto foi uma área mais ou menos interditada na família, na minha memória sempre antes pronta à pancada (verbal, física, emocional) do que ao gesto de carinho, um luxo desconhecido e desajeitado quando aflora misterioso. Ou falso: uma representação sorridente vivendo a angústia da conciliação — dá quase para tocar a máscara no rosto. Da infância, tenho lembrança viva das surras que levei. Nenhuma novidade. A pancada é a norma imemorial, o grande professor universal na formação de praticamente todas as culturas do mundo. Diante desse milhão de anos, o paradigma dominante contemporâneo de não violência e solidariedade universais, fruto sofrido e prolongado da cultura ocidental iluminista e urbanizada, transformada a duras penas em política de Estado, com graus diferentes de convicção, sempre de incerta implementação judicial e sob o fogo incansável das extremas direitas, das ditaduras de esquerda, das razões nacionais, da estupidez religiosa e dos movimentos regressivos, é um mero pingo romântico de verniz. Os monstros físicos e mentais continuam todos à solta.

Deixo de lado a perspectiva histórica; interessa-me agora o que está a um palmo do meu nariz, ou o próprio desenho do meu nariz, um acaso determinado, e histórias de amor são irresistíveis, ainda mais quando nos dizem respeito. Acho graça da ideia, um lugar-comum da imaginação infantil: na matemática aleatória da vida, eu poderia, quem sabe, ter sido filho da Dalila. Sempre é possível escrever um romance sobre os desdobramentos imaginários da existência que não houve — aliás, é disso que a literatura trata por sua própria natureza, vidas paralelas, vicárias, substitutas. Revivo a fantasia engraçada que todos sentem, a ideia de que uma troca genética qualquer — fulana em vez de beltrana — manteria vivo o mesmo eu que imagina a hipótese; obviamente não; como diz o poeta, a possibilidade pertence ao reino único da especulação.

3. Deus

Imagino o quanto a chegada a Florianópolis terá sido impactante na vida do meu pai. Depois da dura experiência adolescente, com certeza traumática, de trabalhar com a mão na enxada na construção de estradas que afinal urbanizavam o país, agora ele está na cidade. Não é apenas uma mudança de geografia; mesmo na pequena escala de Florianópolis, é uma mudança mental. Entre um mundo e outro há uma complicada fratura social e econômica, imensas tensões nos processos de produção de riqueza, na vida comunitária e profissional, nas referências familiares, culturais, religiosas.

Para o pequeno caipira de Rio Molha, no conforto do quartel o mundo novo era uma festa, como ele conta ao amigo Vitorio: *Participo-te que fiz uma exelente viaje e estou contente de estar aqui; Até o 1º de Maio não terei estruções por encoanto estou só apreciando na cidade. A semana Santa passou-se belissimas fittas, sexta feira santa foi um verdadeiro espetaculo, no cinema central.*

Aos olhos dele, a Semana Santa se destaca pela força do cinema, afinal irresistível. Criança em Lages nos anos 1950, eu sentiria exatamente o mesmo fascínio pelos filmes de caubói e desenhos de Walt Disney que assistia nos cines Tamoyo e Marajoara (os nomes indígenas parecem índices conciliadores engraçados na mesma terra que os dizimara). Um detalhe, entretanto, chama atenção neste primeiro caderno: as cartas não revelam nenhuma reverência religiosa. Isso não teria significado por si mesmo, neste momento de sua vida; um jovem qualquer, animado com as novidades da cidade grande, contando suas aventuras a um amigo, não se deteria mesmo em metafísicas, mas me ocorre agora que em quase tudo que ele escreveu em seus anos de formação jamais deixou transparecer sinais de devoção religiosa especial ou diferenciada. Em geral o que aparece são raras fórmulas epistolares de introito ou despedida invocando Deus — um puro hábito de linguagem. Uma distância que nem remotamente lembra o dia a dia popular brasileiro do século XXI, em que a onipresença verbal da religião e do evangelismo invadiu até mesmo o mais profano lance de um jogo de futebol.

Há uma única exceção no primeiro livro de cartas. Em agosto de 1931 ele transcreve o que seria uma espécie de reza, ou pequena mandinga cristã, que reproduz em gramática selvagem alguma fala apócrifa de Jesus Cristo: *Me vestiram de rei por abuso, e me guspiram no rosto ainda 150 vezes feridas no corpo 1.000 soldados que me acompanharam no calvario 908 aqueles que me vigiavam eram 30 gotas de sangue que perdi foram* 38.430. Numa sequência inteira truncada, segue-se uma longa orientação aos fiéis, concluindo que *aqueles que levarão junto esta oração não morrerão de mortes rapidas e não morerão sem confição. Florianopolis, 5 de (Jun) Agosto 1931. João Batista Tezza.* Como se vê, a profecia almejada não se realizou.

Pensando agora, o que herdei de meu pai nesta área? À primeira vista, nada. Aos dezenove anos, a idade em que ele copiava aquela bobagem, eu já representava a mim mesmo como um completo ateu: nenhuma dúvida. Indo mais longe: sempre percebi a mim mesmo como alguém naturalmente desprovido de fé, não como resultado de alguma luta argumentativa, uma conclusão difícil, uma resposta tensa, uma escolha ou um rompimento, mas como pura e simples percepção intuitiva, a constituição mesma do olhar. Um empirista congênito. Um homem sem fé. Ponto. Nada de crises de consciência, embates morais ou intelectuais, sofrimentos secretos ao viver a transformação de uma velha crença consuetudinária em um horizonte puramente racional. Talvez um defeito cognitivo de origem. Nenhum choque dialético a exigir alguma síntese, pela qual eu me libertaria, ou com Deus, ou sem ele. Na verdade, não tenho nenhuma memória religiosa de mim mesmo, nenhum momento de transcendência pessoal, nenhuma concentração solitária, antevisão divina, presságio, milagre secreto — nada. Se não for pretensão demais, ou irrecorrível confissão de fracasso, eu sempre vi apenas o que está diante de mim, a ponto de fazer do mundo algo estritamente concreto, que se pega com a mão. É preciso evitar, entretanto, a soberba materialista, e para isso conto com superstições simplórias (desvirar chinelos largados com a sola para cima ou sempre sair de uma casa pela mesma porta por onde entrei), pequenos jogos farsescos em torno da sorte e do acaso — este sim, um deus poderoso.

Minha alteridade divina ficou no chão: meu duplo são unicamente os outros, nada mais que pessoas de carne e osso. O que não é pouco nem irrelevante; como queria o filósofo, o inferno são os outros, e, imagino, é somente deles que extraio princípio ético, moralidade e consciência pessoal.

Houve algum momento de passagem? Algo que se perdeu, ou simplesmente uma semente que não se criou? Minha memória de infância é fraca e fragmentária — invejo quem tem lembranças de origem fortes e encadeadas, narrativas vívidas e substanciais, causas e efeitos nítidos como sonhos domesticados. No meu caso, são flashes em que vejo a mim mesmo criança como em fotografias avulsas, imagens fixas para sempre, muitas borradas também para sempre, em que não distingo mais a fronteira entre o fato e a imaginação. Estou em pé num berço branco, vestido de menina pela minha irmã, que ri — talvez seja minha memória mais antiga, ou quem sabe eu veja apenas o que ela me contou anos depois. Meu irmão do meio (sou o caçula de dois irmãos e uma irmã) diz que se eu colocar um dente de leite sob um tijolo no quintal, uma nota de um cruzeiro aparecerá no outro dia, e lá encontrei a nota, fingindo acreditar no milagre.

Em outro momento, estou na carroceria aberta de um caminhão com minha mãe, nas mãos um pequeno revólver de brinquedo (uma peça de alumínio, onde se encaixavam rolinhos de espoletas, vendidas em tiras estreitas, que estouravam ao aperto do gatilho), indo com um grupo de adultos e crianças para um piquenique à beira de um rio, árvores de um verde-escuro em toda parte, muitas sombras, e um sentimento de proteção. Lembro também nitidamente de um pesadelo, de que me livrei chorando — e lembro da minha mãe se aproximando atenta. São imagens soltas, sem data, não confiáveis. Lembrança nítida, caí de cabeça do muro de casa acompanhando o voo de um avião, o que deixou uma cicatriz que levo até hoje; imaginava que eu teria já uns quatro ou cinco anos, mas uma carta do meu pai de dezembro de 1954 revela que eu tinha apenas dois: *O Cristovão Cesar, ha umas tres semanas caiu do muro da frente e cortou a testa, lado esquerdo, perto dos cabelos, levou um grampo (ponto de ferro) que o dr. Armando aplicou no hospital, já está bom para outra.*

Outra imagem, esta sólida, de julho de 1959: sentado num banco de ônibus em direção a Florianópolis, meu pai me oferece uma bala de hortelã. É a última lembrança que tenho dele, levando--me à capital para eu passar uns dias de férias com tios e primos — claramente, um gesto de afeto, a bala de hortelã, o único momento carinhoso de que me lembro. Alguns dias depois, estou de volta a Lages sem entender por quê; vejo minha própria casa invadida por estranhos que falavam em cochichos e passo a noite num sótão ou num quarto pequeno da casa vizinha. Lembro também da procissão que o levou ao cemitério no dia seguinte, uma imagem que eu não entendia, trecho aleatório de um sonho.

4. A surra

Santo Agostinho improvisado, investigo um pouco mais a minha descrença de origem. Diante de mim, está minha fotografia de batismo católico, já em Curitiba, que (por vaidade intelectual) sempre me envergonhou: a figura postiça de joelhos, o sorriso beatífico, e falso, uma expressão quase feminina, pré-adolescente, o rosário pendente das mãos postas como num artesanato sem talento: aos nove anos de idade, alguém sem peso nenhum. Alguém que não sou eu. Foi o meu único contato pessoal de fato com a religião — lembro do ridículo da confissão, e vagamente do ritual da hóstia, a única da minha vida. Depois daquilo, ainda frequentei sozinho a catedral de Curitiba durante três ou quatro domingos (o que surpreendeu minha mãe), para encontrar uma vizinha de mesma idade num jogo de esconde-esconde sob as sombras da igreja. Os olhares divertidos à distância durante a missa — no clima soturno, no eco das rezas, no silêncio murmurante — eram o batismo de transgressão, meu primeiro rito de passagem. E lembro de algumas vezes subindo a rua Mateus Leme para acompanhar minha avó, em suas sempre turbulentas visitas a Curitiba, até a igreja da Ordem, onde eu penava para suportar a missa de domingo, uma tortura que me deixava tonto. Numa dessas manhãs sofri um breve desmaio, ao me levantar rápido demais depois de me ajoelhar, conforme as instruções da minha avó. *Esse menino tem pressão baixa*, era o que eu sempre ouvia. *Isso é bom. Ninguém morre de pressão baixa.*

É uma tentação vincular o meu primeiro desencanto metafísico à simplória falta de sentido da morte do meu pai, o que seria duplamente falso ainda que preenchesse o requisito de "dar sentido" às coisas, como se faz com um personagem de um livro já escrito. Não aconteceu nenhuma perda de fé, porque fé não havia naquele menino de menos de sete anos.

Aconteceu apenas a perda do pai, bruta e concreta, um fato lentamente absorvido por mim — o choque da sua ausência definitiva como que amorteceu a percepção crua do evento da morte. Minha irmã conta que, ao vê-la naquela noite, eu perguntei com voz neutra, quase num tom de novidade interessante: *Você sabia que o pai morreu?* A família relata que, nos meses seguintes, vivi alguns episódios de sonambulismo, ainda em Lages, uma vez, e outras duas vezes em Curitiba, para onde nos mudamos no início de 1962. Pesquisando agora na internet, descubro que se trata de um "distúrbio benigno do sono", que ocorre mais na infância e com meninos — nada de especial, portanto, e seria pura especulação vincular essas ocorrências à morte do meu pai.

É verdade que cresci num ambiente católico, com missas aos domingos, comunhões, quermesses, crismas, procissões e toda a tradição social e religiosa envolvida como pano de fundo de um dia a dia meio urbano e meio rural do Brasil daqueles anos. (Aprendi a ler numa escola de freiras, privada, que eu conheci com o nome de Escola Normal, onde fiz o pré-primário e os dois primeiros anos. No terceiro, em 1961, um ano e meio após a morte do meu pai, passei para o Grupo Escolar São José, público, acompanhando a queda de padrão econômico da família; no ano seguinte, já em Curitiba, fiz o quarto ano no Grupo Escolar Tiradentes, no novo prédio recém-inaugurado ao lado do Passeio Público.) Em Lages, meu irmão mais velho chegou a ser coroinha na igreja Santa Cruz, próxima de casa, e frequentou o Colégio Bom Jesus Diocesano.

Em suma, cresci sob a presença de uma cultura católica disseminada tipicamente brasileira, pouco puritana, onde circulava o clássico anedotário de igreja, envolvendo padres, freiras, batinas, vinhos, aqui e ali em tom de crítica, farsa, diversão e blasfêmia. Uma única e incorretíssima frase da minha mãe, que, ao exato modo dela, concentra vários preconceitos num tiro só, dá a medida desse clima — *Não criei meu filho para usar saia!*, ela teria disparado para matar pela raiz qualquer projeto seminarista na família quando se aventou em casa a hipótese de meu irmão mais velho seguir carreira na Igreja. A frase — que o coroinha fiel repassou ao padre — rendeu um sermão furibundo em plena missa de domingo, que, conta a lenda familiar, minha mãe assistiu e ouviu mantendo na primeira fila uma sólida cara de paisagem.

Era portanto um catolicismo de fachada, em fim de carreira, mais ou menos coagulado na vida cotidiana e pleno de signos anticlericais, que depois da morte do pai intensificaram-se já com outras variáveis, no embalo da atmosfera radicalmente transformadora dos anos 1960. Vivia-se uma nítida passagem de uma vida ainda semirrural (lembro do pai criando galinhas no quintal, da carroça que trazia a lenha para o fogão, do menino preto que passava em frente de casa com as garrafas de leite penduradas no lombo de um burro, a primeira presença negra de que tenho memória daquela infância) para o que se pode chamar de classe média urbana em ascensão (geladeira, fogão a gás, liquidificador, enceradeira, exaustor, eletrola — eis a lista de objetos "modernos" que, criança fascinada, eu ia vendo aparecer em casa ano após ano). Essa passagem, concomitante à mudança cultural que acompanhava a nova vida urbana que daria a cara do Brasil nas décadas seguintes, foi esfarelando pouco a pouco a consistência religiosa das gerações anteriores (tomando por base a imagem da minha avó carola por parte de mãe, de um lado, ou do catolicismo da imigração rural italiana que com certeza terá marcado a formação do meu pai, ainda que, na minha memória, de forma menos visível).

Minha irmã me conta que meus pais iam à missa religiosamente todos os domingos, mas o advérbio aqui indica antes a importância social do hábito do que a intensidade da fé. Não me recordo de nenhuma imagem de meus pais rezando em casa, abençoando refeições, recitando a Bíblia ou clamando castigo e recompensa de Deus para os nossos atos maus e bons — nada disso. Aliás, não havia Bíblia entre os livros que meu pai deixou, o que eu lamento, como escritor — meu contato com toda a fantástica e inesgotável mitologia bíblica se fez aos fragmentos e tardiamente, já tisnada pela razão literária e sem o impacto sobrenatural da ignorância.

Nas prateleiras de livros do meu pai havia apenas compêndios de Direito e livros didáticos dos cursos que fazia, alguns best-sellers da época (*Como fazer amigos e influenciar pessoas*, de Dale Carnegie, por exemplo), além das obras literárias anotadas para fins escolares desde os anos 1930, conforme comprovo nos cadernos de correspondência. Herdei alguns desses livros, como *O gênio do cristianismo*, de Chateaubriand, *Abelardo e Heloísa: Cartas de amor*, *Fábulas de Fedro*, e um exemplar de *Graziela*, de Lamartine, este dedicado à minha mãe — *À noiva dos meus mais inebriantes sonhos - Elin - realidade de uma visão pretérita. Fpolis, 17-4-43*. Especialmente importante para mim — uma das minhas primeiras leituras literárias, quando comecei a sonhar em ser escritor — foi um precioso *Tratado de versificação — A Poesia no Brazil — A Metrica — Generos litterarios*, de Olavo Bilac e Guimarães Passos, que, pela anotação na página de rosto, meu pai comprou pelo correio ainda no quartel: *Recebi em 22/10/35. João B Tezza. 1º Cabo.* Exatamente na metade do livro, página 106, há a rubrica do meu pai na margem interna, uma cabala que por alguma razão ele fazia em todos os seus livros, assinar na exata página central do livro, aqui seguida pelo número 75, o que parece indicar numeração de uma biblioteca pessoal.

O fato é que Deus não se metia na nossa vida: castigos e recompensas, na minha memória de infância, eram categorias puramente físicas, terrenas e pragmáticas, mais lógicas e racionais no caso do pai, mais emocionais, em rompantes incontroláveis, no caso da mãe; faça isso; e, se não fizer, leve cascudos, tapas, uma surra — eis a tábua sucinta dos mandamentos caseiros, aliás bastante eficiente para manter um alto grau de espírito de obediência, que, bem pensado, acabou por se arrastar insidioso pela minha vida como um fantasma da segurança que precisava ser rompido.

Surras deixam marcas mais mentais que físicas. Na última de que me lembro, eu teria algo entre treze e catorze anos (provavelmente mais), minha mãe me flagra no banheiro imaginando, talvez, que eu me masturbasse (o que poderia ser o caso, mas, por ironia, naquele momento não era verdade, o que deu uma dimensão ainda mais estúpida pela gratuidade absoluta da agressão) e, num acesso incontrolável de fúria (um surto que eu conhecera várias vezes antes, e pelo menos uma vez na frente de um amigo vizinho, o que me envergonhou duplamente), chicoteia-me com uma toalha molhada, acompanhando o ataque com uma gritaria alucinada de imprecações de que nada me lembro. É como se a minha vida adulta começasse verdadeiramente ali, pela percepção enfim definitiva de que tinha uma mãe doente (isso eu sei hoje; a palavra que eu usava era *louca*) e que eu teria de sair daquele espaço o quanto antes e a qualquer preço.

5. Pompílio

Lembro da minha estranheza de criança quando, numa das estadias da minha avó em Lages, uma vizinha trouxe uma santa num nicho, que ficaria em casa com velinhas acesas vinte e quatro horas, de acordo com o ritual da novena partilhado por velhas senhoras devotas. O que seria aquilo?, eu me perguntava, vendo graça naquela casinha com uma santa protegida atrás da pequena porta de vidro, quase um brinquedo. Era uma dúvida por si só eloquente da falta de familiaridade caseira com os signos religiosos, que aos meus olhos se reduziam exclusivamente ao mundo da minha avó Ernestina Bousfield, mãe da minha mãe, a imagem que me marcou de uma pessoa religiosa, a velhinha carola do anedotário popular.

Devo o meu nome à linhagem dela; uma rápida pesquisa na internet me revela que seu bisavô por parte de pai foi um certo Cristopher Bousfield, nascido em 1800, casado com uma certa Ellenor, cinco anos mais nova — e fico matutando o que teria levado um casal de ingleses a se refugiar naquele fim de mundo da ilha do Desterro na primeira metade do século XIX. Em 1835 veio ao mundo Christóvão Bousfield Junior, já abrasileirado pelo ditongo, meu trisavô, morto em 1884; seu filho Augusto, de 1875, é o pai de um renascido Cristovão (que terá papel importante na correspondência do meu pai) e de dona Ernestina, minha avó, que nasceu já no século XX, em 1902.

Ernestina casou cedo, seguindo o padrão da época, e deu à luz três filhas — minha mãe, nascida em 1921, era a mais velha. Com menos de trinta anos desquitou-se do marido numa separação traumática que foi completamente apagada da memória da família, tornando-se o ex-marido, meu avô, uma espécie de chaga cujo simples nome se pronunciava em sussurros para mudar de assunto em seguida.

O nome do meu avô cancelado impressiona os ouvidos: Pompílio da Independência Cláudio (1902-57), porque nasceu num 7 de setembro; a memória familiar diz que ele tocava bandolim e teria sido coletor de impostos, e alguém me contou que chegou a ser proprietário de um lustroso Ford Bigode, um dos primeiros da ilha do Desterro, o que me parece exagero. Tudo somado, o fato e a lenda, seria uma espécie de playboy da província. Numa história muitas vezes repetida pela minha mãe, sempre entre risadas, como a frisar um lado pitoresco que talvez o redimisse, no seu curto tempo de casado com minha avó o jovem Pompílio costumava dizer que ia pescar, voltando no outro dia com uma conveniente sacola de peixes frescos. Na semana seguinte, chegava a conta do peixeiro reclamando pagamento.

Isso é praticamente tudo que eu sei dele, a lembrança esparsa das versões que na vida real nos influenciam muito mais que os próprios fatos — mas com essas e outras poucas pistas já se completa um quadro ficcional interessante, apimentado pela informação de que teve outras três filhas fora do casamento. Vários sinais indicam que era um homem de alguma formação letrada, a partir do próprio nome exótico da minha mãe, Elin, personagem de um best-seller mundial de 1907, *O filho pródigo*, de Hall Caine. Letrado e com alguma tinta contestadora: foi leitor de *O que é o anarchismo*, o título que me ficou na memória de um velho exemplar de capa vermelha, com o nome orgulhoso do meu avô em diagonal e firulas gráficas atravessando a página de rosto. E ainda tenho dele o espólio que restou, *A Retirada da Laguna*, do visconde de Taunay, com uma dedicatória do meu bisavô no dia do décimo sexto aniversário do filho: *Cicero Claudio offerece a seu filho Pompilio Claudio. Em 7 de Setembro de 1918*. A caligrafia é firme e elegante, e um arabesco frisa a assinatura.

Uma notícia garimpada na internet me informa que, em janeiro de 1926, portanto aos vinte e quatro anos, meu avô participou da fundação do jornal *O Josephense*, de São José (município próximo a Florianópolis), como redator-chefe, mas somente até 7 de março, detalha a notícia, quando o jornal "mudou de redator-chefe, por motivo de viagem do titular" — e a referência a ele encerra-se ali para sempre. Tudo indica, portanto, que sua família era parte de uma pequena classe média urbana, quem sabe estabelecida no estamento das carreiras públicas, segundo um típico padrão brasileiro. Mas certamente era uma formação bastante distinta, em classe social e capital cultural, daquela que levou meu pai semiletrado às portas do quartel para se voluntariar como soldado. Talvez a distância econômica entre as famílias não fosse tão grande, mas com certeza se tratava de um outro mundo em perspectiva social e oportunidades de ascensão econômica.

Em toda a correspondência do meu pai, o nome de Pompílio não aparece uma única vez enquanto esteve vivo — nem mesmo na extensa lista dos destinatários de sua "comunicação de noivado", que meu pai, como sempre, transcreveu zelosamente. O caderno correspondente ao casamento, 1944, desgraçadamente é um dos volumes perdidos, mas é pouco provável que ele fosse notícia ali. A única referência ao sogro será por ocasião da sua morte, provável notícia em algum jornal, o que concluo da carta que escreveu de Lages à dona Ernestina no dia 3 de julho de 1957. A carta é uma fábula moral exemplar em dois sentidos: da imagem social satanizada do meu avô, arrepiante em cada linha, e da visão de mundo já cristalizada do meu pai, aqui num tom punitivo e pastoral, com certa volúpia retórica: os lugares-comuns dos sentimentos cristãos que se entremeiam nas condolências deixam entrever sua rigidez autoritária, além da preocupação visível com a reputação pública da família. De fato, o texto diz mais do meu pai que do malfadado Pompílio:

Querida Sogra,

Antes de mais nada desejamos-lhe saúde e alegria apesar da morte do meu sogro; pois, a vida é assim, parece que os pecados que cometemos pagamos nesse mundo mesmo. Para mim o Pompílio foi mais infeliz do que infelicitou: o que ele não deu à familia, outras providências supriram, mas aquilo que podia ter recebido dela não recebeu fora do lar. Perambulou, desgracadamente, de erro em erro, de desgraça em desgraça, numa vida de causar piedade e dó a qualquer cristão. Incurtou com o seu proceder desregrado os seus proprios anos, sem duvida. Agora descansou, deixou de ser um pessimo exemplo na sociedade. Que Deus tenha piedade dele é o que peço. Quanto a nós, nenhum comentário devemos fazer sobre os erros; e nem nos ressentir com a publicação de que deixou tres menores; o erro nao é nosso, nem contribuimos para tal, portanto, nenhum agravo, nenhuma indignidade pode atingir a nossa reputação. Nem tão pouco convirá esconder a realidade dos fatos, se alguem de boa ou má fé, por ingênio ou por falta de distinção, quiser remexer em fatos tão doloroso como é, este: Pobre do homem! Cada um de nós forja sua própria história e é responsavel por ela. Trinta anos de desregramento; desregramento que se torna ainda mais pavoroso por envolver quase toda sua familia: irmão, pai, sobrinha, e o rosário de desgraças não há de parar aí: cresce, avoluma-se, envolve e segue avassalador.

Que me diz do avô Cícero, como vai ele?

A altissonância caseira, desbastada a pose, revela afinal uma ética marcante, e de algum modo eu me vejo ali, filho do meu pai, sem a craca moralista: o princípio da responsabilidade pessoal. Mas não há nenhuma palavra sobre qual teria sido o sentimento ou reação emocional da minha mãe quando da morte de seu pai. A pergunta final indica que se mantinha algum contato com o meu bisavô Cícero; puxando pela memória, tenho mesmo uma vaga lembrança de tê-lo visitado com minha mãe, numa casa em Coqueiros (bairro de Florianópolis situado no continente); lembro de um terreno extenso, cheio de árvores, e vejo-o de novo agora — é o vulto de um velho senhor, uma figura magra, silenciosa e sem rosto.

Pois bem, tragicamente (ou vergonhosamente, na escala dos valores sociais da província sufocante), ao separar-se do marido com três filhas para criar, minha avó, em respeito a algum Deus do Velho Testamento ou em autopunição pelo próprio fracasso conjugal, vestiu-se de preto até o fim da vida (nas últimas décadas — ela morreria em 1974, com setenta e dois anos — refugiada em Florianópolis sob os cuidados da filha do meio). Na minha cabeça de criança, ela era quase personagem de um cartum: uma figura sem humor, negativa, punitiva e pessimista, o que se reforçava visualmente pela cabeça grande e quadrada, a papada gorda, a linha descendente dos lábios, a roupa sempre escura, os pelos nas verrugas e nas orelhas, uma perfeita vilã de história em quadrinhos. Vivia na igreja, rosário na mão, rezando. Quando em visita a Lages — uma lembrança que me ficou nas semanas que se seguiram à morte do pai —, todas as tardes me obrigava a acompanhá-la na soneca depois do almoço em nome de alguma misteriosa utilidade para a saúde, o que era uma tortura para mim; fingindo dormir, eu esperava ouvir seus roncos, que não demoravam, e me esgueirava para fora da cama para brincar.

Ao contrário da impressão que me ficou, minha irmã me conta que a avó Ernestina era uma pessoa gentil, suave e cordata, e que sempre guardou dela uma lembrança carinhosa. Com o meu pai em vida, era uma presença constante em casa pelas viagens súbitas da minha mãe, ao sabor de seus impulsos, quando restava à dona Ernestina a tarefa de cuidar das crianças. Descubro, por exemplo, numa carta à "Querida Chica", de 11 de outubro de 1952 — sou um bebê de menos de dois meses —, que minha mãe foi para Florianópolis com meu irmão Vicente, provavelmente de automóvel em alguma carona, deixando a velha a cuidar dos filhos: *Recebi tua carta. Sentimos teres passado um cortado na viajem; mas, deve ter sido um pouco melhor do que se tivesses ido de onibus, não acha?*

Em seguida, dá notícia da sogra, reclamando do gasto com algum humor: *A velha, aqui, continua a fazer doces: inventou mais um tipo: é o doce de cascas de laranjas. Será que éla não inventa um doce sem assucar nem lenha?* É uma queixa recorrente; em outra carta (esta de um ano antes, em outra viagem da minha mãe), depois de dizer que *para a velha, aqui, não ha lenha e assucar que chegue*, explica a razão: *O pavor da sogra é acender o fogo: prefere enfiar lenha o dia inteiro no fogão do que acender o fogo: este mal é de família e incurável.* Nessa mesma carta, ele descreve um dia típico da sogra: *Hoje levantou as 6hs, fez fogo até às 7, ainda era escuro, aí foi com o João a missa, as 8hs chegou e fez o café com agua fria; mas o fogo continuou, ferveu roupa, um "certo doce" com uva, doce este que viu e provou na casa dona Clara, ontem.*

Depois de comentar as atribulações do aviário caseiro — *Mas deixa me contar-te: ontem, que passei as galinhas do galinheiro grande para o pequeno* (*pesando-as e levando-as uma por uma*) *Ah! O Vicente aqui!* —, informa dos filhos que ficaram, entre eles o caçula: *O Cristovão Cesar está bem*. Era uma época em que não se considerava importante a amamentação natural; melhor, dizia--se, era o moderno leite em pó, cientificamente dosado. Desses meus primeiros dois anos, a data é incerta, trago cicatrizes indeléveis: por força de elásticos excessivamente apertados nos punhos de uma blusinha de lã no frio de Lages que quase me levaram a perder as mãos, tenho até hoje, setenta anos depois, duas pulseiras marcadas nos braços, linhas laceradas que foram lentamente subindo com os anos. *Foi por um triz!*, dizia minha mãe, sentindo de novo o mesmo alívio dramático, a cada vez que recontava a história. *Só percebi ao trocar a roupinha para te levar ao médico. Você não parava de chorar.*

Talvez o que mais tenha determinado essa minha imagem pesada da dona Ernestina seja uma lembrança aguda, recorrente, dolorosa e inesquecível: depois da morte do meu pai, todas as vezes em que ela saía de Florianópolis para passar uns tempos em casa, ou em Lages, naquele interregno de dois anos, ou já em Curitiba, sua despedida era invariavelmente violenta, a culminância dramática de discussões crescentes e agressivas, verdadeiros surtos da minha mãe que se encerravam com os seus gritos expulsando-a dali. Dessas separações tectônicas, tenho até hoje uma imagem forte, a cena marcante de um filme: da janela do primeiro andar do apartamento na rua Mateus Leme, nos meus nove ou dez anos, vejo minha avó embarcar sozinha num táxi para a rodoviária, maleta na mão, enxotada por minha mãe.

O seu irmão Cristovão Bousfield, que morava em Porto Alegre, era um solteirão que — na minha memória emocional — partilhava do mesmo instinto punitivo da família. Das conversas de família, consta que ele teria ideias comunistas de purificação do mundo, o que apenas reforça a inclinação ativamente religiosa desse ramo dos parentes. "Quando vier o comunismo, esta farra vai acabar" era uma das frases que ele costumava repetir com volúpia, de acordo com a crônica familiar que me ficou — "farra" aqui significava qualquer coisa capaz de nos alegrar, plagiando o célebre puritano de Mencken, alguém que não suporta a simples ideia de que num momento, por qualquer razão, alguma pessoa em algum lugar do mundo possa se sentir feliz. Eis o tio que me deu o nome.

Exatamente o mesmo que acontecia regularmente com minha avó — ser expulsa de casa por minha mãe numa cena teatral repetida todos os anos — aconteceu com o famigerado tio-avô Cristovão, que ocupou a casa em Lages assim que meu pai morreu, com planos militares de ordem e disciplina naquele espaço de viúva e crianças pequenas perigosamente livres e abandonadas. A sua presença ali teve todos os traços de um vilão sinistro de um conto de Grimm ("As coisas não são mais como antes — o seu pai morreu!" era a expressão dele que simbolizou minha lembrança daqueles dias, sempre que se comia um pão a mais ou se exagerava na manteiga).

Restou-me até hoje um resíduo sensorial inesquecível: um dia ele me obrigou a beber uma xícara de café com leite reaquecido com "rabo-quente" — o nome de uma resistência elétrica simples que na época se usava para aquecer água mas que na mistura do café e do leite resultava num efeito mortal de sabor queimado; sob a vigilância gole a gole do meu tio, bebi à força aquela coisa ruim e em seguida corri ao banheiro para vomitar. Até hoje, mais de sessenta anos depois, não suporto o gosto do café com leite, que prossegue nauseante para mim.

Em poucos meses o velho foi posto para fora pela minha mãe, com gritos furiosos e malas jogadas na calçada, de acordo com seu clássico padrão de despedidas, para não deixar nenhuma dúvida: que ele jamais aparecesse de novo ali. Funcionou: nunca mais vi o tio Cristovão. Quando relembrei com minha irmã o episódio, ela me disse que ele havia morrido no ano seguinte de um ataque fulminante do coração, caminhando solitário numa rua em Florianópolis. De fato, encontro na internet, num fac-símile de um jornal local, uma nota de agradecimento datada de setembro de 1960: "A família de Cristóvão Bousfield, profundamente consternada, agradece às manifestações, de pesar por ocasião de seu súbito falecimento. Outrossim, convida todos os amigos para a Santa Missa que em sufrágio de sua alma, será rezada às 8,00 horas do dia 5 de setembro, 2ª feira, na Capela do Asilo de Orfãs".

6. O soldado

Todas as famílias do mundo são disfuncionais; por imperfeições de origem, as peças do mecanismo nunca se encaixam no modelo. Há complicações incontroláveis em tudo, da luta pelo pão de cada dia aos assombros inesperados da cabeça, sempre descentrada. Para escapar do destino, a tendência secreta é a invenção da felicidade e de orgulhos miúdos, a criação particular de um mundo paralelo que nos acalma enquanto o fim não chega. O estratagema quase sempre funciona, mas o custo emocional de ocultar as fraturas que se revelam com a força do tempo é cada vez mais pesado.

Tento escapar do mundo difuso da memória e voltar ao meu pai e sua vida no quartel; afinal, as famílias começam a se erguer de algum ponto aleatório, e a minha — imagino — começou com esta pequena ruptura de um jovem colono de uma família grande e pobre, mas com teto, estável e autossuficiente, saindo do mato para virar soldado, depois de duas incursões juvenis como peão de estradas. A ideia de autonomia é cara ao pequeno proprietário rural, que se esconde numa timidez chucra: criança, lembro do tio Cândido, irmão mais novo do meu pai (e que ficaria no sítio de origem até o fim da vida), dizendo com orgulho (e certamente algum exagero) que ali ele só comprava sal, açúcar e café.

Naquele mesmo ano de 1931, minha mãe tinha dez anos de idade, com duas irmãs menores, um pai deletado para sempre da história e uma mãe que jamais trabalhou com independência na vida, sobrevivendo obediente à proteção da sua mãe, dos irmãos (principalmente do tio Cristovão) e mais tarde de uma das filhas. E, é claro, tudo que se consumia precisava ser comprado na quitanda — o mundo urbano era o habitat de todo o ramo materno da família, assim como o rural era a essência do paterno.

Da minha bisavó por parte de mãe, Maria Adelaide Bousfield, restou uma bela fotografia antiga e as lembranças da minha mãe, que se referia a ela como "vó velhinha", e sempre com afeto real e transparente, uma raridade na família, e especialmente na minha mãe, para quem tudo era um palco. Descubro na internet uma breve genealogia que começa com um francesíssimo Pierre Leon Lazare Silvy, nascido em 1762, em Cucuron, no sul da França; seu filho Achille (1826-77), já no Brasil (e vem a pergunta da ficção, mais um romance de pirata: o que ele terá vindo fazer aqui?), casou-se com uma brasileiríssima Ana Caetana da Conceição (1819-69), da longínqua cidade do Desterro. Deles nasceu Julio León Silvy, que casou-se com uma certa Rita Assis Mello, e daí chegamos à Maria Adelaide, a "vó velhinha", que gerou Ernestina e mais dez filhos, um padrão bíblico, espelhando a mesma multiplicação dos Tezza. Tudo somado, os ingredientes sociais e emocionais foram mais ou menos esses, girando no liquidificador do acaso.

Saio dessa arqueologia e volto aos textos do meu pai, a única indicação concreta de que disponho além da memória, e evoco a frieza acadêmica de que vou precisar. Nos dois primeiros livros de anotações, que vão de abril de 1931 a outubro de 1932, a transcrição das cartas ainda disputa lugar com cópias e *dictados* do estudante, exercícios que se intensificam no segundo volume. As aulas de formação do pequeno soldado foram uma importante introdução civilizatória, a começar pelo domínio da escrita, que vai melhorando mês a mês. A tenacidade do meu pai será um traço de sua vida inteira, e eu me vejo nela, ainda que para mim tudo tenha sido mais fácil (se é que para a vida emocional essa hierarquia faz sentido).

Especulo que o seu aprendizado dá uma medida da importância da caserna na criação e no reforço do imaginário de país para as classes mais pobres nas primeiras décadas da República, espelhando um quadro dominante desde o século XIX, quando a ideia napoleônica de Estado-nação via-se como expressão indissolúvel de um empreendimento militar. O Brasil ilustra esse projeto de origem, com periódicas irrupções armadas; eu mesmo passei quase três décadas da minha vida sob governo militar após o golpe de 1964.

Sigo relendo seus ditados e cópias da "Historia do Brazil": praticamente tudo que ele copia, estuda e repete nos seus cadernos sobre história seria mais ou menos o que eu mesmo aprenderia nas aulas do Colégio Estadual do Paraná, mais de trinta anos depois. No dia 16 de maio de 1931, transcreve a segunda carta ao pai: *Cordiaes saudações. Querido papae hoje escrevo estas poucas linhas afim de participar-vos o meo optimo estado de saude e que estou satisfeito com as estruções que os superiores dão.* Em seguida, *mudando de assumpto*, reitera o pedido de que lhe mande os livros *O Secretario Moderno* e a *Grammatica Expositiva*: *Peso o obsequio que ao receber esta me mande com a maior brevidade os livros acima mencionados nada mais vos escrevo por falta de assupto só mando muita lembrança para a Mamae e a toda a irmandade e assigno-me por seu attencioso filho.* (*não dispense a remessa de livros*) (*Peço resposta*) (*Peço desculpa dos erros*).

A "desculpa dos erros" será um bordão frequente. No mesmo dia, escreve a um *Qerido titio* contando que foi *especionado e jul-*

gado apto para qualquer serviço Militar e encorporado no dia 1º de Maio para ficar a esta Bateria por um anno. E, uma pista precoce de seu temperamento, acrescenta uma crítica de quem parece sério e decidido nos seus projetos de vida nova: *E communico-vos que a maior parte do tempo é vadiar e não como alguns dizem que o serviço é apurado pode-se dizer que ganha-se pouco mas é divertido. A estrução Militar é um verdadeiro brinquedinho de crianças.*

No dia 19, meu pai transcreve *A regencia de D. Pedro*, que termina com uma coluna de categorias gramaticais: *Adjectivo, Pronome, Verbo, Adverbio, Preposição, Conjucção.* O caderno passa a ser preferencialmente escolar, espaço de cópias e ditados com correções: *A pacificação do Sul, Os francezes no Maranhão, O regimen colonial, Lucta da independencia* (*Copia*), *Colisão com os hespanhóes no Sul* (*Dictado*), *Guerra contra o dictador do Paraguai, Descobrimento da America, Obra de Nassau, A maioridade.* Há também exercícios de matemática (*Regra de trez direta. Se 5 operarios fazem 200m de obra; 15 operarios quantos metros da mesma obra farão? Probrema: — Se 36 operarios trabalharem 25 dias a 10 horas por dia para faser um fosso de 60 m de comprimento, 2,5 de largura e 4 m de profundidade, quantos operarios...*), relação dos portos brasileiros, aulas de geografia (*Os rios brasileiros*) e orientações militares (*Funções do Cabo de Guarda*). As transcrições se misturam com piadas, tábuas de orientações moralizantes e transcrições de poemas e hinos. Há uma cópia gráfica dos sinais do alfabeto Morse, que se mistura com uma canção popular (*No rancho fundo/ Bem pra lá do fim do mundo/ Onde a dor e a saudade/ Cantam coisas da cidade...*), o *Hino Nacional Brasileiro*, e em seguida o *Ino da bandeira*.

Há breves anedotas, uma sobre um estudante que escreve ao pai pedindo dinheiro e recebe uma resposta dura — *si tomares o comboio no sábado, no domingo cá te espera o rabo de tatú para as premissas e conclusões*; e outra sobre um bêbado — *Estava boa a festa? Muito boa... O que tinha de bom? "Pinga"... A que horas chegaste aqui? Depois de dez tombos...* Leio também uma brincadeira com a linguagem dos pês (*Paição pelos P.P. Parece-vos pouco possivel poder proporcionar palestra por pequena por palavras principiadas por P.P.P...*), que avança por seis páginas do livro até a assinatura.

Pouco a pouco melhora a sua caligrafia, embora a ortografia permaneça incerta, porque de fato imperava um caos ortográfico no Brasil, refletindo o fato de que o português foi a última das línguas ocidentais a fixar um sistema. Em 1911, o ano em que meu pai nascia, Portugal (sem consultar o Brasil) tornou obrigatória uma "ortografia nacional", que reduziu boa parte da pseudoetimologia que se arrastava entre nós desde o século XVI; exatamente em 1931, quando ele começava a escrever seus cadernos, acontece um primeiro Acordo Ortográfico entre Brasil e Portugal, adotando-se as regras lusitanas de 1911, agora obrigatórias aqui. Mas na Constituinte de 1934, por uma ambiguidade da letra da lei, "reinstaura-se" a ortografia de 1891, "que fica adotada no País". Depois do golpe do Estado Novo, um decreto de 1938 retoma o Acordo de 1931. Em 1943, a Academia Brasileira de Letras publica um Vocabulário Ortográfico, divergente do Vocabulário da Academia de Ciências de Lisboa publicado em 1940, o que leva a um novo Acordo entre os países, firmado em 1945 mas não ratificado pelo Congresso Brasileiro; entre nós, ficaram valendo as regras de 1943, estabelecidas pela ABL. Essa imensa confusão regulatória — aliás objeto de interesse do meu pai, como atestam várias de suas cartas — vai se refletir na sua escrita, ortograficamente insegura até o fim da vida.

Lendo esses primeiros cadernos, parece que decifro um dos aspectos que me intrigavam na memória do meu pai: a sua imagem fortemente autoritária — um pai é alguém que desperta o medo. De onde teria vindo isso? — eu me perguntava, ingênuo habitante nos anos 1960 e 1970. Bem, por assustadora que pareça aos olhos liberais contemporâneos, não há nada de insólito nessa imagem, considerando a época, a formação e as condições sociais, inclusive o fato de ele ter sido o primogênito de nove filhos, um papel simbólico importante na replicação do modelo familiar. Uma cartilha simples: culturas patriarcais fechadas repetem circularmente a si mesmas, até que rupturas externas (sociais, econômicas, políticas, tecnológicas) quebrem o modelo, que se reorganiza de outra forma no — a metáfora infantil retorna — liquidificador do acaso.

Mas o que me impressiona até hoje é a intensidade da rigidez, em alguns aspectos *avant la lettre*; há detalhes que fariam do meu pai dos anos 1950 alguém integrado a valores já entranhados na curiosa higidez moral do século XXI, que vem obsessivamente transformando a vida numa atividade de natureza hospitalar — como exemplo, ele não admitia cinzeiros em casa, e ali visita nenhuma estava autorizada a fumar, isso numa época em que o cigarro era um símbolo publicitário de autonomia e de libertação pessoal de alcance praticamente universal pela influência avassaladora do cinema. Também não tenho a mais remota memória da presença de alguma bebida alcoólica na vida caseira, exceto o vinho artesanal e rudimentar eventualmente produzido por ele (havia uma parreira no quintal da casa de Lages), com certeza muito ruim ("Você sentia o gosto da uva!", como gostava de contar minha mãe com entusiasmo, imaginando nisso uma qualidade especial), que funcionava mais como um reforço simbólico da tradição do que abertura à pequena e prazerosa quebra de rotina implícita no ato de beber.

Talvez haja aí um resíduo do espírito colono de autonomia, um teimoso "faça você mesmo", que observo no meu próprio comportamento. Em lugar nenhum de sua vida vislumbro traços da ruptura existencial que se fermentou no mundo após a Segunda Guerra e que iria explodir nas décadas seguintes. Nada. Um conservador absoluto por instinto. E, para completar a tríade demoníaca, acrescentando o vício do jogo aos do fumo e da bebida, diz a lenda familiar que quando meu irmão mais velho apareceu em casa com um baralho, meu pai imediatamente jogou-o às chamas do fogão a lenha.

Se muito do seu autoritarismo é atávico, um simples padrão de família, outro tanto se deve — talvez a maior parte, é o óbvio que descubro lendo as cartas — ao seu aprendizado militar de juventude, que absorve por osmose o valor intrínseco da autoridade e da hierarquia, dando-lhe chancela e prestígio. É uma influência que nunca havia me chamado a atenção e que agora transborda em cada linha dos cadernos. Há cópias de textos engraçados mas sempre reveladores, como uma longa relação das desvantagens de beber — *O beberrão é: 1º Mau exemplo para os filhos 2º Vergonha para a familhia 3º Perigo para os visinhos 4º peso para a sociedade* —, e a lista de desgraças vai longe, até uma conclusão pragmática que lembra os cálculos de Benjamin Franklin sobre a relação entre tempo e dinheiro: *Um beberrão economico bebe 500 réis por dia, 15$000 por mez, 180$ por ano e 1:800$000 em 10 anos; quantia que com os juros dá para em muitos logares, comprar uma modesta casa.* Não sei se isso era matéria de sala de aula (é possível, do tipo "moral e cívica", aulas que eu mesmo teria de sofrer durante toda a vida escolar até o fim da ditadura nos anos 1980), ou se ele copiava de almanaques ou revistas ilustradas.

Em meio a esses textos edificantes, cartas para a família e exercícios didáticos, começam a aparecer as primeiras mensagens de amor. Imagino que, no seu esforço autodidata de acertar a gramática normativa, ampliar vocabulário e testar volteios retóricos, ele se apoiasse em algum livro de cartas românticas, copiando e adaptando sentenças. A objetividade direta e prática de sua correspondência, que sempre calcula centavos, desaparece aqui. O amor revela-se um pequeno refúgio de fantasia e sublimação, e também um espaço de timidez com alguns traços recorrentes de consciência social e sentimento de inferioridade:

> *Senhorita Arlete: com a mão tremula e o coração palpitante ponho-me neste momento a faser-te esta minha declaração. Talvez, quando, ao receber esta carta, a rasgue em milhares de pedacinhos, mas mentiria se ocultasse o meu atrativo amor. Não é de hoje que te amo mas desde a primeira vez que fitei os meus olhos em ti jamais me esqueci da tua linda feição. Adiante, uma advertência lembra a senhorita Arlete que a vida militar era apenas um projeto passageiro: É verdade que sou um simples soldado, mas nem para sempre serei soldado; acho-me vestindo esta farda por ordem superior, e assim não me refiro de casar enquanto estou nesta situação.*
>
> *Nesta cidade Praça G. Osorio 3º B. I. T. C.*

Em outro momento, depois da transcrição dos *Limites do Brazil*, com a relação dos *Estados e Capitaes*, há uma pequena nota com um título graficamente destacado: *Nesta hora amarga alembro-me muito da Sta. Ofemia Tezza, e inspira-me do coração um amor perfeito e ao mesmo tempo perturbante. 10h25 minutos da noite. Ofemia*, outras cartas revelam, é sua prima — como se sabe, na época era bastante comum o namoro e o casamento entre primos. "Amor perfeito e ao mesmo tempo perturbante" — o escritor tateia o sentimento incerto, para dominá-lo pela palavra. Impressiona-me a obsessão com a fixação do momento, a data exata, os minutos anotados, a escrita controlando o tempo. Tento imaginá-lo no quartel em seu alojamento, diante de uma mesinha e uma lâmpada, o único acordado num espaço com beliches e colegas recrutas, vivendo o sentimento de solidão e a ideia da redenção feminina, enquanto os hormônios afloram em busca de respostas. Não sei. Raras vezes meu pai faz referência ao espaço físico em que está; como se vivesse num mundo abstrato, puramente mental, não descreve detalhe algum, uma carência que senti a vida inteira como escritor, incapaz de lembrar da cor de uma camisa, de um objeto preciso, da espessura das coisas, do quadro na parede.

Na página seguinte, a cópia de um hino militar: *Eu sou da poderosa Artilharia/ Que na lucta se impõe pela metralha/ A misão das outras armas auxilia/ E prepara o campo de batalha./ Com os tiros do tempo ou percução/ As fileiras inimigas leva a morte a confusão.* As estrofes avançam por página e meia e terminam com estes dois versos: *O mais alto valor de uma nação/ Vibra nalma do soldado e vibra nalma do canhão.* Pelo continuado reforço da linguagem escrita, os valores vão se entranhando na alma.

A sua habilidade de escrevinhador, por menor que fosse, já faz praça no quartel, porque em 24 de janeiro de 1932 uma carta à *Querida Elisa — Estou sentido de estar ausente, mas como tudo passa, chegará o dia que terminarei o meu tempo e virei em casa; e tornaremos felizes* — é assinada (com a letra do meu pai) por um certo Alberto Cimin, também do 14 B.C., o que indica que ele também escrevia cartas de amor por encomenda dos colegas. Mais adiante encontro mais amostras do jovem candidato a Cyrano de Bergerac. Por coincidência filial, nos anos 1960 também escrevi uma carta de amor recheada de lugares-comuns por encomenda de um colega do Colégio Estadual do Paraná, filho de um deputado, que me pagou pelo serviço. Se há alguma moral a extrair da história, é o fato de que minha formação se fez em escolas públicas em que ainda conviviam na mesma sala alguns ricos, muitos remediados e poucos pobres. Da década de 1970 em diante a separação de classes será radical.

Começando a leitura sistemática dos livros, tento extrair um primeiro retrato do meu pai: um homem objetivo, decidido e disciplinado até a obsessão dos detalhes; nas suas palavras nunca transparece ironia. Não há tempo (e ainda não há linguagem ou repertório) para firulas da inteligência: o mundo é um conjunto bruto de lugares-comuns ostensivos e inevitáveis, onde todos se movem. Um homem que sobrevive, o que é muito, nas circunstâncias, mas sabendo o que quer (e ele quer a repetição de um modelo): eis o meu pai enquanto jovem, decido confortavelmente quase cem anos depois.

7. O guru

Em vias de completar um ano de serviço militar, no dia 9 de março de 1932, meu pai informa o *primo Adolfo* de que sua exclusão do Exército *é no mez de maio*, recebendo a devida caderneta de reservista; *porem intenciono de enganjar por mais dous anos afim de frequentar a Escola Pratica de Comercio*. Isto é, a vida militar para ele é agora só um suporte para seguir nos estudos. A mesma informação segue também ao pai, com um pedido: *Espero que o vosso voto me seje favoravel*. Na carta seguinte, de 17 de abril de 1932, revela-se *muito satisfeito principalmente pela sua resposta favoravel a respeito do meu enganjamento*; mas o pai, é o que se percebe na resposta, queria saber se ele ganhará o suficiente para pagar a escola. *Pois sabe que ganho só (21$) vinte e um mil reis por mez; e por ganhar pouco não vou deixar de frequentar a aula porque enganjei unicamente para cursar na "Escola Pratica de Comercio"*. Esclarece que fez o exame de admissão (*que me custou dez mil reis e mais dez ditos para a matricula e quinze de mensalidade; alem de todos os livros que perciso e que ainda não comprei*). Pede que o pai envie dinheiro (*que tenho em casa*, ele esclarece, invocando a palavra do próprio pai, *conforme me escreveu na carta de 7 de Dezembro de 1931*) para completar as despesas.

Observo, com alguma surpresa (uma surpresa que para mim faz sentido apenas psicológico, porque se trata do óbvio, considerando as circunstâncias sociais e culturais de sua história), o espírito de obediência e de respeito filial que será uma marca registrada de toda a sua correspondência com o pai (aliás, concomitante com um detalhismo de centavos sempre que o assunto é dinheiro, o que incluirá, no caso de vários empréstimos que ele tomará do pai anos depois, a cobrança de juros, calculados com precisão de merceeiro, um detalhe que me espantou). Ele pede autorização paterna para continuar no Exército, embora não precisasse dela aos vinte e um anos. É uma marca de pai para filho que se revela no simples tratamento: eu mesmo, criança, jamais chamaria meu pai de "você" — sempre era "senhor", assim como tratei minha mãe por "senhora" até o fim de sua vida. Nesse caso, manteve-se um resíduo verbal de uma obediência inexistente desde os meus ainda incompletos dezesseis anos de idade, quando decidi abandonar o emprego de meio expediente num escritório de advocacia para onde dois anos antes ela me levou pela mão assim que descobriu que eu era capaz de datilografar com os dez dedos sem olhar para o teclado ("O senhor pode contratar sem medo", ela disse ao advogado segurando o menino de catorze anos incompletos pela mão. "Ele bate à máquina como gente grande!").

Vendo daqui, é uma história engraçada. Hoje minha mãe talvez fosse processada por exploração infantil, eu digo brincando. Mas, na época, parecia normal, e o meu medo inicial ao chegar àquele escritório escuro de paredes verdes no centro de Curitiba foi percebido, quem sabe, como parte do simples e necessário aprendizado da passagem à idade adulta. Um medo que superei rapidamente: eu mesmo contava aos colegas de escola, com um leve toque de orgulho e superioridade na voz, que cumpria expediente num escritório todas as tardes, ganhando "meio salário" (mais uma vez dividido, metade para mim, metade para a minha mãe, ajudando nos custos da casa). Percebo agora que, filho caçula, fui o mais jovem trabalhador assalariado da família (o que inclui até mesmo o meu pai, ainda que com um trabalho mais leve do que abrir estradas) — pagando o preço a partir de uma habilidade de que eu próprio me gabei à família.

Imitando sem saber o autodidatismo paterno, durante várias semanas dediquei minhas horas de criança em Curitiba, em tardes solitárias no apartamento da rua Silva Jardim (que minha mãe havia comprado com a venda da casa de Lages), para aprender a escrever à máquina com um velho "manual de dactilografia". Copiava exercícios e frases repetidas — *a s d f g, a s d f g, Kant nasceu em Koenisberg, Kant nasceu em Koenisberg* (nunca esqueci dessa frase) — na mesma maquininha de escrever portátil do meu pai (comprada em 1939, conforme vou descobrir na correspondência), um objeto de desejo que, às escondidas, eu pegava no alto do guarda-roupa da minha mãe com o mesmo olhar de volúpia com que hoje avalio uma nova objetiva para brincar de fotógrafo. Minha mãe não perdeu tempo para dar uma utilidade prática ao meu inesperado talento.

Dois anos depois, entrando em 1968, conheci um guru escritor, W. Rio Apa, um barbudo rousseauniano que acabara de publicar um romance, *A revolução dos homens*, e que começava a organizar uma comunidade de arte. Rio Apa teria grande importância na minha formação (mais emocional do que literária, um pai vicário num momento de passagem da minha vida). Minha sensação adolescente era a de que, pela primeira vez, alguém reconhecia, a sério, qualidades artísticas em mim — eu não sabia se era verdade, mas queria que fosse, e é isso que conta. Eu estava tomado pelo perfeito espírito contestatório do tempo, habitante feliz do mundo paralelo da utopia que se espraiava pelo mundo — o guru apenas me abriu a porta do castelo. Havia um toque aristocrático na influência do Rio Apa, descendente de um barão do Império (o barão do Rio Apa, figura da Guerra do Paraguai, de onde vem o nome bizarro), leitor de Nietzsche, Rousseau, Jung e Oswald Spengler, uma salada de referências que se sintetizou numa única frase em tons proféticos: "Você não nasceu para ser funcionário de escritório". Eu me senti um predestinado.

Com a influência dele na balança, criei coragem e assumi a decisão do rompimento familiar. Sempre chamando minha mãe de "senhora", apenas informei-a de que havia largado o emprego. Comecei minha nova vida na primeira montagem teatral de Denise Stoklos, em novembro de 1969, como iluminador; em seguida, a convite do ator Ariel Coelho, meu colega no Colégio Estadual, repeti a experiência em duas peças dirigidas por um exótico e lendário cabeludo chamado Ari Para-Raio, outro decalque curitibano daquele tempo, em que a província vivia uma efervescência cultural interessante, espelhando o momento brasileiro. Para-raio era dono de uma boate alternativa que montava peças de teatro malucas e irresistíveis (mais para os próprios participantes do que para a plateia), a partir da veia anarco-tropicalista aberta pela célebre montagem paulista de *O Rei da Vela*, dirigida por José Celso Martinez. Já vestido com o uniforme do colégio, eu passava a madrugada ensaiando no antigo Teatro de Bolso da praça Rui Barbosa, e dali, de manhã, ia direto para a escola, para desespero da dona Elin. Agora sim, era grave: meu irmão mais velho seria advogado, a irmã viraria dentista, o outro irmão economista, todos bem encaminhados nos estudos — a minha família foi um verdadeiro triunfo da ascensão da classe média urbana dos anos 1950 em diante. Apenas o caçula destoava, com aquele voo cego vagamente artístico, um rebelde mais por reação e impulso do que por uma causa, aprendendo a fumar e a beber, passando noites em claro sabe-se lá onde e convivendo com "esse pessoal do teatro".

Em 1970, ao terminar o ensino médio (o "científico", como se dizia então), já inteiramente tomado por um projeto mais ou menos difuso que hoje eu definiria como existencial-literário, também apenas disse à minha mãe que não faria universidade, esse baluarte do sistema, conforme me explicava o guru, a quem eu ouvia com devoção incondicional — e, enfim, saí de casa para nunca mais voltar.

Os tempos mudam: desde sempre, sou "você" para meus filhos e netos.

Enquanto isso, mais de trinta anos antes, em 2 de março de 1932, o jovem soldado João Batista, já reengajado no Exército, escreve à *querida prima Eufemia* a sua primeira carta datilografada, colada na abertura do segundo livro de correspondência. É uma cópia de papel-carbono. Ele informa que não poderá visitá-la, porque decidiu continuar no Exército por mais dois anos: *Não è por gostar de ser militar mas como matriculei-me no Instituto Comercial e intenciono de estudar; para mim acho conveniente.* Também datilografada, outra carta à Eufêmia reitera que não poderá visitá-la tão cedo. *Creio porem que apesar de termos pouca intrução podemos se comunicar as nossas ideas e pensamentos por meio das nossas simples cartas. E assim nunca ficaremos sem relações entre nòs.* E assina: *Do teu humilde servidor.*

Depois dessas amostras datilografadas, provavelmente escritas em alguma folga entre as aulas da Escola do Comércio onde teria acesso a uma máquina, o livro volta às transcrições manuscritas, e cópias à máquina só reaparecerão, mesmo assim raramente, mais de vinte anos depois. A imagem da máquina de escrever manteve-se simbolicamente forte para mim; o fato de ainda criança ter aprendido sozinho a datilografar com todos os dedos foi um reforço grande de autoestima, quando, para minha cabeça adolescente, tudo parecia conspirar contra, uma síndrome da idade; e o objeto vinculou-se na minha cabeça à ideia de literatura desde a origem. Eu praticava datilografia primeiro copiando diálogos de histórias em quadrinhos, e logo passei a inventar minhas próprias histórias.

Lembro que cheguei a levar uma noveleta infantil a uma gráfica próxima de casa, na rua Alferes Poli, e o proprietário, um senhor bonachão de sobrenome italiano, prometeu publicá-la de graça, numa generosidade impulsiva. Ele me levou aos fundos para explicar como se produzia um livro, e a súbita visão de um linotipo — a pequena caldeira de chumbo derretido, o teclado imenso, os dedos ágeis do tipógrafo produzindo carimbos instantâneos em linha — gravou-se na minha memória. Uma semana depois comecei a corrigir algumas provas em tiras compridas de papel-jornal, mas eu fazia tantas mudanças a cada vez, vivendo uma percepção crescente dos meus erros, da carência angustiante das frases que eu escrevia, que o projeto acabou abandonado.

Dali em diante, o ato de escrever virou a chave da minha vida — quase exatamente como sinto agora no projeto que se revela nas cartas do meu pai, para quem o domínio da linguagem escrita representou uma duríssima passagem de conquista e afirmação pessoal: a escrita inventa, descreve, transforma, domina e controla o mundo com uma radicalidade que nenhuma cultura oral jamais conseguirá atingir. É claro que o meu capital cultural (formação escolar, repertório, espaço urbano, condições de vida, educação cotidiana, momento brasileiro) era quase que inteiramente outro naquele início dos anos 1960. Um processo de causa e efeito elementar: graças à história pessoal do meu pai, à sua transformação social, eu pude sentir a escrita (e a literatura, para mim o seu espelho imediato) numa dimensão quase que puramente diletante, pelo menos em seu primeiro momento. Ou lúdica, um aspecto da arte que nunca se perdeu para mim, até hoje: escrever era também uma obsessão tipográfica, uma brincadeira gráfica, ainda sob a sombra do linotipo impressionante. Lembro que, economizando o dinheiro ralo, comprei uma caixinha de tipos móveis de borracha para compor carimbos cambiáveis, que eu havia passado meses admirando na vitrine de uma papelaria da praça Tiradentes; com eles, carimbava meus primeiros livros com meu nome, o nome da minha biblioteca nascente ("Liberdade") e o número do livro. O simples nome com que batizei meus primeiros livros já é um sinal do espírito do tempo, que eu absorvia feito esponja, das repercussões políticas que chegavam em ondas pelos irmãos mais velhos, até o meu desejo de sair de casa e tornar a vida uma expressão da arte, como pregava o meu guru.

Em tudo isso, percebo agora, imitava meu pai, de quem apreendia os rituais gráficos apenas de folhear os livros dele que chegaram até mim. Até mesmo a mania de rubricar a página do meio dos livros eu imitei — folheio agora as *Histórias de Alphonse Daudet*, livro 17 da "Biblioteca Liberdade", com a data de 4 de outubro de 1966, e vejo que a página 111, metade do livro, tem a minha assinatura. Mas há outra imagem igualmente marcante: o pequeno escritório no segundo andar — na verdade um sótão — da casa de Lages, um buraco escuro de Raskólnikov sob o forro do telhado em queda onde mal se ficava em pé. Uma mesinha, uma cadeira, umas prateleiras ao lado da porta estreita — e, relembrando, parece que não vejo mais nada, só o contorno das sombras. Sobre a mesa, a máquina de escrever, papéis em torno, provavelmente esses mesmos livros de correspondência que agora leio, e uma lâmpada nua pendurada no teto inclinado, porque não havia janela. Lembro também de uma bandeja retangular com um fundo de gelatina, em que magicamente meu pai fazia cópias de material didático, uma espécie de estêncil primitivo. Pesquisando na internet, redescubro o nome da antiga traquitana, produzida em casa: gelatinógrafo.

8. A Revolução

O ano de 1932 seria de estudos intensivos do meu pai na Escola do Comércio. Mas foi também o ano da Revolução Constitucionalista. Desde 1930 o país vivia em estado de exceção, em seguida ao golpe que destituiu o presidente Washington Luís e impediu a posse do sucessor, Júlio Prestes. Getúlio Vargas — que havia sido derrotado nas eleições — assumiria o governo provisório em novembro de 1930, dando início a um período ditatorial que só terminaria com o fim da Segunda Guerra, quinze anos depois, mais ou menos espelhando a face mais sombria que naquele tempo se espraiava pelo Ocidente, com a proliferação de ditaduras triunfantes e sangrentas (Hitler, Stálin, Salazar, Franco, Mussolini). Em julho de 1932, eclodiu um movimento armado com raiz em São Paulo cujo objetivo era derrubar o governo provisório e convocar uma Assembleia Nacional Constituinte, insurreição que acabou derrotada em outubro. Assim, o início da vida adulta do meu pai foi também o início do período Vargas, que marcaria profundamente a vida brasileira pelos trinta anos seguintes.

Obviamente, a revolta teria ressonância na vida de um quartel do Exército, ainda mais em Florianópolis, exatamente a meio caminho dos insurgentes de São Paulo e Mato Grosso, ao norte, e do Rio Grande do Sul, na outra ponta. Mas muito pouco transparece desses eventos nas cartas do meu pai — não há comentário pessoal sobre o que acontecia, mesmo com a mobilização da bateria na qual ele estava engajado durante a insurgência. Aliás, nos primeiros anos de anotações ele nada comenta da política brasileira; a simples vida cotidiana ocupa toda a sua cabeça em miudezas objetivas. Entre cartas e telegramas frequentes, quando transparecem algumas pistas do movimento militar, elas são puramente informativas. Em tudo que escreve, é visível que não sente nenhum apetite político-ideológico, e menos ainda revolucionário, sobre o que acontece no país.

A sua primeira referência, indireta, à revolta paulista aparece em algum dia de julho, aproveitando um espaço vago no caderno entre a cópia de um programa didático (*Historia da civilização - Historia, difinição, objeto, importancia*) e uma carta de 1º de junho à *Gentil sta Eufemia* — ele copia no caderno uma "Convocação de reservistas": *São convocados de ordem do Sr. Chefe do Governo Provisorio todos os reservistas de todas as armas de 1ª e 2ª categoria das classes de 1905 a 1908 até completarem os efetivos de guerra dos corpos da 5ª R. M.* Mas em seguida, como lemos em outro trecho sucinto (*Bol. diario nº 162/11/7/932*), foi sustada a convocação.

No dia 2 de agosto informa aos *queridos paes*: *Aqui por encoanto não ha alterações, apezar do grande movimento politico em S. Paulo; a Bateria continua permanecendo nesta cidade, apenas em prontidão.* E um detalhe dá a medida da pouca relevância da insurreição para o meu pai: *O pior é que durante as operações da revolução não posso assistir as aulas.* Na mesma carta, conta do resultado de um concurso que havia feito para sargento: *Concorrentes 13; aprovado 9 e reprovados 4. Eu fui aprovado no antepenultimo logar com media 5.3/10. Não houve promoção por falta de vagas.* O foco dele era apenas estudar; uma carta do início de agosto a uma certa Escola Livre de Engenharia, do Rio de Janeiro, pede *material de ensino Por Correspondencia* — e ele anexa *12$000, para cobrir os gastos atinentes.*

No mesmo dia, um bilhete a um amigo informa que *As noticias daqui são normaes. A Bateria continua em prontidão guarnecendo Florianopolis.* No dia 30 de agosto, ele escreve aos *Papae e Mamae*: *Comunico-vos que continúo normalmente nesta cidade, e creio que não aja nececidade desta Bateria seguir para S. Paulo.* Em 1º de setembro, conta ao *Presado primo Idalino*: *Por enquanto me acho muito contente. Apezar dos grandes movimentos politicos em S. Paulo, esta Bateria, quasi não sofreu alterações.* No dia 7 de setembro, as coisas enfim mudaram, mas não muito. Como ele contaria depois ao primo Adolfo, "tocou a nossa vez": *O dia passou-se muito festivo, com melhoramento no rancho e tomamos um bom Guaraná por conta do rancho. E ainda alembro-me bem, que disse: — "Estamos em guerra, mas encoanto continua assim, está muito bem". Mas ninguém alembrava-se do ditado. "Para o soldado agora é assim e daqui a pouco é assado".*

Na mesma noite embarcam para Porto União, passando por Itajaí, Blumenau e Jaraguá; ficam em Porto União até o dia 21, quando retornam a Florianópolis. Uma carta do dia 24 ao pai faz um resumo: *Fomos e voltamos sem dar um tiro por encontrar toda aquela zona em plena paz.* Já o futuro é incerto: *Si eu sair daqui telegrafarei a despedida e bem assim farei no "front"* (*onde ha possibilidade*).

Dois dias depois, ele relata suas aventuras à prima Eufemia (*fomos e voltamos muito felizes*), mas agora o foco parece outro: *Parece-me que depois deste movimento politico não queres me escrever. Quem sabe se é por pensar que eu não receba tuas cartas?*

O sossego em Florianópolis dura pouco: no dia 29, ele já estará em Curitiba, conforme comunica aos pais: *Cheguei ontem as 18h40 que pouco depois fui bem agasalhado. Hoje estou com saude vagando nesta cidade, apreciando o belo aspecto da cidade moderna e aliás a maior que aprecio até a presente data. Até quando permaneço nesta cidade?... Não sei!... Onde vou depois? Não sei!...*

Ao primo Adolfo, conta os detalhes de sua nova viagem, e parece feliz, porque a insurreição acabou:

> *No dia 29 de setembro correu os primeiros boatos que acabava-se a revolução. E felismente acabou de verdade, sem percisar dos nossos canhões 120 Ferro Viarios.*
>
> *"E vamos vadiar". Não tem mais serviço. Não tem mais toque de alvorada de manhã. Não tem mais expediente durante o dia. Não tem mais revista de recolher as 21h. Não tem mais silencio as 22h. Levanta-se de manha a hora que quizer. Vae-se a pensão a uma hora qualquer.*

Fico intrigado com a "pensão" — o que seria? Um lugar de encontrar mulheres? Meu pai tem vinte e um anos, é um soldado raso à solta no mundo, longe do controle familiar e momentaneamente livre da rigidez militar costumeira, mas até aqui suas cartas são recatadas demais para qualquer relato mais picante ou transgressor de sua vida. Por indicação de um encontro com operárias da tradicional fábrica dos Fósforos Pinheiro, da Fiat Lux, que ele relata adiante, tudo indica que o quartel onde está alojado, hoje o 5º Batalhão de Suprimento — Aquartelamento Ponte Preta ("Braço Forte, Mão Amiga", diz a inscrição) —, fica na quadra de encontro da rua João Negrão com a avenida Silva Jardim.

Na rua próxima, Visconde de Guarapuava, na mesma altura, até hoje proliferam pensões populares em prédios antigos e degradados, e a região ainda é um espaço visível de prostituição de rua, mesmo durante o dia. A pouca distância dali estavam a imponente estação ferroviária (hoje Shopping Estação) e a antiga rodoviária (agora uma central de ônibus urbanos), pontos tradicionais de grande movimento. O ficcionista imagina seu pai com colegas fardados circulando pela região (*vamos vadiar!*), quem sabe atrás de uma primeira experiência sexual (para melhor inventar, esquece que bem antes o jovem pai havia passado dois anos longe de tudo e de todos, trabalhando na construção de estradas, um buraco negro da biografia). Tento adivinhar com que estado de espírito, grau de segurança ou de timidez o reprimido primogênito, nesses dias inesperadamente alegres, longe de vigilância e censura (*Levanta-se de manha a hora que quizer*), conheceria (biblicamente) sua primeira mulher, mediante pagamento — uma cena clássica desde que o mundo é mundo. A carta prossegue: *Não toma-se o bonde só onde não houver. Recolhe-se de noite, depois de movimento jamais não ter. E vamos vadiar por conta do atôa. Até quando não sei...*

Ainda "vadiando" em Curitiba, no dia 11 de outubro, meu pai exercita no caderno uma espécie de redação, sob o título *O passeio do dia 7 de Outubro em Curitiba*, em que pela primeira vez ele tateia seus dotes literários; em estado bruto, a linguagem quer ir além do puro registro, testando formas novas, como a representação de diálogos. Transparece o esforço de passar da oralidade mais direta e costumeira das cartas para um tom mais elevado (pondo em prática exercícios de gramática), num contexto estranho que ele luta por dominar:

> *Após umas voltas em ruas desconhecidas, chego na linha ferrea.*
>
> *Percorrendo um trecho de linha, que justamente passei pela frente da fabrica "Fosforo Pinheiro", estava um grande numero de senhoritas, operarias da mesma fabrica. As quaes, umas sentadas em planchões, outras nos trilhos da linha e algumas na grama.*

É provavel que tinham terminado as refeições naquele instante.

Um pouco a frente tomei direção a esquerda onde estavam três senhoritas da mesma turma.

As três olharam-me como quem quer perguntar alguma coisa.

Enfim uma pergunta: Terminou a revolução? Respondi: Não sei… Acho que terminou.

Num trecho enigmático, uma das moças faz uma pergunta aparentemente sem sentido — *Não sabe quando vem a policia?* —, ao que meu pai responde que não sabe por não ser de Curitiba; informa que é de Florianópolis e que mora no município de Urussanga, *no Sul do Estado de Sta Catarina.*

Cheguei no dia 28 do mês findo.

Você veio para ir a S. Paulo?

Sim, mas como terminou estou sem destino.

Assim é melhor não é?

É sim… Vós sois italianas?

Sim somos. Isto é filhas de italianos. Não sabeis falar italiano? Uma delas responde: "E del ben grosso me ancha". Aí começamos a falar o idioma materno.

O "idioma materno" aqui é ambíguo. O italiano do meu pai era certamente algum resíduo fragmentário do dialeto de origem que se perdia. Em toda a correspondência, haverá algumas poucas referências à língua italiana. Numa carta de 1935, ele comenta o livro *Coloni e Missionari nelle foreste del Brasile*, de João Canever, que temia não compreender (*não seria de admirar, porque nos quatro annos que resido nesta Capital não estudei o italiano e nem siquer li jornaes ou livros*) mas que, *atrahido pela leitura, em tres dias dei cabo.* Não tenho lembrança especial da presença da cultura italiana em casa, além do hábito apenas folclórico, que minha mãe, sem nenhuma ascendência italiana, gostava de manter, mesmo anos depois, em Curitiba: comer polenta com carne de porco aos sábados. A imagem da panela de ferro de fundo abaulado que se encaixava nos anéis abertos do fogão a lenha, onde se mexia a polenta, ficou na minha memória de criança; assim como a pá da polenta, de madeira, com que às vezes ela me perseguia pela casa, para algum corretivo, como numa tira engraçada de quadrinhos — uma vez fui protegido pela minha irmã, que fingia tentar me arrancar de sob a cama por ordem da mãe furiosa (*Tire ele daí!*), instrumento de tortura na mão.

Foi a referência prosaica à polenta numa conversa com conhecidos em Roma que, nos anos 1990, me revelou a origem da família, algo que de fato nunca havia me interessado: o norte da Itália. A partir daí fantasiei que a rigidez do comportamento autoritário do meu pai seria herança atávica de seus bisavós do norte, próximos da calvinista Suíça, e não da influência do que eu desenhava como o relaxamento anárquico e contagiante de Nápoles, ao sul, uma afinidade aparentemente mais óbvia para a cultura brasileira. Um dito popular repetido pelos italianos do norte lembra que "Nápoles dorme, Roma come e o norte trabalha". A óbvia influência do peso disciplinante dos seus anos de formação como soldado e cabo do Exército não me ocorria.

Ainda no imaginário dos sábados, eu achava engraçado o modo como minha mãe cortava as fatias da polenta despejada na tábua, com um fio de linha, de baixo para cima, o que dava uma incrível perfeição ao corte. Enfim, de concreto mesmo, tudo que restou da língua italiana em casa foi um pequeno dicionário italiano-português, de capa verde, de 1951, e com a rubrica do meu pai exatamente no meio do volume, na página 175, o que eu estranho — ele já está com quarenta anos de idade e mantém o que me soa agora como um resíduo lúdico de infância, a marcação secreta de um território, uma pequena bobagem que insiste em manter.

O diálogo do meu pai continua em perguntas e respostas, ao modo de um caderno didático de leitura para crianças. Tem a sua graça, pelas respostas da "senhorita":

Peço-lhe: onde moraes? Nel'Aqua-Verde. Tem bonde até lá? Não.

Mas é perto. Qual é o bonde mais proximo de lá? O bonde mais proximo é aquele vae ao azilo S. Luiz. E depois voce pode tomar direção a direita pela avenida que pouco adiante já é Agua-Verde.

Lá tem muitos italianos.

Tem muitos filhos de italianos, mas italianos poucos. Sim compreendo. Como nós somos.

O "como nós somos" também é ambíguo — provavelmente meu pai se refere à situação de sua família em Urussanga. O texto prossegue em outra direção:

Mudando de Assunto

Tens gostado de Curitiba?

Ha poucos dias que permaneço nesta cidade mas tenho gostado muito. Curitiba está cituada num planalto, muito saudavel e é muito pitoresca. Vos não achaes?

Meu senhor devemos gostar pois só está cidade que conhecemos. Interroguei: A revolução não alterou o cervico da fabrica?

Aliás trabalha-se mais, porque neste periodo S. Paulo não esportou e aqui a fabrica tem mais serviço. E ganha-se bem na fabrica?

Si tivesse cervico o dia todo, daria de livrar até cem mil reis por Mês. Mas só se trabalha cinco ou seis horas por dia que só da uns cincoenta a sessenta mil reis por mês.

Está muito bem vos ides trabalhar e eu irei ao quartel ver o que ha de novo. Até outrora — Até amanha...

Curitiba, 11 de outubro de 1932

Quartel do 9º B. A. M

João B Tezza

Imagino que o interesse do meu pai nos detalhes do trabalho na fábrica indique uma preocupação com o próprio destino, uma sondagem das possibilidades profissionais, terminando o período no Exército. Afinal, naquele momento ele era um homem ainda sem educação formal, de futuro incerto, com poucas perspectivas, mas deixando sinais em vários momentos de que não desejava ser soldado para sempre.

Tudo somado, imagina o detetive ficcionista — o interesse pelo salário das funcionárias da fábrica de fósforos, a alegria da vadiagem, os impulsos de transcendência poética, o registro obsessivo dos dias e das horas, o contato permanente com a família, a aparente indiferença política ao que acontece no país, a teimosa insistência nos estudos —, meu pai está num momento ao mesmo tempo inseguro e animado de passagem dos seus vinte e um anos. O que fazer da vida?

Penso em mim mesmo, em passagem semelhante, quarenta anos depois. Quando nos tornamos o que de fato somos? É possível falar da nossa condição madura como de uma caixa fechada? Chegando aos dezoito anos eu também teria de enfrentar o alistamento militar, assombração de todo jovem brasileiro da minha geração — e suponho que até hoje, embora nem sempre tenha sido assim. Vejo pelas cartas que muitos parentes do meu pai desejavam o mesmo destino dele, sendo que as vagas eram poucas; afinal, tornar-se soldado era garantir uma parcela de educação formal, segurança e meio de subsistência. Um futuro melhor, enfim.

Curiosamente, o patrono do serviço militar obrigatório no Brasil é um poeta parnasiano, cujo nome revela-se, por ironia, um verso alexandrino perfeito, com a elegante cesura na sexta sílaba: Olavo Brás Martins dos Guimarães Bilac. Nos anos de 1915 e 1916, em pleno morticínio da Primeira Guerra Mundial que devastou o mundo, o poeta fez campanhas cívicas pelo Brasil em defesa do serviço militar obrigatório, sem sucesso. O alistamento compulsório acabaria regulamentado apenas em 1946, com o fim do Estado Novo; e o formato atual da lei é obra dos primeiros meses do golpe militar de 1964, com lei promulgada em agosto daquele ano, quando eu completava doze anos de idade. Um poeta parnasiano defender alistamento militar obrigatório parece um fantasma retardatário do século XIX, o atraso renitente assombrando o país, que até hoje — o fenômeno bolsonarista é a prova — imagina-se tutelado por forças armadas.

Mas, pela importância simbólica de Olavo Bilac, também nos diz alguma coisa da literatura brasileira, o seu caráter conservador e ornamental, às vezes com forte tonalidade oficial (é eloquente o fato de o maior escritor brasileiro, Machado de Assis, perfeita síntese de todas as nossas contradições, ter sido também o fundador da Academia Brasileira de Letras), o seu amor à autoridade e o pendor didático que nunca se perdeu por completo — a missão a cumprir, o império do ideal, o sacrifício das letras, a glória suada, o triunfo do bem. Também é notável um certo imperativo ético-literário de identificação político-partidária, escancarada ou implícita, mas sempre visível, como selo de qualidade moral — nesse sentido, a presença de ditaduras explícitas (no século XX foram mais de trinta e cinco anos de regime de exceção) deu as balizas de referência que acabaram por se tornar permanentes, uma condição natural de engajamento.

Minha imagem do militar, da vida militar, do militarismo, de toda a imensa constelação de signos e valores vinculados às Forças Armadas foi, desde a origem, a pior possível. Obviamente o golpe militar de 1964, o sobregolpe de 1968 e a barbárie institucional do submundo policial-militar que avançou pelos porões dos anos 1970, com o consentimento (quando não o apoio direto) e a proteção dos generais, tiveram um papel esmagador na minha percepção, ainda mais vivendo, numa época-chave da vida, num ambiente e numa cultura de irreversível inclinação mutante, libertária, alternativa e transformadora. De um lado, uma influência diretamente familiar, via contato diário com os irmãos mais velhos, que traziam para casa a agitação universitária naturalmente de esquerda, contestatória, com um viés político-racionalizante; e de outro, na osmose típica daqueles anos, pelo contato precoce com a comunidade artística, sempre banhada de irracionalismos anárquicos, que se tornaria central no meu projeto primeiro de escritor. Uma memória forte daqueles anos é a de um vizinho militar que, de manhã cedo, quando eu saía para as aulas do Colégio Estadual do Paraná, uma ou duas vezes me esperou na calçada para sondar, o tom fingidamente amistoso, quem eram os colegas da universidade que se reuniam com meus irmãos à noite para discutir política. A percepção instintiva era a de ser um clandestino no próprio país, um sentimento que nos persegue.

Naquele horizonte, não poderia ser diferente: o campo semântico despertado pela farda, na minha passagem à vida adulta, combinava com estupidez, truculência, ditadura e covardia. Um pouco disso se deve ao relativo conforto de alguém que teve algumas vantagens sociais, e principalmente capital cultural, garantidos exatamente pelo esforço de pai e mãe na dura luta pela prosperidade familiar do final dos anos 1940 e ao longo dos anos 1950, acompanhando a rápida ascensão econômica do país depois da Segunda Guerra. Aquela já era uma nova classe média, nem proletária nem camponesa — a consciência política dominante, na típica geração simbolizada pelas revoltas de 1968, aqui também se fazia de cima para baixo, a partir dos estamentos intelectuais. Acrescente-se: uma classe média branca ou no máximo tendendo ao branco, embora essa questão naquele tempo raramente fosse colocada no Brasil em termos raciais — a discussão se fazia sempre no terreno de variáveis socioeconômicas. Mas esse quadro é apenas a matéria-prima existencial com que contamos para tocar a vida, o simples (mas sempre poderoso) ambiente pessoal cotidiano.

Considerando a moldura maior, vivi o inescapável espírito do tempo, que combinava o rápido crescimento da urbanização brasileira com a ascensão de uma classe intermediária mais ou menos letrada, ansiosa por alguma modernidade e — em função direta das novas tecnologias de comunicação — globalizante e contraditória como que por instinto. O enquadramento genérico à esquerda era o imperativo ético de quem vive sob uma ditadura de direita — no nosso caso, uma ditadura paradoxalmente estatizante e de economia fechada, repetindo o modelo getuliano. Mas, de alguma forma, o clichê do ódio aos Estados Unidos e aos imperialismos, sob o viés político dominante (Guerra Fria, Cuba, Vietnã), tinha de combinar com a calça jeans e o amor aos Beatles, aqueles "burgueses cabeludos" arregimentando fanáticos em multidões históricas — foi o que eu disse aos catorze anos, repetindo chavões que ouvia em torno com a seriedade e a gravidade de um senhor ranzinza de oitenta, ao meu guru Wilson Rio Apa na primeira vez que o encontrei. Era o meu batismo de escritor — um recital de poesia no Centro Cultural do Banco do Brasil, eu com o bolso cheio de poemas político-condoreiros, um pior que o outro, pronto a mudar o mundo. Não esqueci o que ele respondeu, palavras que, virando a chave num estalo mental, bebi com a devoção de quem precisava urgentemente de um Mestre: "Você está completamente enganado. Eles são a maior revolução do nosso tempo. E o pavio de tudo isso foi aquele boçal do Elvis Presley". Começava ali um tenso e marcante contraponto — o Pequeno Militante Político que começava, disciplinado, a se desenhar na minha cabeça, iniciava sua irresistível deriva existencial em direção ao Artista Solitário, Anárquico e Independente. Era uma escolha de territórios e uma busca de nitidez.

9. A passagem

O Brasil dos meus anos de formação era um país pequeno, estrito, quase incrivelmente unitário, que, saindo da era Vargas, forjou o quadro ideológico e suas balizas da geração dos anos 1950 e 1960. A grande variável em jogo era político-social, com repercussões culturais e ressonâncias comportamentais universalizantes que foram se abrindo em ondas cada vez mais amplas e influentes nas décadas seguintes. As componentes raciais, étnicas, sexuais, religiosas e comportamentais que dominariam o início do século XXI, na explosão fragmentária promovida pela revolução tecnológica da internet, ainda engatinhavam no horizonte periférico brasileiro, já pressentindo os sinais de fumaça que se entreviam no que então se chamava "Primeiro Mundo".

Assim, em 1972, quando resolvi recusar a universidade e embarcar no projeto de me tornar piloto da Marinha Mercante, meu rito de passagem tinha um sentido bastante diferente do que moveu meu pai. Enquanto ele estava simplesmente atrás de casa, comida e escola, o seu filho estaria, na estampa poética, imitando Joseph Conrad, o primeiro escritor global da modernidade; mas, de fato, eu apenas repetia, por dependência emocional, o exemplo romântico do guru Rio Apa, que havia se engajado marinheiro no final dos anos 1940 e fizera da aventura um signo da sua vida. Quando não há um pai a imitar, inventa-se outro. "Você não tem superego", uma vez o guru me disse, como quem ressalta uma qualidade, e eu acreditei: posso fazer o que quiser da vida; ninguém vai me impedir — eu sou a minha lei.

Minha experiência durou exatos quatro meses claustrofóbicos na disciplina da Escola de Oficiais da Marinha Mercante, do Rio de Janeiro, alternando a rotina de aulas intensas todas as manhãs — de que tenho curiosamente boas lembranças — com as rígidas obrigações cívico-militares de uma instituição civil tocada pela Marinha de Guerra, e isso no momento mais assustador da ditadura. Tenho também uma memória sensorial indelével do período, o mau cheiro do mangue em torno da escola, um odor desagradável e permanente do ar que se respirava, um espaço que me parecia inteiro insalubre. O sentimento de desajuste (*O que eu estou fazendo aqui?*) acabou por criar uma espécie de síndrome de pânico que me levou a sair dali com o desespero de quem escapa, já sufocado, de uma prisão.

Ainda menor de idade por um mês, falsifiquei a assinatura da minha mãe no pedido de desligamento (porque ela se recusara a autorizar minha saída da escola) e voltei para Curitiba sem nenhum projeto na cabeça além de me reintegrar à comunidade do guru. Por sorte, desde janeiro daquele ano eu já estava liberado do serviço militar, inscrito no "excesso de contingente" — o que havia conseguido em Curitiba justamente por ter passado no concurso da Marinha Mercante. Assim, não precisei completar o ano regulamentar de serviço militar obrigatório, como me ameaçaram no Rio. Pelo menos dessa vez, enganei os milicos, como eu gostava de me vangloriar entre risadas, cigarros e goles de cerveja para os meus amigos da comunidade, todos felizes, desajustados e sem rumo. É como se, décadas mais tarde, eu desafiasse ostensivamente o projeto do meu pai quando tinha a minha idade.

Com o fim da insurreição paulista, depois de alguns dias "vadiando" em Curitiba, meu pai volta a Florianópolis e retoma a rotina do quartel e das aulas da Escola do Comércio. Da experiência de participar da contrainsurreição não ficou nada. Não há nenhum comentário sobre a situação política — o nome de Getúlio Vargas não aparece uma única vez. Em dezembro de 1932 ele faz uma pequena síntese de sua breve aventura ao "amigo Vitorio", repetindo as informações que aparecem em outras cartas do período, numa indicação de que a família e os amigos pareciam muito mais interessados no movimento revolucionário do que ele. E fecha a carta com a informação que lhe era mais cara: *Tenho a honra de comunicar-te que fui promovido ao posto de cabo no dia 19 de Novembro.* Essa promoção, um ano depois do concurso que havia feito, mereceu uma carta orgulhosa ao pai, frisando a sua conquista, com um tom solene:

> *Tenho a subida honra de escrever esta carta espessialmente para participar-lhe que por ocasião de ser excluido, por conclusão de tempo, um cabo desta Bateria, e já achando-me em primeiro logar dos concorrentes do concurso a cabo, de 7-11-1931, fui hoje promovido ao mesmo posto. Hoje após ter sido publicado o boletim diario desta Bateria, trazendo a minha promoção tive a honra de receber abraços e parabens dos companheiros.*

A "subida honra", a um tempo livresca e ingênua, sem nenhum traço da ironia desajustada que marcaria a vida do seu filho quarenta anos depois — ser "desajustado" era uma qualidade moral e intelectual dos anos 1960 e 1970 —, indica o quão integrado meu pai estava no quartel e sua felicidade por ser reconhecido pelos colegas.

Os anos seguintes serão de estudos intensos. Meu pai tinha noção clara da importância da educação — e muito especificamente da escrita, que ele luta por dominar. É um tema recorrente; mais de um ano depois, em agosto de 1934, ele escreve a um "querido irmão" não nomeado:

Creie, que todo homem que sabe esprimir suas idéas com a pena, é superior ao que não o sabe. E aquele que não sabe transmitir seu pensamento por carta não pode ter amigos ausentes. Porque, fazendo escrever por outros, a carta perde todo o estilo do individuo (que cada um de nós temos um estilo de falar e escrever, diferente) tornando-se, assim, uma carta sem espressão viva.

Com frequência ele vê a si mesmo como um conselheiro dos irmãos, como quem cumpre o seu papel de primogênito — alguém que tem por missão repetir um modelo. (Penso no avesso de mim mesmo, como o caçula da família, e no fato de que sempre estive na posição de quem recebe ordens e conselhos; jamais o contrário — uma vida de defesa e oposição ao mundo e não de força e imposição de um mundo.)

Agora promovido a cabo, com a autoestima em alta e um soldo um pouco melhor, o tema das mulheres e do casamento começa a aparecer com mais frequência na correspondência. O seu filho ficcionista tem um especial interesse nessa fase de sua vida, em que os sempre selvagens hormônios entram em choque com o poder esmagador das convenções. Como seria meu pai com as mulheres? Como ele lidava com a vida afetiva nesse momento de sua vida?

Num dos únicos textos autônomos que ele anotou nos cadernos, chamado "Amor Perdido", de 5 de novembro de 1932, ele conta o fim do que teria sido talvez sua primeira paixão, de três anos antes, aos dezessete anos: *Em 20 de Março de 1929, foi que senti em mim amor profundo que, me atraiu pela jovem Eufemia Tezza*. E conta que recebeu uma carta, *citando o casamento, já realisado, de cuja mulher que mais amei nos meus dias*. O texto prossegue estropiado na gramática mas nítido no sentimento:

> *Esta noticia apresentou para mim, a maior decadencia dos prazeres do amor.*
>
> *Juro por deus do ceu que poderei amar mas não confiar amor de mulheres.*
>
> *E nunca mais amarei tão fervoroso, a quem não mostra suficientes provas de sinceridade para comigo.*

A luta poética despertada pela frustração reaparece em versos enviados ao primo Adolfo, escritos *depois de ter tido sciencia dos casamentos contraidos pelos conterraneos*, um tema que parece atormentá-lo:

> *É por isso que se me caso*
> *Será por um acaso*
> *E se não fôr bem casado*
> *Desconfio que me descaso.*

É de levar a sério sua resistência — meu pai apenas se casará em 1943, aos trinta e três anos de idade. Mas desde cedo ele tinha uma visão clara do que o casamento representaria na sua vida. Numa carta a uma certa prima Joana, que vai se casar, ele faz um quadro edificante e professoral de quem tateia o próprio lugar masculino no mundo, um ponto de referência ainda incerto; a retórica esforçada repete os lugares-comuns machistas do seu tempo sobre a função cristalizada do papel da mulher, entrevendo-se o fio de uma frustração pessoal:

Creio que estás passando os teus ultimos dias de virgindade, os teus ultimos dias de solteira, os teus ultimos dias sob o regimem do pai, os ultimos dias em casa paterna, os teus ultimos dias de amor aos jovens e os teus ultimos dias de convivencia com os teus irmãos.

Passarás a ser casada, obedecerás a um homem digno de te possuir e viver em casa propria, ser leal para com quem te possue e tornar-te-a o amor de mãe carinhosa para com os teus filhos.

É o cromo clássico do velho amor conjugal, em que o tom poético-melancólico deixa escapar uma condenação maldisfarçada, decretando o fim da felicidade e da liberdade. Segue-se a corajosa confissão pessoal, que revela a perda de mais um elo afetivo da vida adulta:

Joana — Foste tu que me despertaste o amor, desde a mais tenra idade que conviviamos quasi no mesmo berço, e que eramos ainda inocentes, vinha simpatisando-me pelo teu bom modo de tratar, pelo teu jesto inofencivel e pela tua beleza.

Esses tempos já passaram…

Já somos adultos podemos costituir familia, que é o natural da humanidade.

Tantos anos amei-te mas uma coisa de damos o nome de "destino", não nos uniu.

A força do lugar-comum, a linguagem que de tanto se repetir como que por conta própria acaba por criar uma realidade inescapável, na sua simplicidade moralizante: *Sempre moços não podemos conservar-se. Temos que casar; tornado-nos pais, avôs, bisavôs, e até que um dia desaparecemos do mundo.*

A escrita desenha-lhe um mundo paralelo que parece substituir, para todos os efeitos práticos, o mundo real. Pelo postscriptum, meu pai parecia gostar dessa viagem, da luta tortuosa e sofrida em direção a uma gramática e a um mundo, que ainda não são seus: *Peço o favor de ler e tornar ler esta carta, mas depois rasga-la ou melhor ainda, remeta-me-a de volta.* Assina com uma rubrica em arabescos, J. B. T., o braço do T dando a volta em torno das iniciais, fechadas com quatro pontinhos enigmáticos, como um código secreto de criança.

A relação do meu pai com as mulheres parece ter dois lados visíveis: um é o carimbo institucional — a mulher é a esposa com a qual ele constituirá família e repetirá o modelo patriarcal desde sempre e para sempre, um objeto ideal a ser conquistado. O outro, inescapável, é o espaço erótico-afetivo do desejo, sempre indócil, que nunca se enquadra perfeitamente em nenhuma moldura prévia.

O seu filho ficcionista tira conclusões óbvias a partir dos ralos exemplos das cartas, que são por natureza não confiáveis, ainda mais num tema como esse, visto à luz de quase um século atrás. Mas pressinto nas suas linhas uma honestidade instintiva e confessional que, pelo simples fato da transcrição, revela alguém que se expõe, e registra em detalhes sua autoexposição, o tempo todo, num esforço (nem sempre bem-sucedido) de esgotar qualquer dúvida ou ambiguidade — e sem temer o eventual ridículo da própria situação, que ele jamais percebe.

Na juventude retardatária de alguém que aos vinte e um anos ainda luta para recuperar todo o terreno perdido na vida cultural e social num mundo que lhe é estrangeiro mas que ele quer conquistar, é visível que a mulher representa um espaço inseguro de frustração pessoal — o mais difícil, misterioso e inacessível de todos. Até aqui não transparece nele nenhum vestígio autossuficiente de conquistador, o otimismo ou a alegria solta do mulherengo, a segurança do estrategista afetivo; nada disso. É alguém que luta por seguir alguma cartilha que ele não domina mas quer conhecer; ele quer fazer a coisa certa. Mas há sempre um sentimento residual de orgulho ferido e de amor adolescente não correspondido que vem à tona em quase todos os momentos em que ele comenta situações afetivas. Alguém que se sente um intruso nas relações humanas. E também — um detalhe recorrente — transparece o complexo de inferioridade do pequeno soldado diante de um mundo social ao qual ele não tem acesso mas cujas agulhadas sente.

Em agosto de 1932, ele escreve a uma certa "Jovem Maria" confessando um ressentimento que exige reparação: *Venho respeitosamente pedir-te porque razão, que todas as vezes me encontras, nas ruas, me chamas por um indecente apelido.* Depois de frisar que jamais faltou com o respeito, e que *já não somos mais "barbaros"*, pede que ela o chame pelo nome e faz uma sombra de ameaça: *Ao contrario sou obrigado fazer uma besteira em publico, que o resultado não será positivo para nenhum de nós.*

Qual terá sido o "indecente apelido" com que a moça chama meu pai? Em outro momento, alguns meses mais tarde, meu pai fará o (para mim) impensável: uma reclamação formal, por escrito, ao comandante da bateria, contra um soldado, mas numa situação em que, tudo indica, o centro da questão eram as "senhoritas":

> *3ª B. I. A. C.*
> *Ao Snr Comandante*
> *Parte.*
>
> *Participo-vos que ontem ás 18 horas aproximadamente, na avenida Hercilio Luz; o soldado nº 72 Oscar Conceição maltratou-me com apelidos e deboche deante de soldados e senhoritas. Cabo João B. Tezza*
>
> *Quartel em Florianopolis, 18 de Fevereiro de 1933.*

A cópia traz uma anotação em lápis vermelho, *Arqui*, provavelmente uma indicação de que a queixa foi arquivada. Tento decifrar o incidente, grave a ponto de meu pai, já um superior hierárquico ao soldado, fazer essa ridícula "Parte". "Apelidos e deboche": o que seriam? O tabelião que tudo anota jamais registrará o seu apelido depreciativo. Imagino o quadro de alguém com ambições pessoais acima de seus recursos; mas suas ambições parecem apenas abstratas, subjetivas, na área difusa da educação e da cultura. Ele nunca diz que deseja ficar rico na vida; é um homem prático, bastante objetivo, detalhista, correto, mas o seu horizonte parece demasiado miúdo. Como todas as pessoas, cria uma imagem de si mesmo, que tenta sustentar. Mas seu repertório é ainda dolorosamente estreito — vários sinais de sua escrita nesses anos verdes indicam que a sua gramática tem traços caipiras —, pela invasão da oralidade escreve palavras como "alembra" e "probrema", que são carimbos instantâneos de condição social e cultural, e tortura-se lutando por reproduzir regências e concordâncias normativas que não domina. Ele admira o ornamento da fala; sente o seu valor social no mundo em que se move. Talvez tenha ganhado alguma fama entre os colegas soldados como alguém "de letras" — afinal, às vezes redige cartas a pedido deles. E nas cartas para a família e para os amigos sobressai aqui e ali um tom professoral, a pose do lugar-comum de prestígio, o gesto do conselheiro. Nesse meio caminho entre o sonho de uma mínima grandeza e a desconfiança dos próprios dotes, afirma-se a pretensão insegura, os gestos duros, o humor difícil. É claramente um sujeito esquisito; aqui e ali transparece nele a sombra de um pernóstico, alguém tropeçando no ridículo desajeitado da própria ambição.

Vejo-o passeando sozinho na avenida Hercílio Luz, no animado centro de Florianópolis, no dia 17 de fevereiro de 1933, uma sexta-feira, em pleno Carnaval, e um soldado, exibindo-se aos colegas e às senhoritas, escolhe o cabo João Batista Tezza para ridicularizar. Poderia ir até o provocador e agredi-lo com um soco, a linguagem universal da afirmação masculina em todos os tempos. Certamente sentiu esse desejo. Diante do xingamento, o apelido ridículo que fez as senhoritas rirem, ele chega a fechar o punho. Há um segundo de indecisão, imagino. Em outra carta do mesmo mês ao amigo Vitorio — que havia sido agredido por policiais —, meu pai (talvez lembrando do incidente pessoal recalcado) despejou uma catilinária reveladora de seu temperamento, com toques de bazófia, mas o que sobressai é uma visão da ordem (e uma imagem dos políticos e das forças armadas, que ele assimila):

> *Já vi que policia só serve para proteger politicos e anarquizar qualquer sociedade e festejos de brasileiros dignos, praticando coisas absurdas. Eu não uso siquer um canivete mas si um dia usar um revolver e que for atacado por policias é dia de minha desgraça porque o couro do agressor, eu o tiro: ou se fôr mais fraco, dou muito na cara dum patife desta classe. Aqui felismente a policia não se cria com o pessoal do exercito.*

Volto a vê-lo indeciso diante do grupo de soldados, seus colegas de farda — os subordinados que o ridicularizam —, e meu pai legalista decide não reagir; talvez tenha seguido adiante, fingindo nada ouvir, as orelhas queimando. A máquina do ressentimento deixa marcas. E no dia seguinte, sábado de Carnaval, com a cabeça fria e a satisfação da justiça e da vingança, denuncia a agressão ao comandante.

Em outubro de 1933, meu pai escreve ao primo Adolfo relatando fofocas de um baile a que foi, e faz uma síntese de sua situação (*ganho o pão sem trabalhar, mas o soldado não é dono de si*) e de seus objetivos, já que *o ordenado de um cabo não seje suficiente para constituir familia*:

> *Por ora não penso em me casar, e pretendo casar unicamente si o casamento me touxer algum confôrto. Tenho a pretenção*

de não deixar-me arrastar pela paixão: por mais bela e agradavel mulher que seje, desde que julgue inconveniente em casar-me.

Eis a rasão, que agora não me apuro muito e me divirto nos recreios mais preferidos.

A verdade é que a diversão era pouca, pelo que se lê nas cartas. Em 10 de novembro, escreve ao pai contando que já em maio havia sido convidado *por um grupo de colégas civís e militares para o Curso de Madureza,* (*o qual foi criado no mesmo mês e instalado no proprio predio do Ginasio Catarinense,* explica ele). O antigo curso de Madureza era uma preparação mais ou menos livre para um exame (criado em 1890, na esteira de uma reforma educacional promovida por Benjamin Constant) que, concedendo um certificado de proficiência equivalente aos atuais ensino fundamental e ensino médio, abria o caminho dos jovens e adultos que não haviam feito estudos regulares para seguir adiante nos cursos superiores. Num país de iletrados, o curso representava uma oportunidade preciosa exatamente para alguém como o meu pai — e que mudaria sua vida.

Ele não perdeu a chance, que nesse primeiro momento durou pouco: *Infelizmente por falta de frequência dos alunos o curso foi estinto no dia 1º de outubro.* O que não o desanimou: *Por ora não estudo com professor algum, porêm nem por isso abandono os estudos, e sim, por mim mesmo, estudo as matérias mais necessárias.* Entre as matérias *mais necessárias,* diz ele ao pai, está a literatura — e anexa à carta um *pequenino trabalho: "O aspecto tristonho do Anoitecer e a pessima Estrada", imaginando um trexo da viajem de volta de Palmeiras Alta* (*do dia 13-4-33*). *Isto é, desde o Travessão até o logar denominado "Cál Delle Bannannere* (*confim*).

É visível que ele alimenta um projeto literário. Fico matutando como o pai dele, meu avô, que presumo um colono rústico mas de alguma forma atento ao valor da cultura, receberia essa informação. *Saber não ocupa espaço* é um dos ditos familiares que se repetia sempre em casa, típica frase que passa de pai para filho. Tenho de lembrança uma única imagem do meu avô, em Lages, um ou dois dias depois da morte do meu pai, quando a casa se encheu de parentes num breve caos — eu chegando de Florianópolis, minha irmã e minha mãe do Rio de Janeiro. Eu ainda não havia entendido a extensão do que estava acontecendo. Há um vazio da memória, um estranhamento; não me recordo de ter chorado. Meu avô — como meu pai, uma figura magra — estava sentado na escada de dois ou três degraus em frente de casa, que dava para uma pequena varanda, e ali vultos se moviam, a porta da sala aberta, um entra e sai de pessoas abatidas. Sentei ao seu lado e lhe mostrei uma dobradura que eu havia feito, um barquinho de papel. Ele pegou o barquinho, pensando longe — e eu vi os seus dedos ossudos, cheios de calos, tateando o papel; ele tentava redobrar a ponta triangular e abaular o fundo do barquinho, como a reproduzir a forma de uma simples canoa. *Um barco não tem essa ponta*, disse ele, insistindo na redobra — a teimosia distraída dos seus dedos me ficou na retina.

No texto anexado que envia ao pai, primogênito obediente em busca de aprovação, um novo e precioso vocabulário era testado como que à pinça, palavra a palavra, em torneios sintáticos, uma imitação da difusa retórica simbolista que certamente absorvia de leituras da época:

> *À proporção que progredia o silêncio se aprofundava, mas a rustica garôa continuava a murmurar sobre a alcatifa, e a folhagem orvalhada, do caminho mal roçado, lambia-me as pernas umedecendo as permeaveis vestes de que estava vestido. O roçar funebre da brisa, ondeava a neblina que de tão fina acompanhava o vento densificando-se em posições onde era mais frequênte. Florianopolis, 10 de Novembro de 1933.*

No dia 29, ele escreve novamente ao pai, indagando sobre uma vaga de professor no distrito de Palmeira do Meio — *havendo vaga e achando-me competente posso prestar os exames*, diz ele. O seu tempo de engajamento está chegando ao fim, e ele pensa nas opções disponíveis, todas elas vinculadas a algum emprego público — nenhuma outra possibilidade, alguma atividade autônoma qualquer, é lembrada. A tradicional cultura do pequeno proprietário, em boa parte autossuficiente, que moveu sua família até ali parece não ter criado nenhum impulso empreendedor além dos próprios recursos do Estado, dessa vez na forma do sempre seguro estamento público e seu inesgotável funcionalismo. E é preciso se mexer: agora serão nove irmãos partilhando o mesmo espaço, já estreito diante da multiplicação bíblica. Era o gatilho de uma diáspora de descendentes de imigrantes do sul que se espalhará pelo país.

Quem sabe, à falta de opções, seguir em definitivo a carreira militar? Em dezembro, ele escreve um ofício ao *Snr Comandante da 5ª Região Militar* pedindo para se submeter ao exame de seleção do "Curso de Formação de Sargentos da Escola de Arma de Artilharia", com a declaração obrigatória anexa: *Si concluir com aproveitamento me reengajarei por cinco anos.*

Mas não há uma estrita vocação militar no meu pai, um desejo de fazer carreira — trata-se antes de um meio de sobrevivência enquanto procura alguma coisa melhor e avança nos estudos. Ele não desistiu do curso de Madureza, frustrado na primeira tentativa. Em março de 1934, escrevendo à irmã Libera, conta animado que, agora sim, está *estudando no Curso de Madureza desde o dia 19 p.p., isto é, faz justamente um mês hoje*. As aulas começam a fazer efeito: o seu padrão gramatical vai gradativamente melhorando. E há bem menos cartas nesse ano, em torno de uma ou duas por mês, indicação de que o seu tempo começava a ficar curto, ou para escrevê-las ou para copiá-las. Ainda em março, no dia 29, o *cabo*

João Batista Tezza da 3ª Bateria Independente de Artilharia de Costa e Forte Marechal Moura pede reengajamento por mais dois anos *para esta bateria*. E quase ao mesmo tempo atira em outra direção: em abril, escreve ao pai pedindo a certidão de idade, com urgência, *para obter inscrição no concurso de carteiros-auxiliares no Departamento dos Correios e Telégrafos*.

Em seguida, transcreve sua certidão de nascimento, imitando o cabeçalho do documento em caixa alta em três linhas caprichadas. Ali consta o nascimento de

> *João Batista Teza de sexo masculino, de côr branca, nascido em quatorze dias do mês de maio de mil novecentos e onze as tres horas no lugar Rio Molha filho legitimo de Vicente Teza e Dª Vitoria de Lorenzi Cancellier naturais dêste Estado de Santa Catarina, profissão agricultores, casados neste Municipio e residentes neste Municipio neto paterno de João Teza e Dª Appolonia Teza e materno de Olivo De Lorenzi Cancellier e de Dª Joanna de Lorenzi Cancellier.*

A grafia do sobrenome entre os irmãos flutua entre *Teza* (a forma original da família italiana que emigrou do Vêneto) e *Tezza*, que de algum documento em diante se fixou no nome do meu pai e de alguns de seus irmãos, certamente um "italianismo ortográfico" criado por algum copista de cartório.

A vida prática desde sempre pressionou meu pai; em julho, ele faz um *Balanço geral, do credito em dinheiro, do primeiro semestre do ano de mil novecentos e trinta e quatro*, em cinco colunas divididas caprichosamente a régua, *Cadernetas, Data das alterações, Depositos, Saques, Líquido*, tudo de acordo com o seu padrão de organização. O "dinheiro em caixa" é 52$000, mas o total em crédito, anotado por extenso no final, *importa na quantia de dois contos sete centos mil tresentos e sessenta e cinco reis em meu favor.*

Não é fácil calcular quanto seria isso em valores de hoje, mas usando a calculadora do jornal *O Estado de S. Paulo*, o "índice Estadão" — uma tabela de conversão baseada no preço do jornal do dia —, descubro que, tomando 2023 como referência, ele teria em dinheiro na mão o equivalente a mil e trezentos reais, e um saldo depositado em cadernetas de poupança em torno de sessenta e sete mil reais, o que não seria pouco para um jovem "2º cabo" de vinte e quatro anos. O preço do jornal, duzentos réis, equivaleria, pela tabela, a cinco reais, mas é preciso ponderar que o advento da internet e do jornal digital mudou substancialmente a validade do parâmetro; a venda do exemplar físico em banca tornou-se um nicho residual de mercado e não mantém mais a relação estrita de preço e custo que tinha quase cem anos atrás. É uma correção com certeza inflada — mas, mesmo que reduzida à metade, continuaria sendo uma poupança significativa.

No dia 5 de agosto, ele escreve uma carta longa ao pai justificando a falta de notícias, com um rebuscamento de estilo e a caligrafia impecável: *O querer levar ao vosso conhecimento os multiplos fatos que surgiram e vêm se desenvolvendo até o presente, e que, ainda não têm definida solução é a síntese de toda falha da minha resposta.*

Ele não sabe ainda se passou nos exames para carteiro auxiliar, mas a autoestima está em alta — *espero, contudo, ser muito bom; presumo estar em 3º lugar entre os 52 concorrentes.* Comentando o curso de Madureza que está fazendo, dá sinais de um ativismo político em defesa da qualidade do curso, que sofria *o desleixo por parte dos dirigentes*. Depois de algumas escaramuças com a direção (*A falta de professores e a falta completa de material escolar, fizeram com que os alunos reagissem e propugnassem pelos seus direitos*), eles conseguem uma conquista importante:

Obtivemos, mediante requerimento ao Interventor, uma sala do Instituto Politecnico, onde dispomos de bom aparelhamento escolar: Laboratorio para experiencias de Fisica e Quimica; quadros coloridos para o estudo de Historia Natural (Botanica Zoologia e Geografia) onde existe um esqueleto que muito facilita o estudo da osteologia humana.

O interventor — posto político criado por Getúlio Vargas, eleito pela Assembleia Legislativa, que substituía os governadores desde a Revolução de 1930 — era o coronel Auristiliano Ramos, que apoiara ativamente a sublevação de Vargas. Auristiliano era primo (e, naquele momento pontual, adversário) de Nereu Ramos, ambos membros de uma influente família de políticos e latifundiários de Lages. Com a pressão, os estudantes conseguiram uma sala do Instituto Politécnico de Florianópolis, além do material didático à disposição. Criado em 1917, o Instituto foi a primeira instituição de ensino superior de Santa Catarina. A família Ramos — com o seu nome historicamente ligado ao Partido Social Democrático, fundado em 1945 por ex-interventores da era Vargas, e à tradicional centro-direita conservadora catarinense — terá uma influência importante na vida do meu pai. Como consequência do ativismo estudantil, continua o relato, *temos um corpo docente competente e interessado para o nosso progresso; e tanto o honraremos si formos felizes de sermos aprovados nos exames que faremos ao terminar o ano letivo; e de mais a mais, não me impressiono com os exames, porque estudo para aprender e não unicamente para passar nos exames.*

Aos vinte e três anos, que havia completado em maio, meu pai dá sinais de transformação pessoal; o "pequeno adulto" que parece ter sido a sua autoimagem desde que entrou no quartel de Florianópolis, três anos antes, o primogênito severo e exigente consigo mesmo, que não pode decepcionar o pai, vai se consolidando linha a linha — alguém que se leva muito a sério. O "estudo para aprender e não unicamente para passar nos exames" é uma afirmação reveladora; por trás do leve tom de bazófia há, quem sabe, um traço defensivo, um escudo em caso de fracasso, porque nada é fácil para ele, que começou tarde; mas há também uma certa ética de autossuficiência que sempre esteve presente nele, o orgulho (aqui e ali embrulhado no ressentimento) do solitário.

Procuro o espelho: o que eu era e fazia aos vinte e três anos? Em que momento — especulo no vazio da memória — me tornei "eu mesmo", alguém que se define? Mas alguém se define? Existe essa passagem na vida das pessoas, uma linha sem volta, aqui uma figura informe, ali um vulto exato? Aqui uma criança insegura, ali um adulto completo? A autossuficiência econômica? A clareza do que se quer na vida? Um quadro fechado de opiniões (sobre os outros, sobre a família, sobre o país, sobre a vida)? Uma sensação quase que súbita e tranquila de felicidade e permanência? É assim que funciona?

Fracassado o projeto romântico da Marinha Mercante e portanto esgotada a minha esquálida experiência militar, me recusei teimoso a entrar num curso de Letras ou assemelhado, a oferta fácil em toda parte naqueles anos de crescimento do milagre brasileiro em que surfava a ditadura. Meu pai lutava minuto a minuto por sair do atraso; eu resistia a seguir a carreira que seria óbvia e normal para alguém com os meus interesses, facilidades e talentos, preferindo projetar meu futuro numa comunidade amadora artístico-familiar, num lugar irrelevante, liderada por um guru obsoleto (a quem eu sempre defendia, discípulo feroz, da crítica e do riso alheio, abundantes em Curitiba) num Brasil e num mundo que se transformavam rapidamente. Nenhum futuro objetivo ali, mas, talento espanado, era ali que eu girava.

Enquanto o meu pai, a duras penas cabo do Exército, e também vivendo sob uma ditadura que iria até o fim da Segunda

Guerra, lutava por um curso de preparação ao exame de Madureza, trinta anos depois, já em outro Brasil, eu iria atrás de uma vida poético-alternativa, que não saberia definir. Um escape no limbo. Fico espantado, ao me observar décadas depois, com o quanto a sobrevivência prática parecia não ter importância alguma, uma preocupação inexistente para alguém que, de fato, não tinha nada, nenhuma segurança, nem sombra dos dois contos de réis que meu pai acumulava na caderneta e anotava caprichosamente nos cadernos, roendo a ponta do lápis como um taxista calculando todos os dias o custo de pequenas corridas. A gramática normativa que ele suava para conquistar em cada vírgula e concordância, da qual dependia profundamente sua autoestima, eu já dominava como se fora um dom dos deuses, de graça, com um pé atrás e a arrogância cativante das crianças. *O que vocês querem que eu escreva?*, perguntei à família, alegrinho, diante do primeiro teclado, a prova das minhas habilidades — agora vejo que a pergunta incluía minha submissão. *Digam o que eu devo escrever.* O desejo de agradar, o toque do clown, o exibicionismo inseguro; surpreendo-me agora, por contraste, com a completa falta de humor das cartas do meu pai e da vaga memória que tenho dele. Um homem que não ria, de uma dureza opaca. De onde veio o meu riso sempre fácil?

Um imaturo vivendo de fugas: tento me definir com alguma clareza, o auto-olhar já levemente autista, distante, a curiosidade fria. Agora estou num lugar enfim seguro; posso dar a mim mesmo o luxo da frieza. Um jovem sem dinheiro e com talentos vagos e inúteis — mas em 1974, aos vinte e três anos, eu tive uma experiência que meu pai jamais teria: ver o Brasil de longe. Tudo fracassando, surgiu um projeto que não precisava muito de razões, quase um instinto daqueles anos da contracultura tropical: sair do país. A desculpa foi uma matrícula na Universidade de Coimbra por um certo convênio luso-brasileiro, que não incluía nenhuma bolsa. Matricule-se na universidade e vire-se. A mãe que eu recusava e de quem eu queria uma distância segura me levou até a loja Prosdócimo da praça Tiradentes e comprou para mim, em vinte e quatro prestações, a máquina portátil de escrever que eu levaria na mochila. (A mesma mãe que, seis anos depois, diante de mim rasgaria em pedaços meu primeiro livro publicado, *Gran Circo das Américas*, porque não estava dedicado a ela, mas ao guru e à família comunitária. Uma herança de afetos ferozes.)

Consegui com a minha irmã e meu cunhado uma passagem somente de ida e encontrei um Portugal na pós-convulsão mais ou menos tranquila da Revolução dos Cravos, trocando de governo quase que de mês a mês, com a universidade praticamente fechada. O que foi ótimo para o pequeno anarquista que (como o pai) teria de aprender tudo sozinho, frequentando horas a fio a soturna Biblioteca de Coimbra. Baseado em Portugal, a experiência de catorze meses na Europa incluiu muita leitura, lavar pratos e limpar chão em Frankfurt, passagens de mochileiro por Paris, Genebra, Barcelona, Madri, a percepção da diferença, um otimismo ainda à solta, e enfim algo parecido com um primeiro livro: os contos de *A cidade inventada*, que eu reescrevia dezenas de vezes, também roendo a ponta do lápis igualmente atrás de uma gramática (a literária) que eu não dominava.

10. O líder

O ano de 1934 será de decisões práticas para o meu pai — e os indícios de uma conformação ideológica começam timidamente a transparecer nas cartas. É provável que, na condição de soldado, evitasse escrever sobre política (num momento ele deixará isso explícito), embora com certeza conversasse e discutisse com amigos, ainda mais num período histórico conturbado como aquele. Imagino que na perspectiva dele a agitação da globalmente convulsionada década de 1930 se deixasse perceber como expressão de normalidade, na medida em que não haveria outra referência (pela sua pouca idade, experiência, repertório e cultura letrada) que permitisse comparações. As balizas chegavam até meu pai no ritmo da ordem-unida do quartel, junto com as lições de escrita e do estudo autodidata. O próprio conceito legalista-democrático que em tese fundamentava a República brasileira via-se irremediavelmente contaminado à esquerda e à direita, ou pela imagem da "democracia burguesa" a ser derrubada, um ideário que parece nunca sair de cena, ou pelas eternas favas contadas das eleições a bico de pena dominadas por inamovíveis oligarquias rurais.

A memória familiar deixou poucos detalhes do que ele pensava na área da política, além do horror a Getúlio Vargas e da conversão à UDN, isso já nos anos 1950, fragmentos pitorescos das picuinhas locais de Lages. Nesse momento, enfim lendo todas as suas cartas em sequência, com um espírito lúdico-sentimental de um detetive da própria casa, vivo um certo suspense, e algum temor, sobre o que vou encontrar.

Por comparação, vejo a mim mesmo sobre o espelho paterno. Em 1975, de Portugal, escrevi literalmente uma centena de cartas, para a namorada, o guru, alguns parentes e amigos. Adolescente tardio, fazia dos destinatários sparrings mentais dos meus projetos e piruetas literárias. Eram tentativas de síntese, autodefinição estética, cultural e política, a pretensão firme (mas temperada por algum medo do ridículo), com a ponta anarquista e organicamente contestatória (herdada da comunidade do teatro) que, imagino, deve ter deixado algum lastro. O bom humor flutuava entre o tímido e o exibicionista. Talvez um "idealista", essa palavra genérica e potencialmente vazia que esconde tudo que há de bom e de ruim — resta sempre um estopim perigoso nos melhores ideais.

Num carimbo, poderia me definir como um típico jovem cabeludo da classe média brasileira urbano-branca dos anos 1970, de viés libertário de esquerda, que era a ética possível em tempos de ditadura militar, e de razoável boa-fé; mas alguém que, por instinto, natureza, preguiça e alguma covardia, viu-se sempre antes pronto ao conforto da reflexão solitária que ao confronto público da performance ou da ação.

Nunca fui alguém de partido e, luxo aristocrático, sinto até hoje uma discreta repulsa pelos políticos, uma impaciência pelo jogo de ocultação que é o talento do seu métier, às vezes assombrado pela inacreditável estupidez que os move, embora saiba racional e perfeitamente que no mundo inteiro não há nenhuma solução para nada sem eles, e que democracia formal, pluralidade e vida política são valores civilizatórios altamente desejáveis e mutuamente indissociáveis, escolhas de raiz iluminista que precisam ser sustentadas e defendidas geração a geração. É um dado da cultura, não um broto espontâneo da natureza. Fora do horizonte político, tudo é pior, paralisante, regressivo, excludente e violento.

Isso posto, volto ao meu pai e seu mundo muito mais bruto e concreto do que aquele que eu vivi com a mesma idade. Em 7 de setembro de 1934, ele escreve uma nova carta ao *Papai*. (Aqui faço um adendo, diante desse recorrente "papai": jamais meus irmãos e eu usamos no dia a dia as formas "papai", "mamãe", "vovô" ou "vovó", as quais, por falta de uso, sempre foram sentidas como algo implicitamente ridículo na minha infância; apenas os secos e objetivos "pai", "mãe", "vô", "vó" — talvez isso signifique alguma coisa para um psicanalista.) Na carta, ele informa que foi aprovado no concurso para carteiro auxiliar em quinto lugar (errando por pouco a previsão que havia feito); e que agora é segundo-cabo, na nova classificação do Exército (à espera de algum dia passar para primeiro-cabo). O que fazer da vida? Ficar no Exército ou se tornar carteiro?

> *Veje Papai... tudo muda dia a dia: quando vôs escrevi a ultima carta, disse, que, não me seria conveniente deixar de ser 1º cabo (si fôr promovido) para ser funcionario publico: por umas tantas coisas, o que, a principal era serem os vencimentos iguais aos de 1º cabo. Nesse entretempo houve aumento para o funcionalismo, de maneira que, como funcionario irei ganhar mais, e com garantias, sem comparação, superiores ás do Exercito.*

Prova de que meu pai andava ocupado, a carta seguinte será apenas de um mês depois, 7 de outubro de 1934 — desde o início das anotações, nunca houve um lapso tão grande de tempo. Ele está num momento importante de decisão profissional e começa a projetar um quadro existencial que vai dar contornos mais claros à sua visão de mundo, uma passagem que costuma não ter volta. O meu temor em avançar por essas páginas é anacrônico, num suspense sem ficção — estamos em 1934, mas, pelo que leio na carta, o tempo brasileiro parece que não avança. Transcrevo o texto completo:

Caro Colega Olivo

Tendo, eu, lido diversos numeros do jornal "A Offensiva", nos quais, embora não me tenha simpatizado com a sua doutrina; dediquei-lhe minha maior atenção pelos seus belos trechos literarios e historicos.

Eis a razão por que venho com esta anexada aos exemplares de "A Offensiva" numeros 15, 16, 17, 19 e 20.

Si os leres, atrair-te-ão toda a atenção, e, verás no seu diretor, Plinio Salgado, chefe da propagação de cuja doutrina, um sentimento que si não for imaginação do seu alto grau de inteligencia e vasta cultura, o é de grandezas para o Brazil. Assisti, deste Chefe, uma conferencia realizada nesta Capital. Falaram: Othon d'Eça, Miguel Reali e Plinio Salgado. Todos atrairam a atenção publica. Este ultimo, porem, assombrou. Terminou ás 12h30 após ter falado 2h30. Plinio Salgado tem um genio extraordinario na sua oração. Si ele tivesse continuado, eu teria amanhecido sempre com a mesma atenção. Vibrava no seu entusiastico discurso o espirito brilhante e vivo de sua alma que parecia estar fatigada trabalhando penosamente mas que não cederia até não ter realizado seu plano.

Na tua carta dai-me uma resposta do juizo que farás do tal Integralismo ao lerdes "A Offensiva".

Do teu primo João/ 2º Cabo

É uma epifania universal: o jovem inseguro, em transformação difusa nos caminhos que se bifurcam, encontra a voz da autoridade que, na mágica das emoções, parece fechar com perfeição o quebra-cabeça que o atormenta. É uma libertação plena de signos poderosos, e simultaneamente uma servidão consentida de rebanho, que dá um sentido à obediência. Meu pai encontrava ali o seu pequeno líder, num momento psicológico que deixará marcas até o final de sua vida. Milhões de pessoas à direita e à esquerda passavam (e passam, e continuarão passando até o final dos tempos) pelo mesmo rito fiel da adoração política.

Naquela década em que a exceção tornava-se a regra no mundo inteiro, não havia nada de especial no fascínio por Plínio Salgado, o escritor de traços retrógrado-vanguardistas que seria o criador da Ação Integralista Brasileira. Na mesma época, no Rio de Janeiro, o jovem poeta Vinicius de Moraes, em margem social oposta à do meu pai, entre muitos outros intelectuais de calibre semelhante, também se encantaria com o mesmo discurso; o espírito do tempo se absorve em toda parte. O movimento integralista — uma versão tropicalizada, ornada com elementos exóticos ou mesmo decididamente carnavalescos (se não fossem trágicos) do fascismo que se espraiava na Europa — tinha (tem, porque prossegue latente no nosso imaginário) o multicolorido toque de Policarpo Quaresma que parece despertar de tempos em tempos, em clamor e fúria, a disfuncionalidade brasileira: patriotadas candentes plenas de soluções finais, positivismo científico, indigenismo metafísico, helenismo cafona (o sigma como símbolo do movimento, uma suástica cabocla), catolicismo ou evangelismo medievais banhados de moralidade cristã, racialismos adaptados ao trópico conciliador, purificação sebastianista em defesa da suposta identidade nacional, tudo redundando em máquinas do atraso, cultura da violência, criação de guetos privilegiados, politização policial e militar e, principalmente, corrosão institucional.

Quando passa o frenesi e queima-se o rastilho da sincera idiotia até o último cartucho — às vezes anos, às vezes décadas depois —, leva-se um bom tempo para juntar de novo os pedaços, e parece que o que resulta é sempre mais frágil do que havia antes, mas a impressão talvez seja apenas uma ilusão de óptica pela mudança constante do mundo, com o país sempre trotando atrás de sua cenoura mágica.

Volto a João Batista Tezza, meu pai, segundo-cabo do Exército em Florianópolis, vinte e três anos de idade, que acaba de se impressionar com um discurso de Plínio Salgado, em tempos de exceção, e escreve ao primo. Releio a carta; ele começa afirmando não ter simpatizado com a "doutrina", mas tudo o mais diz o contrário: ele está de fato fascinado com o integralismo. Justifica o entusiasmo pelos *belos trechos literarios e historicos*. É curioso esse traço literário e ornamental de que tradicionalmente se revestia a busca de uma nacionalidade brasileira "verdadeira", uma marca que no século XXI tenderá a desaparecer por completo, dando lugar a um amálgama mais estritamente bélico-bíblico, orgulhosamente iletrado, quando não apenas estúpido, turbinado por um forte rancor anti-intelectual. A ilha urbano-letrada que marcou desde sempre o território privilegiado e concentrado do capital cultural brasileiro em todas as áreas de atuação ficará surpresa quando um imenso país submerso começar a vir à tona.

E, como vai se tornar frequente na correspondência do meu pai no período, cumprindo um certo papel de divulgador cultural da metrópole (por assim dizer) entre parentes e amigos do interior, envia com a carta nada menos que cinco números de A *Offensiva* (o principal jornal integralista do país, que circulou de 1932 a 1938), numa militância caseira. Isto é, o soldado que foi mobilizado durante a Revolução de 1932 sem dar mostra nenhuma de saber o que de fato estava acontecendo no país, agora é um leitor e um estudioso atento, nos limites do ativismo.

Chego a pensar que ele tenha se filiado ao movimento, que foi especialmente importante em Santa Catarina, mas é pouco provável, até pela sua condição de militar — em nenhum momento aparece indicação nesse sentido. Numa carta a um amigo, em setembro do ano seguinte, ele chega a explicar sua reserva: *Quanto ao Integralismo, não me seria licito expor-lhe nada: o militar, não tem partido politico (praça de pret)** *dar pareceres, ou dar noticiario sobre politica; comtudo ouso dizer-lhe que está em franco progresso*. Mas tornou-se de fato um entusiasta, enviando aos parentes e amigos pacotes e mais pacotes do jornal (às vezes anexando, também, exemplares dos jornais *A Nação*, *Republica* e *A Gazeta*, esses de perfil mais genérico). Em 14 de novembro de 1934, numa carta poética e nostálgica à irmã Apolonia — *As belas manhãs de primavera surgem risonhas* —, meu pai anexa *"A Offensiva" nºs 21-22-23-24-25-26 e "A Nação" nº 548*. As remessas continuarão por um bom tempo.

A militância integralista parecia embutir um projeto literário. Em dezembro de 1934, uma carta a um certo "colega Olvidio" envia um *exercício de redação*, com um pedido: *Peço a bom amigo se digne apreciar o trabalho; corrigi-lo, e me devolver anexado dos pareceres que lhe dará. Si o achar suficiente para ser publicado, disponha da minha assinatura e publica-o; o prazer será todo meu. Você fica, ainda, incumbido de lhe dar o titulo; — talvez, sirva "Filosofia engarrafada"*.

Não há indicações de quem seja o Olvidio, mas o detalhe não importa — o fato é que meu pai, enquanto calculava o seu futuro profissional, alimentava alguma ambição no mundo das letras. Nesse quadro, o integralismo era a pitada de prestígio político-intelectual que lhe dava a ilusão de algum "pertencimento", co-

* "Praça de pré" ou "de pret" (arcaico): militar que pertence à baixa hierarquia.

mo se diria hoje. Penso em mim mesmo neste embaçado espelho paterno — na mesma idade, eu me via como alguém incapaz de assumir o comando de coisa alguma e sublimava a insegurança pela busca de um imaginário lítero-existencial que me protegesse. Da desestrutura familiar que se seguiu à morte do meu pai, fui atrás de referências intelectuais de apoio, porque eu alimentava ambições literárias semelhantes. Quando encontrei o guru Rio Apa — a breve epifania do líder que me coube —, senti no seu projeto comunitário um porto seguro que parecia responder, num pacote familiar, emocional e intelectual completo, a todos os problemas do mundo. O castelo de proteção era inteiro frágil, paredes de papel e telhado de vidro; bastaria um sopro argumentativo para derrubá-lo — mas que importância tem o senso de realidade na vida concreta? Não são os fatos que nos movem; é a imaginação.

Aqui eu me sinto seguro, eu diria, se verbalizasse o sentimento que construía para mim mesmo. O que seria uma fase curta de adolescente, no meu caso durou duas ou três décadas; até hoje uma ou outra sombra daquele desamparo ainda me acompanha. Foi com um certo pânico que — quando implodiu o sonho comunitário do guru e pela primeira vez a ameaça da sobrevivência me tomou a alma (*o sonho acabou*, cantava John Lennon) — resolvi abrir uma ridícula oficina de conserto de relógios (*Cinco em ponto*, escrevi na placa, imitando Lorca), refugiado numa espécie tranquila de fim de mundo (a cidade de Antonina, uma maquete em ruínas de um vilarejo do século XVIII) e num imaginário de vida natural que durou quatro meses. Lembro que eu contava o pouco dinheiro que recebia em troca do conserto de velhos despertadores sobre velhas geladeiras de velhas senhoras, e o colocava numa caixa de sapatos, como uma poupança fora do sistema. A saída afetiva, ou escape prático e emocional que me resgatou, foi o casamento súbito, um país desconhecido que me pareceu, contra toda a lógica do mundo, inexplicavelmente seguro. Começava a Vida do Escritor, segunda parte — escrevo essa frase aos setenta e dois anos, e dou uma risada.

Enquanto eu juntava os trocados numa caixa de papelão, o rigoroso balanço do meu pai em 31 de dezembro de 1934 indicava que ele já tinha no banco, na dura economia de soldado — *Total liquido que passa para o anno de 1935* —, 3:081$878 contos de réis, o que equivale em janeiro de 1935 (na conversão pelo índice Estadão) a cerca de cinquenta e um mil reais em dinheiro de hoje. Um telegrama lacônico (e certamente orgulhoso) *enviado no dia 19 de janeiro de 1935* (*e transcrito em* 29/1º/35, esclarece um adendo escrupuloso) informa à família: *Fui promovido hoje primeiro cabo.*

11. O fotógrafo

Numa longa e prolixa carta à família (*Meu Pae, minha Mãe e meus irmãos*, começa ele), de 28 de fevereiro de 1935 (uma quinta-feira, véspera de Carnaval), meu pai começa justificando-se por não visitá-los em Urussanga como pretendia, mas a razão permanece enigmática: *O motivo porque não venho não e necessario dizel-o; seria um "perder tempo em vão"; será bastante lerdes os jornaes; dos quaes tereis uma conclusão.*

O que estaria nos jornais? Provavelmente meu pai não viajou por alguma convocação militar de emergência cancelando suas férias naquele início de ano conturbado da era Vargas, que redundaria na Intentona Comunista em novembro. É possível que ele, um militar admirador do integralismo, movimento que já entrava na mira do governo constitucional (1934-37), preferisse não explicar nada por escrito. A carta segue com uma revelação para mim surpreendente:

Estava prompto para embarcar; licença para ir gozar as fereas em casa arranjada com bastantes dias de antecedencia, o di-

nheiro neccessario para a viajem tinha-o sacado da caixa em vista ser fim de mez; um pequeno apparelho photographico, tambem tinha comprado e esperimentado com um "film"; o qual devia servir-me para bater umas chapas photograhicas de pessôas íntimas, e alguns panoramas desse sitio tão querido.

Lamento aqui ele não ter dado nenhuma informação mais detalhada sobre a câmera — qual seria o "pequeno aparelho fotográfico"? Não tenho memória do meu pai como fotógrafo na minha curta infância com ele, mas as cartas vão revelar alguém que gostava de fotografia, e, conforme o hábito da época, enviava pelo correio retratos seus aos amigos e parentes, com dedicatórias caprichadas. E também para as candidatas a namorada; em junho, ele escreverá a uma certa Magdalena: A *sua phothographia sahiu escurecida do lado direito.* A *culpa foi minha por não ter tido o devido cuidado quando bati a chapa. Deixei um dedo perto da objectiva a qual impediu que entrasse a luz necessaria.*

É um inesperado ponto de contato com o meu pai — desde o final dos anos 1970, assim que casei, tentei ser um fotógrafo, começando com uma pequena Olympus Trip, numa carreira frustrada que se completou cinquenta anos depois durante a pandemia de covid, quando improvisei um estúdio em casa e fiz cursos online para aprender a lidar com flashes e difusores. Uma delícia a frase do meu pai: *bater umas chapas photograhicas de pessôas íntimas, e alguns panoramas desse sitio tão querido.*

Vejo-o na praça, o dia ensolarado, tirando a foto de Magdalena, aflito, nervoso, ansioso por agradar (*Sei que esta minha carta não tem expressão sufficiente para satisfazer sua dignissima pessôa, mas que ei de fazer?*, ele escreve ao enviar a fotografia) — e o dedo cobre parte da objetiva da pequena caixa mágica, a luz das duas da tarde talvez faça um excesso de contrastes, as árvores (imagino) borradas ao fundo, mas ele vê apenas o rosto de Magdalena, que se ilumina e sorri, um pouco tensa e defensiva diante de seu pretendente, a expressão ligeiramente imperial, como em toda foto antiga.

A referência à câmera, entretanto, é apenas um detalhe pitoresco da carta aos pais, o lamento por não ter conseguido viajar para encontrar *feições alegres cheias de saudade de me ver*. O narrador — que é no que ele vai se transformando nesta espécie de prestação de contas ao pai — acrescenta:

> *Eu porem não deixei de fazer toda esta viajem pela imaginação: ao voltar da aula de dactylographia passei pela rua Philippe Schmidt, entrei na Agencia Progresso e comprei dois jornaes: a* "A Offensiva" *e* "A Patria". *Fui á pensão. Enquanto a dona apromptava-me o jantar li um artigo do Sr. Dr Plinio Salgado — Pois bem, isso nao vem ao meu caso.*

Obviamente, vem ao caso: o fascínio pelo integralismo dá como que uma dignidade ou uma direção intelectual ao agora orgulhoso recruta que, apenas um ano antes, no mesmo período da folga do Carnaval, queixava-se ao comandante de que faziam chacota dele. E prossegue, transformando a lembrança em literatura, compondo uma autoimagem de solidão contemplativa: *Depois da refeição envez de ir ao jardim Oliveira Bello como é o costume dos que não teem o que fazer, fui fazer meu passeio pelo Largo 13 de maio. Os raios de luz começavam a perder o effeito directo e ia anoitecendo. Eu ia, a passos lentos, pelo campo quasi solitario, que termina com o mar.*

Em seguida, os volteios poéticos de expressão romântica da saudade da "Terra natal" que a narração evoca ao lamentar o cancelamento da viagem de férias, vão se embebendo do precioso repertório de seu aprendizado recente, sempre com um toque científico, num jargão ainda mal assimilado; é uma demonstração didática de suas conquistas culturais. A linguagem tenta determinar, ou dizer para ele mesmo, o ser que ele é:

> *Nem a retina de meus olhos, nem a membrana do timpano dos ouvidos se impressionaram; nem o nervo optico, nem o nervo auditivo conduziam os phenomenos da natureza ambiente; tudo para mim passava despercebido.*
>
> *Apenas o respirar do ar, que influe sobre a vida vegetativa do homem, é que, sentia-o um pouco melhorado do que o do centro da cidade. Minha alma guiava e o cerebro pensava imaginando um passeio na Terra natal, meus olhos tinham photographadas colinas montes e vales; florestas, prados e arraias. Destes sentia o anseio de tomar um gole do seu fluido fresco que brota da terra e se purifica a todo momento travez as rochas. Os ouvidos deixavam de conduzir ao cérebro a reprodução de sons dos discos na "electrola", para reproduzirem e conduzirem as impressões que tiveram ha annos nas paisagens queridas; isto é, da terra onde nasci.*
>
> *Andava em terreno plano e seco; a impressão, porem, era de estar ascendendo e descendo montes, atravessando banhados e riachos de tamanha historia da minha infancia.*
>
> *Acima de tudo, vi a minha chegada, senti vossos abraços carinhosos e o impressionar termicamente das vossas mãos apertando as minhas. As pulsações do coração se aceleraram. Conversei por meio do pensamento, com todos vós, os mais variados assumptos.*

O voo nostálgico em torno do sentimento de solidão se fecha com o recurso ao lugar-comum universal de Deus, numa das raras vezes em que ele faz essa invocação, quase como quem responde a uma questão de prova: A *imaginação é obra Divina; manifestação do "eu" de cada individuo e da alma de todo humano.*

O momento seguinte abre outra frente, provavelmente adaptando o que lia dos ensinamentos de Plínio Salgado e da doutrina integralista ao que estava diante dele. O gatilho da sua catilinária social é a imagem do Morro do Mocotó, uma comunidade de origem negra que remonta ao século XVIII, ainda hoje encravada praticamente no centro de Florianópolis e que se tornou na ilha um símbolo de segregação, de sobrevivência e de resistência dos pobres da cidade (e que também, seguindo o clássico modelo brasileiro das periferias sociais, serve de refúgio ao tráfico de drogas). A ocupação, que começou com escravizados, ampliou-se com a lei de 13 de maio de 1888, expandiu-se como moradia para os operários que construíram a ponte Hercílio Luz na década de 1920, e hoje recebe até imigrantes haitianos. O nome original — Morro do Governo — teria sido substituído por influência da popular "sopa de mocotó" das cozinheiras da comunidade, que costumava alimentar os operários na construção da ponte.

> *— Despertei um momento comecei meditar o ambiente e observar o panorama que me rodeava. — "Já estou ao pé do Morro do Mocotó; daquí eu volto pensei eu". Este arrebalde é habitado pela gente da mais infima esphera social; — não me refiro só á pobreza; mas aos seus costumes mais nefastos que se póde encontrar em grupos ethicos* [sic; certamente ele quis dizer "étnicos"]. *Até a gente é pobre em todos os predicados humanos; uns individuos amarellos, miudos, todos mal trajados e parecem não ter vontade para fazer mais nada nesta vida; enfim parecem vencidos. É o verdadeiro recanto onde se unem os refugos da pobreza de toda sociedade. O humano que repudiado pela sociedade, por ter caido na miséria; isto é, esgotado de suas reservas financeiras e de sua saude em vista de seu esbanjamento quanto ao primeiro e "amor livre" quanto ao segundo, lá vae para o Morro do Mocotó.*

Fazendo um raciocínio a cérca de pesquisas ethicas, ver-se-ia que é um verdadeiro foco de atrazo; arrastando a mocidade de bem, forte, elegante e de exellentes fontes hereditarias para o abismo da doença e da desgraça. Estes transmitirão para os ascendentes contribuindo assim, para o enfraquecimento da raça e da crença "num braço auctor de tudo" como escreveu o celebre sonetista Bocagem.

Basta que vôs digue: — si alguem meu amigo disser que esteve passeando lá, será o bastante para me precaver com o tal amigo.

A percepção dos problemas evocados pelo Morro do Mocotó é envolvida numa salada de referências em que a denúncia social se reveste de indignação moral; mas uma indignação que tem dificuldade de sair da estrita esfera da vontade pessoal — a culpa é das vítimas. As pessoas caem na miséria (e portanto são "repudiadas") pelo esbanjamento; e os "costumes nefastos" se devem — é curiosa a expressão da liberalidade revolucionária daqueles anos ainda alegres, com respingos que chegavam pelo cinema até a província mais periférica — ao "amor livre".

Um ano antes, meu pai, banhado de algum bom humor adolescente, copiava no caderno o regulamento de uma certa *Trinca do Amôr Livre*, assim como havia transcrito uma *pornografa poesia* (com as palavras chulas devidamente abreviadas em reticências), segundo ele *a pedido do primo Adolfo*. Agora a rígida interdição ao afeto ganha um certo foro científico no adulto que se forma. Nos crescentemente sinistros anos 1930, o vocabulário eugenista que ele absorve nas leituras populares do tempo (antes que a obra de Gilberto Freyre — *Casa-grande & senzala* é de 1933 — começasse a mudar a lógica dominante em direção a outro imaginário, com consequências duradouras na interpretação da miscigenação brasileira) vai deixando marcas semânticas típicas do racialismo pseudocientífico: *gente pobre em todos os predicados humanos, costumes nefastos, grupos étnicos* (eles, os "outros"), valores negativos que se contrapõem a *excelentes fontes hereditárias, mocidade de bem, forte, elegante*, o que gera *enfraquecimento da raça*. O Morro do Mocotó, de chaga social exemplar da histórica desigualdade brasileira, se transforma aqui numa espécie de "Ilha dos Prazeres" de Pinóquios relapsos, *um foco de atrazo*, a ser evitada a qualquer custo: *si alguem meu amigo disser que esteve passeando lá, será o bastante para me precaver com o tal amigo*, frisa meu pai, marcando o princípio de exclusão como fundamento do olhar social. Quem diz isso não é um cidadão da classe média estabelecida na faixa da elite tradicional da cidade, mas um cabo do Exército ainda mal letrado.

Há um detalhe curioso: o "enfraquecimento da raça" é acompanhado fatalmente do abandono da crença em Deus — outro tema relevante do fascismo à brasileira. *O Estado Integral é o Estado que vem de Cristo*, dizia Plínio Salgado, recusando uma República secular; é um traço messiânico que parece irromper em ciclos e transcender as classes, dos rebelados miseráveis de Canudos, passando pelo militarismo integralista (e moralista) das classes médias, até o evangelismo digital-populista da patriotada ascendente do século XXI.

O interessante é que o primeiro-cabo João Batista não repete alguma frase feita cristã, mas vai buscar em Bocage (que ele grafa errado), "o célebre sonetista" — logo em Bocage, o clássico sátiro da poética lusitana! —, a definição de Deus e a prova de sua existência: "E para crer num braço, autor de tudo,/ Que recompensa os bons, que os maus castiga,/ Não só da fé, mas da razão me ajudo". Deus entendido como o *braço auctor de tudo* e principalmente a razão vista como complemento da fé indicam um volteio ornamental com alguma fumaça positivista, "a religião da ciência", o que não é de estranhar num militar brasileiro. Recompensa os bons, castiga os maus, diz o poema: o Deus da razão, o *braço auctor*, aponta a ética do trabalho que meu pai vê em si mesmo e que portanto cobrará dos outros. Parece um sentimento religioso quase que apenas instrumental.

Meu pai começa a alimentar um certo orgulho da própria solidão e das conquistas de seu aprendizado; os toques de ressentimento que aqui e ali deixa transparecer vão se transformando defensivamente em sentimento de superioridade e condenação moral, ainda que tenha uma clara noção de seus limites:

> *As vezes sou criticado, sobre este ponto de vista, por individuos destituidos de qualquer conhecimento; — colegas — posso afirmar — vegetam mas não vivem; quando os oço volvo-lhes as costas e ensurdeço.*
>
> *Permiti vós que eu dê por terminado este ponto: se me detiver pretendendo descrevel-o todo bem detalhado como desejo, seriam precisas muitas folhas de papel, algumas pennas, e talvez mais de um vidro de tinta; mesmo assim, com minha pouca cultura ser-me-ia impossivel.*

O sentimento de solidão às vésperas do Carnaval deve ter sido grande naquele fevereiro de 1935, com as férias previstas canceladas. Enquanto o Carnaval explodia nas ruas, o primeiro-cabo João Batista, trancado no alojamento do quartel, prossegue seu incansável relatório à família, agora com uma espécie de metacrítica: *A carta que ora vôs escrevo é succeptivel de critica por ser muito longa e em muitos trechos sahir do estylo epistolar* (*do latim epistola = carta*) *para trilhar o caminho da descripção.*

E é engraçado como o texto, como numa aula, avança da "descrição técnica" do gênero (cartas de intimidade, cartas de negócios etc.) para uma avaliação moral: *A carta é o grande leme para se conhecer o valor do estudante, é na carta que se revelam todas as tendencias; a energia ou a fraqueza com que o mesmo lucta na senda da vida.* "Energia", "fraqueza" e "luta" são palavras sintomáticas, ecos dos fantasmas do tempo daquele 1935 no Brasil e no mundo, e ao mesmo tempo uma pequena síntese de como o meu pai vê a própria vida: nem dádiva, nem prazer — apenas uma dura missão a cumprir, suavizada às vezes pelo sopro da nostalgia.

De novo penso em mim neste espelho. Imitando meu pai sem saber, fui um incansável escrevinhador de cartas, até que o computador e a internet, depois de um rápido purgatório em forma de e-mail, jogaram uma pá de cal no velho gênero, hoje inteiro fragmentado em cacos de redes sociais. Perdeu-se o foco do destinatário único, que conforma a própria linguagem e a dimensão empática do diálogo, substituído na internet por um espírito urbi et orbi, sempre destinado mais ao mundo do que ao outro, que fala como Deus até na mais ridícula miudeza.

No fechamento, ele dá mais uma pista de sua ambição e de como ele passa a se ver em contraste com os pais:

> *Já obtive votos e parabens do meu professor quando apresentei o exercicio de redacção intitulado "Reminiscencias e Comparações".*
>
> *O distincto Professor exprimiu-se nos seguintes termos: "Você têem facilidade para escrever o que lhe falta é aperfeiçôar o estylo e aperfeiçoará com o exercicio continuo".*
>
> *Não quero dizer com isso que vós deveis me escrever cartas longas: Sois agricultores; eu, estudante e militar, vivo com a penna na mão...*
>
> *Até outra carta ou até me verdes si tiver a felicidade de ir breve.*
>
> *P.S. Junto o jornal "A Patria nº 1224 de 27/2/35.*
>
> *João*

12. Dorothea

Em 1935 as mulheres ocuparão um espaço importante na sua correspondência — e quase sempre indicando timidez, frustração e afeto não correspondido. No dia 3 de março, um bilhete a uma certa Dorothea sintetiza seu estado de espírito:

Talvez não chegará ao fim da leitura deste bilhete; — não posso, porem, esconder por mais tempo o que manifesta o meu eu. Ha bastante tempo que a sympatia convida a lhe declarar o meu estado d'alma; outrora, comtudo, graça á força de vontade me detive: que, aliás, haveria sido muito mais inopportuno. Comprimentando-a sou seu respeitador. João Baptista Tezza. 1º Cabo.

No dia 27, agora escrevendo de Rio Molha, em visita à família, outro bilhete lamenta o silêncio da moça. *Não acredito que não me tenha respondido por achar não ser seu merecedor de uma resposta nem siquer negativa.* E agora assina simplesmente "Baptista".

Com frequência, sua timidez afetiva se refugia num autorretrato edificante, de tom professoral. Em 9 de abril, uma carta destinada À *Snrta. Magdalena* — a mesma que ele ainda irá fotografar na praça — tem um título revelador, quase uma aula de autoajuda: "Como emprego o tempo": *O tempo gasto-o todo a estudar; não perco um só minuto nos seus prazeres e divertimentos das moças; que afirmo ser, o emprego do maior tempo possível, nos estudos. A maior riqueza são os conhecimentos.* Qual teria sido a reação da Magdalena ao ler este discurso do meu pai, mais apropriado a um velho senhor rabugento do que a um jovem de vinte e quatro anos? Há uma agressão implícita naquele "não perco um só minuto nos seus prazeres e divertimentos das moças", a sombra autoritária que parece sempre antes pronta a falar e determinar do que a ouvir.

A frustração amorosa parece ter sido a marca de sua relação inicial com as mulheres. O que transparece é que não há até aqui indicação de namorada ou de algum afeto recíproco minimamente estável — meu pai continuará verbalizando sozinho a imagem de seu desejo num espelho mudo. Talvez ele sentisse que as coisas poderiam mudar com Dorothea (ela se tornará uma obsessão durante meses), como indica esta carta de 25 de abril:

> *Dorothea: — Seu nome, por si só, impõe respeito — Adora Deus — foi Divina a idéa e mesmo á sua distictissima pessôa não podia ser outra.*
>
> *— Hoje quando me cumprimentou com um olhar meigo e convidativo de quem quer contar algum segredo, eu immensamente desejava conversar comsigo.*
>
> *— Sou pobre, trabalho e estudo, e justamente naquelle momento tinha compromissos que não podia faltar.*
>
> *Sabado, á hora e lugar onde nôs vimos hoje, si não se recusar, teremos folga para conversarmos alguns instantes.*
>
> *Do seu respeitador, Baptista.*

É apenas o relato de um cumprimento desajeitado, a caricatura ingênua de uma cena rural, um quadro de Mazzaropi, que meu pai imediatamente transfigura (como fará o filho dele em situações semelhantes) numa realidade afetiva literária: *com um olhar meigo e convidativo de quem quer contar algum segredo*. É também a sugestão de um sentido talvez ausente no encontro. A vontade de conversar com a moça, entretanto, foi barrada pelos supostos "compromissos" do primeiro-cabo, que não permitiriam nem duas palavras. A brutal timidez parece só ser vencida por escrito. Mais cinco dias e segue outra carta, a paixão transbordante:

> *A falta de opportunidade para termos relações verbaes, obriga-me escrever esta pedindo uma resposta. Como tem sido bondosa e é sublime no amor, conto ler em breve, as primeiras linhas escriptas por você.*
>
> *Do seu para sempre*
> *Baptista*

Poucos dias depois, talvez pelo silêncio de Dorothea, ele escreve a uma outra mulher — Olga —, repetindo as mesmas figuras de linguagem. Não se trata de um aprendiz de Don Juan atirando em todas as direções em busca de prazer, o que se encaixaria num certo lugar-comum da representação masculina. Vejo na cena um cromo de tom medieval: parece que não são mulheres reais que provocam o sentimento amoroso; elas são apenas o gatilho que dispara a imagem prévia de um afeto, uma moldura poética (e igualmente existencial, porque há um projeto ali) que sai quixotesca em busca de alguém que corresponda ao modelo. E nesse pacote de desejos meu pai tortura-se por um ascetismo repressivo, quem sabe agora temperado pela moralidade integralista que assimila voraz como a uma paixão paralela: sempre há um Savonarola oculto no delírio dos Quixotes. Ele não consegue se livrar do impulso de inquisidor, e a figura da Olga parece perturbá-lo mais e provocar um senso de ciúme antes moral que emocional:

> *A sympathia com que você me dirije seus olhares, cheios de doçura e meiguice, não posso furtar-me de lhe escrever o que sinto acerca de suas caricias.*
>
> *Voce — apezar de contribuir para tal, o artificialismo de "rouges" e outras drogas de perfumaria — é linda e elegante.*
>
> *O meu modo de pensar, entretanto, é muito diverso do seu. Você pensa em namorar para mostrar ás amiguinhas e amiguinhos que está farta de namorados, e leva assim em conversas, perdendo seu "precioso tempo" e fazel-o perder a quem a crê...*
>
> *— Admiro immensamente seu olhar sympathico e fecundo de amôr; sua belleza — faces de rosa, espelho de um porvir florido —; seus cabelos acrisalados d'ouro; seu jeitinho de andar, todo cheio de formalidades delicadas; e enfim, admiro muitos outros bellos predicados, que os possue, mas, que me vejo pequenino para exprimil-os.*
>
> *Comtudo não me foge do pensamento, essa sua fraqueza de ser carinhosa illimitadamente com quem não a merece; essa intimidade só servirá para depreciał-a. Sendo que é ainda muito criança, não é de admirar. — Mais tarde reconhecerá a sinceridade de minhas palavras.*
>
> *— Não duvido, achar-me, um tanto esquezito nesta minha carta; mas, não é, sinão uma declaração franca e despida de qualquer emmascaramento, dizendo, sem cerimonia, tudo o que sinto por você.*

Três dias depois, ele volta à Dorothea — parece que ela teria faltado a um encontro. Dessa vez é um soneto de pés-quebrados:

Dorothea: hontem esperei
Por que não veio falar?
Na hora que devia chegar
Eu fui, não a encontrei

O terceto final é melancólico:

Meu coração ficou ferido
E eu de physionomia triste,
Sabendo — não sou querido.

Se na vida prática meu pai se revela alguém bastante centrado, que sabe o que quer, os planos exatos no papel, a mulher será sempre a variável indócil de sua equação. A idealização amorosa, pressionada pela urgência do corpo, parece que encontrou álibis diferentes no pai e no filho. Para ele, o afeto amoroso seria o encaixe final de um modelo familiar que se tem de repetir, sob o peso antes da moral que do prazer; no meu caso, era justo o contrário, a válvula de escape da tradição e da família — o amor seria o gatilho da liberdade. A vida real embaralha tudo, mas a idealização é poderosa e cria realidades paralelas em que se amontoam os desejos. E pesa sempre a irresistível linguagem do tempo, de que ninguém escapa. O tal "amor livre", para meu pai, era apenas uma brincadeira safada do cinema liberal dos anos 1930, destinada a risadas de caserna; mas a geração brasileira que se formaria trinta anos depois veria a liberdade afetiva (então apenas no seu pálido início, quando a pauta entre nós parecia se reduzir a um inacreditável direito oficial ao divórcio) como parte integrante do pacote completo que haveria de instaurar a felicidade sobre a Terra, ou sob o aroma da maconha dos hippies, ou sob a força ideológica das armas.

De março a outubro de 1935, Dorothea tornou-se sua Dulcineia. É difícil saber se ele chegou de fato a conversar com ela além de ralas e apressadas trocas de palavras. No dia 10 de maio, confessa:

> *O desejo de estar perto de você augmenta dia a dia. Quando não posso conversar consigo verbalmente, converso manejando minha fraca pena.*
>
> *— Hontem, no momento em que ia puxar o relogio para ver si a hora coincidia com sua passagem do costume deparei com sua feição que se me apresentava ter alguma coisa de mysterioso e triste. Parecia relembrar algum facto desagradavel do passado. Entretanto, eis que ao ver-me, immediatamente desperta e reascende serena um riso de alegria. Já mais creio que na minha presença revele tristezas do passado — tenho prova. Do seu crente e submisso*
>
> *Baptista*

No dia 14, o amante imaginário escreve uma espécie de poema em prosa descrevendo em termos hiperbólicos um passeio que teria feito com Dorothea (*o ente humano por mim mais querido*) na praia "Florestal": *Chegamos á praia. Esquecidos de todos os desgostos deste mundo nefasto, parece-nôs estar no Eden. — Paraiso terrestre — nas estremidades desaguam dois riachos vertentes d'além, que a vista ainda alcança as frondes da floresta.*

O espírito da simplicidade árcade — imagino que meu pai lia os poetas do período no seu curso de Madureza — prossegue na descrição da caminhada: *Já estamos andando pela praia; esta apresenta-se como pergaminho branco; o mar verde-escuro e ondeado estende-se até o contacto com o azul do céo; a brisa escova lentamente a praia, e as ondas, por sua vez, acompanhando o vento desdobram-se suavemente e attingem alguns metros de praia.*

Uma semana depois, meu pai volta a escrever à musa, retomando seu confessionário — *Em altas horas da noite, no ambiente silencioso é que meu pensamento se apura e forma castelos de flores em torno de você. Si do passado só tenho a recordar banalidades, minha imaginação vê no futuro coisas de mais valor.*

O futuro seria a própria Dorothea: *Do dia em que tive com você a troca de algumas palavras posso marcar nova era.* E segue-se uma rara lembrança de seus anos de peão de estrada, ainda que indireta, em que se entrevê a carência:

> *Dos annos que decorreram e que fui perdendo o Amôr e os Carinhos de Mãe, depois o cuidado e por fim a presença, vivendo por alguns annos fóra do seio da Casa Materna num meio bem rude, resta-me agora retomar o caminho, porem inverso: aprender amar, para amar e ser amado — eu não sei amar, só experimentei o Amor de Mãe, e amores inocentes.*

Com a confissão de fragilidade e inexperiência (e afinal de virgindade, imagina o filho ficcionista), vem a súplica:

> *Escrever sem ser correspondido é quasi um continuar na senda arida, falando á amplidão sem ter o prazer de ter um apoio ou um contra para ajustarmos com nossos pensamentos uma só idéa.*
>
> *Eu, posso dizer, não a conheço, e pouco você a mim, porem mais, porque lhe escrevi diversas cartas onde terá tirado conclusões; e eu, nada de você…*
>
> *Deante seu silencio não sei si aprecia as minhas cartas, si é indifferentes ou si lhe são meras leitura "enfadonhas".*
>
> *Envio meu appello para que me responde, embora em poucas palavras.*

O silêncio de Dorothea acaba por levá-lo ao desespero de um ultimato lacônico, em que ele, simulando frieza, se assina por extenso:

> *Dorothea*
> *Por meio deste venho pedir-lhe o especial favor remetter-me as cartas.*
> *Fpolis, 24/5/35.*
> *João Baptista Tezza*

Há um certo esforço de esquecer a cruel Dorothea, porque poucos dias depois ele volta a flertar, "com profundo respeito", com a mesma "Exma. Snra. Magdalena" que havia fotografado em abril, desculpando-se pela imperícia. Na carta, como sempre, ele frisa suas poucas qualidades:

> *Sei que esta minha carta não tem expressão sufficiente para satisfazer sua dignissima pessôa, mas que ei de fazer? si toda minha intelligencia e todos meus maiores esforços não alcançam um nivel digno de V. Exa.? Deixar de lhe escrever? Não! Pois eu prometi, e não sei mentir, portanto, vejo-me obrigado escrever-lhe como posso.*

Mas Dorothea ainda não saiu de sua cabeça. No dia 18 de junho, um domingo, ele teria faltado a um encontro com ela, uma ida ao cinema; dois dias depois, meu pai escreve explicando por que lhe fez uma "desfeita" — foi por vingança pela sua indiferença. O rompimento parecia manter entretanto um fio de esperança; ele não consegue fechar completamente a porta (*o íntimo contrariava*), e acaba por confessar, mais uma vez desajeitado, que a tentativa de ofendê-la saiu pela culatra: *Domingo resolvi recorrer meios mais violentos, pareceu-me por mais acertado e facil ir ao ci-*

nema com outra mulher. Porem, reflectindo bem, não foi violento, mas estupido. Basta dizer que fui ao cinema com uma companhia indesejavel.

E faz um último pedido, dando *adeus ao amôr*: *Queira fazer o especial favor devolver me esta, o bilhete e as demais cartas minhas que você possue.* Mais uma vez sem resposta, ele envia a ela um soneto (*Minhas Missivas*), novamente pedindo de volta sua correspondência (*Cartas e bilhetes, quero-os commigo*). O poema se encerra com um toque de Augusto dos Anjos:

> *Meu soneto, — microbio do morphea,*
> *Ó, Tetea! destroe! sem que seu coração soa*
> *Toldando seu bem estar — é coisa a toa.*

Sempre sem resposta, dois meses depois, em 17 de julho, o poeta desconsolado envia mais um soneto (*A carta e os bilhetes*), ressentido pelo silêncio:

> *Si eu tivesse sua carta agora,*
> *Dir-lhe-ia: "a carta eu não mando".*
> *Vel-a em labaredas queimando,*
> *Ficaria alegre. — Sua alma chora.*

Em duas cartas para o primo Adolfo (que pretendia se casar em setembro) ele faz referência ao namoro fracassado com Dorothea, fantasiando uma atenção que não houve: *Depois della ter toda crença em mim acabei o namoro pelo processo mais violento possivel.* Fracassado o amor, encastela-se no ressentimento:

> *Agora não tenho namorada, não quero ter e nem devo ter. Comtudo, tenho tres que estou namoriscando, uma dellas é do "outro planeta", com a qual fazia muito tempo que "gastava" mi-*

nhas "olhadellas" em vão; mas, como este mundo ingrato é só de quem tem dinheiro, ella deve ter sentido o cheiro dos 380$ que eu venço por mês; e, então me está dando confiança.

Ella precisa saber que não estou disposto a comprar mulher.

O orgulho sangrou por mais tempo — três meses depois, em 20 de outubro, sua ex-amada ainda aparece na correspondência, agora chamada de "Snra Dorothea". Dizendo ter ciência de que ela supostamente desejaria falar com ele, meu pai encerra a carta com o pedido de sempre: *O que muito quero de você: já disse e repeti por diversas vezes; comtudo, repiso mais uma vez: "quero a devolução de todos os papeis que tenham a minha assignatura" e "NADA MAIS".*

Não aparece nas cartas nenhuma informação sobre ela, a mínima descrição física, alguma pista sobre condição social ou profissão — nada. O mesmo homem objetivo que calcula centavos e projeta cada detalhe de sua sobrevivência não vê a mulher que deseja — o seu olhar se fixa em algum ponto inexistente adiante. E o ressentimento social parece se ouriçar especialmente na presença da mulher. Em 11 de agosto, uma carta estranha ao diretor do curso de Madureza — informando que ele não poderá mais frequentar as aulas — dá uma medida desse mal-estar:

É lastimavel a desconsideração que tive, ontem, por parte de uma alumna do Curso, que eu acreditava ser ella instruida e educada.

Basta lhe dizer que ella me veio com adulações indecentes, indignas ás pessôas de certa cultura, que me levou ao auge da impaciencia, e, por conseguinte proceder como eu não devia ter procedido.

O argumento para abandonar o curso é ridículo: *Embora a questão não tenha sido dentro do Curso, foi lá que se originou, portanto não me ficará bem continuar.* Como não tocará mais no assunto, de resto sem consequências, é provável que o desabafo não tenha passado de um rascunho no caderno. O que seriam as "adulações indecentes" — e o que ele teria feito em resposta, grave o suficiente para pensar em desistir das aulas? De qualquer forma, a carta é mais um indicativo das suscetibilidades afetivas do meu pai e de suas dificuldades de relacionamento; a sombra de seu complexo de inferioridade vai deixando marcas. Numa carta aos pais, ele diz:

> *Quando converso com meus colegas e que um me diz ser "filho de doutor" outro "irmão de deputado" e estoutro parente de um "celebre poeta", orgulho-me em lhes dizer que sou filho de um pobre colono que não concluiu siquer o curso primario, e eu com a modesta instrucção que tenho sou o "mais sabio" de todos os meus parentes.*

É possível que a insegurança social se somasse ao mal-estar diante de qualquer manifestação de independência feminina, em choque com o imaginário patriarcal que o primogênito trazia de berço e estava determinado a perpetuar. Depois de Dorothea, outras mulheres vão surgir na correspondência, mas serão quase sempre mais álibis literários que pessoas concretas. Imagino que as mulheres que circulavam no seu mundo de soldado teriam sido de uma classe média baixa, a sua bolha social, mas de formação urbana, o que por si só criava um fio cultural importante de diferença. Encontravam-se no espaço público das praças, na frequência democrática do cinema e em alguns bailes populares; talvez as pretensões letradas e sociais de meu pai, ou as assustassem, ou o levassem ao ridículo, pressionando seu complexo. É um homem prático em tudo, exceto na vida amorosa, que se desenha inteira livresca (*entre cartas, bilhetes, sonetos e a descripção de um passeio, escrevi-lhe onze missivas*, vangloria-se); parece que ver na mulher a ela mesma e não a uma projeção complementar de si mesmo é uma mudança de perspectiva para sempre inacessível a meu pai.

Não estou disposto a comprar mulher, frisa o herói ressentido que se protege na mesquinharia; como um pequeno pai Goriot, reclama que ela apenas quer o seu soldo e desfaz a imagem da paixão ao dizer ao primo Adolfo que (estando verdes as uvas) escrevia *só para aproveitar a aspiração* — certamente ele quis dizer "inspiração". Apesar da clara interdição afetiva que se desenhava nesses anos de formação, meu pai não desistirá da busca da mulher perfeita. Naquele momento, minha mãe tem apenas catorze anos de idade e ainda não apareceu na sua vida.

13. O carteiro

Namoradas à parte, meu pai não perde de vista a sobrevivência. No dia 22 de junho de 1935, escreve à família informando sobre o abono que todos os postos do Exército terão a partir de julho, o que vai melhorar o soldo, e acrescenta que está *plenamente satisfeito pelo progresso gradativo*. Segundo o *balanço geral do credito em dinheiro, do 1º semestre do anno de 1935*, meu pai tem 3:361$717 contos de réis — cerca de cinquenta e seis mil reais pelo índice Estadão.

"Satisfeito pelo progresso", mas, parece, nem tanto com o Exército. Aos pais, diz que continua firme nos estudos e que quer fazer concurso para 2º *escripturario da Delegacia Fiscal do Thesouro Nacional*. À irmã Matilde, conta ter se matriculado pela terceira vez para o concurso de sargento, de que não dará mais notícia. Na verdade, o que de fato mudará sua vida profissional é o concurso de carteiro auxiliar que ele havia feito mais de um ano antes, em maio de 1934; aprovado em quinto lugar, está à espera de uma vaga.

Enquanto isso, não esquece de seu projeto literário, que, as cartas comprovam, ganhava corpo na vida do meu pai — mas para o filho alternativo, formado nos anos 1960, aquilo parece outra coisa. É uma imagem escolar da literatura, moralizante, autoritária, beletrista, congelada em molduras, sem nada de transformadora. Imagino que nas circunstâncias de sua formação, sem nenhuma referência de peso além da fantasia integralista (aliás, com forte raiz literária) consumida com avidez, não poderia ter sido muito diferente. Para ele, o único sentido real da literatura era o índice de prestígio social que o domínio elevado da escrita representaria — disso tinha consciência clara. Numa carta à irmã Matilde, uma interlocutora que será cada vez mais frequente nesses anos, meu pai confidencia: *Eu, aqui, estudo sempre com tenacidade, e ei de vencer. Nestes ultimos mêses tenho chegado a ousadia de escrever sonetos.*

Uma história de família conta que Matilde, que era cega de um olho, fora vítima de um acidente involuntário causado por meu pai, ainda criança, cortando lenha com ela ao lado; uma lasca teria escapado ao golpe do machado e ferido gravemente o olho da irmã. Posso imaginar a sensação residual da culpa pelo acidente, de fato uma tragédia familiar, e as consequências emocionais na vida da irmã e na vida dele — mas o assunto jamais aparece nas cartas. Um episódio de muitos anos depois, contado pela minha mãe, diz que Matilde, ao ver a penteadeira da cunhada cheia de cosméticos, reclamou: "Agora dá para entender por que nunca sobra dinheiro na tua casa". A correspondência mostra que Matilde, nos anos 1950, em dois momentos emprestará dinheiro ao meu pai, que em troca lhe pagava juros bancários. O temperamento da irmã transparece indiretamente numa carta do meu pai de 10 de novembro de 1935, em que aconselha a irmã a não perder tempo *com as mesquinharias de certas pessoas cuja mentalidade é infima*. Um dia elas ainda iriam *pedir perdão de joelhos*:

Mas para que tal succeda é necessario que estudes sem treguas e quando alcançares esse merecimento não se mostrar com orgulho e sim mostrar sempre a maior simplicidade... sempre humilde!

Deixe de lado as ambições e criticas de certa gente, principalmente dessas pessôas que seu convivio é nocivo aos bons costumes.

Em 26 de dezembro, escreve novamente a ela contando de sua atividade literária, e confidencia o que terá sido sua primeira publicação (sua definição de crônica é simples e exata, mas, infelizmente, ele não transcreveu nenhuma delas nos cadernos):

Deve saber que os principiantes para desenvolver sua intelligencia na escripta costumam escrever uma "chronica" diaria (Isto é, um pequeno trecho sobre qualquer cousa que mais tenha impressionado seu espírito). Para teres uma idéa do que seja esta tal "chronica" te mandarei meus numeros de "A Gazeta" onde encontrarás diversas dellas e onde tem uma escripta por mim.

A vida afetiva mantém-se, como sempre, outro foco importante, ainda que em segundo plano. Em outubro, uma carta ao primo Adolfo explicava por que não foi possível comparecer ao casamento do amigo:

— Casaste sabado!... e eu estava no Forte Marechal Moura auxiliando o sargento N. J. G. a dar instruções a uma turma de recrutas...

Agora talvez eu perca o gosto de ficar solteiro: Todos os meus amigos das festas que fazia na historica Palmeira do Meio; todos aquelles que me convidavam a beber "cachaça" no velho

Rio Maior e em Palmeiras Alta; e, todas aquellas fracas mentalidades de Rio Molha que me convidavam a passar o domingo nos matagaes cuidando de armadilhas, caça, a desviar riachos do seu curso natural e muitos outros que não posso recordar ao correr da penna já casaram...

E eu, que lá, fui mal sucedido, e que, sahi de lá com "paxonite aguda" agora vivo a escrever versos e sonetos.

Mas os estudos continuam bem: no dia 2 de fevereiro de 1936, comunica aos pais, *cheio de alegria e com orgulho*, que foi aprovado em terceiro lugar nos *exames englobados da 1ª, 2ª e 3ª series ginasiaes*. Se for chamado pelos Correios, pedirá exclusão do Exército para se apresentar na cidade de Lages, onde abriu-se uma vaga, e detalha: *O ordenado é um pouco inferior ao do Exercito, porem, ha outras vantagens que compensam. Em Lages não ficarei impedido de continuar os estudos: lá ha ginasio e escola normal, portanto, não faltará professores e colegas.*

Ele se sente protegido por uma boa poupança — o balanço minucioso de 31 de dezembro de 1935 indica que, com vinte e cinco anos incompletos, ele já conta com uma reserva de cerca de setenta mil reais em dinheiro de hoje (quatro contos, trezentos e catorze mil e quinhentos e setenta réis). Em 20 de fevereiro, meu pai envia um requerimento ao *Ilmº Sr. Director Regional dos Correios deste Estado* solicitando nomeação para a *vaga de estafeta na agencia postal-telegraphica de Lages*, uma vez que havia sido classificado em quinto lugar no concurso para carteiro-auxiliar; no dia 4 de março, um ofício da Diretoria Regional informa que meu pai foi admitido, interinamente, ao cargo de estafeta em Lages — ele terá quinze dias para se apresentar. No mesmo dia 4, o rascunho de um bilhete pede desligamento do Exército "por motivo de interesse particular". No dia 8, lembra de avisar o *Snr. Redator do Correio Universal* que doravante remeta os jornais para Lages —

Santa Catarina, explicando: *Como vou trabalhar naquela agencia postal-telegrafica não ha necessidade de outros pormenores.*

Encerra-se a vida militar do meu pai.

14. Zilá

Em 24 de março de 1936, um bilhete à família informa que meu pai chegou bem a Lages e que está hospedado no Hotel Ideal, uma evidente extravagância para um carteiro — *pago 130$000 por mes. O preço é um pouco elevado, porem, tenho o conforto necessario (quarto espaçoso com uma janela por onde entra ar e luz, luz eletrica etc.)*. Mas a primeira carta que escreveu da cidade, no dia 22, depois de um intervalo de duas semanas sem anotações, foi para uma mulher de Florianópolis que não havia entrado na história, que ele conhecera no dia 8, pouco antes de viajar, mas que criou uma atração fulgurante: a *Inesquecivel Zilá*.

É uma carta tensa e ciumenta desde a primeira frase: *Mostrar-me-ia demasiado crente dizer-lhe contar com sua fria fidelidade*. "Fria fidelidade" é uma bela imagem. A linguagem segue o padrão lírico-poético do candidato a escritor criando a sua musa, mas aqui transparece um senso angustiante da posse masculina que perde o controle sobre a mulher, uma sensação que trouxe de infância e que arrastará até o fim da vida — *por quanto amôr que eu lhe tenha não posso fazer-lhe sentir o calor, nem satisfazer o seu olhar que fuzila sobre os rostos jovens.* Há um toque discretamente sinistro no senso patriarcal do meu pai, mesmo acusatório (*o olhar que fuzila*), que entretanto não perde a medida do próprio limite, quase uma desistência prévia: *Seria importuno, senão absurdo, propor-lhe que se abstesse de seus divertimentos, contentando-se com a carta que lhe escrevo e as que escreverei.*

Diante do que parece uma conquista impossível, o jovem com vinte e cinco anos incompletos assume seu escudo preferido, o de um velho e sábio conselheiro, que ele tenta adaptar ao desejo ferido: *A idade que voce atravessa é a mais bela, tudo são fantasias de amor. A ilusoria imaginação forma-lhe, em redor, jardins de rosas e castelos d'ouro; seu coração palpita, ora de amôr, ora de paixão.*

Depois da poesia, a acusação ciumenta, com a enumeração torturada dos lugares em que ela estará flanando nos clubes e cinemas da capital:

> *Acredito que me tenha amôr, mas gosta de frequentar o "Lira", o "12" e o "15", ama a dança e o cinema, e, não dispensa o passeio no jardim e na "Filippe Schmidt".**
>
> *Como lhe seria a vida si a passasse dentro de casa amando um homem ausente e que não sabe quando volta?*
>
> *— Negra!*
>
> *— De tal vida, dirá você, gostaria de ler-lhe o "romance" ou assistir-lhe a "fita no cinema", mas para mim não serve...*
>
> *Pensa bem, e, responda o que lhe parece possivel na realidade. Responda sem sofisma: tudo decisivamente.*

* Referências ao Lira Tênis Clube, Clube Doze de Agosto e Clube Quinze de Outubro, tradicionais associações de Florianópolis; Felipe Schmidt é uma rua central da cidade.

É uma espécie de ultimato do meu pai, mas afinal honesto: "Responda sem sofisma". Ele quer uma mulher à maneira antiga; estaria ela disposta a aceitar um papel submisso? A carta seguinte, de 1º de abril, é apenas um bilhete ambíguo — temos de adivinhar o que ela teria respondido. E aparece uma informação sobre a censura nos Correios, certamente pelo maior controle policial do governo de Getúlio Vargas que se seguiu à Intentona Comunista de novembro de 1935. *Tenho muito que te escrever, porem, para evitar criticas, espero que termine a "sensura" que ha, presentemente, no correio, em toda correspondencia.*

É sintomático que, desde a chegada a Lages, não haverá mais referências ao integralismo — o assunto desaparece das cartas (mas não de sua cabeça, observa o filho, com a perspectiva do tempo — o ideário de sua iniciação política deixará marcas). Num postscriptum ao bilhete, ele acrescenta: *O meu endereço? é o bastante dizer que trabalho na agencia postal-telegrafica. Contudo si quer se certificar melhor direi. Hotel Ideal - 2º andar (quarto 17). Peço escrever meu nome: Baptista Tezza.* Como quem quer batizar a vida nova com uma nova identidade, ele agora suprime o "João" (que só reaparece quando escreve ao pai) e se transforma em "Baptista".

Além da paixão por Zilá, a correspondência do ano de 1936 será marcada por outros dois assuntos. O primeiro é a luta por ganhar mais nos Correios, já que ele assumiu como carteiro-substituto, e há uma intensa troca de requerimentos e pedidos até regularizar sua situação. O segundo, fundamental, é a preparação para o exame de Madureza, agora para a quarta série, que ele fará no início de 1937. E passa a estudar em parceria com um novo e disciplinado amigo, Wolfgang Rau, conta ele numa carta a um ex-colega de Florianópolis:

> *Nós, eu e o Rau, estamos sempre com coragem: "firmes e intrepidos". O nosso método de estudar por ora, é o seguinte: mar-*

camos os pontos e a hora da "conferencia", cada um estuda seu como como melhor pode, e no encontro, fazemos a exposição da materia marcada. Si surge alguma duvida, certificamo-nos, na ocasião, com o livro.

Wolfgang Ludwig Rau (1916-2009) se formará arquiteto e, anos depois, terá um papel importante na implantação da arquitetura moderna em Florianópolis inspirada por Le Corbusier, assinando inúmeros projetos em Santa Catarina. Índice de sua formação humanista, publicará em 1975 a biografia *Anita Garibaldi: O perfil de uma heroína brasileira*. Ele será uma influência duradoura na vida do meu pai, um amigo da vida inteira. Primeiro contato cosmopolita, um olhar de fora, exótico, com certeza era uma figura atraente como uma cena de filme para o esforçado carteiro de Lages, como ele escreveria a um conhecido um ano depois:

> *Meu condiscipulo Wolfgang Ráu é filho da Suissa, viveu e estudou até os 15 anos de idade em Berlim (seu pai Ludovico é engenheiro construtor). Está no Brasil ha 6 anos, já fala e escreve admiravelmente o portugues. Foi quem me ensinou Frances e Ingles no ano passado, enquanto eu lhe ensinava Matematica e Portugues. As outras materias (a Geografia eu lecionava-o na do Brasil e ele a mim a da Alemanha).*

A família se mudou para o Brasil em 1930, fugindo da grave crise econômica alemã que se intensificou com a quebra da Bolsa de Nova York no ano anterior. O exame de Madureza era o modo de o amigo europeu — que, ao contrário do meu pai, com certeza contava com uma sólida base educacional de infância — regularizar sua situação no novo país de modo a prosseguir a vida escolar. As referências ao estudo comum com o novo amigo dominarão a correspondência dos dois anos seguintes. Numa carta a um amigo, de dezembro de 1936, descreve o seu dia a dia:

> *Trabalho todos os dias de manhã a noite, rarissimas vezes saio da repartição antes das 21 hs., e não raro a essa hora saio para fazer a ultima distribuição de telegramas. O que facilita é a bicicleta que comprei exclusivamente para o serviço, sem a qual seria humanamente impossivel, um só, trabalhar todos os dias. Mesmo, nenhum dos meus colegas aceita a entrega de telegramas nas condições que estou fazendo.*
>
> *A mim, porem, com a rapidez que oferece o pequeno veiculo, sobra tempo para estudar.*

Em 26 de janeiro de 1937, informa à irmã Matilde que em fevereiro irá a Florianópolis para os exames da quarta série. É cauteloso no entusiasmo: *Não estou muito preparado, jogo com a metade da probabilidade de passar e a metade de não passar.* Mas não havia razão para preocupações — em 28 de fevereiro, escreve aos pais relatando que foi aprovado em segundo lugar (o amigo Rau foi o primeiro): *Cheio de satisfação e orgulhoso pelo ótimo resultado nos exames que prestei, no Ginasio Catarinense, a semana passada, escrevo esta dando-vos pormenorizadamente o resultado* — e segue-se uma coluna com as notas, de 80 para química até 45 em inglês, numa média de 66, um quadro que ele vai copiar uma dezena de vezes nas cartas a vários amigos e parentes, sempre em estado de grande euforia. *Estou com a moral elevada*, dirá ele num momento.

Agora faltava apenas o exame de Madureza da quinta série para ele concluir o antigo ginásio (que equivaleria ao atual ensino médio) e ter direito a ingressar num curso superior, ideia que dominará completamente sua cabeça naquele 1937. Enquanto isso, a "Inesquecível Zilá" será uma presença dominante, ela em Florianópolis, ele em Lages, uma paixão epistolar inspiradora a partir de poucos encontros reais. No dia 28 de abril de 1936, escrevia ele:

> *Meu supremo amor: Zilá: Palavra doce como jamais experimentei no meu intimo; como jamais senti em minha alma afinidade tão absoluta: e, como jamais me senti tão atraído que me parece estar ligado a ti pelas fibras do meu coração. Mas ele está triste, porque recebeu a má notícia de tua saúde. — Queira Deus não me mandes mais destas "noticias infelizes"!*

Sobre visitá-la em Florianópolis, lamenta, desenhando o quadro bucólico da própria vida: *Oh! pudera, eu, ir hoje! Não esperaria amanhã... Sabes que minha situação não permite. Sou pobre, não tenho tanta liberdade como tu tens; — luto pela vida com dificuldade.*

No dia 23 de maio, escreve um bilhete dizendo que mandou duas cartas, sem resposta. *Não as recebeu?* No dia 27, nova carta à *Inesquecível Zilá*, que está doente, o que ele ficou sabendo por uma carta da amiga Leda, que respondeu por ela. *O teu restabelecimento é o que mais me satisfaz.* E pede que ela continue a *escrever pela amiguinha*, mas que ela assine a carta, *porque as quatro letras do teu nome — z, i, l, a — escritas pelo teu proprio punho valem mais que o resto da carta escrita por outra pessôa.* E agradece à *bôa amiguinha Leda* por escrever pela amiga doente: *Servir a ela é servir a mim proprio.*

Mais de três meses se passam até a transcrição seguinte, uma carta em que ele se desculpa por não ter escrito mais:

> *Como sabes trabalho e estudo; de maneira que o tempo é tão pouco de faltar para te responder. Espero, entretanto, que não te zangues o que fôr teu não será de outrem.*
>
> *Tenho esperança ver-te no principio do proximo ano, e, hemos*

de fazer um passeio ao "morro da cruz", juntos; levarei a maquina fotografica — Falando nisto — não é possivel mandar-me tua fotografia?

Desconfio que a doença de Zilá — nunca nomeada — é a temida tuberculose, então de cura difícil e incerta. A carta quase protocolar tem um adendo com uma proposta surpreendente (talvez apenas uma pequena bravata afetiva):

Como tens passado ultimamente? Não está de pé o projeto de ires passar um tempo fóra de Fpolis em busca de ares melhores? Quem sabe si vem passar um tempo aqui? Vê si vens...

Si assim fosse apressariamos mais as cousas... e talvez arranjariamos um casamento (não me chame de louco!) sob este belo ceo azul e ares que convidam a mocidade a... Aqui vai tudo às mil maravilhas... e lá? Quando pretendes dançar no clube novo?

No dia 12 de outubro, brasa renascida, outra carta indica um retorno forte da paixão literária, inteira alimentada pelos lugares-comuns livrescos do amor:

Aqui tudo vai bem, tudo poetico, tudo luminoso e radiante: mas, falta o principal: falta aquela estrela que é meu guia. Eu sou o nauta perdido a contemplar, não o mar e o ceu, mas os campos e pinheirais que se estendem até o infinito sem ver o que meu coração e olhos buscam: Buscam a alvura doirada de teus cabelos; buscam a vivacidade do teu olhar e gesto gracioso; buscam a suavidade inconfundivel de teu falar e a doçura do teu sorriso, com a graça candida do marfim imaculado de teus dentes.

Mãos macias, unhas rubras, olhos azues de timidez e ino-

cencia; alta, magra e esbelta: o tipo ideal de traços perfeitos da estetica moderna.

Como esquecer-te?

Meu pai prossegue com juras de amor eterno até a despedida de artifício: *Beijo-te, respeitosamente, as mãos*. Fecho os olhos e tento lembrar de minhas paixões de infância, que me renderam os primeiros versos, igualmente ruins. Funcionavam do mesmo modo do meu pai? Sim, todas eram intensas, definitivas, esmagadoras — e falsas. E sempre envelopadas numa idealização literária neomedieval; a mulher seria o laço de arremate que iria emoldurar o romance da vida. O quadro dele era, naturalmente, outro: imaginado nas nuvens, descia ao chão na repetição do modelo, de pai para filho. O meu era, supostamente, o rompimento, *não repetir o modelo*: alguma outra coisa, inominada e incompreendida, mas *autêntica* (eu gostava dessa palavra: de tanto martelá-la para mim mesmo, alguma coisa, pelo cansaço, deve ter deixado de verdadeiro).

Tudo somado, a relação amorosa era sempre sentida como uma rota de fuga da angústia de estar sozinho. O medo de estar sozinho. Pior: com frequência, o *terror* de ficar sozinho, um pequeno terror que, no entanto, sinto que sempre esteve presente na minha vida. Habitante da tribo contestatória da comunidade de teatro, ao ler *Um inimigo do povo*, de Ibsen, descobri o avesso da chave: O *homem mais forte é o homem mais só*. Era uma bravata que meu guru alimentava como uma ética aristocrática e que absorvi transformando-a num mantra defensivo de uso pessoal. Sem habilidades afetivas especiais para dar conta dos bloqueios, que tentam fazer do sexo o que ele não é (há sempre um toque assustador na aproximação amorosa, o gesto sem volta que representa, seu puro instinto, o sopro do esquecimento, a entrega física), o imaginário se encarregava, feérico, de oferecer um sentido ao desejo e de corrigir as imperfeições da realidade.

Nessa fase, uma realidade de borboleta: apenas dez dias depois, poeta volúvel nas nuvens, uma carta dirigida com pompa à família inteira relata uma nova paixão. É um texto que revela a autoestima em alta com a mudança radical de vida. Ele vê a si mesmo como alguém importante no quadro familiar, o filho primogênito que retorna protagonista de uma composição teatral (o que aliás ele frisa) — é a pintura solene de um cotidiano rural de papéis definidos, uma nítida fotografia na parede:

> *A todos vós, eu vôs escrevo de uma só vez para economizar o tempo e ter a sensação de estar falando lá em nossa casa, todos unidos na mesma sala.*
>
> *Tenho a impressão de estarmos: eu sentado à mesa manunseando um livro; Papai, noutra cadeira; Mamãe sentada, como de costume, ao assoalho costurando; — você, você Mathilde, inquieta com um ponto de estudo que não compreendeu bem; Libera e Ricieri aí por perto que pouco falam; e, os outros menores rodeiam a mesa sequiosos por alguma cousa que eu lhes conte. Enfim parece um anfiteatro.*

Em seguida, agora dirigindo-se certamente à Matilde, ele relata seu novo caso amoroso, com um detalhe inesperado:

> *Escreveste-me que o Albino está apaixonado pela professora, não me escreveste nestes termos, porem, que namora insistentemente contra a vontade do pai.*
>
> *Que coincidencia! Eu, tambem, estou namorando uma moreninha.*
>
> *É curitibana, lá, em Curitiba, tem o unico irmão estudando no curso superior de medicina. Ela desistiu do curso ginasial*

no 3º ano, agora está estudando piano, que aliás, já havia estudado em Curitiba. É filha dum sargento que atualmente serve no 2º Batalhão de Sapadores, nesta cidade. Ele é sargento, porem, possue o curso de engenheiro agremensor.

Junto remeto duas fotografias, uma eu com ela, e a outra, eu com o meu amigo inseparavel de estudos Wulfgan Ráu.

Faça favor, veje a fotografia e depois dá algum parecer da minha querida mulatinha.

O "querida mulatinha", caindo como que do nada, é um flagrante cultural (e linguístico) precioso. A expressão "mulatinha", historicamente absorvida (mas não absolvida) é usada de uma forma afetiva; há mesmo um traço de orgulho ao representá-la (pelo duplo peso simbólico do piano e do pai engenheiro, num típico processo social compensatório ao "mal de origem"). Se não for extrair psicanálise demais a partir de um único trecho de carta, sente-se a busca de conciliação de um potencial conflito na forçada "coincidência" que introduz o assunto ("contra a vontade do pai", uma observação antecipadora — ele já sabe o que o pai diria de um casamento multirracial).

Gilberto Freyre certamente ficaria feliz em ler essa carta, brotada num ninho semi-isolado de colonos italianos, a confirmar sua tese da ampla e irreversível mestiçagem brasileira expandindo-se em todas as esferas sociais e culturais do país. Eu não chego a tanto; o racismo brasileiro prossegue do mesmo tamanho, na esteira concreta da história da escravidão no país e suas consequências nefastas, mas há uma especificidade brasileira única (de que a frase do meu pai é um breve índice). Pensar a nossa questão racial como um fato exclusivamente bipolar, sem colocar esse dado real na balança sociológica — com todo o imenso espectro de seus efeitos culturais cotidianos —, parece um erro metodológico de origem e criar um país que não existe.

A informação complementar, torneada por um lugar-comum (*as horas amargas de minha vida*), reforça a ideia — afinal, ele coloca na mesma esfera de valor a nova namorada e o novo amigo, uma parda brasileira e um suíço-alemão (e isso em 1936, para alguém que pouco tempo antes apaixonara-se pelo integralismo): *As duas pessôas que são fotografadas comigo são as que me suavisam as horas amargas de minha vida. E si uma delas por infelicidade me faltar, talvez eu sinta mais do que si me faltasse* (*Deus me perdôe a expressão*) *uma pessoa da casa!*

Um evidente exagero — talvez psicanalítico, diz o filho detetive —, o que será comprovado três meses depois em nova carta à confidente Matilde:

> *Comunico que acabei o namoro com a moreninha: Coitada! ela é muito boazinha, delicada, engraçada e elegante mas... — Acabou-se o nosso namoro com a maior cordialidade — não houve tiros, nem facadas — foi apenas por indiferença de ambas as partes, nem eu procurei a ela, nem ela a mim. O nosso amor foi se apagando, como os vestidos de certas fazendas vão perdendo a cor ao sol. E, cada um de nos procurou o seu caminho sem haver a minima desfeita reciproca. Isto tudo foi mais por falta de tempo e o aperto nos estudos. Acabei o namoro não só com a moreninha mas também com a lourinha de Fpolis.* (*Uma tipo louro alemão de nome Zilá*). *Não sabias que depois da minha vinda de Fpolis me correspondia? Agora tenho mais de uma duzia de cartas dela, e ela as tem minhas. Quando for lá indireitarei as coisas. Provavelmente ela ficará com as cartas que me escreveu e eu ficarei com as que escrevi: definitivamente tudo acabado!*

É provável que tenha havido o peso de alguma influência externa na separação da "moreninha" (nunca nomeada; e, talvez pelo contato próximo em Lages, não há cartas endereçadas a ela), por algum ciúme da irmã e pela opinião do amigo estrangeiro, íntimo o suficiente para conversar sobre sua vida afetiva. Ele era contra o namoro, o que um *PS* elíptico comprova: meu pai faz referência à carta de Matilde, em que ela comentava a fotografia com a namorada: *Li o ultimo periodo* [da sua carta] *à apreciação do amigo Ráu: o qual admirou a locução correta e a interessante resposta que me deste sobre a fotografia, aprovando teu parecer — sempre procurou desarar-me de tal amor.*

Como se vê, nem Matilde nem o amigo queriam a "mulatinha" na vida do meu pai. Curiosa a escolha do verbo, de raiz agrária: "desarar", desfazer, desmanchar. Para Zilá, há ainda um telegrama do dia 10 de fevereiro de 1937, um dia antes de viajar a Florianópolis para os exames da quarta série: *Recebi carta — Sigo amanhã — Saudades — Baptista.* E desaparece da correspondência.

15. O patriota

Sem namoradas a relatar, o ano de 1937 será inteiramente tomado pelos estudos para o exame que enfim permitiria ao meu pai, aos vinte e seis anos, o ingresso em algum curso de ensino superior. Mais uma vez, me vejo no espelho do privilégio: também só entrei no curso superior tardiamente, em 1977, aos vinte e cinco anos incompletos, mas no meu caso por opção, um pequeno luxo existencial que acabará sendo uma consequência prática do casamento e tábua instintiva de salvação. Com o sonho comunitário chegando ao fim, eu teria de pensar em algo palpável para sobreviver, agora por minha conta, vendo o espectro da própria família tomar corpo diante de mim, sob o sentimento de vergonha de, escritor sem obra, me ver sustentado pela mulher.

Haviam sido anos de recusa deliberada a entrar na universidade, firmemente convencido de que ela estragaria o escritor (há um toque de verdade nisso, deuses inimigos a conciliar — é muito difícil um acadêmico de primeira linha tornar-se ao mesmo tempo um grande escritor, eu me dizia ecoando a pretensão e o fantasma nietzschiano do meu guru, a vida será sempre tudo ou nada), mas agora, como quem volta de prolongadas férias da ilha de Pinóquio, lá estava o marmanjo entre crianças, chucro e indócil na última fila de carteiras da sala, de novo frequentando escola — o curso de Letras, uma gaiola disciplinada que cuidaria da minha vida pelos trinta e cinco anos seguintes, como seres feitos um para o outro.

Se as emoções são forças que nos arrastam sem a rédea da lógica, comecei minha vida adulta com o sentimento de fracasso, levado por circunstâncias que eu não conseguiria nunca mais controlar. Já o meu pai, vejo na euforia contagiante desse 1937, começava a se tornar adulto sob o signo do sucesso. Para o olhar do seu filho, estufado de capital cultural que era nada e era tudo no vapor de seus sonhos literários, a escala do seu pai seria pequena e o sarrafo a suplantar muito baixo, mas o sentimento de conquista pessoal dele era fortíssimo — alguém que conquista com unhas e dentes um terreno a que nunca teve acesso antes.

Exames, concursos, defesas públicas, testes, provas, entrevistas de emprego, vestibulares, as marcas da meritocracia laica do mundo moderno estavam e estão em toda parte, signos de inclusão e exclusão que, quem sabe, da vida biológica natural disciplinaram-se na abstração do Estado iluminista em suas mil formas de controle e produção de riqueza, sob a constrição desigual, organicamente injusta, de mil variáveis político-etnorraciais-sociais, religiosas e econômicas simultâneas envolvidas em cada lugar e instante da História. É coisa demais ao mesmo tempo — e, de fato, irrelevante na vida prática — para quem, posto à prova em solidão (um lápis, uma cabeça, um papel), repete o poeta: *Trouxeste a chave?* O Leviatã do Estado — não há a mais remota possibilidade de vida fora dele — aguarda a resposta.

Uma corrida de cavalos. *E nós, cavalões, comendo*, diz o outro poeta. Vivi o primeiro choque do fracasso no meu primeiro teste formal da vida, no final de 1962, aos dez anos de idade, um momento de transição em todos os sentidos — a morte do pai ainda não cicatrizada, a mudança de Lages para Curitiba, a queda de padrão econômico e o fantasma do "exame de admissão", único caminho brasileiro público para entrar no então ginásio (depois dos quatro anos de ensino primário). Era a discreta foice meritocrática que cortava pela raiz o destino da maioria das crianças brasileiras pobres ou remediadas, peneiradas e impedidas ali de ir adiante nos estudos públicos, onde se concentrava o melhor ensino. Inscrito no exame do monumental Colégio Estadual do Paraná, fiz a primeira prova, eliminatória, de redação — e o futuro escritor foi vergonhosamente reprovado. Sozinho no mural dos aprovados, na ponta dos pés, meu dedo correu várias vezes as linhas atrás do meu nome, que não estava lá. Levei horas para chegar em casa, adiando a catástrofe para melhor absorvê-la: o que vou dizer à minha mãe?

Mas dona Elin, apesar de todos os surtos, sempre teve consciência nítida de que, fora daquele caminho, não haveria muito futuro para os filhos. Fui matriculado no famigerado "quinto ano", o da recuperação, no Grupo Escolar Zacarias, num horário esdrúxulo (das dez e meia da manhã às duas da tarde — chegando em casa, como uma Gata Borralheira, tinha de lavar a pilha de louça suja que me aguardava na cozinha), e passei o ano ouvindo sermões para estudar, obrigado a escrever quase todos os dias redações determinadas pela minha mãe, que sugeria títulos e frases inteiras a copiar ("as férias", "o valor do bem", "a felicidade", "a primavera", "a beleza da infância"). Além disso, vivi a vergonha de usar de uniforme um avental branco plissado que, sobre as calças curtas, lembrava saia de mulher. É engraçado, mas sinto que o escritor nasceu exatamente naquele ano, não pelas redações ridículas que era obrigado a redigir ou copiar, mas pelo sentimento de fracasso a resolver. Nada a reclamar: aos dez anos eu já estudava o que meu pai só aprendeu depois dos vinte. No fim do ano, de novo submetido à prova de fogo, a recompensa exemplar do esforço: fui aprovado. Para repetir meu pai, vão aqui as notas: português, 7,5; matemática, 7,7; história do Brasil, 8,5; geografia do Brasil, 10,0. Pelos sete anos seguintes estaria salvo, protegido por um ensino de padrão acima da média brasileira e que representou um batismo civilizatório: quatro de ginásio, três de científico, como se dizia naquele tempo.

Mas aquela preparação foi também um ano de educação moral às avessas — saindo do novo Grupo Escolar Tiradentes, inaugurado naquele ano na praça Dezenove de Dezembro (a célebre "praça do homem nu", com uma estátua gigante no centro — a mulher nua havia sido recolhida, por pudor, aos fundos do Palácio do Governo, onde permaneceu escondida durante décadas), achei num dos bancos de pedra um pequeno embrulho com duas pilhas novas de lanterna, que levei para casa, feliz da vida. A coincidência de eu ter na gaveta uma velha lanterna precisando de pilhas era a prova do crime: fui acusado pelo meu irmão mais velho (que em casa, com inseguros dezoito anos, lutava por fazer o papel de pai-substituto) de ter roubado aquilo. Depois de me espancar, obrigou-me a "devolver" as pilhas, o que fiz jogando o pacotinho numa valeta ao virar a esquina. Ele repetia comigo exatamente o que meu pai havia feito com ele quando menino, mas sobre um fato concreto: depois de furtar uma ratoeira de um armazém, contou em casa uma história mirabolante, e meu pai obrigou-o a devolver o que tinha levado e a confessar o furto ao proprietário atrás do balcão. Meu irmão contou e recontou essa história por anos a fio como uma fábula pessoal maravilhosa, uma lição exemplar de vida — e que se tornou também, pela reiterada contrição pública do seu crime, um pequeno álibi.

A rigidez moral como estratégia de ocultação é um clássico universal, na política, na literatura, na vida cotidiana. Relendo meu pai, entretanto, descubro que ela pode ser de fato, além de uma defesa psicológica do seu lugar no mundo, uma referência real, um porto emocional seguro, instintivamente conservador. No dia emblemático de 7 de setembro de 1937, uma longa carta ao irmão Cândido, o caçula da família, com o tom de um conselheiro severo, dá uma medida do éthos que será uma marca recorrente na sua correspondência e também na memória familiar: *Não te esqueças que é preciso aprenderes a ganhar a vida por ti proprio.* A educação era fundamental, mas não só ela: *Educar-nos, entretanto, não é só nos instruir; é mais alguma cousa: Não é só pelo saber que o homem vale, mas, principalmente pelo seu caracter. Devemos nos orgulhar quando vestimos uma roupa que foi ganha pelo nosso trabalho e não quando a recebemos de outrem.* E em seguida, o repto de um velho testamento na boca de um jovem de vinte e seis anos: *O homem foi feito para o trabalho e não para o repouso.*

O otimismo pela aprovação no exame de Madureza, com a promessa de uma nova vida adiante, fez renascer um imaginário idílico de infância e também de país, que ele apreendeu em cinco anos de obediente educação militar. Também começa a transparecer um culto fantasista da ancestralidade italiana, que até então não era visível. São os efeitos diretos do espírito do tempo — corria o ano de 1937, num momento histórico dos piores augúrios totalitários que já vivemos; e talvez a intensa amizade com o colega suíço-alemão e suas discussões juvenis tenham alimentado e reforçado a atmosfera patriótica e nacionalista, que já era uma bandeira política estridente do getulismo ao integralismo e que entre nós jamais saiu de cena.

Uma carta aos "queridos tios" (não nomeados), de 11 de março, dá uma ideia da cabeça do meu pai naquele momento — e, indiretamente, de como o país oficial via a si mesmo. Depois de justificar a ausência de notícias por ter dedicado todas as horas de folga dos últimos meses aos estudos (*Felizmente alcancei o que eu queria; e agora, tenho somente um ano para concluir*), ele promete visitá-los no próximo ano. Segue-se um encadeamento de lugares-comuns num tom literário escolar: o culto romântico à natureza como um eixo da identidade brasileira, a pobreza como valor, a imagem orgulhosa de ancestral de uma Itália que, de fato, na diáspora do século XIX, nem sequer existia, miserável e fragmentada; transparece também a visão do índio como bárbaro a ser derrotado, no mesmo plano das feras, mais a clássica melancolia caipira, tudo redundando numa "Santa Terra Brasileira", em oposição às "guerras dilaceradas" da Europa. E há uma curiosa referência à guerra civil da Espanha, sob um ponto de vista católico-franquista, certamente repercutindo informações dos jornais integralistas:

> *Tenho grande saudade da nossa abençoada terra. Si eu pudesse iria passar uns meses lá, naquelas belas paizagens, prados, e campos bem cultivados pelos laboriosos patricios. Ah! pudera eu passar os domingos convosco!...*
>
> *Ainda trago comigo os sabios conselhos dessas casinhas humildes e honradas. Coitadinho do meu avô, ainda relembro as horas que me deleitei em ouvi-lo contar-me das passagens dificeis na transposição do Velho (Mundo) para o Novo Mundo. Quando saiu da terra dos sientistas, poetas e cantores, para se meter, sem recursos, num mundo desconhecido e ao perigo das feras e outra gente que não passava de "Barbaros" (os indios)*
>
> *Estas saudades e tristes historias, trago-as, sempre, na lembrança. E vejo, finalmente, quanto a geração nova tem sido previlegiada nesta "Santa Terra Brasileira". Desfrutando uma civilização nova e bastante adiantada, e anos de ouro.*
>
> *Enquanto as populações ultra-marinas, quer na terra do nossos (Italia); quer na Alemanha; quer em todo o resto da Europa, passam em aperto extremo e frequentes rompimentos em guerras dilaceradas; onde os proprios santos nos altares não teem soce-*

go, porque aparecem os fanaticos iconoclastas que destroem as imagens e os templos até aos alicerces, como se está desenrolando actualmente o periodo mais grave na historia da Espanha.

Uma longa carta a um conterrâneo amigo agradecendo os cumprimentos pelo sucesso nos exames reforça o quadro da retórica ornamental em busca de uma grande causa, sentimento cujo gatilho continua sendo a justa euforia da realização pessoal. O amor à "terra natal", a cidade de Urussanga, transforma-se em combustão patriótica:

> *Encheram-me de orgulho as lembranças dos amigos urusanguenses. Mais uma vez provaram sua lealdade para com o pequeno amigo, que está se expondo às aventuras, sem temer sacrificios nem medir forças para um dia ser util ao seu "torrão natal" ao Estado e à sua Patria. E, si Deus lhe permitir, entrar no numero dos homens "benfeitores da humanidade" levando ao seus conterraneos a luz dos conhecimentos, da razão e da verdade.*

Os lugares-comuns do espírito do tempo, em que pouco a pouco se sente a pátina fascista e se ouvem os ecos de Mussolini tomando corpo na recorrente fantasia dos ancestrais, como que se escrevem por conta própria e dominam a mão febril, rascunho em transe, do escriba aprendiz:

> *Urusanguenses! altivos e fortes... nós, que trazemos nas veias o sangue do povo romano; nos, que unimos à robustez do fisico a inteligencia dos sabios dos nossos antepassados, sejamos, cada um de nós, uma celula vital do Brasil! E, a ex-colonia urussanguense ha de ser sempre um nucleo politico e economia no*

Estado ou no Brasil, mas como uma energia que tenha ação em todos os fatores da atividade humana.

O sentimento de pertencer, pelo sangue, a uma história transcendente — o que desde sempre é uma simples expressão de coesão familiar, a amarra dos parentescos, um afeto de fundo às vezes apenas anedótico, as pequenas raízes que nos levam da infância para o mundo (e das quais quase sempre precisamos nos livrar para seguir a vida) — aqui ganha uma dimensão a um tempo mística e político-ideológica, pontuada pelas palavras bélicas e mágicas do tempo, "sangue", "luta", "exemplo", "orgulho", "lealdade", "sacrifício", "combate".

Mas não quero ser cruel com o meu jovem pai naquela dura passagem, uma linguagem insegura ainda à procura de um discurso emocionalmente estabilizador. É um ano de sentenças altissonantes, moralistas, de dedo em riste em cada linha — ele parece escrever como quem testa o que diz, recolhendo as frases do ar para sentir o seu efeito real no papel. Depois de lembrar que *as tribulações dos nossos avos ao penetrarem nessa terra* [...] *hão de servir de exemplo para nos tornar destemidos e afeitos à luta*, os lugares-comuns se esparramam: *lá está a bela cidade... já em flores a espera que seus filhos continuem a irrigar seu solo, colher suas flores e frutas com carinho e amor.* No meio desse kitsch, que funde a estética fascista com o sempre renovado realismo socialista, meu pai não perde de vista (pelo seu próprio exemplo) a importância da educação, mas a enxurrada de clichês leva-o ao delírio de grandeza, sem o freio do ridículo:

> *Em dias mudamos* [sic] *ha-de-entrar a instrução com todo seu vigor e dominar o campo de combate pelos conhecimentos. Os filhos dessa belissima região serão buscados pelas letras e ciencias e aproveitados os que a elas aderirem. Surgirão nesse campo*

de combate os poetas que encontrando na natureza sua obra-prima invejarão aos leitores de Dante, Petrarca e Boccacio.

A eufórica autoexibição do meu pai não tem um foco preciso; se em momentos ele se imagina escritor, fascinado por volteios literários, em outros fala como um político em treinamento, um orador em praça pública sopesando o eco do que diz. Talvez naquele momento lhe tocasse, por imitação patriótica, a sombra de uma carreira a seguir lá adiante. É sintomático que naquele mês ele tenha requerido ao juiz eleitoral sua inscrição como eleitor, numa época em que votar não era obrigatório.

16. O marceneiro

A nostalgia da infância (ocultando seus mais de dois anos de trabalho juvenil, período sobre o qual ele sempre silencia) parece ser parte da construção do adulto, alguém que escolhe o passado e o futuro e reforça em cada linha o seu lugar mental no mundo: *Nessa bendita "Urú-sanga" só tenho amigos: Desde o tempo que usava calça curta só tenho encontrado boas almas, espiritos alegres e que sabem transmitir sua alegria aos outros*, diz ele a um amigo da terra. E é mesmo um lugar *mental* — há uma ingenuidade poética no meu pai, uma cegueira luminosa, que às vezes reconheço, como lampejos de lugar nenhum, em mim mesmo. Os abundantes conselhos, frases edificantes, tábuas morais — *mais vale sermos donos de um cerebro do que de um mundo*, diz ele candidamente ao irmão Cândido — parecem se dirigir também a ele mesmo.

O espírito nefelibata do moralista estoico jamais descuidará, entretanto, da parte prática da sobrevivência. Por duas vezes ele envia a um certo "professor e amigo Joel", de Florianópolis, uma quantia para ser depositada na Caixa Econômica de Florianópolis, até que em maio ele informa que foi aberta em Lages uma filial do Banco "Inco", Indústria e Comércio — a primeira agência bancária da cidade — e que portanto ele vai suspender os envios, *subtraindo-me das dispesas de remessa.*

É um ano aparentemente sem namoradas — em março de 1937, numa carta ao amigo Lima, ainda dos tempos de quartel (que por muitos anos será um interlocutor frequente), agora primeiro-cabo da 2ª Companhia do 14 B.C., no distrito de Escurinho, em Lages, ele brinca com a ideia do casamento e exercita o francês que estudava:

> *Saüde. Aqui tudo vae "ás mil maravilhas": nada de "fim de mundo", está ele em plena evolução: "nada se perde nada se crea; tudo evolue".*
>
> *Ha uma cousa, entretanto, que não evolue.*
>
> *Sabes qual é?*
>
> *O Meu casamento!!!*
>
> *Em tua carta falas tanto em casamento e eu estou muito longe dele. Estou ainda a espera de uma "Sevigne" que me sedusa com suas cartas: "le plus parfait modèle du estyle épistolaire", somente com isso iria à "forca" de pleno coração.*
>
> *Estou completamente isento destes bichinhos que botam a gente nagua. Cuidado tu por lá! Cuidado com tuas poesias pelos "escurinhos"!... os fazendeiros podem saber... e a "forca" naqueles pinheirais vai ser triste!...*

É um dos seus poucos momentos de humor mais solto e juvenil nesse ano de concentração para as provas de Madureza. No dia 2 de maio, ele dirá ao mesmo Lima, cheio de confiança: *Si Deus quizer, até o fim do ano esmagarei as exigencias dos programas, e irei fazer exames mais firme que os proprios alicerces do Ginasio Catarinense.*

Uma semana depois, escreve aos pais, no tom de respeito que

costuma reservar a eles, mas agora num exagero teatral, quase uma elegia marcada pelo artifício da majestática segunda pessoa do plural. A carta, pontuada por observações edificantes sobre a educação, faz um retrospecto de sua vida com o toque contrito de reconhecimento filial:

> *Saüde e tranquilidade são os meus votos que peço a Deus para vos dar, pelos longos anos de sacrificio que tendes feito por mim.*
>
> *Longe de vós e por muito tempo sem poder vos visitar. Entretanto, tenho sempre bem frizado na memoria centenas de bons conselhos e exemplos que com amor e incançavel trabalho me tendes dado nos primeiros 15 anos de minha existencia.*
>
> *Não encontro, mesmo nos livros dos sabios, causa mais fundamental, segura e séria do que os velhos "proverbi dei vechi".*

Ele fala dos primeiros quinze anos de vida, isto é, entre 1911 e 1926. Como foi para o Exército com vinte anos incompletos, em 1931, há um longo espaço em branco, o seu tempo de peão de construção de estrada, um trecho crucial da adolescência que permanece até aqui como um ponto cego de sua escrita.

Minha memória de criança (sempre mais forte e determinante do que os fatos reais em si), em fragmentos de informação, acrescenta mais um dado: quando jovem, meu pai também trabalhou como marceneiro. Em algumas versões, ele teria fugido de casa, num rompimento com o pai; a fuga não é improvável, pelos indícios do ato psicológico de contrição que ele revelará nessa carta; como eu praticamente também fugi de casa quando jovem, fantasio, num paralelo literário, alguma programação genética biográfica que se repetiria, inacessível à vontade pessoal: é preciso fugir de casa para nascer. No paradoxo bíblico, nós temos liberdade mas não livre-arbítrio, porque Deus tudo determina, o que recoloca a teologia moderna no mesmo trilho do Destino pagão. Também imagino — um capítulo do romance que não vou escrever, mas vejo a cena de Thomas Hardy com clareza, o tom de sépia na tela — a crise e o desespero de um menino que furou o olho da irmã por acidente e sente o peso medonho da culpa, reforçada por uma surra violenta do seu pai.

Sobre a marcenaria, a história parece ter um fundo de verdade, e era repetida à exaustão por minha mãe, tendo como prova incontestável uma peça original que está até hoje na família, restaurada e pintada — uma cadeira firme e delicada de pernas torneadas e encosto com varetas, que teria sido elegante não fosse a profusão de frisos, o clássico exagero do aprendiz, a frase pendurada em adjetivos. A cadeira feita por meu pai quando jovem restou como um fio simbólico de DNA familiar criando uma genealogia; para nós, os filhos, era "a cadeira do pai", o fantasma sempre presente, e, mais tarde, "a cadeira do vô Tezza", a distrair e impressionar os netos. Também procuro aqui um paralelo: passei a vida sonhando com uma bancada de marceneiro, mas o máximo que consegui na área, num improviso de serrotes, plainas, lixas e parafusos, foram estantes de livros e algumas prateleiras fora do esquadro. Talvez, especulo agora, o princípio gerador não seja o talento ou a habilidade nesta ou naquela área, mas o simples desejo camponês (ou antes a necessidade) da autossuficiência em tudo, o sonho sempre inatingível de teimosamente cumprir o que se diz a si mesmo: não preciso de ninguém.

O fato é que se ele foi marceneiro, terá sido um trabalho de apenas poucos meses, nos intervalos de seu trabalho de estrada; obviamente, a lembrança repetida da marcenaria teria mais prestígio que a de simples peão. É fato que meu pai já tinha acumulado alguma suada poupança antes de se engajar no Exército, informação que se reforça pelo detalhe de uma carta ao pai de 11 de novembro de 1931, já soldado em Florianópolis:

> *Recebi a Conta C. do B. N. C.* [conta corrente do Banco Nacional do Comércio, provavelmente uma caderneta] *e confiro que está certa a quantia de reis 1:093$100 em meu favor; junto a esta remeto-a novamente, que deveis aguarda-la.*
>
> *Espero que me traga conhecimento do resto do capital que tenho emprestado.*

Isto é, no momento em que escrevo, mais de noventa anos depois, sua poupança de jovem estaria em torno de vinte e sete mil reais, um valor significativo para alguém nas condições dele, e mais o "capital emprestado" de que ele cobra informação. Não se trata de uma doação paterna (*confiro que está certa a quantia em meu favor*, frisa ele, o que não diria se fosse um presente), mas do montante que acumulou trabalhando desde criança.

Voltando a Lages e a 1937, a carta aos pais prossegue como um auto de fé — com certeza educado pelo espancamento, o jovem velho de vinte e seis anos confessa ao inquisidor sua culpa, declara-se maduro e compromete-se a repetir o modelo perfeito. Afinal, o poder da linguagem e de suas metáforas cristalinas é dar sentido à vida:

> *As palavras sabias dos Pais são como que as marteladas bem dadas ao ferro para transforma-lo de bruto a ferramenta util. Depois esta ferramenta, que sai do malho, pode ser melhorada pelo trabalhador, que é a vida pelo mundo afora; com um bom cabo, que são os companheiros de trabalho; por umas boas afiadas no rebolo, que são aos mestres nas escolas ou nos trabalhos; mas, si esta ferramenta não fôr bem feita e bem temperada, não adianta fazer-lhe um bom cabo ou afia-la a miudo. O operario não gostará de trabalhar com ela e o rebolo ficará indignado de se gastar sem lhe dar fio.*

> *O filho que não sai de casa com bons principios fundamentais não terá exito...*
>
> *Vós, meu bom Pai e querida Mãe, me tendes dado uma educação até o cerne d'alma, como disse Ruy Barbosa.*

O imaginário violento daqueles anos — ascensão do fascismo, consolidação nazista, terror soviético — se funde com a experiência pessoal de um estafeta solitário perdido num quarto de hotel em Lages: marteladas, ferro bruto, malho, tudo para fazer da pessoa uma "ferramenta útil"; e para ilustrar a educação, o ornamento de uma frase feita de um medalhão que lhe dê o tom obediente e edificante.

O auto de fé prossegue: ele teve a "boa educação", a força do exemplo — mas isso não basta. Há ainda um pedido enviesado de perdão por seus "malfeitos" e uma promessa de redenção para cumprir a lógica da vida, o seu jogo de compensações:

> *Si eu não soube acatar e aproveitar, no momento, as vossas lições — a vossa parte foi feita e em bôa hora — e eu, muito depois, longe de vos, lutando no meu "ganha pão", sinto, a todo instante, surgir-me do sub-consciente as informações necessarias para vencer nas peripecias da vida: São as bases fundamentais que vibram no meu espirito e que me foram incutidas por vós, desde a mais tenra idade. É um depositario que tudo vence. Minha consciencia reprova si alguma cousa malfiz a vós outrora; e com a vossa lembrança ráia em mim a luz do amor, da verdade e da justiça: guias inseparaveis e inesqueciveis da minha existencia no mundo. Eu queria que tudo me fosse bem para poder vos dar descanço no ultimos anos de vossa vida... Assim, como fui o primeiro a vos deixar, queria ser o primeiro a vos amparar.*

Leio e releio essa carta, tentando descobrir nas entrelinhas dos clichês que se derramam — *a luz do amor, da verdade e da justiça*, a tábua de valores que ele martela a si mesmo, atribuindo-a aos pais — como ele está de fato se sentindo; até mesmo tento chegar à resposta impossível — *quem ele é*. Meu pai acredita no que diz? Sim, com certeza — a escrita escreve, inventa e define as pessoas, que passam a ser mais reais que o modelo de origem. Enquanto lembra reverente a importância dos pais na sua formação (numa formulação retórica desprovida de afeto; nada escapa pelas frestas emocionais naquela voz controlada pelo artifício do "vós"), ele sonha com o sucesso pessoal, mas defensivamente altruísta, "para poder vos dar descanso nos últimos anos de vossa vida".

É um toque estranhamente sinistro, uma concepção circular e fechada de existência, a simetria do nascimento e da morte, uma coisa alimentando a outra — e no entanto não há escape, ontem como hoje. Meu pai afirma na carta o momento máximo de sua realização pessoal até ali, o seu *triunfo*, porque tudo está dando certo, mas recusa o orgulho da independência — ele quer expressamente encaixar o sentido de sua vida na determinação paterna. Temos uma *função* na vida, e devemos cumpri-la.

Uma ideia semelhante me assombrava nos tempos de formação comunitária, sob o mantra do guru: "Devemos cumprir o destino; é ele que nos tem". Ocorre-me agora que minha obsessão de escrever nasceu com um pé nessa sombra imaginária. Criamos nossos deuses, porque é difícil pensar no Destino sem ao mesmo tempo evocar o seu sacerdote, aquele que move os fios do acaso. É um ideário patriarcal genérico, mais do Velho que do Novo Testamento, mas com um certo tempero racional, de fundo iluminista — a invocação a Deus, mesmo por fórmulas padronizadas, é rara nas cartas do meu pai.

O otimismo do momento, disparado pela aprovação no exame de Madureza e pela concreta possibilidade de fazer um curso superior adiante, não lhe tira o senso de realidade, o pé no chão que tem sido a marca de uma família de sonhadores sem asas. Ele nunca perde o fio da meada:

> *Ainda falta muito. Terminarei em janeiro o curso do ginasio (bacharel), mas, depois disso, ainda não está terminada a luta. Eu preciso estudar em cursos superiores, e aí está uma dificuldade a vencer. Agora, enquanto trabalho para ganhar o pão e estudo as materias do ultimo ano, estou sondando os cursos superiores: escrevi a colegas de Curitiba e de Porto Alegre pedindo informações e às Academias de S Paulo e Rio para me mandarem prospectos.*

Nos dois anos seguintes, o tema que vai dominar sua vida é a escolha do curso a fazer e de sua futura profissão — ele já vê a carreira no Correio como um quebra-galho que deve largar em breve. Sua ambição maior é cursar Medicina ou Agronomia (*estes cursos são caros para não dizer carissimos*, lamenta). O tempo dirá que agronomia era de fato a sua vocação mais forte, embora sempre tenha ficado à margem. Os cursos mais acessíveis são Direito e Comércio (*não tenho gosto*, ele diz; *o curso mais barato é o de guarda-livro e é o que menos aprecio*). Enquanto isso, também dá aulas particulares, um trabalho avulso que reforça as economias (e vejo mais uma vez a mim mesmo, na minha passagem da fantasia comunitária para a vida real da sobrevivência, estudante de Letras dando aulas particulares): *Agora tenho quatro alunos particulares e dou-lhes Matematica e Portugues, duas aulas de uma hora para cada materia por semana, a 10$ cada um, enquanto vai assim, são mais 40$ por mês.*

No final da longa carta aos pais, aparece uma de suas raras

observações do mundo político que trepidava em torno: *Recebi hoje* (15/6/37) *cartas da Mathilde e do Hygino, ambos noticiaram o grande movimento militar na região sulina do Estado*. Em novembro daquele ano, aconteceria o golpe militar do Estado Novo.

17. O quarto

Prossigo a tarefa impossível: descobrir em que instante nos tornamos nós mesmos, como um estalo na casca do tempo — aqui um casulo, ali um ser completo. O segredo, imagino, estaria nos primeiros trinta anos de vida; talvez antes (principalmente há cem anos; hoje o processo inteiro parece retardado pela cultura da infância interminável). Para quem vive, o instante presente é sempre maduro — sem essa impressão de certeza, seria difícil o mínimo gesto, a sensação de corpo incompleto e alma pela metade.

É só a distância que dá perspectiva, mas meu pai olha pouco para trás; quando olha, derrama os calmantes poéticos, falsos e tranquilizadores da terra natal, prendendo-se a alguma filiação que o defina. Ele precisa desse calmante. Aos pais, descreve a si mesmo como uma peça de ferro malhada a fogo e marteladas, e acha isso bom e útil: *devo tudo a vocês*, repete em cada linha. Sem um mestre centralizador por perto (como eu procurei em vários momentos da vida, porque a meus olhos ninguém na família seria capaz de ocupar esse lugar), o esforçado autodidata tenta juntar os cacos que deem sentido à sua luta (para usar uma palavra que ele respeita). Também ele, como eu, não sentiu a compulsão mística capaz de criar um Deus que fosse além das fórmulas mecânicas. Talvez — se a história do marceneiro é verdadeira — algum exemplo terá ficado da disciplina de fazer com as próprias mãos uma cadeira que ficasse em pé.

Contaminado pelo cinema, vejo meu pai criança, magro e ansioso, mal alcançando a bancada da marcenaria, com o adendo ensurdecedor do galpão de uma serraria que todos os dias punha impiedosamente abaixo a incrível abundância de árvores da região; a sinfonia das serras circulares gera um vapor de serragem fresca que se impregna na pele, e o Mestre marceneiro está diante dele. O homem explica ao potencial Pinóquio, de olhos atentos e assustados, como tornear a peça de madeira que ele revira na mão cheia de calos. No caso do meu pai, trata-se de um Pinóquio que deu certo, que recusou a Ilha dos Prazeres e as más companhias, e que não precisará de nenhuma fada que lhe devolva o bem e a sabedoria. Criando as peças de sua primeira cadeira, parece que ele já sabe perfeitamente o que quer, e é fiel ao que faz. Terá sido assim? Em nenhum momento da correspondência meu pai fará referência à sua formação de marceneiro — é um ponto cego da memória.

Não precisou de fada, mas precisará de políticos, figuras importantes, quase inacessíveis, que passarão nos anos seguintes a povoar de sonhos e pedidos burocráticos sua correspondência, na malha oficial do clientelismo. *A lei não ajuda quem dorme* é uma frase do meu pai que minha mãe sempre repetia como exemplo. Minha lembrança de infância e adolescência (de fato, da vida inteira) está povoada de pedidos, requerimentos, filas, pistolões, atestados, certidões, firmas reconhecidas, carimbos, taxas, regulamentos de empregos e carreiras e progressões de Estado, fora do qual parece que jamais haverá sobrevivência possível ou decente.

Por enquanto, meu pai é apenas um estafeta promissor em Lages, que às vezes se apresenta como "funcionário público federal" para envernizar a função simplória de carteiro. Mas o contraste social entre a ambição e a realidade começa a transparecer de uma forma mais aguda (o que não era visível nos tempos do Exército, em que ele imaginava lutar apenas entre iguais, com a letra da lei na mão, para afirmar seu espaço de orgulho pessoal).

Em setembro de 1937, sua obsessão é a transferência para Curitiba. No dia 13, redige um rascunho de requerimento à direção dos Correios, apresentando-se como *Estafeta classe B, servindo atualmente na Agencia Postal Telegrafica de Lages*, e pedindo *transferencia para a cidade de Curitiba a fim de prosseguir em seus estudos no Curso Superior, que será medicina.* Antevendo que um mero requerimento seria inútil, no mesmo dia reforça o pedido numa carta ao *Exmo Sr Dr. Arthur de Souza Costa, DD Senador*, um lapso — pela grafia do nome, seria nada menos que o longevo ministro da Fazenda de Getúlio Vargas (1934-45), o que não faz sentido. Na verdade, o senador por Santa Catarina no momento é Arthur Ferreira da Costa. É um típico texto de humildade-padrão diante da autoridade a quem se faz um pedido relatando detalhes da infância:

> *Filho de um pobre colono do Sul deste Estado, fui criado afastado mesmo das escolas primarias. Depois que comecei trabalhar para a minha subsistencia é que entrei em contáto com a escola. Estimulado pelos bons resultados, exclusivos de meus esforços, minha unica ambição é continuar nos estudos superiores. E, não tendo a quem pedir, dirijo-me ao Ilustre Dr. digo Ilustre Senador para se interessar na minha transferencia, que, equivalerá dar-me os meios necessarios para o curso superior.*

No dia seguinte, outra longa carta ao pai conta as circunstâncias do pedido ao senador — é um retrato pitoresco dos meandros popular-clientelistas inescapáveis da ascensão social brasileira:

Estava com um plano feito para ir a Florianopolis para conseguir minha transferencia para Curitiba; entretanto, como esteve aqui o Governador do Estado ante-hontem, consultei ao irmão dele, (que reside aqui)** sobre o meu caso e disse-me não ser necessario dirigir-me diretamente ao Governador, que ele, o irmão, já se tinha referido no meu nome, ao Governador, em viagens que fez, ha tempos atraz, para Fpolis; e, terminando o curso ginasial iria se interessar por mim, isto é, arranjar-me-ia a transferencia para Curitiba para eu poder continuar meus estudos superiores.*

O Senhor Celso, irmão do Governador sabe dos meus esforços nos estudos e tem informações seguras do Snr. e de meus parentes: não pessoalmente, mas sabe que sou filho de um colono e que não tenho ninguem no cenario politico da Nação; portanto, se quizer se interessar por mim só lhe falta consultar à sua propria conciencia. Não pedi causas extravagantes: Envez de prestar o meu serviço à Nação aqui presto-o em Curitiba, não havendo, assim, prejuizo nos cofres publicos.

Não me contentei, contudo, com as promessas do Ilustre Celso Ramos. Vindo, o Governador, acompanhado de mais de trinta pessoas de alta representação politica, veio, tambem, o senador Arthur de Souza Costa a quem pedi pessoalmente minha transferencia. Disse-me logo para quando eu queria — respondi que desde já me serviria e no mais tardar para janeiro, quando finalizarei o curso ginasial. Pediu que eu lhe desse as minhas informações e o que desejava (isto é, a transferencia) por escrito, para evitar de se esquecer, o que fiz e anexei

* O lageano Nereu Ramos (1888-1958), governador eleito que, com o golpe de Getúlio Vargas dois meses depois, seria confirmado como interventor em Santa Catarina.

** O também lageano Celso Ramos (1897-1996).

uma carta dirijindo-me diretamente a ele, o senador. Os referidos papeis foram entregues a ele pelo dono do Hotel Ideal, onde estava hospedado.

Finalmente, devo dizer que todas estas promessas é preciso que tenham um certo desconto porque em vespera de eleição é o que menos custa uma promessa...

A transferência para Curitiba jamais aconteceu — é ingenuidade do meu pai imaginar que um senador, no meio de uma comitiva do governador num evento-relâmpago qualquer em Lages, justamente num período em que se armava um golpe de Estado no país (de que a poderosa família Ramos certamente estava a par) iria se dar ao trabalho de cuidar da transferência de um obscuro carteiro para Curitiba. É uma ingenuidade com certo peso moral, supõe meu pai: pela simples justiça do pedido, o político só teria de consultar "a própria consciência" para atendê-lo. Ao mesmo tempo, resta um calço de realismo popular no seu olhar: é época de eleição, e qualquer idiota sabe que promessas nada custam ao político.

Apesar de tudo, ele nunca lamenta o destino. Para usar uma palavra típica das redes sociais contemporâneas, jamais transparece nas cartas o menor traço de "vitimismo". *Querer é <u>poder</u>*, sublinha meu pai numa carta ao primo Olivo, povoada de princípios entusiasmados de autoajuda, refletindo o sopro voluntarista da época.

Para não acreditar na fantasia da "vontade pessoal" como motor da história, coringa de todo discurso político autoritário que avança até as franjas ideológicas do fascismo, é preciso reconhecer dois privilégios de origem. O primeiro, básico, foi o acesso direto à terra que as primeiras levas de imigração receberam em detrimento da própria população autóctone, indígena, que foi expulsa, e da população negra "liberada" pela abolição, sem nenhuma compensação (nos Estados Unidos, depois de uma sangrenta guerra civil, pelo menos houve a célebre promessa da União, jamais cumprida, de "quarenta acres e uma mula" a cada ex-escravizado).

No Brasil, até hoje os remanescentes dos quilombos continuam em luta pela frágil manutenção de seu espaço. Esse foi um privilégio objetivo de boa parte da imigração no sul do país; o segundo é subjetivo, ou indireto: o diferencial da educação, na medida em que os imigrantes não se estabeleceram aqui como tábula rasa em termos de integração cultural civilizatória. Havia amarras culturais comuns, de raiz letrada europeia, ausentes ou negadas por princípio ao descendente de escravizado africano que se abandonava à própria sorte. Embora pobres e miseráveis numa Europa que na prática os expulsava, os imigrantes em grande parte trouxeram e mantiveram um imaginário cultural estável, um horizonte de confortável manutenção local que, pela lógica óbvia da escravidão, seria recusada aos povos da África trazidos à força, com suas múltiplas culturas inteiras esfaceladas na terra estranha. Fragmentadas, e no entanto sobreviventes, pela via popular da oralidade (uma das forças propulsoras da civilização brasileira ágrafa desde sempre — o Brasil é um país que *fala*) elas deixaram marcas profundas e transformadoras entranhadas em todos os aspectos da vida social — e, como sempre acontece em toda parte, nunca de novo iguais à sua origem.

Em qualquer caso, na percepção de quem nasce, o mundo começa ali, do zero — a perspectiva histórica é um luxo inacessível, embora se oculte, como charada, em cada palavra que se aprende. Nesse ano de 1937, meu pai, mais do que em qualquer outro momento, define a si mesmo nas cartas, desenha o próprio projeto a partir da sua experiência (em que, cada vez mais, sinto o peso da influência disciplinada de seu tempo de soldado, a lógica militar que o marcou para o resto da vida). Em 6 de julho, ele escreve a um ex-colega de Florianópolis, descrevendo seu plano pessoal, que identifica com um valor histórico de razão transcendente:

Procuro sempre escutar mais do que falar e fazer os projetos à proporção que os vou realizando. Nada de planos fantasticos. Tanto nos projetos, como na ação para alcançar o meu ideal vagaroso e firme: Assim ei de transpor todos os obstaculos sem ter quedas nem decepções.

Metodico e calculista, a teoria unida à pratica, partir do simples ao composto, do mais facil para o mais dificil: eis o caminho certo que leva à vitoria o homem o século XX.

No dia 11, numa das longas cartas ao primo Olivo — um interlocutor silencioso e paciente que parecia funcionar como um sparring e eco de seus planos, detalhados numa sequência de cartas que ficaram sem resposta —, ele volta ao tema, em termos que lembram a mesma fúria empreendedora marcante na entrada no século XXI:

Não leio, nem preparo lições: eu estudo, — não porque os pais me pagam o colegio ou porque os professores me prometem castigos — Estudo porque quero. Querer é poder. Esta frase levo-a encarnada em mim.

Para vencer, para ter exito na vida é preciso ter: controle em si, sabedoria e coragem.

Unindo a um homem estes tres predicados: somem-se os obstaculos e abre-se, sempre florida, a senda do progresso...

No dia 1º de agosto, em outra extensa carta ao primo (*Ilustre amigo da minha terra*), faz o elogio da matemática:

As ciencias matematicas, no meu ver, formam a pedra angular sobre a qual se ergue todo o conhecimento humano. Pela matematica se pode avaliar o gráu de civilização de um povo; pela matematica é que se pode ver, prontamente, a inteligencia de um aluno; e, pela matematica é que traçamos, a todo momento, as diretrizes que regem a nossa atividade sobre a Terra. O calculo! o calculo esteja sempre com o homem e vencerá sempre.

Como contraponto de um iluminista que não leu Montaigne, meu pai conta que *os Caribes*, que seria *o grupo mais atrazado dos selvagens que povoavam o Brasil, só sabiam contar até três!*, informação que rende outra catilinária colonial com informações históricas de almanaque, até a conclusão final: *Quem sabe matematica sabe pensar!*

No dia 15 de agosto, em mais uma extensa carta ao primo Olivo, meu pai prossegue o seu confessionário de autodefinição. E, pela primeira vez na correspondência (o que interessa especialmente ao seu filho escritor), ele faz uma descrição minuciosa do espaço em que vive, com um raro detalhamento realista; alguém que desce das nuvens e tateia uma percepção concreta de si mesmo e de seu lugar físico no mundo. No início confuso, a fragmentação denuncia algum sopro literário; o tema é a religião, e ele marca sua distância racional, ou "científica":

Meu Primo Olivo

Saude: 19hs20' Houve procissão. Tumulto. Tudo resplandesia nas galas do santuário e à rua tudo era religiosidade aparente. É preciso que convenhamos, entretanto, que, a ciencia nos revela muitos absurdos entre esse fenomenal conjunto de cousas da religião. Deixemos lá essa parte, que não é mais que ideologias e concepções filosoficas diferentes para cada um de nós, e entremos na realidade da vida terrena.

Em seguida, meu pai vê a si mesmo de fora, como um "outro", e de olhar crítico, com um fio de culpa pelo próprio conforto: *Quem por ventura passar por esta cidade e souber que estou hospe-*

dado no "Hotel Ideal" pensará, talvez, que tenho esquecido as tribulações do passado e as do presente que não são de menos preocupação. A descrição prossegue num tom irônico de realismo moral sobre o papel do dinheiro:

> *Vêem eles, que estou habitando um magestoso predio, o hotel mais opulento da cidade. O predio, entretanto (como sempre acontece) é propriedade de um fazendeiro rico, ecessivamente pratico e que pouco ou nada goza do progresso da humanidade, tem uma vida quasi vegetativa. O hoteleiro, modesto principiante neste ramo de vida. Eu, o hospede mais velho (desde que cheguei fiquei neste hotel; e, mudou, neste tempo, tres hoteleiros) sou dono do quarto nº 17 e dos manjares do costume, enquanto cada fim de mes, trouxer os cento e trinta mil reis. Ninguem se iluda pelas aparencias!*

Os detalhes concretos de seu dia a dia (o que inclui inacreditáveis cinco horas de folga para almoço e janta!), realistas, incluem o espaço físico que lhe cabe e define:

> *Quem me vê dirá — um principe — Vou ao trabalho as 8h30' e termino as 21hs! É verdade que meu serviço não é constante (tendo 2hs 30' ao meio dia e 2hs 30' para a janta) quando não tenho telegramas para distribuir posso ficar no hotel estudando) mas nem de domingo tenho folga completa; de duas em duas horas vou ver si tem algum telegrama e, havendo, lá vou eu pelas ruas a entrega-lo.*
>
> *Subo e desço a escadaria, que é enorme, umas dez vezes por dia. Estou no 4º pavimento (de assoalho) isto é, contando o terreo como 1º.*
>
> *São seis escadas, cada uma com uns oito a nove degráus,*

enfim estou numa altura que si incendiar o predio, lá em baixo, é um Deus nos acuda e não ha por onde escapar.

Agora a narração se presentifica, descrevendo "em tempo real" todo o seu mundo, que brilha (em preto e branco — não há cores) como um quarto de Van Gogh, não faltando os sapatos (apenas pitorescamente) rotos:

> *Agora estou aqui neste minusculo quarto de 4 × 2 × 2 × 3 a divertir-me, assim como passo a maior parte do tempo. Felizmente o que tem é uma janela em direção ao levante, de 6,5 × 9 decimetros e o ar entra sempre puro. Tenho uma mesinha de quatro palmos de comprimento e três de largura e em frente, ao alcance, entre a mesa e a parede uma "estante" com uns sessenta livros e uns quarenta cadernos; sobre a "estante" uns cincoenta jornais, algumas revistas, uma caixa de giz, uma duzia de lapis de cores e outros comuns; à parede, papeis avulsos, almanaques etc. À esquerda uma cama, quasi sempre desarrumada (porque a criada só arruma às 9 hs e eu durmo ao meio dia). No canto à esquerda, atraz, embaixo da janela, outra mesinha com jarro, bacia, sabonete, pasta, escova e outras drogas. Roupas e espelho pendurados à parede da retaguarda. Ainda resta meia duzia de pares de sapatos (velhos ou rotos!) e a mala, esta sob a mesa-lavatório e aqueles atirados por baixo da cama.*

Meu pai vai à janela e descreve o que vê, o centro da pequena Lages em que ele agora está apenas de passagem, ainda por poucos meses, mas onde a partir de 1946 viverá até julho de 1959 (o acidente que o matará vai acontecer na praça entre a janela do hotel e a "igreja principal" adiante):

Da janela vejo, obliquamente, à direita o predio onde esta funcionando o telegrafo; a uns cento e cincoenta digo sessenta metros, em frente, a igreja principal, cujo relogio está vedado por um pinheiro na linha visual; à esquerda, obliquamente, o clube "14"; e, mais a esquerda a casa Hoepcke e outras casas de destaque; eis o panorama mal traçado da frente da janela do meu quarto que, por sua vez, é a dos fundos do predio.

No final da carta, um pequeno detalhe, o rádio, dispara o momento político, que passa a ser o assunto; e o entusiasmado simpatizante integralista de pouco tempo antes aparentemente dá lugar a um observador mais distante, quase ecumênico: *Temos um radio no hotel: ouvi muitos discursos: José Americo e sua pleiade; Armando de Sales e seus correligionarios revoltados; Plinio e os camisas verdes —; todos falam, todos trabalham pela honra da patria.*

José Américo, Armando de Sales e Plínio Salgado são os três candidatos a presidente das eleições que estariam próximas não fosse o golpe de Estado que Getúlio (pela regra em vigor, impedido de se candidatar à reeleição) daria logo em seguida, em novembro, com o apoio das Forças Armadas, tendo como álibi a farsa impressionante do "Plano Cohen". "Todos trabalham pela honra da pátria", que meu pai diz aparentemente sem ironia, é dessas afirmações políticas lapidares cujo sentido pode ir do absoluto vazio retórico até o mais sincero e ingênuo sentimento de diversidade e aceitação democráticas. A "honra da pátria" é um avatar histórico mágico que a tudo serve, especialmente num período histórico de conflitos globalizados — quem seria contra? Mas como as palavras criam realidade, o "todos trabalham" indica, mesmo que pálida, alguma predisposição democrática, se não for apenas expressão de autocensura num período prolongado de arbítrio político. Pela letra do texto, não se revela a inclinação do meu pai na brevíssima comparação dos três candidatos (a "plêiade" de um, os "correligionários revoltados" de outro e os "camisas-verdes" do terceiro), ou pelo menos ele disfarça bem; o que se segue no fechamento da carta, entretanto, dá alguma pista de como anda seu imaginário:

Mas é preciso que confesse haver ouvido, também, palavrorios sem fundo serio e oradores que recorrem ao rediculo para poderem alcançar aplausos da plebe.

Falar é facil; mas falar bem é dificil; e fazer bem tresbordam as dificuldades. Os quarenta milhões de brasileiros, é preciso que, em primeiro logar tenham consciencia do seu proprio Ego (Eu) para depois cada um cooperarmos como celula vital, em harmonia, no grande organismo que é Nação. Observo desapaixonado o grande drama nacional. Os regionalistas assim não o pensam. Responda, amigo.

É uma mixórdia de leituras, uma redação escolar em que o voluntarismo da "consciência do seu próprio Ego", recusando "aplausos da plebe", encontra lugar na ideia da Nação como um "grande organismo" e do indivíduo como "célula vital". O espírito do biologismo na política varria sinistramente o mundo. A simpatia integralista permanece viva, embora discreta, e a crítica aos "regionalistas" certamente direciona-se ao getulismo.

Numa carta de 12 de setembro, a "honra da pátria" ganha uma dimensão internacional; meu pai repreende o ex-colega Lima por ter escrito uma carta ao amigo comum Wolfgang Rau com *frases despidas de qualquer fundo patriotico e eivadas de um impatriotismo incorregivel*. Não fica muito claro o gatilho da discussão, mas transparece a sinceridade do sentimento nacionalista:

Meu amigo, devagar com os elogios, mas devagar com certas expressões em cartas. Não queiramos incutir no espirito de um germano que o povo brasileiro é de uma civilização mais avançada que a da Alemanha, da Italia, ou da Inglaterra; mas, o povo brasileiro pode ser mais patriota do que qualquer daqueles povos de alemar [além-mar], *porque aqui se tem todo o natural, o artificial podemos faze-lo. Si algum brasileiro se expressar da forma que tu ousaste escrever é porque tem tudo o que precisa sem gastar todas as suas forças morais, inteletuais e fisicas; e, sobrando tempo, gasta-o em cousas que prejudicam a si, aos outros e à Patria. Não, meu amigo, não propales tais passagens de caserna e ainda menos à um extrangeiro. Procures, de preferencia, mostrar-lhe as nossas cousas pelo prisma do otimismo; entretanto, como disse anterioremente, não sejamos exagerados, para evitarmos de perder o credito de nossas palavras.*

Seguem-se várias páginas fazendo críticas — agora "estilísticas" — às cartas do amigo, que tem inclinações literárias, voltando no final ao especialmente delicado tema político porque envolve um conhecido comum estrangeiro:

Mais uma vez advirto, si queres ser "Paulo Patria" conserve-te sempre surdo às expressões que te referiste na ultima carta ao Ráu. Que dirá ele na sua terra natal si um dia voltar para lá?*

O que estou certo é que o nosso amigo Wolfgang Ráu não irá mais à Alemanha porque o Brasil lhe dá e dará melhor acolhimento do que a sua propria patria!

Porque não havemos de amar o Brasil?!

É uma boa pergunta, que os brasileiros nunca deixam de se fazer. De qualquer forma, a carta deixa clara uma linha que meu

* " Paulo Pátria" era o pseudônimo com que o ex-colega de caserna do meu pai assinava seus poemas e artigos.

pai não ultrapassa, mesmo com toda a simpatia integralista e concomitante tolerância (inclusive oficial) à óbvia ascensão do nazismo que estava na ordem do dia. E o objeto do conflito é justamente um suíço-alemão que — a correspondência comprova — será o seu mais fiel amigo ao longo da vida. Para meu pai, o "germanismo" terá limites: "O Brasil lhe dá e dará melhor acolhimento do que a sua própria pátria".

18. Emilia

Um carteiro de Lages, queimando suas economias, mora no mesmo hotel onde se hospeda o senador da República, enquanto estuda intensamente para o exame de Madureza. Chama a atenção do filho ficcionista o breve sintoma de uma proximidade social (que permitirá uma concomitante mobilidade social) impensável neste tempo em que escrevo. Trata-se ainda de um velho Brasil de cultura rural, ou semiurbana, com os traços de vizinhança, compadrio e clientelismo, aspectos da vida cotidiana que acabam criando camadas de convivência comum e interpenetração cultural — ali está meu pai, um caso exemplar da criação da classe média de um Brasil modernizante que ainda engatinhava no horizonte.

Com todas as desvantagens, há um ponto de partida óbvio em que ele sai na frente na guerra social: branco, descendente de italianos, contou com o privilégio da cessão inaugural de terras meio século antes, que avança de pai para filho, ainda que numa fragmentação crescente de patrimônio (e consequente empobrecimento), geração a geração. Mas essa vantagem inicial não chegou a criar nele a noção de uma "identidade" (usando aqui um anacronismo) capaz de definir sua noção de si mesmo ou direcionar suas ações (no sentido político do termo); no máximo ele expressa um ou outro clichê sentimental, o cromo kitsch que escapa nas entrelinhas sobre os ancestrais, já sem relevância ou consequência, a partir da própria língua de origem, que se perde.

Meu pai parece ter criado para uso próprio uma identidade abstrata, racionalizada, eminentemente prática, não religiosa ou tribal, e também não afetiva, num bloqueio de infância; a própria percepção da família, se é sentimentalizada por imitação literária, repercute antes na vida prática que no afeto. Quase toda a sua correspondência com a família tem um peso objetivo quase comercial. E a sua noção de "pátria" ecoa um discurso dominante do tempo e do ambiente, com um toque de roteiro moral que será em boa medida a sua bússola. O fato de ter vivido situações duras na infância, trabalhando pesado por conta própria dos quinze aos vinte anos, será determinante para o seu permanente senso de realidade — e de economia. Ele quer subir na vida "com honestidade", como dirá num momento, e sua linguagem revela isso. Há um inescapável padrão moral a que ele próprio se submete, e também uma sólida baliza de cultura e educação, que reputa fundamental e que vai direcionar sua vida. Meu pai não vive no mundo das emoções e dos afetos (a dureza do diagnóstico talvez seja lembrança pessoal dos poucos momentos de que me lembro com ele); e seu lado impulsivo, embora aqui e ali visível, parece sempre lastreado numa realidade primeira: a sobrevivência.

O carteiro que se hospeda no melhor hotel de Lages (onde deixa quase a metade do salário) tem já uma poupança de quatro contos de réis. É essa retaguarda que parece lhe dar uma tranquilidade estratégica nas situações de risco que enfrenta. E, na luta por estudar e recuperar o terreno perdido na infância, procura o convívio com pessoas de nível cultural acima do meio em que se move. Entretanto, naquele setembro de 1937, ele sabe disso, não passa de um carteiro tentando concluir o quinto ano ginasial, que lhe abrirá as portas para o ensino superior. Em geral, ele se apresenta nas cartas menos íntimas como "funcionário público federal", o que neste Brasil estatal sempre foi um selo de prestígio. Mas, tirante o detalhe, não parecia mais demonstrar o complexo de inferioridade que às vezes transparecia nos seus primeiros anos no Exército. Sempre citando o "poder da vontade", gosta de dizer que nada o impedirá de realizar o que quer.

Mas uma longa carta de 19 de setembro ao amigo Antenor, que está em Curitiba, com quem partilha as mesmas ambições (*Somos dois e temos, pelo que vejo, um unico ideal — a busca do conhecimento... a busca do saber*), revela um momento em que ele, súbito, parece de novo sentir o choque da diferença social, marcando o limite do seu espaço:

> *Permita-me que te conte uma pequena historia. Eu e o meu condiscipulo Wolfgang Ráu estamos assistindo (sem matricula) aulas de Latim e Filosofia na Escola Normal Secundaria. Tenho adquirido algumas amizades com certas alunas (aliàs com poucas). Uma delas, (inteligente, reconhecedora dos meus esforços e dedicação, etc.) certo dia (enquanto, à porta do Colegio Evangelico, eu esperava os alunos para leciona-los português e ela, os demais actores para o ensaio de uma comedia) que conversavamos sobre os problèmas de estudos superiores e que em parte espús as minhas idéias, sobre uma transferência para Curitiba; disse: "Você deve arranjar um emprêgo qualquer, de professor, no comercio, ou outro qualquer que não o de estafeta". E continuou: "não é que um professor seja mais do que um estafeta, ha professores tipos vagabundos... mas... como estafeta não pode ser apresentado em sociedade — porque é estafeta".*

Ela não disse isto para desfazer em absoluto, os meus meritos: disse espontaneamente e bem longe de querer me redicularizar. Em parte tem razão: "A sociedade!!!" A sociedade, em geral, recebe um socio pela casca: pelo titulo... pela posição "social"... e enfim, muitas vezes pelo dinheiro... (NB. Aqui não ando fardado de estafeta; si fôr para Curitiba é provavel que eu seja obrigado a fardar-me)

Entretanto, o que me disse a senhorinha foi um estímulo para mim. Pelo menos ésta vez tive a oportunidade de defender a minha filosofia: "Você sabe que eu já trabalhei de enchada, de picareta, fui militar e sempre trabalhei para poder estudar. Para arranjar uma colocação de professor ou outra cousa que torne mais dificil para os meus estudos não é vantagem; eu sei que si fôr para Curitiba, com os meus vencimentos posso estudar; e, si lá um estafeta não tem "sociedade", acho necessario de empregar a "nossa filosofia".

Certamente a conversa com a jovem atriz não foi tranquila: o extenso relato ao amigo é prova de que aquilo incomodou meu pai. Em seguida, em contraponto orgulhoso, ele revela um sinal de um certo índice de "democracia social" na cidade:

É preciso notar que aqui eu gozo de todas as regalias da sociedade. Fui proposto (sem que eu para isto pedisse) pelo Dr., aliás Bel. em direito Celso Ramos para socio do "Clube 14". A diretoria aceitou unanime. Desde seu primeiro aniversario, depois que eu chegara aqui, 14 de junho do ano passado, estou frequentando e estou muito satisfeito. Entretanto si eu for para outro logar que a sociedade não me quizer, paciencia. A paciencia não é "moleza" é (esperar) o tempo necessario à prepa-

*ração de uma orientação nova ou de um novo estado de espírito (Charle Rivet).**

A percepção de diferença social e dos invencíveis determinismos de casta ou classe é em toda parte e desde sempre um sentimento onipresente. Porém, mais uma vez, para a tábula rasa de quem nasce não há perspectiva regressiva — apenas o peso do olhar momentâneo e a linguagem que se tem disponível para dar conta dele. Lembro de mim mesmo, criança em Lages, como pertencente a uma família "importante" por todos os sinais: a casa grande, o quintal (aos meus olhos) imenso, e os pais professores — um índice de autoridade, pois professores mandam.

A sensação de autoimportância tinha um sentido, naturalmente, apenas infantil; era uma vida costurada ainda na fronteira da lógica rural — meu pai criava galinhas, e, signo de economia, minha mãe fazia sabão em casa; num largo corredor atrás da cozinha havia compartimentos de madeira típicos de um armazém para guardar arroz e feijão a granel — comprando grãos em quantidade era "mais barato", esse motor universal do dia a dia da sobrevivência. O imperativo de fazer economia estava em cada gesto. Nunca desperdice nada. E o prazer é a última coisa em que se deve pensar.

A morte do meu pai não mudou num primeiro momento esse estatuto de importância. Lembro que o Natal daquele ano foi rico em presentes, inclusive "tecnológicos": por exemplo, uma

* O jornalista político francês Charles Rivet (1881-1955) é o autor de *Edifica tua vida*. Meu pai sempre foi leitor de livros de autoajuda. Uma das minhas lembranças de infância é um exemplar do célebre best-seller *Como fazer amigos e influenciar pessoas*, de Dale Carnegie. Lembro também que, anos mais tarde, meu irmão Vicente se divertia contando que, no enterro de Dale Carnegie, teriam comparecido apenas uns quatro ou cinco parentes, todos herdeiros.

tabuada do Mickey que acendia uma luz quando eu acertava as respostas espetando terminais coloridos neste ou naquele número; ou um carro (de "matéria plástica", como se dizia) de Fórmula Um que funcionava a corda, disparando pelo chão da sala. O fato de eu me lembrar desses brinquedos sessenta e cinco anos depois dá uma medida da percepção de súbita opulência. Fico imaginando se aquele evidente exagero materno não teria sido uma compensação psicológica libertadora depois de uma vida conjugal inteira sob o controle rígido do marido.

Essa fartura mudaria drasticamente no início de 1962, quando minha mãe mudou-se para Curitiba, conseguindo um cargo de professora primária num grupo escolar. A venda da casa de Lages serviu para comprar na planta um apartamento em Curitiba, que só ficaria pronto dois anos mais tarde, uma operação comercial de algum risco; enquanto isso, morávamos de aluguel num pequeno prédio de dois andares na rua Mateus Leme, próximo à Fundição Mueller, hoje o conhecido shopping. No térreo morava um sargento da Aeronáutica com a esposa e um casal de filhos, paulistas, os primeiros amigos na nova cidade, que, com sua simpatia e espírito prestativo, mitigaram esse período difícil. Ali, numa atmosfera familiar descompensada, comecei de fato a ler e a escrever, aprendi a jogar xadrez e, com a primeira reprovação escolar, vivi o impacto do sentimento de fracasso. Se de fato a infelicidade produz literatura, como eu gosto de fantasiar, o escritor que há em mim nasceu na rua Mateus Leme.

Volto a 1937.

O ano é inteiro tomado pelos estudos e perspectiva de um curso superior, já que não tem dúvidas de que será aprovado no exame de Madureza que fará no início do ano seguinte (*Estou indo admiravelmente*, diz ao primo Olivo em outubro). Prossegue também a obsessão pela escrita, o desejo literário que mal ousa dizer seu nome. As cartas se tornam um diário que não se assume como diário: talvez ele não consiga ver a si mesmo como alguém que tenha esse direito — o de simplesmente escrever. Mas, numa frase, revela uma chave:

> *Sinto a necessidade intelectual de exercitar sempre: tenho na verdade um caderno para fazer exercícios de português; porem, melhor me inspira dirigir-me a alguem. As minhas cartas têm se tornado cada vez mais extensas.*
>
> *Creia, meu amigo, que os estudos para mim, tornaram-se vícios. Não posso passar sem eles.*

"Melhor me inspira dirigir-me a alguém." A inspiração e um destinatário, o impulso universal de quem escreve. Mas, como se envergonhado da confissão — o estudo é um *vício* —, ele em seguida nega o que afirma, sem adversativa — e (ainda com a memória da atriz que o fez lembrar a condição de estafeta) dá um sinal de orgulho (e algum deslumbramento) por seu espaço na cidade:

> *Não sou escravo dos estudos como os que estão alucinados pelo jogo. Sou socio do "Clube 14 de Julho". Ainda dia 15 dêste, fui a um pomposo baile oferecido pelos seus associados ao Snr Governador do Estado. Foi o baile mais extraordinario que em minha vida assisti: Havia, alem do Governador, diversos deputados, secretarios e senadores; enfim, foi o que vi e tive a honra de fazer parte integrante a festa em que mais contribuiram pessoas seletas de todos os bailes que em meu tempo aqui se realizou.*

Outubro de 1937 será um mês epistolar profícuo. Além de duas cartas ao primo Olivo, no dia 11 ele escreve a um autor de livros didáticos, José de Sá Nunes, de Curitiba, consultando-o sobre uma dúvida gramatical; no dia 17, envia um bilhete ao *Ilustre*

Diretor Marques Jader, solicitando emprestado o livro *Introdução ao estudo da Escola Nova*, de Lourenço Filho, a ser enviado pelo portador. No dia 23, faz a doação do livro *Amor de bandido*, de Bernardo Guimarães, à Biblioteca Visconde de Taunay, da Escola Normal de Lages. Em 24, um domingo, escreve três cartas: ao senador Arthur Costa, ao amigo Antenor e aos pais (contando que decidiu visitá-los em dezembro). No dia 26, escreve ao "bom colega Neto" para pedir os cadernos das matérias dadas na quinta série (*caso não precises mais*), anexando 1$000 de selos postais. No dia 31, escreve ao "Senhor e amigo Joel", de Florianópolis, pedindo uma informação burocrática sobre seu "título de nomeação" nos Correios, acrescentando: *Findos os exames do ginásio, pouco me interessa o emprego nesta agencia.* No mesmo dia, escreve com um toque patriótico a um amigo que está fazendo carreira política em Urussanga, avisando que vai visitá-lo: *Creia, que aqui tens um amigo sincero e só te deseja mais louros para o engrandecimento de Urussanga, de S. Catarina e do Brasil. Um abraço de tamanduá bandeira do amigo Baptista Tezza.* No mesmo dia, manda um bilhete ao amigo Lima: *Novidades daqui são "as de sempre".*

No dia seguinte, 1º de novembro, escreve novamente ao gramático de Curitiba, agradecendo a resposta que recebeu — e então a correspondência sofre uma interrupção brusca por mais de um mês. Talvez não por mera coincidência, no dia 10 de novembro acontece o golpe do Estado Novo, que entronará em definitivo Getúlio Vargas no poder até 1945. É uma das raras vezes em que meu pai ficou tanto tempo sem transcrever nada — e em dezembro, quando volta a anotar, os temas políticos, se já eram poucos, desaparecem das cartas. É um silêncio eloquente, fazendo justiça ao clichê. Trabalhando nos Correios de Lages, meu pai estava no centro nervoso de toda a comunicação telegráfica de implicação local naquele período convulsivo (lembrando que o governador eleito de Santa Catarina, Nereu Ramos, era da cidade). Tudo sugeria que seria melhor não se meter com aquilo (como todo golpe, de futuro incerto) e cuidar apenas do exame próximo que lhe abrirá um novo caminho.

Em dezembro, ele enfim vai visitar os parentes em Urussanga, mas dessa vez o passeio à terra natal não rendeu cultos sentimentais de nostalgia de infância nem evocou os lances poéticos em que tateava o jovem soldado de poucos anos antes. Foi uma viagem acidentada, debaixo de chuva, que ele relata lacônico e impaciente em poucas cartas e bilhetes.

A viagem aos pais era uma aventura complicada de vários dias. Saindo de Lages, ia-se por São Joaquim e Nova Palermo, hoje um bairro da cidade de Lauro Müller, passando pela célebre serra do Rio do Rastro, de acesso sempre difícil, e dali a Orleans e Urussanga. Aos amigos e parentes de Bom Jardim, Nova Palermo, Orleans e Urussanga vai deixando fotografias, sempre transcrevendo as dedicatórias no caderno. As mulheres voltam a aparecer na sua vida, como a *senhorinha M. B. Macedo*, de Bom Jardim, que recebe uma foto, e uma certa Emilia, de Orleans, a quem ele também ofereceu uma fotografia *com profunda simpatia*.

De volta à solidão de seu quarto de hotel em Lages, a última carta do ano, do dia 29 de dezembro, escrita com as tintas da melancolia e da paixão literária, destina-se a essa mesma Emilia, a quem deseja *saúde, boas festas e feliz ano novo*. Deve ter sido mesmo um encontro marcante, que agora relembra com a caligrafia caprichada. Meu pai se derrama diante da fotografia daquela que, quem sabe — imagina ele olhando pela janela em que via tantas promessas de ano-novo —, poderia ser a mulher a completar seus sonhos:

Contemplando a sua linda imagem pela fotografia que tão gentilmente me ofereceu, escrevo esta em agradecimento à sua delicada atenção, quando, pela primeira vez, tive a sorte de a vêr e de sêr recebido em sua casa. Não tenho palavras para exprimir o sentimento de simpatia que me causou. A fotografia me acompanha sempre; centenas de vezes por dia, tiro-a do bolso para fita-la: Vêr o retrato é vêr seus proprios gestos graciosos, e, seu riso angelical.

O que ha de belo e agradavel em Orleans está resumido neste precioso retangulo que tenho deante de meus olhos. É a expressão viva da beleza e a simpatia mais pura que já em minha vida tive a fartura de vêr.

É o encanto dos encantos do meu sêr.

Do profundo admirador

Baptista Tezza

A breve utopia da paixão por Emilia brilha por um instante e, relíquia apagada de um ano velho, desaparece.

19. O governador

Virando o ano, ele só pensa nos exames de fevereiro, em Florianópolis — e na mudança de vida, como revela ao amigo Antenor em 9 de janeiro, num tom de rufar de tambores: *O ano de 38, meu amigo, já entrou e entrou com perspectivas complicadissimas; porem, nada de desanimo, devemos ajir com dureza de diamante e tenacidade de aço: por algum logar havemos de transpôr a barreira que nos cerca.*

Nada a temer: a anotação seguinte, já da capital, é de 11 de fevereiro — um sucinto "Mc" (telegrama fonado) dá a boa notícia sem anotação de destinatário: *Passamos. Ráu primeiro logar.* No dia seguinte, outro telegrama avisa o pai: *Aprovado. Aguarde Carta. Afetuosos abraços. Filho.* Aprovado, ele não pensa mais em voltar à vida de carteiro — como o Direito é a única opção disponível de curso superior em Florianópolis, decide inscrever-se no curso "pré-jurídico" (no sistema da época, era necessário cursar dois anos de preparação para então fazer o exame de ingresso) e acionar a política em busca de um trabalho na capital. Tudo indica que agiu por impulso, no entusiasmo da aprovação. A decisão é novidade até para o Rau, que já tinha voltado a Lages, como mostra o telegrama que lhe enviou em seguida: *Resolvi ficar nada posso adiantar por ora.*

São dias febris. Duas semanas depois, uma carta ao amigo (*carta narratur*, define meu pai, gastando o latim) ocupa nada menos que vinte e oito páginas do caderno de correspondência, contando quase que hora a hora a sua luta para conseguir um emprego que o mantivesse na capital. Transparece o prazer narrativo: ele vê a si mesmo como personagem de uma aventura excitante. Revela que está lendo O *poder da vontade*, a sua bíblia do momento — *sempre me lembrando que o que mais vale é têr o poder da vontade dentro, dentro de nós mesmos.*

Em poucos dias atira para todos os lados: ao diretor dos Correios, pede para ser transferido para Florianópolis, o que não consegue. Num momento, pensa até em voltar para Lages, mas agora como professor: um telegrama ao Ginásio Diocesano pergunta sobre a possibilidade de dar aulas, e tem esperança de uma resposta positiva; o otimismo é tanto que, no dia 16, vai ao Ginásio Catarinense pegar o seu certificado de aprovação e diz ao diretor que seria provável seu retorno a Lages para dar aulas, quando recebe a sugestão surpreendente:

> *— Você falou com o Governador?*
>
> *— Não, disse eu, e continuei: "falei com o secretário e diretor da repartição dos Correios e Telégrafos, êstes acharam a transferência impossível". Franziu a testa e disse: — Eu, no seu logar iria falar, esperimentaria.*

Há um toque inacreditável nesse Brasil pitoresco, semirrural, em que um estafeta bacharel, estudante retardatário à procura de emprego, consegue a um estalo de dedos uma audiência com o governador — naquele momento, Nereu Ramos. O golpe do Estado Novo mal tinha completado três meses, mas o governador já havia sido confirmado no cargo como interventor e se manteria na cadeira até a queda de Getúlio, em 1945 — era a figura mais poderosa de Santa Catarina e um dos políticos mais influentes do país. Meu pai se entusiasma: *A ideia do diretor animou-me a ir falar com o Governador.* E coça a cabeça: *Mas, o que iria pedir a êle?* Ainda não sabe exatamente, mas, leitor voraz de *O poder da vontade*, segue adiante e procura duas figuras importantes de Lages, Ewaldo Schoefer e Mário Ramos, que podem viabilizar o encontro. O nervosismo é tanto que chega a ser grosseiro com a professora gentil que o atende:

> *Antes, porem, de entrar à sala onde se achavam encontrei na entrada a senhorinha Dulcema Carneiro, ex-professora de dactilografia do Curso Milton e que, por muitas vezes tive ocasião de cumprimental-a, alem da meia duzia de aulas que com éla tomei. Cumprimentei-a muito friamente apesar de sua extraordinária gentileza e admiração quando me viu. No momento, não me interessavam nem galanterias nem gracejos.*
>
> *Depois de lhe ter exposto, em quatro palavras, por onde tinha andado na minha ausencia de Fpolis, para quê eu voltara e pouco mais ou menos o que queria dos "homens grandes" levou-me éla à porta do escritório dos dois ilustres lageanos.*

Em seguida, conta que "o sr. Ewaldo" não concordava com a permanência dele em Florianópolis — melhor seria voltar para Lages e fazer o curso vocacional, a Escola Normal Superior Vocacional, instituída naquele ano no sistema educacional do Estado. Ou então, sugere ele, o sr. Celso Ramos faria outra "correção conveniente" — as aspas são do meu pai, que teve um surto de rebeldia: *Deante essas opiniões lembrei-me daquela historia do "Velho e o Burro" e resolvi independente de qualquer opinião de outros. Ainda no dia 16 à tarde fui ao Palacio.*

Na antessala do gabinete, encontrou um cabo e um soldado de polícia (*êste fora meu subordinado no tempo que eu era cabo do 3º B. I. A. C.*, lembra meu pai); às quinze e vinte, chegou o ajudante de ordens do governador e entrou no gabinete. Meu pai, à espera, fica matutando:

> *Eu estava lá, mas não sabia propriamente o que iria pedir. É verdade que eu queria falar com o Governador; antes, porem, tinha que expor ao seu ajudante. Pensava comigo mesmo, será melhor pedir que me arranje uma escola noturna? Um emprego qualquer? A minha transferência? Pensei..., e na ocasião que o soldado foi dizer-lhe que eu desejava falar-lhe, decidi-me pedir uma escola noturna. — Pode entrar... disse o soldado. — Entrei, puxei da caderneta de reservista e do certificado de exames finais do ginásio, declarando desejar falar com o Governador a fim de obter uma escola noturna.*

O ajudante de ordens diz que é difícil, pois há muitos concorrentes "que têm direito de vocacionalistas". Mas sugere que ele volte no dia seguinte, às três da tarde. "Não será possível hoje?", insiste meu pai. Não, porque o governador só dá audiência às quintas. *Lá fui eu escada a baixo pensando ter feito muita vantagem*, resmunga ele. Já na rua, lembra-se de que haveria um concurso no Departamento de Saúde para escriturário microscopista. Quem sabe? Resolve ir lá atrás de detalhes e encontra mais um funcionário conhecido ainda de seu tempo de soldado — e se detém em outra minudência com sabor de cronista:

> *Êle é de bom humor e inspirou-me "franqueza" e grande simpatia. Estava com uma espinha arruinada no pescoço que o*

fazia ficar com a cabeça imovel em relação ao corpo; quando queria olhar para o lado era obrigado girar com todo o corpo. O característico da doença foi o motivo de riso e pandega.

Recebi as informações e fui-me novamente como os outros dias para a janta.

No dia seguinte, dia 17, uma quinta-feira, às quinze horas, lá estava ele *a subir a marmórea escadaria do Palácio*. Pelo tom do relato, sente-se que meu pai se vê protagonista de uma história de suspense — a carta terminará com uma frase de folhetim: "Fim da primeira parte". Os detalhes são rubricas de uma cena de teatro:

Havia já diversas pessôas a espera. Inclui-me e fiquei esperando. Sentei-me, mas, depois autosugestionado com as lições que tomara ao lêr o livro "O Poder da Vontade" comecei a andar no vasto salão. Poucos minutos havia passado e chegou o Governador, cumprimentou a todos e entrou no seu gabinete. Mais uns minutos e o capitão, ajudante de ordem, impurranando [sic] *a porta de molas chama com um sinal o "numero um", isto é, aquele que houvesse chegado primeiro. Primeiro, segundo, terceiro etc e chegou a minha vez. Fiz uma inspiração profunda e entrei. Estendeu-me a mão e como ia com o certificado nela passei-o para a esquerda e cumprimentei-o.*

— Aqui está o carteiro de Lajes... acabei de fazer os exames finais da 5ª série do ginásio, como o sr. pode ver; e, como consegui o curso ginasial a custa de meu esforço, pretendo continuar no curso pré-juridico, e para tal, vim pedir-lhe, caso seja possivel, uma escola noturna; não tenho carta de apresentação, mas, creio que o sr. Celso falou a meu respeito.

O governador quer saber se ele já perguntou ao diretor de Instrução se há vagas, e faz um adendo desanimador:

— Creio que não haja, houve uma, dias atrás, e nós demos, já está preenchida; pergunte ao Diretor; parece-me que um filho do dr. Fonte (é o 4anista de direito muito meu conhecido, filho do desembargador dr Henrique Fontes) pedirá demissão em breve.

Apesar de nada ter arranjado, relata meu pai, ficou muito animado e saiu *com fisionomia de satisfeito*. A aventura prossegue — neste Brasil de vizinhos, o carteiro desempregado resolve bater diretamente na porta da casa do diretor do Departamento de Educação, também ele um velho conhecido: *Aparece à porta uma mocinha e respondeu-me que — o papai está no Departamento, só vem às 6 horas ou mais tarde, às vezes às 7 horas*. Lembrando que está hospedado perto do Departamento, vai até lá e encontra o homem no gabinete. Foi tão bem recebido que meu pai imagina que o governador (ou o seu secretário) telefonou ao diretor falando dele (*Também pode não sêr verdade ésta minha suposição, pois, êle me conhece de varios anos*).

Ouvindo o pedido do meu pai, o diretor descreve a complexa organização educacional do Estado, finalizando por dizer que ele deveria fazer o curso vocacional, mas ainda assim ele teria de se submeter a um concurso de títulos. Diante do desânimo do meu pai (*Eu estaria perdido visto o grande número de pretendentes*), o diretor abre possibilidades extras: as mulheres recusam muitos postos, porque as aulas são no período da noite; muitos moços formados não querem ensinar; além disso, alguns espaços são exclusivamente masculinos (no 14º Batalhão e na Força Pública, por exemplo). O melhor seria meu pai voltar no início de março para conferir as eventuais vagas. Meu pai volta para a pensão *com a esperança e desesperança em confusão sem nem uma nem outra vencer sua adversaria*. Mas não desanima:

O que me valia de alivio naquêles dias acres era o "O Poder da Vontade". Terminado um dia sem nada ter conseguido, lia algumas paginas e de novo a esperança surgia com galhardia para novas tentativas no dia imediato. Procurava falar o menos possivel com quem quer que fôsse; e, me concentrava, não como em Lajes, certas vezes, a fazer planos, mas a fazel-os e executal-os poucas horas depois. E, assim passavam os dias angustiosos. Neste dia, 5ª feira 17, apesar de nenhum plano se ter concretizado, tendo em vista o bom humor do Governador e do Diretor do Departamento de Educação, inclinei-me a discidir o meu destino, ficando aqui, embora sem emprego, temporariamente. Ficou resolvido, comigo mesmo, que iria, no dia seguinte, no Ginásio dar meu "Fico".

Tento ver a mim mesmo nessas situações de ruptura e de decisão radicais, que todas as pessoas, em algum momento, quando ainda não sabem exatamente quem são, o que vão ser, o que as aguarda, têm de passar. Vivi alguns momentos assim, breves rompantes de grandes consequências. A principal dessas situações foi não seguir imediatamente o que seria o meu destino natural universitário depois de terminado o ensino médio, em 1970 — exatamente a do meu pai, ainda que eu tivesse dezoito anos e ele vinte e seis. Eram situações paralelas, mas em quadros diferentes e direções contrárias: se para ele cada passo, cada aprovação, cada acerto ortográfico era um esforço medonho de trabalho e vontade, para mim (acreditava eu, arrogante como um pequeno Santo Agostinho) qualquer futuro seria um estalo de dedos: sempre achei que podia ser o que eu quisesse ser. Hippie urbano, cabeludo, rebelde, candidato a escritor e artista, preferi ir para a Escola da Marinha Mercante. Com o fracasso do sonho conradiano, defensivamente engajado na família comunitária do guru, vivi num casulo refratário ao mundo real durante mais sete anos, protegido pela couraça de escritor e, principalmente, pela comida na mesa todos os dias. Passava o tempo debaixo de um bom humor anárquico, um Rabelais sem lastro, feliz e inconsequente, trabalhando com o prazer de quem apenas vive.

Mas havia, é claro, uma ansiedade submersa que eu não deixava vir à tona, e em diferentes momentos ciscava uma possibilidade de contar com algo mais concreto além dos trocados que aqui e ali eu conseguia da minha mãe ou dos meus irmãos, ou da breve aventura de relojoeiro em Antonina, que durou o tempo apenas suficiente para dar um toque exótico à biografia até bater, enfim, o pânico da sobrevivência: em 1976, implodida a família comunitária, eu teria de me largar por conta própria.

Antes, houve outros projetos que chegaram a ocupar minha cabeça, alguns voláteis, como a ideia idiota de me tornar juiz de futebol, entusiasmado numa conversa regada a cerveja com um árbitro profissional depois de um jogo comemorativo em Antonina (com a participação amistosa do curitibano Dirceu, que seria Bola de Bronze da Copa de 1978). E outras mais sólidas, como a de me tornar piloto de avião. O projeto surgiu depois de passar dois meses no Acre em 1972, às custas do meu irmão mais velho, advogado, que se mudava para lá. Ao viajar com alguns pilotos autônomos e seus incríveis Cessnas voadores cruzando a imensidão da Amazônia, fantasiei que eu poderia me tornar uma versão com final feliz de Saint-Exupéry, um escritor livre e solto nos ares do Brasil. Se a Marinha Mercante não deu certo, por que não a aviação? De volta a Curitiba, meu outro irmão — já estabelecido como economista numa grande empresa — me prometeu financiar o curso para o brevê de piloto, que não era barato, e que funcionava no aeroporto do Bacacheri.

Quem salvou minha vida — hoje tenho certeza de que, como piloto, eu literalmente não sobreviveria muito tempo, até me esborrachar numa distração qualquer — foi o guru Rio Apa ao me levar de Antonina para Curitiba na viagem que seria minha despedida. Ele passou a hora e meia do percurso me convencendo com todo o poder de sua retórica (que não era pouca) a não fazer o curso: isso não é para você, ele insistia. Resisti, teimoso, por setenta quilômetros, quase chegando a Curitiba, até concordar. O que ele me dizia talvez fosse exatamente a confirmação que eu queria ouvir, ainda vítima grogue do entusiasmo inicial pelo fascínio de voar — pelo menos essa salvação devo a ele. Decidi prosseguir em segurança assessorando o paraíso por mais alguns anos. Uma opção tranquila que meu pai jamais teria.

20. O teto

No dia 18 de fevereiro de 1938 meu pai levantou-se *resoluto* — é a palavra que ele usa — e foi direto ao Ginásio Catarinense, decidido a cursar o pré-jurídico mesmo sem emprego. Consulta o diretor sobre o preço: 50$ por mês durante nove meses. Meu pai faz mentalmente o cálculo: nove meses a 50$, no Ginásio, mais nove meses de pensão a 140$ igual a um conto e setecentos e dez mil-réis. Enquanto calculava (*falhando tudo, podia me sustentar até o fim do 1º ano, pelos menos*, conta ele na carta ao Rau), o diretor do Ginásio pergunta se ele tinha arranjado alguma coisa e sugere que trabalhe à tarde, já que o curso é de manhã. Meu pai tem um estalo: por que não dar aulas no próprio Ginásio, no preparatório? "*É um caso singular*", diz o diretor com *um ar de riso*: num momento é aluno, em outro professor.

> *Lembrei-me, então, do tempo do exercito e disse-lhe que si fôsse no exercito não seria de extranhar: um cabo ora é instrutor, ora faz instrução junto com os demais e junto com os soldados. — Sim, diz êle, mas lá todos são homens e aqui são garotos de dez*

ou onze anos e levantou a mão aberta à altura de uns 80 centimetros querendo explicar a altura dos alunos da turma. Convenci-me que não havia nada de "singular", o que êle temia era o insucesso na carreira de professor e em conseqüência havia de extragar à de aluno.

Não insisti e disse "eu fico".

E volta à pensão para consultar sua bíblia: *Saí de lá e fui, como todos os outros dias, lêr umas paginas do celebre livro "O Poder da Vontade".* O poder da vontade, sim, mas sem esquecer dos poderosos: nesse mesmo dia 18, ele envia um telegrama a Celso Ramos, solicitando ajuda para a transferência de seu cargo de Lages, que lhe parece a opção mais viável. No dia seguinte, um sábado, procura o amigo Joel na sua residência, e vão caminhando até a repartição dos Correios. Ele sugere que meu pai peça licença por um mês, *a tratamento de saúde* (!) — a exclamação é do meu pai, o honesto —, acrescentando que o procurasse segunda ou terça-feira.

Durante o dia, num encontro fortuito com conhecidos no "café Bubi", sugerem que contate outro pistolão com influência, um certo Altamiro, que por acaso estava por perto; consultado, ele diz a meu pai para procurá-lo na segunda-feira. *Assim passei aquele sábado e domingo um pouco mais aliviado*, conta ele.

A visão da festa do Carnaval de rua dá um toque dramático — e uma resistência estoica — aos cálculos do momento; ao ver *um "bloco" cantando* e *as pequenas com belos pacotes de "confeti" e elegantes bisnagas*, meu pai esclarece que *tudo era insensivel para mim, que tinha no meu íntimo um ideal muito diferente que vinha alimentando a longos e penosos anos.* Segue-se uma citação de Nietzsche (errando a grafia), o filósofo certamente adequado ao momento emocional de quem faz de si mesmo um personagem intrépido, a sua própria criação: *Tinha comigo aquelas palavras bonitas de Nietzscher: "Fazer planos e tomar resoluções aí está o que nos dá uma porção de sentimentos agradaveis"*. A carta — já na segunda parte — prossegue:

> *Ora, aquele barulhão danado não fôra eu que o planejara e por conseguinte não podia trazerme sentimento agradavel nenhum — Nem desagradavel — eu era indiferente àquela febre que avassalava a massa popular. Estava alí não para partilhar do prazer, do gozo, da satisfação que se lia na fisionomia de cada um, mas pela força do habito indiferente à diferença que as demais creaturas humanas achavam daquele sábado e daquele domingo.*

Segunda-feira, depois de encontros e desencontros com toques farsescos de comédia, ele finalmente aborda o Altamiro numa esquina, que é seco: — *Você não pode sêr transferido, é impossivel. — Mas como impossivel? impossivel só se diz em matematica pura... respondi eu.*

O homem promete falar com o diretor dos Correios; *mais um dia eu tinha para esperar*, lamenta. Depois de ir à biblioteca do Ginásio Catarinense (*continuava lendo e remexendo em todos os livros que lá existiam se fosse possivel*), meu pai mudou de pensão (*saí da Machado e fui à Müler*), provavelmente por economia, e segue-se mais um momento solitário no quarto novo, o pequeno espaço que concentra as suas angústias e reforça a sensação de singularidade, repetindo a solidão do Hotel Ideal, de Lages, agora em escala mais insegura, pobre e vulgar:

> *Depois de uma rápida arrumação, deito na cama, de barriga para cima, não a contemplar a ponta dos sapatos como o afor-*

*tunado Epidauro Pamplona** (*aquele que custasse o que custasse queria ver seu nome publicado em letras redondas — mas... Descanse seu nome não será publicado. — chegou a roubar para sair no jornal e nada conseguiu) mas olhando para o alto; para o teto e para as paredes: senti certa delicia íntima, às paredes havia uns desenhos geométricos — triángulos subdivididos em outros menores, quadrados inscritos, paralelogramos; navios; e, um marreco — Havia muitos outros desenhos "matados", mas o que me chamou a atenção não foram os desenhos; lá bem ao alto, que fui obrigado levantar-me para vêr estava escrito: "Guive me a kiss my dear? Thank you very well boy". Mais adeante, na mesma parede estava escrito: "Ana... mas nota que muitas vezes não serás correspondida"; e, noutro logar: "como é sublime amar e sêr correspondido, a mulher dos meus olhos".*

Depois de mais frases transcritas (*o amor para mim é uma taça espumante, que uma vez bebida mais se apetece*), meu pai decide que *nenhum poeta hospedou-se neste quarto mesquinho. Um filosofo de pouca vergadura, talvez, sim.* O diário (sempre sob o álibi do amigo Rau) prossegue: *Surge o dia 22. Vou buscar o terno de linho. Retiro 140$. Faço compras de chapeu, sapato, meias etc., espero alguns instantes no café Bubi para vêr se o Altamiro me traz a resposta. Não aparece. Procuro um pouco e sem perder tempo meto-me na biblioteca.*

O detalhe das compras — uma vaidade cara, num momento em que se vê perdido e sem emprego — é revelador da sua autoimagem: ou alguém que não desaba num momento de crise, ou que entra de cabeça numa fantasia (penso em mim em situação

* Referência ao personagem do conto "Um capricho", de Artur Azevedo; meu pai certamente quis dizer "desafortunado".

semelhante: eu teria deixado o terno de linho, chapéu, sapato e meias para depois; roupa nova, só em último caso, um desleixo que arrasto até hoje). À tarde, sem encontrar o tal Altamiro, meu pai de novo se refugia na biblioteca. Quando anoitece, volta à pensão e telefona para a casa dele — *Não está e virá as 6,30 ou 7 horas, foi a resposta.* Vai até lá, mas ele não aparece; retorna à praça e ao café, onde encontra dois alegres conhecidos de boteco, *Nuno, dos planos fabulosos — e outro moço que pouco se diferençava pelo que pesquei e se dizia caixeiro viajante do Rio com destino a P. Alegre.* Dali resolve telefonar de novo, quando enfim encontra o homem; a nomeação na capital (como "diarista", ganhando menos) depende de uma aprovação da diretoria no Rio de Janeiro, diz o Altamiro — que jamais virá. Mas a simples possibilidade deixa-o feliz; volta para a mesa e conta às duas figuras o que tinha acabado de saber.

> *— Então, ambos em côro, você paga o café — Pois não disse eu. Mas enquanto eu tomei o café pensei melhor; e, me lembrei da festa que o Nuno me levou ao "5" do Estreito, que gastei mais do que devia com esses dois elementos. Não era pelos seicentos, mas pelo logar que me cabia de "pato" pela segunda vez.*

Meu pai confessa uma pequena malandragem, o que é inédito, mas o tom inteiro do trecho, a sua ingênua pegada literária, é o de uma pequena crônica de costumes, à maneira de Artur Azevedo, autor que certamente andava lendo.

> *Passei a mão pelo bolso de dentro e dei um suspiro — Não esqueci a carteira em casa?!... Este fato não haveria sido o primeiro. Mais de uma vez tenho chegado a fazer dispesa antes de dar com a falta de dinheiro.*
>
> *Como estava de terno novo, chapeu de palhinha e sapato*

branco e pinhão persuadiram-se de haver eu esquecido a carteira no mudar a roupa. Puxei o relogio para hipoteca-lo. O viajante pagou!...

Reforçando o efeito, a narração termina com um "*Fim da 2ª parte*".

Desde a carta à Emilia de 29 de dezembro — um breve oásis de paixão literária — as mulheres deixaram de aparecer na correspondência. No dia 11 de março, respondendo a um amigo de Lages que lhe perguntava sobre os custos de pensão e de um curso de Madureza em Florianópolis, meu pai repassa as informações e dá algumas pistas do seu estado de espírito. Os conselhos paternais revelam a rigidez militarizada do seu "plano de vida", ao qual tudo se submetia, inclusive as mulheres:

Muito cuidado com as "pequenas" Si pretendes vir para ganhar a vida e estudar pouco tempo sobrara para as "pequenas".

Antes de vir deves estudar, tu mesmo, o plano de ação. Depois mãos à obra, desassombrada e desapaixonada obedecendo, fielmente, a um programa preestabelecido.

Quanto aos gastos: é preferivel não gastar em cousas vãs que trazem prejuizos ao bolso e à saúde do que preocupar-se em querer ganhar "mundos e fundos".

Próximo dos vinte e sete anos de idade e vivendo um momento especialmente inseguro, tudo indica que suas reservas em dinheiro — ele não transcreve mais os balanços semestrais da poupança, como antes — estão se esvaindo, e ainda não tem trabalho certo. Relembro as páginas em que ele descreve o quarto do hotel de Lages e o da pensão em Florianópolis, o espaço estreito e marcante da solidão, a percepção física da fragilidade de estar no mundo.

Sem um plano, não sobra nada. As paredes, o chão, o teto, as manchas na tinta, a janela: aqui estou — o meu limite concreto.

Tento encontrar o meu pai em mim. Sinto que tenho muito desse seu senso de organização, de projeto, de caminho e chegada, que acaba sendo dominante, sempre mais forte que os impulsos momentâneos. Para quem viveu um começo de vida adulta tão retumbante e gargalhante, orgulhoso do que parecia uma grande liberdade física e mental (*Posso ser o que quiser!*), tornei-me alguém espantosamente de rotina, ansioso com a sua quebra eventual, temeroso da mínima perda de controle do tempo e do espaço, angustiado com as pequenas fraturas cotidianas e com miudezas fora de lugar. Há um elástico mental e afetivo que me puxa de volta sempre que me afasto do que imagino ser eu mesmo. Quando penso a respeito, sinto um sopro de covardia existencial. A expressão bate e rebate na minha cabeça: *covardia existencial.* O que seria isso? Talvez uma consequência da escrita, que nos amarra ao papel de origem. O ferreiro que para sempre carrega sua bigorna? Não se vai ao paraíso — o simples mundo do prazer — com uma bigorna nas costas. Devo repetir meu pai e escrever para sempre? E para quem?

Ou a covardia seria a mera percepção social do universo de injustiças brutais que incessantemente nos rodeiam em círculos trêmulos desde a calçada da rua até as ondas orientais e ocidentais do fim do mundo? Não é preciso enumerá-las. Todos sabem. É preciso fazer alguma coisa? Dar uma esmola? Candidatar-se a algum poder? Suspirar? Assinar embaixo? Assumir a clandestinidade? Rezar? Votar e voltar para casa? Matar o inimigo? Desistir? Escrever ou repassar indignações no celular? Há alguém aí para me dizer? (*Trouxeste a chave?*, perguntou o poeta.)

Também vivi meu quarto de pensão no momento mais solitário, que no entanto procurei obsessivo, sem plano racional algum, exceto arriscar alguma coisa fora daqui. Súbito, numa sucessão de acasos que se encaixavam, com vinte e dois anos eu estava ocupando a metade de uma água-furtada — a metade de teto inclinado, como um tugúrio de Raskólnikov — numa pensão em Coimbra, Portugal (rua Afonso Henriques, 15), com pouquíssimo dinheiro e sem passagem de volta — e sem nenhum prazo, roteiro ou projeto na cabeça exceto escrever. Vagamente estudaria Letras na Universidade, que estava fechada, em plena Revolução dos Cravos. Politicamente, em 1975 eu estava vivendo exatamente o momento inverso do meu pai, o início da última derrocada do avassalador movimento totalitário que nascia naquela década de 1930, enquanto meu pai contemplava os pés no quarto da Pensão Müller.

Ao contrário do meu pai, eu já tinha no Brasil uma "pequena" — com quem vivi até hoje e viverei até a morte, que naquele momento foi minha sparring mental em mais de uma centena de cartas durante catorze meses — e agora me ocorre que o projeto já existia em silêncio e estava fechado para sempre, como o destino rocambolesco e milagroso de algum conto das mil e uma noites que em segredo se justifica a si mesmo num jogo de encaixes e coincidências até a remissão final.

Penso em pontos de transcendência, âncoras de segurança, porque elas sempre existem: ninguém cabe inteiro em si mesmo. A bigorna do meu pai eram a Família, o Bem e o Mal (curiosamente, em estado de abstração lógica não religiosa; vinham antes da matemática do que da fé), depois a Pátria, que num momento fugaz e inefável, como um vapor social, se configurou em integralismo, parece — é uma esperança que alimento —, dissolvendo-se em seguida numa aura de sobrevivência prática. Como escrevo este livro enquanto leio as cartas do meu pai livro a livro, estou em suspense: para onde ele irá?

Os meus pontos de transcendência foram outros. Com certeza não foi a família, da qual quis expressamente me livrar, pessoal e filosoficamente (o que, como se sabe, é impossível, pedra de Sísifo — ela volta sempre; aqui estou eu, mais uma vez, morro acima, recompondo-me). O bem e o mal, naqueles anos 1960 que me fizeram, relativizavam-se intensamente no pântano obscuro (e sempre necessário por inescapável) da política, que passa a pesar na vida de uma forma distinta, quase autônoma (porque na prosperidade geral todos eram um pouco mais ricos e se permitiam luxos mentais e filosóficos autônomos, aos quais nos entregávamos, pensadores, com um discreto senso de superioridade), até o ponto digital-alucinatório dos nossos dias.

Volto ao silêncio do teto inclinado de Coimbra. Recapitulando a vida, o pequeno comunista teve vida breve, dos treze aos quinze anos (de que sempre ficam traços, como a um ex-seminarista), quando felizmente descobriu a literatura e ganhou um senso de anarquia (que, por sorte, não contaminou o instinto de sobrevivência). Sem família e sem Deus, e incerto do bem e do mal, com nenhum dinheiro, sua transcendência era escrever. Exatamente como o pai.

21. O estudante

No dia 13 de março, uma nova carta ao amigo Rau atualiza as informações. A angústia da sobrevivência prossegue, mas é contrabalançada por algum humor e pelo entusiasmo do curso pré-jurídico que começa em breve:

> *Fui indicado para diarista no telegrafo mas a solução não veio e Deus sabe quando vem. Continuo sendo estafeta em Lajes — Nem que seja por intermedio de minha alma — Não a vês por lá? — Trabalhando? Creio que alguém está fazendo o meu serviço: é a minha alma...*
>
> *Depois de amanha a 1ª aula do pre!!!*

A brincadeira com a "alma" que trabalha por ele em Lages é um dado concreto: enquanto está em Florianópolis, já estourado o prazo da curta licença que tirou para os exames de Madureza e sem resolver oficialmente a transferência, meu pai paga alguém para fazer seu trabalho, no que seria, em termos de hoje, uma "rachadinha" indireta, ou o aluguel de um cargo público federal. A leveza com que meu pai — sempre notável por sua rigidez moral — fala do assunto parece indicar que se tratava de prática costumeira com tintas legais, diante da escassez de funcionários. Uma carta oficial de 1º de abril à direção da agência de Lages reforça a hipótese: *Peço o especial favor receber o pagamento, dar ao meu substituto a quantia de 100$ (cem mil reis) e mandar-me o resto, descontando as despesas.*

Em 2 de abril, ainda com a situação indefinida, meu pai cobra de um ex-colega de quartel, agora sargento em Lages, uma dívida de um antigo empréstimo (uma cobrança que irá aos trancos e crescente mau humor até meados de 1940, quando enfim conseguirá receber) — e faz um raro desabafo por velhas injustiças:

> *O peor é que a minha indicação para diarista no telegrafo gorou; A propria indicação do diretor com apoio do Governador malogrou!*
>
> *Todos foram nomeados, menos eu. É isso, sou predestinado às mil dificuldades — Lembra-se da minha promoção a cabo? Com ano e meio de comportamento exemplar (naquele tempo em que era crente), concurso para sargento, e vêr-me preterido, em pleno exercicio de revolução, por um aventureiro vagabundo!*

Firmemente decidido a ficar em Florianópolis (*Voltar não volto*, diz ele ao Rau), no dia 17 de abril meu pai acionará mais uma vez o poderoso pistolão com um telegrama sucinto:

> *Sr. Celso Ramos - Lajes*
>
> *Não fui nomeado. Favor pedir vaga escola que se dará nesses dias.*
>
> *Servo grato*
>
> *João Baptista Tezza*

Dessa vez o pedido funciona. No dia 24, uma carta ao amigo Rau pede que lhe envie a bicicleta para Florianópolis e informa a novidade: a indicação para "professor do 14º B.C." — trata-se do 14º Batalhão de Caçadores, com sede em São José, cidade limítrofe com Florianópolis. Serão dias agitados e animados: no dia seguinte, pede demissão dos Correios e transcreve no caderno o "Registro do Dep. de Educação nº 2892" nomeando-o para *o cargo de professor da Escola Regimental do 14 B. C. em João Pessôa, no municipio de São José, percebendo a gratificação de trezentos e vinte mil réis* (320$000) *mensais.*

Assim, nos inseguros março e abril de 1938 que se seguiram à aprovação no exame de Madureza, entre páginas do *Poder da vontade*, mudança de pensão, cartas, telegramas, pedidos e audiências, meu pai decidiu em definitivo sua mudança de vida, e começou a frequentar o curso pré-jurídico, preparando-se para o exame de habilitação do curso de Direito dois anos depois. Uma carta ao *poeta e amigo Antenor* frisa que a sua nova vida *ainda não está, em verdade, bem 'nos eixos'; mas a esperança é grande.*

Na mesma carta, meu pai faz uma crítica literária ao livro de poemas do amigo ("*Lettras Sem Côr*"), ressalvando seus próprios limites (*quem sou eu para fazer crítica?!*) e ressaltando qualidades (*o teu livrinho é mui digno e merecedor de sua publicação*). Depois de lembrar a importância do último verso dos sonetos, *a chave de ouro*, em que cita a autoridade do *Tratado de versificação* de Olavo Bilac, acrescenta um conselho curioso: Antenor deveria escrever *rigorosamente pela nova ortografia* (*a oficial*), *para evitar que alguem diga que não apoias o governo — e, mostrar-te bom patriota. Quanto à outras observações que fiz, pouca importância têem. O principal é a ortografia.*

É notável, no início do Estado Novo de Getúlio Vargas, a importância *política* que a questão ortográfica — sempre caótica — assumia no Brasil. O assunto reaparece numa carta ao amigo Rau no dia 30 de março: *Grafia? — Estamos na terra da liberdade... Salvo esquecimento, continuarei escrever - saúde- saüde - liqüifazer - conseqüência e assim por deante.* Mas por que frisar a questão — no caso do Antenor, com o detalhe de que ele deveria se mostrar um "bom patriota"? A correspondência que se segue dá algumas pistas; depois do golpe de novembro do ano anterior, o integralismo, de que Antenor é obviamente simpatizante, entraria em desgraça. Uma carta do meu pai do dia 8 de maio deixa isso claro — o amigo havia mandado um artigo para ser publicado pelo jornal *Dia e Noite*, de Florianópolis, naquele momento um altissonante porta-voz integralista. Eis a resposta:

> *Saude: Recebi tua carta ha semanas. Estive logo à redação do* Dia e Noite; *mas, envez de encontrar o jornal com a publicação do teu trabalho, fui saber que o diretor do jornal estava na penitenciaria, e, apreendido pela policia o ultimo nº.*
>
> *Mais alguns dias e telefonei: nada haviam publicado; até que, tres dias passados tive nova noticia telefonica:* Menezes [Menezes Filho, diretor-proprietário do jornal] *preso incomunicavel e a edição do jornal que foi publicado o teu* "Bilhete Negro" *apreendida: Fui à redação, arranjei um exemplar e mando-o com outros: não sei se chegarão lá; pois, sabes que ha censura.*

É uma carta reveladora pelo que não diz. Meu pai não faz comentário sobre a prisão do diretor do jornal; não diz nada sobre o artigo; não dá opinião sobre a explosiva questão política; apenas relata neutramente o que fez e o que aconteceu, acrescentando que não sabe se os jornais vão chegar porque "há censura". Em seguida ao relato sucinto da prisão do Menezes, elogia o soneto dedicado ao "amigo Lima" e manifesta a felicidade de ter sido levado a sério como crítico literário, mesmo considerando que a sua carta estava cheia de "lapsos".

Meu pai está mais preocupado com o dia a dia da sobrevivência e a perspectiva dos estudos do que com a situação política. E há um detalhe fundamental: os Ramos, seus protetores, são o braço de Getúlio no estado. O fato é que a euforia com a nova rotina de estudante colocava sua vida em outro foco, como ele detalha faceiro na mesma carta ao amigo Rau em que dizia estar "na terra da liberdade":

> *Estudo de manhã ou das 7,40 às 11,30 ou das 8,30 às 11,30 (isto é, tres vezes, de cada por semana) 21 aulas semanais. No Catarinense* não se conhece o que seja liberalidade — é no duro. Os pre-juristas não só não fumam em aula, mas, uma vez pisam do portão para dentro do Ginásio, não tem licença para fumar!!!*
>
> *Desde o dia 28 dêste, estou num quarto com o Curt Fiuza: aqui se garganteia até altas horas da noite; e, não grado o quanto ser pequeníssimo, ás vezes, vem mais dois quartanistas do quarto vizinho e formamos a escola "peripatética".*

No dia 3 de maio, meu pai envia uma carta ao diretor do Instituto de Educação de Lages doando um livro à biblioteca da escola e contando de seu emprego como professor do 14º B.C., *graças aos governantes* (leia-se "família Ramos"). O comentário sobre o livro — o clássico *Memórias de um sargento de milícias*, de Manuel Antônio de Almeida — dá uma curiosa alfinetada nos "clérigos": *Li-o com grande satisfação, achando-o mesmo "maravilhoso".*

* Ginásio Catarinense, onde frequentava o curso pré-jurídico.

É provavel, porem, que os clerigos não o achem "indispensavel" para uma biblioteca escolar...

Somente no dia 8 de maio, depois de dois meses sem dar notícia, ele se lembra numa carta sucinta de avisar os pais de que pediu demissão do cargo de carteiro e que foi nomeado como professor (*Ordenado 320$; tenho alguns descontos*), informando que se matriculou no pré-jurídico. No dia 14, seu aniversário, escreve mais uma de suas longas cartas ao amigo Rau, com revelações sobre a situação política do amigo comum Lima, o que dá uma medida das tensões do momento — ele teria se envolvido em alguma insurgência no Exército, de que não há detalhes.

A correspondência indica que meu pai, Antenor e Lima firmaram uma sólida amizade de quartel (os três de baixa patente) em torno de um ideário juvenil "lítero-político" que misturava em graus diferentes positivismo, integralismo, salvacionismo patriótico, espírito autodidata e ambições literárias escolares, uma receita mais ou menos típica na caserna brasileira do século XX. Durante algum tempo, o amigo Rau será o interlocutor "civil" desse grupo:

> *O nosso filosofo Lima, disse-me Antenor, está em P. Alegre; desconfio, porem, que esteja em Tubarão, na terra natal, e que por lá incognito. Pois Antenor (o 1º cabo de Curitiba que eu mantinha e mantenho correspondencia) disse-me que "está no sul" não me esclareceu mais nada e eu tenho quasi certeza que êle sabe alguma coisa; e, apesar de ter palestrado longas horas com êle, quando, em 6 do mes de março, regressava do sul para Curitiba.*
>
> *Na primeira carta pedirei ao Antenor o endereço. Outra cousa que me fez desconfiar que está (como sabes foi obrigado dar baixa do 14 BC) desempregado e em Tubarão porque o Antenor publicou no jornal o "Dia e Noite" o seguinte soneto.*

O soneto de Antenor (*Cre em Deus*, dedicado a *Paulo Patria*), literatura à parte, é quase uma micro-história de amigos da caserna. "Paulo Pátria" era o sugestivo pseudônimo do cabo Lima; no soneto, o mote da perseguição política encontra refúgio na mística divina, à Plínio Salgado. Depois da transcrição dos versos, meu pai especula se no soneto ele se referia à situação real do cabo Lima: *não se sabe se de fato exprime a realidade crítica do nosso P. Patria ou se é religiosidade e sentimentalismo de poéta novel.*

Tudo somado, prossegue em meu pai um certo impulso perdido de escritor tentando ficar em pé num meio bruto e acanhado. Como lhe disse o diretor do Ginásio dois meses antes, "é preciso antes de tudo saber o que você quer" — o que ainda não sabe, naquele momento de passagem. Mas o ativista fardado que poucos anos antes distribuía pelo correio exemplares de *Anauê!* aos parentes e amigos num entusiasmo de salvação da pátria, este, parece, já se diluiu. De qualquer forma, é claro que a retórica política do seu tempo — no período histórico mais trágico do século XX — deixará marcas, referências e cacoetes culturais que aqui e ali ressurgem para explicar o que não se entende ou não se supera. O que não se perde nunca — e se manterá com incrível disciplina até a última semana de sua vida — é a obsessão compulsiva do registro documental cotidiano.

Os sete anos seguintes, de 1938 a 1944, quando se casará com a minha mãe, serão de estudos e trabalho intenso: as aulas noturnas do 14º B.C., o emprego mais duradouro, e outros eventuais (bibliotecário do curso de Direito, professor no Ginásio, onde também dará aulas de educação física, depois de um curso feito em 1939, um diploma que será útil). *Comparando a minha vida de Lages com a daqui, posso dizer que estou no "Paradisus Terrarum"*, diz ele ao Rau. Finalmente estabelecido com um emprego regular, meu pai não esquecerá do seu padrinho de nomeação, a quem agradece e presta contas em detalhes:

Fpolis, 27 de maio de 1938

Ilmo. Sr. Celso Ramos

Saúde: Recebi hoje o primeiro boletim de notas no curso complementar pre-jurídico, que, por sua mercê, estou frequentando.

Entre nove alunos fui classificado no 4º logar - conjunto 50 - As notas não foram bôas contudo todas suficientes, e, espero melhora-las no 2º bimestre; pois, no primeiro houve alguns contratempos em minha saúde.

Mais uma vez agradeço sua proteção: Agora, satisfeito, posso continuar firme na dupla carreira de minha predileção: ensinar e aprender.

É um pragmatismo afetuoso, seguindo a lógica política dos favores que marcaram o Brasil desde a carta de Caminha, o que por sua vez reproduz a lógica universal da mobilidade social nos estamentos de nobreza e comando que vão mudando de pele mas não de poder — o Estado impessoal ainda é uma miragem. Por tudo que leio nas cartas, o tom edificante do meu pai é sincero. Transparece nele a marca de uma subserviência que é a cicatriz do Brasil profundo, dos padrinhos que movem a máquina pública desde sempre e para sempre. Sei que meu pai, aqui, não passa de um mínimo fio de cabelo — um obscuro professor interino dando aula à noite para recrutas de modo a sustentar sua ambição de se fazer doutor. Mas penso especialmente na dimensão psicológica da relação com o poder, as pequenas alavancas que ele passou anos acionando, enquanto trabalhava duro. Relembro a frase: *a lei não ajuda quem dorme*. Que mal há nisso?, diria qualquer brasileiro. Ainda mais considerando o discreto ressentimento de quem se esforça muito e não consegue ir adiante.

Penso em mim mesmo, quarenta anos depois, e lembro do meu desprezo pelo poder e suas figuras carimbadas, um desprezo que o anarquismo quase sempre sem causa da minha geração, historicamente privilegiada, se permitia. Lembro de viver a vida sob o horror de, em algum momento, ter de pedir a alguém o que quer que seja, num amálgama emocional de timidez camponesa com orgulho aristocrático de quem, sem ter nada de herança e sempre começar do zero, desde o ponto de partida já conta com vantagens culturais e sociais que meu pai jamais teve — vantagens que sobem à cabeça como dons da natureza, como a cor da pele.

Havia uma ditadura ao fundo, tanto para meu pai como para mim, em momentos históricos paralelos que, pelo simples arbítrio de sua existência, tudo permite e tudo justifica. Parafraseando Dostoiévski, se o princípio da lei não existe, tudo é permitido. Sabemos que não é assim: na vida real, sem Deus ou sem lei, sempre algum impulso organizador se mantém e se recompõe em graus diferentes, num vasto espectro de possibilidades, mas para quem está em formação, parece não haver nuances na vida. A ideia de uma meritocracia democrática certamente existia para o meu pai, e era um valor rígido e presente. As cartas demonstram; ele trata as notas que tira nas provas como exatos termômetros de sua competência — o êxito ou o fracasso serão dele, e de mais ninguém. Mas o conceito de uma democracia política certamente era muito mais frágil para quem viveu o tempo dele, no meio de duas guerras mundiais e de um espírito coletivo tribal e totalitário (nazismo e comunismo produzindo fascismos em toda parte com um cardápio de soluções finais e milagrosas regadas a sangue), do que para quem viveu o meu tempo, já alimentado pela imensa prosperidade capitalista ocidental de pulsão democrática do pós-guerra. O princípio elementar de bem e de mal, e portanto de justiça, na escala cotidiana, que ele apreendeu por osmose primeiro na família e em seguida no seu aprendizado militar, não se estendia ao país, à sua escala abstrata e social. Não é simples aceitar que um país não é uma "família" e que não deve funcionar com a sua lógica.

Uma difusa mentalidade positivista, a "ordem e o progresso", hoje temperada pela mística evangelista, sonha com soluções de força, racionalizadas de cima para baixo, que hão de melhorar o mundo pelo simples carisma de algum pai redentor: romper essa armadilha moral e conceitual, de escala familiar e pastoral, para uma compreensão democrática da organização política e de respeito à diferença, é um salto abstrato difícil, que exige um estado de transcendência especial, e frágil, porque não pode haver deuses em jogo.

No caso do meu pai, tenho de adivinhar em que pé ele estava; seu silêncio em torno de temas políticos (postura que só mudará nos anos 1950) pode ser de fato uma mudança de rumo e interesse pessoal, inteiro absorvido no seu projeto acadêmico (e mesmo literário, ainda que não o confesse); e pode ser simplesmente cautela, dada a turbulência do momento. A primeira hipótese parece mais verossímil, embora a segunda tenha algum peso por simples instinto de sobrevivência — absorvido na luta miúda cotidiana, meu pai raras vezes revela impulsos de ativista.

Talvez por cegueira afetiva, não encontro nada em comum com o meu pai — exceto o fato de que ambos fizemos do ato de escrever o centro de nossas vidas, por estranha que seja a ideia. Mas um bilhete do dia 28 de maio a um certo "amigo Anísio" dá pistas de uma inesperada identidade entre nós: *Não será necessario contar-te toda minha historia: basta dizer-te que estou satisfeitissimo, sempre largando minhas gargalhadas de costume.* Muito provavelmente minha risada solta ("gargalhadas de costume", porque sou pessoa de riso fácil) é semelhante à dele; assim como o hábito de morder a ponta da unha do dedo mínimo, apoiando o rosto na mão quando penso, é idêntico ao gesto da minha mãe, o que me espantou quando percebi.

Detalhe sintomático de sua entrada de fato na vida adulta, o contato com a família diminui naqueles primeiros meses de 1938. No dia 10 de junho, uma carta à Matilde informa que ele terá quinze dias de férias mas não poderá ir para casa: *Estou um pouco fraco nas materias e preciso estudar. E em segundo lugar o dinheiro está curto*. E anexa um bilhete aos pais, este com a formalidade do "vós", informando que foi bem nas provas (4º *lugar entre* 9 *alunos*) e resumindo seu sonho: A *pensar firmemente que um dia hei de estar formado em advocacia, abraça-vos afectuosamente vosso filho Baptista*.

22. Maria

O volume 8 da correspondência se perdeu, deixando uma lacuna que vai de junho de 1938 a novembro de 1939. Mas a primeira transcrição do *Nono Caderno para registro de correspondência*, no dia 9 de novembro, respondendo a uma carta da irmã Matilde, faz uma síntese sucinta de sua vida no período: *É só para os estudos que estou vivendo... De fato, se Deus quiser, em fevereiro proximo estarei na faculdade, mas tenho que lutar ainda 5 anos. Só com 33 anos é que vou me formar!* A conclusão é dramática: *É a idade com que Cristo morreu!* Mas ele tem *esperanças de não passar tantas penúrias como no ginásio e pré-jurídico*. No final, não se entrega, relembrando a célebre citação de Virgílio de suas aulas de latim: *Um pouco de esforço, um pouco de esperança, audaciosos sempre e a sorte há de nos proteger...*

Dois meses antes começara a Segunda Guerra Mundial: em 3 de setembro a Alemanha tinha invadido a Polônia e o mundo se convulsionava. Mas suas preocupações eram outras: um bilhete do dia 18 de novembro revela nova presença feminina, uma certa Maria: *Se te apraz eu teria grande satisfação ter contigo uma entre-*

vista, as 19,30, em tua casa. Já no dia 24, numa carta à Matilde, depois de reclamar do pedido que a irmã lhe fez (*Se fosse questão de livros seria facil; mas fazenda para vestido!*), meu pai envolve a moça na conversa, chamando-a várias vezes de "minha pequena", à maneira portuguesa:

> *Desta vez tiveste sorte: a minha pequena é entendida em assunto de vestidos e achou melhor faze-lo de "moiré" de seda, embora custe 10$000 o metro; alem disso este vestido pode ser depois aproveitado para fazer um lindo vestido de rua.* [...] *a minha pequena te envia alguns figurinos* [...] *a minha pequena achou-os muito graciosos.*

Na sequência das transcrições — um bilhete de cumprimentos a Celso Ramos pelo aniversário, cópia do certificado dos exames do curso, atestado do Departamento de Saúde, requerimento de inscrição para o concurso de habilitação, dedicatória de uma fotografia enviada ao Rau —, faltam duas folhas no caderno, correspondentes às páginas 11 a 14, cortadas cuidadosamente na costura interna — as outras duas folhas da dobra, com as páginas 23 a 26, estão soltas. Sinto a tentação de criar uma teoria conspiratória qualquer para o corte das páginas: que carta ou cartas foram suprimidas? E por quê? Será o único caso em toda a correspondência, algo notável para um tabelião escrupuloso como meu pai.

Uma hipótese: algum rompante vulcânico de ciúme da minha mãe, lendo as cartas do marido, quem sabe logo depois de casada, e descobrindo ali alguma rival ainda perigosa. Mas se as duas folhas faltantes foram obra de um rompante, ao estilo da dona Elin, certamente não seriam tão bem cortadas, mas rasgadas com fúria de deixar rastro; o mais provável é que ela destruísse o livro inteiro junto com as folhas arrancadas (o que ela fará, quarenta anos depois, com o primeiro livro publicado de seu filho, ao descobrir que não era dedicado a ela). Numa ficção policial, o narrador teria de decidir o que houve, cuidando da verossimilhança. Descartada a hipótese do ciúme, eu me pergunto por que meu pai — que, por fidelidade aos fatos, desenhava até o selo e o carimbo dos documentos transcritos, num mimetismo lúdico infantil — suprimiria duas folhas? O que estava escrito ali? Até agora, são sete livros de correspondência na íntegra, em sequência cronológica, sem nenhum corte, censura, supressão; ele manteve desde um soneto pornográfico do quartel até os elogios integralistas, com informações quem sabe perigosas naquele momento.

O detetive caseiro lembra de conferir o índice do caderno, na última página (sim, meu pai mantém o hábito cartorial de fazer o índice das cartas em todos os volumes), e descobre que "Maria" conta com as seguintes entradas: páginas 3, 4, 11, 11, 11, 12, 13, 13, 14, 67, 111, 112, 120. Isto é, nas quatro páginas faltantes, ele escreveu à Maria sete vezes, certamente bilhetes. Se foi ele mesmo que suprimiu essas páginas, a autocensura foi aplicada depois de fevereiro de 1941 (mês da última anotação do volume), porque o índice, obviamente escrito no final em ordem alfabética, não mente.

A página 15 recomeça no dia 8 de janeiro de 1940 com uma carta aos pais e um anexo à Matilde, indicando que na virada do ano ele passou alguns dias com a família em Urussanga. Os laços rurais retornam vivos com a visita (traz de lá uma caixa de uvas, *que chegaram regularmente bem*), mas as novas habilidades políticas do já calejado Baptista (como agora assina aos pais) transparecem na orientação à irmã, que postula uma vaga de professora em Tubarão. Ele conta que falou com o inspetor escolar da cidade: *Disse-me êle que de bôa vontade se interessará desde que haja vaga.* O clientelismo entretanto terá um limite ético, o "outrossim" do meu pai: *Lembro-te, outrossim, que deves afastar a ideia absurda do cunhado: cadeiras de profª não se compram, conquistam-se.* É uma frase forte — provavelmente a sugestão dada à Matilde era a de "comprar a vaga". Vagas se conquistam, diz o meu pai, mas o trato social sempre é importante. No dia 10 de janeiro, um bilhete ao "Sr. Celso Ramos e Senhora" informa que o portador *envia-vos um pouco de uva e uma garrafa de vinho que a Mamãe mandou-em de Urussanga para vôs presentear.*

No início de março, quando escreve à mãe contando da aprovação nos exames de habilitação e dando instruções para o irmão Cândido, o mais novo, inscrever-se no voluntariado do 14º B.C., a namorada reaparece, já conhecida da família: *Junto mando-lhe uns doces que a Maria oferece, na latinha que a senhora me arranjou para lhe mandar uvas.* No dia 18, uma carta ao Rau traz um adendo sobre a turbulência de sua vida afetiva, e as metáforas bélicas ressoam as notícias de jornal no momento em que a Europa está em chamas: *Casamento? Estou em plena guerra, e, infelizmente, com desvantagem, porque eu só vou com a infantaria e ela me bombardeia, de cima, com a viação!!! Os pontos de observação dela são sumamente extrategicos, os meus indefesos. Ha 24 horas que não falo!*

No dia 21, comenta o namoro trepidante também com o amigo Antenor:

> *Não deixo de parte uma "pequena" que de pequeno só tem o nome e o tamanho, mas que sua influencia é-me assustadora e penetra-me até o ámago da vontade, toca-me na conciência, atinge-me o "eu". Ó, caro amigo, quantas perturbações íntimas me traz e quantas horas de tempo e pensamento me rouba!*
>
> *Bem disse o genial Camilo que o amor dos 17 não é nada, o dos 27 é que é... louco.*

Há uma mudança de tom, uma certa percepção de maturidade pessoal (o olhar para os efeitos concretos do tempo, a representação precoce e melancólica da velhice); mas o invólucro literário do "genial Camilo" (Camilo Castelo Branco, célebre escritor português do século XIX, popular na época) não é mais só um clichê romântico copiado dos livros, a idealização poética ginasiana ou a faceirice juvenil de quem brinca com os afetos. Alguma coisa tocou meu pai: "âmago da vontade", "influência assustadora", "perturbações íntimas".

Aos vinte e nove anos incompletos, como seria a vida sexual do meu pai? Era ainda um homem virgem? Até aqui as cartas não deram pista nenhuma — a minha intuição, por pálidas sugestões de entrelinhas, diz que pode ter acontecido algo em Curitiba, nos idos de 1932 — *vamos vadiar*, dizia o soldado à solta. Depois disso, a sequência da vida de quartel mais a "vontade de poder" do meu pai, com sua rígida disciplina, parecem ter sustentado um puritanismo estoico que sublimava tudo em nome do seu "plano de vida". O sexo é território universal de interdição oficial desde sempre e para sempre, ainda mais considerando o pequeno mundo em que se movia meu pai. Porque, de fato, opções liberais no mundo hétero não havia (e muito menos no universo sexual então alternativo): no padrão geral, havia ou o bordel ou o casamento, mantendo-se ambos sólidos na realidade — e no anedotário das aparências.

O que observo no caso do meu pai é que seria um puritanismo laico — até aqui não transparece repressão religiosa e não se verbaliza algum senso de pecado que proibisse o sexo (além, é claro, do atávico substrato histórico da culpa cristã, ou judaica, que permanece vivo à sombra de toda a educação ocidental). Ausente uma nítida fé religiosa, o candidato a iluminista vive apenas a mística da razão matemática, enquanto soma os trocados da sobrevivência. De acordo com os padrões da época, um solteiro da idade dele já seria um ponto começando a ficar fora da curva, um fato de que ele tinha clara consciência.

Talvez não seja simples para a onipresente cultura da liberalidade sexual contemporânea perceber os brutais constrangimentos da moralidade dominante daqueles anos. Uma moralidade que já dava pequenos sinais de erosão — sinais de fumaça ainda centralizados nas grandes cidades, filtrados pelo rádio e pelos jornais e basicamente localizados em estratos sociais (e letrados) de privilégio; de fato, a disseminação liberal levaria ainda meio século para explodir, num processo em que as novas tecnologias de comunicação terão um papel exponencial. Observando em perspectiva, lembro da angustiada guerrilha existencial da minha geração, exatamente a meio caminho entre um tempo e outro, fomentando a ruptura traumática dos anos 1960 e 1970; parecia fácil mudar o mundo e implantar a utopia — o difícil, o complicado, o inacessível mesmo era dormir com a namorada, criar novas referências afetivas ou abolir o casamento.

Olho para mim mesmo e lembro da minha iniciação sexual aos dezesseis anos, num bordel do norte do Paraná, para onde fui levado pelo meu histriônico irmão mais velho com uma alegria contagiante de Rabelais (e o medo batendo no peito). Tenho da aventura uma boa lembrança afetiva, com o toque romântico de uma página de Jorge Amado — talvez porque, financiado pelo irmão, o dinheiro não entrou no quarto, só os hormônios e o sonho de felicidade, de modo que extraí poesia do encontro. Um ano depois, já vivendo nas nuvens a utopia alternativa da arte, uma paixão fulgurante por uma atriz no mitológico festival de teatro da Aldeia de Arcozelo, no Rio de Janeiro, me faria transpor em definitivo a passagem já sem volta do velho ao novo mundo.

23. A cobrança

Volto ao meu pai, no dia 22 de março de 1940 — talvez para compensar a guerra da Maria, ele escreve de novo ao antigo colega de quartel, agora sargento em Curitiba, cobrando a velha dívida. É um pedido ainda discreto, com retórica cuidadosa, exortação moral e apelo aos sentimentos:

> *Confiante no réto proceder do amigo crio que continue tendo a pequena quantia que me pertence não somente na conta de uma obrigação a cumprir, senão também na conta de um dever sagrado. Pois, foi um capital que pús em suas mãos para favorecer e não com o fim de usufruir lucros: saquei-o de uma casa bancaria garantida, onde me pagava 6% ao ano, para confia-lo à sua bôa vontade.*
>
> *Agora, mais do que nunca, necessito do dinheiro. Na Faculdade os livros se multiplicam em número e valor. Precisaria, alem disso, para bem organizar os pontos, de uma maquina de escrever; mas, infelizmente, nem siquer posso adquirir os livros indispensaveis.*

Nas semanas seguintes, ocorre uma intensa troca de correspondência com o amigo Rau, com pedidos de ajuda mútua — meu pai resolve problemas burocráticos do amigo em Florianópolis, enquanto este tenta receber a dívida do sargento em Curitiba. Ele dá instruções detalhadas de um plano infalível de cobrança, como, por exemplo, *procurar saber precisamente o dia do pagamento do 3º R.A.M., sem, entretanto, que ele saiba disto.*

No dia 25 de abril, Maria reaparece nas cartas — mas, comprovando que eram momentos tensos, trata-se de um rompimento. A separação é enigmática, cheia de subentendidos, aspas e ironias:

> *Maria: Recebi os trofeus, muito obrigado; recebi e aceitei, também, a palavra "empenhada"*
>
> *Nada tenho a explicar: Estou plenamente de acordo*
>
> *Muito obrigado, também, pelo agradecimento às "atenções" a ti "dispensadas".*
>
> *As cartas e retratos, Maria, não as mando, simplesmente por não ser de meu costume devolve-las, guardo-os como tenho feito sempre*
>
> *Saude e felicidade são os meus ultimos votos; e, finalmente, uma única cousa te peço: "não faça com outros o que fizeste comigo", se queres ser feliz.*
>
> *Baptista*

O que Maria teria feito ao infeliz Baptista? Quais seriam os "troféus"? Em seguida ao bilhete da separação, passam-se vinte e um dias sem nenhuma correspondência anotada, até o dia 16 de maio, quando meu pai decididamente perde a paciência com o sargento devedor. Depois de reclamar, indignado, de que, apesar de ter recebido todas as cartas pelas mãos do seu procurador (que é o Rau), não enviou nenhuma palavra em resposta (*uma falta absoluta de consideração*), este Shylock improvisado parece agora exigir a libra de carne, assimilando, em uma palavra, o antissemitismo-padrão daquele tempo sinistro:

Como pode explicar tanto desleixo?

Não queira colocar-se núm nivel de moral e procedimento ao dos ex-sargentos Ganímedes, Nuno, Sanú, etc.; e colocar a mim, no lado oposto, fazendo o papel ridiculo! — o judeu!

Sentimentos mais nobres, creio eu, teve, o senhor quando, com filhos doentes em casa, veio pedir-me socorro.

Meu pai monta um quadro moral, invocando colegas comuns supostamente corretos que se contrapõem a um inesperado "judeu" — a acusação súbito cintila na frase, uma medalha ao avesso. Mas de onde ele tirou que o sargento, que se mantinha em silêncio, estaria se colocando em superioridade moral e atribuindo ao meu pai o papel de "judeu"? Transborda algum sentimento de culpa de que ele se defende, talvez a atávica (ou simplesmente anedótica) dificuldade católica de lidar com dinheiro, o culto à pobreza e a vergonha da riqueza, o anátema medieval aos juros e ao lucro — o que ele quer mesmo dizer é que não pode ser confundido com um judeu, porque (*ao contrário do que acontece com os judeus*, é o claro subtexto) sua cobrança é justíssima e moralmente justificada.

A questão racial está no ar — num bilhete de dias antes ao Rau, informando que havia ido ao quarto de pensão que o amigo ainda mantinha em Florianópolis para uma breve vistoria, uma palavra chama atenção:

Fiquei surpreendido com a falta do guarda roupa; disse-me, a empregada, que fôra retirado para atender um casal que se hospedou por alguns dias noutro quarto, e que, a roupa tinha sido posta no armario juntamente com a do sr. Oto; diante isso não ousei pedir para vê-la. Não notei irregularidades na estante de livros; vi o "Dicionario Ilustrado" e outros livros importantes. Sem que eu perguntasse, "a negra" disse que "ninguem, até hoje, durmiu neste quarto".

O filho ergue os olhos do manuscrito de seu pai para pensar nessas duas palavras poderosas que, num curto espaço de tempo, pela primeira vez aparecem nas cartas: "negra" e "judeu", claramente designativas de "raças", a primeira entre aspas, a segunda seguida de uma exclamação indignada. Eis o pano de fundo: estamos em 1940, e é evidente a ambiguidade do governo Vargas com relação à guerra que corre solta na Europa; a proliferação de ditaduras irresistíveis cria a miragem do "poder da vontade" de multidões fanatizadas com o punho erguido. As teorias raciais e eugenistas, com seu verniz de ciência, transformam-se em política de Estado e alimentam a engrenagem da violência. O "negra" é só uma palavra entre aspas, mas sinto uma mudança no meu pai desde a "querida mulatinha" que, poucos anos antes, tocou sua vida.

Naquela pequena ilha provinciana, o ex-camponês, ex-soldado, e agora orgulhoso estudante de Direito, esforçado autodidata que passou anos se ilustrando com jornais integralistas (de fato a única fonte que alimentava sua formação explicativa da máquina do vasto mundo, desde que se encantou com a retórica de Plínio Salgado), agora capta a palavra no ar, soprada em toda parte — judeu! — e coloca-a no papel. Como Shakespeare quando escreveu *O mercador de Veneza*, provavelmente meu pai nunca tinha visto um judeu na vida. Mas, em vez do complexo Shylock, ele só encontra na palavra uma caricatura.

A carta ao sargento avança num tom grotesco; o velho colega de repente se torna um monstro moral (o que, por força do contraste, mais dignifica meu pai):

O espirito de justiça sempre me levou a favorecer os legitimamente necessitados e desfavorecer tenazmente os perdularios, desregrados e desmoralizados que procuram (por meio de palavras sonóras, gestos interessantes, amabilidade e gentilezas hipócritas) arrastar para a desmoralização e depravação.

Palavras insinuantes com aparencias delicadas para lesar o direito alheio, de nada valem; é preferivel ser-se rústico e incípido, mas, sincero, leal, claro e cumpridor dos seus deveres.

De onde vem esse discurso ridículo? Difícil reconhecer nesse libelo ofensivo o pai que eu lia até aqui; agora ele se vê juiz moral do mundo, impregnando-se da linguagem do fascismo e sentindo a volúpia da agressão: os perdulários, desregrados, desmoralizados representam a "depravação" — e, do lado justo, está o "rústico", a imagem do homem simples e verdadeiro que cumpre seus deveres. As "gentilezas hipócritas" e as "palavras insinuantes" — expressões aqui dirigidas a alguém que se manteve em silêncio —, seguidas ao anátema do judeu, são metáforas à procura de uma vítima redentora do "poder da vontade". Em suma, é a clássica caricatura antissemita da "falsidade judaica" (que a eficiente publicidade nazista panfletará pelo mundo, encontrando em toda parte solo fértil a recebê-la).

O esmagamento moral do "amigo sargento" assume no final um tom indulgente, falsamente conciliador, mas com o dedo em riste do inspetor de palmatória na mão:

Não compreendeu, ainda, que isso é ignobil? Não percebeu, claramente, com quem está tratando? Não está ainda convencido de que eu só tive vitorias até agora? e que não adianta protelar por mais tempo? Não se sente esmagado pelo peso da conciencia? deante de um dever tão sagrado?

Serei eu injusto expressar-me desta maneira para com um

amigo mais velho? Tenho a certeza de que não! Não disse mais que a verdade; e a verdade é dura, mas éla é sempre verdade, em todos os tempos e em todos os lugares.

O ressentimento vem bruto à tona e a cobrança de uma dívida transforma-se num álibi que revela sua visão de mundo. O moralista autoritário, em tom professoral, já aparecia aqui e ali nas anotações de juventude; mas agora transparece uma aura complexa de sobrepesos adultos, balançando entre a violência e a pretensão. Chegando aos trinta anos, meu pai perde leveza. Ele não olha mais em devaneio para a ponta dos pés, poeta largado na cama da pensão, e nem pensa na imagem concreta que vê da janela, carteiro sonhador em Lages.

Volto a pensar nas duas palavras: "negra" e "judeu". Anos antes, na esforçada e atravancada carta que escreveu ao pai sobre os problemas do Morro do Mocotó, definia-os, bem ou mal, como fatos sociais (a palavra "negro" não aparecia; certamente estava na sua cabeça, pronta a sair da pena, mas a ausência ainda era um pudor, a reserva tímida da condição humana que se preserva independente da cor da pele); e o "judeu" surge na sua linguagem, de lugar nenhum, apenas em 1940. São duas entidades mítico-coletivas, negros e judeus, monólitos que substituem pessoas concretas e passam a povoar idealmente o seu mundo, fantasmas no outro lado da cerca de sua geografia de segurança, num longo espectro que vai da piadinha que escapa no bar ao desejo efetivo de matar. Em que identidade pessoal meu pai se entrincheirava? Há um momento nítido de passagem? Como o racismo se instala, ganha corpo e consistência? A palavra "preconceito", no seu uso corriqueiro e universal, é insuficiente para dar conta do que acontece. E o estereótipo que criamos (na verdade, não criamos nada — apenas repetimos) é como que a contaminação ideológica do mecanismo simples e onipresente de categorizar as coisas que vemos e sentimos.

Tento pensar em mim mesmo e na minha formação. Olho para trás: sinais de discriminação racial estão na memória esparsa de infância, porque em Lages cresci num mundo de predominância visual branca, eventualmente com alguma tonalidade parda (escola e vizinhança). A presença negra, embora significativa na cidade, despertava estranheza aos olhos da criança — como o menino entregador de leite no lombo do burro, uma imagem que ficou —, e sinais de racismo leviano (mas não inconsequente) transpareciam em observações avulsas da mãe (do pai, não lembro de ouvir uma única frase; não tenho memória de sua voz).

A zona cinzenta do racismo pontual caseiro — a singularidade brasileira — poderia ser ilustrada com outra lembrança nítida. Num Carnaval em Lages (eu teria no máximo sete anos), lamentei em casa não participar de uma animada festa infantil numa tarde de domingo no Clube Cruz e Souza porque "não era sócio" e portanto não me deixaram entrar. O clube, fundado em 1918 para a população negra, ficava (e está ativo até hoje no mesmo lugar) na praça da igreja Santa Cruz, a uma dobra de esquina de onde nasci, na rua Afonso Ribeiro, um espaço próximo do centro da cidade.

Minha mãe achou a minha decepção muito engraçada, e durante anos gostava de contar o episódio que ela mesma definia como "pitoresco": "O Tovinho não conseguiu entrar no Clube Cruz e Souza porque não era sócio!..." — e seguia-se uma risada divertida cujo sentido eu, criança, não conseguia decifrar. Emocionalmente primária — uma classificação psicológica que aprendi em alguma página e costumava aplicar a mim mesmo para definir meu lado impulsivo e imaturo, uma espécie de álibi dos meus erros e andaime dos arrependimentos —, minha mãe era capaz de expressar preconceitos mortais violentos como tiros à queima-roupa e de derramamentos sentimentais igualmente intensos em direção contrária, que foram se tornando mais fortes à medida que os anos passavam ("Meu Deus, o que os negros sofreram no mundo!..." era um comentário recorrente sempre que eu lhe passava filmes com temática racial), até consolidar uma postura política antirracista, permeada aqui e ali com clichês paternalistas. Mas era uma leitora aguda de ficção, e ótima crítica (intuitiva) dos filmes com que eu em parte abasteci sua solidão nos seus últimos vinte anos de vida. Já com mais de oitenta anos, indignou-se furiosamente com a completa idiotice de um comentário antissemita de uma parente (para quem o sofrimento judaico seria um "karma" a ser expiado — "alguma coisa eles fizeram!").

Sobre os judeus, meu primeiro contato foi uma colega do curso de Orientação Educacional que a minha mãe fez na PUC, em Curitiba, que frequentava nossa casa no início dos anos 1960. Era uma mulher ruiva, bonita, alegre e despachada; aos olhos daquele menino de onze ou doze anos, sempre feliz por vê-la, deixava transparecer um espírito surpreendente de independência e liberdade.

Exatamente dessa mesma época (cursando o quinto ano e me preparando para a segunda tentativa do exame de admissão do Colégio Estadual), lembro de um exemplar de *Os protocolos dos sábios de Sião* que havia em casa, remanescente da biblioteca do meu pai. Eu não tinha noção nenhuma do que era o livro; apenas estranhava a ausência dos nomes de autor e de editora. Quanto ao título enigmático, que sugeria algum álbum de aventuras de Tintim, matutei sobre o significado da palavra "Sião", que não encontrava no dicionário. A lembrança nítida é a do objeto, porque o volume tinha uma sobrecapa inteira negra, acetinada, que eu, leitor das histórias de Sherlock Holmes, usava para brincar de impressões digitais. Marcava os dedos com força na superfície brilhante, soprava talco suavemente e passava uma fita adesiva, tentando transportar a impressão das nervuras para outro papel escuro, o que nunca deu certo.

24. O monge

Nos anos seguintes meu pai levará uma vida rotineira de estudante de Direito, mantendo mais ou menos o mesmo ritmo de trabalho que o sustenta, como ele sintetiza ao Rau numa carta de maio de 1940:

> *Desde o inicio das aulas estando dando uma aula por dia, de educação física, no Ginasio; é bem cedo, de maneira que não me deixa dormir demais. Ganho cincão em 30 minutos. Leciono, tambem, no Madureza, latim, 2 vezes por semana — 40 minutos e 4$ para cada aula. No mes passado "bati o récord" de toda minha vida 483$.*

Quanto à sua vida amorosa, até conhecer minha mãe, a única referência que aparece será a mesma Maria. Num trecho elíptico da carta, ele conta do rompimento com a "pequena", e aparece na correspondência o colega boêmio que será um amigo bastante presente naqueles anos:

O assunto é milindroso, tomou uma feição indefinida.

As relações estão rotas ha muitos dias e desta vez creio não serão reatadas. Entretanto devo dizer que não tenho extranhado a falta da pequena: passeio invariavelmente todas, mas todas as noites, com o Galetti.

Durante o dia são rarissimos os dias que não passo horas com o mesmo amigo: na praça, na Faculdade ou passando pela frente da casa de uma pequena que ele está apaixonado (se ele sabe que digo isso!).

Cícero, Aristóteles, Sócrates, Platão, Xenofonte e muitos outros estão dia a dia perdendo a cotação do Galetti e assim êle vai aos poucos entrando na vida pratica, real, positiva.

Alguns dias depois, o nome do meu pai foi proposto para sócio do tradicional Clube Doze de Agosto, indicação assinada por Celso Ramos e pelo amigo e colega Clarno Galetti. É uma mudança notável: aos vinte e nove anos, meu pai não é mais um recruta do Exército ou um estafeta em Lages, mas um estudante de Direito na capital, indicado para sócio do clube da alta sociedade por ninguém menos que o irmão do interventor do estado.

Para o filho, habitante do século XXI, imerso no admirável mundo novo da internet, em que a menor escaramuça em qualquer lugar é notícia a provocar reações compulsórias instantâneas, chama atenção a indiferença do pai com relação à guerra que está correndo solta, o que talvez apenas reflita a relativa indiferença brasileira no momento. Mas naquela região, com forte presença de colonização alemã e italiana, certamente corre uma tensão subterrânea, ainda que não verbalizada em público. Como sempre, meu pai mantém a sua norma de jamais expressar opinião política — é preciso ler entrelinhas para adivinhar o quanto ainda pesava na sua cabeça a influência do ideário integralista e de que modo ele via a ascensão devastadora do nazismo (palavra que não aparece uma única vez na correspondência inteira). Na superfície, a vida se resume simplesmente a um dia depois do outro na luta por se alimentar, pagar a pensão e avançar nos estudos.

As incertezas amorosas continuam mais relevantes na sua vida do que o futuro do país ou da Europa, como indica uma carta que ele escreve ao Rau no dia 23 de junho. Meu pai parece bem informado, considerando que os alemães ocuparam Paris em 14 de junho de 1940, com a rendição francesa assinada no dia 22. É um dos momentos históricos mais extraordinários da história do século XX. Mas seu assunto é só a namorada Maria; suas referências à guerra são puramente incidentais; ou aparecem como metáforas escolares do mundo antigo (o que ele faz com prazer, estudante exibindo sua aplicação), ou como exemplos tratados com indiferença (a retirada dos ingleses na Noruega ou a rendição dos franceses), uma indiferença que, de fato, indica uma alienação do que estava em jogo no mundo naquele momento (ou, quem sabe, ao sabor do momento, uma discreta inclinação germânica). Em qualquer caso, a namorada é mais importante:

> *Caro Ráu: já são mais de 22 horas: vim neste instante da praça onde fôra, como de costume, passar algumas horas de vida boêmia. As idéias me vem aos turbilhões e só uma longa, longuissima conferencia satisfaria o meu desejo.*
>
> *Perguntaste-me si havia "reatado as relações" com a Maria. Lembras-te de quando eu dizia que eu tinha de "acabar" "custasse o que custasse"? Jamais pensei (depois do último rompimento) não penso, nem pensarei — somente se reatar sem pensar! Preparei o espirito melhor que o Dário para resistir a Alexandre o Grande e mais secreto e diabolico que o de Catilina contra Cícero: de maneira que não houve mais métodos, nem táticas novas que eu não estivesse com o remedio já preparado capaz de fulminar qualquer investida de sua parte; de*

maneira que depois de várias tentativas em vão: fez como os ingleses na Noruega (retirada estratégica! quando realmente foi uma derrota) ou então como os franceses que entregaram os pontos. Enfim: sim, fugiu, sumiu-se, desapareceu (pelo menos para mim não existe mais)!

No dia 16 de julho, outra longa carta ao Rau agradece a eficiente cobrança da dívida do sargento em Curitiba, que finalmente começava a pagá-la em prestações, e segue-se um relato das suas atribulações de professor, agora com mais doze aulas no Grupo Escolar do Estreito — *vou mais apertado do que nunca.* Além disso, prepara-se para exames orais e escritos de pedagogia e psicologia educacional de modo a se tornar "professor normalista" (de acordo com um decreto recente). E aventa ainda a possibilidade de também fazer um concurso para o Instituto dos Industriários: *Faça ideia como eu me defendo atualmente; somente uma longa palestra contigo poderia esclarecer a ginástica intelectual e física que estou praticando.*

Depois dos lamentos da vida de professor, ele volta ao assunto que realmente o atormenta: Maria. É o relato de uma pequena vingança amorosa de sabor colegial, plena de provocações espicaçando a ex-namorada numa "soirée dançante":

> *Devo reafirmar-te que vai para os tres meses do rompimento com a Maria e que estou gelando cada vez mais, apesar de ha poucos dias ter falado com ela a pedido (telefonou-me e eu escolhi hora e logar sob pena de não atende-la: aceitou) O motivo de me telefonar foi ter ela tirado um zero estrondoso no "12" onde fui a uma "soirée dansante". Pois, depois de eu ter dansado repetidas marcas com diversas e estar com o "cambio alto" com uma*

cunhada do Ari Castro (vocacionalista este ano) muito bôa, alta (este pormenor é notável sabendo-se que a Maria sabe que eu gosto de moças altas) e loura, friamente fui convidar à mesma mesa que ela (Maria) estava, uma amiga dele e em seguida outra, tambem, amiguinha, — e foi batatal: convidei uma as outras todas foram convidadas — não pude resistir de dizer que eu irradiára a sorte no seu meio e isso ofendeu-a e deu motivo de me telefonar! Foi mais um zero!*

O entrevero afetivo terá ainda três momentos anotados, porque Maria parece não desistir. Em 31 de agosto, ele tenta mais uma vez encerrar o caso: *Maria, não tendo, eu, nenhuma intenção séria de levar avante o nosso namoro, não quero fazer-te perder mais tempo numa esperança vã que tu ainda alimentas.* No dia seguinte, outro bilhete derrama uma falsa gentileza: *Maria: Não compreendi o final de tua carta. Contudo, parece estares tomada de incomensuravel indignação e ódio para comigo; coisa, essa, que não nutro, em absoluto, de minha parte, e, pelo contrário, conservo-te grande estima e consideração.*

Algum contato prosseguia, porque meu pai transcreve ainda um último recado no dia 11 de setembro, recusando um encontro: *Maria: É humanamente impossivel ir lá hoje, e, talvez por toda esta semana. Pois tenho quasi todos os pontos por preparar e as provas começam no dia 16. Adeuzinho.* De fato, um adeus — o nome dela desaparece dos cadernos.

Meu pai mantém a disciplina de sempre, mas parece que algo da rigidez militarizada de sua formação vai se suavizar um pouco nesses anos de faculdade. Especulo que a amizade com Galetti, colega da faculdade, terá um papel nessa mudança. Pelo que trans-

* Estudante da Escola Normal Superior Vocacional, que habilitava para o magistério no ensino primário.

parece nas cartas, é o típico boêmio de inclinação letrada, com espírito crítico, bom humor e talento histriônico, que passa a ser um tema constante da correspondência ao Rau, um amigo comum: *O progresso que fez o nosso amigo Galettti no sentido de amor, não pode ser explicado senão por uma aberração da natureza. Dia a dia fico pasmado. Já fala em ir às casas das mulheres e eu o vou controlando para evitar que a mãe dele diga, depois, que fora eu a pô-lo no mau caminho.*

Escrevendo ao Antenor, outro amigo comum, transcreve uma carta em tom de crônica do próprio Galetti ao amigo Rau, dando notícia do "Tezza". É uma brincadeira de alegres narcisos colegiais, que meu pai, com visível prazer por se ver personagem, finge entender como uma peça acusatória. Tudo gira em torno de suas agruras no trato com as mulheres, perseguindo paixões não correspondidas: elas *ainda não compreenderam — oh! como são ignorantes as mulheres! — as boas, as puras intenções do Tezza; de forma que, continuam, para maior desventura do nosso amigo, ao lado de seus namorados.* Mas a conclusão não é tão grave: *Levando, porem, em consideração, que tempo houve em que a mais velha das 2 turquinhas o quis; em que uma muito boa loura de Laguna o provocou e que a "Maria" continua com a idéia de reatar, vemos que o Tezza, nos amores, não é infeliz, mas cabeçudo.*

Percebe-se que a influência do amigo não se restringe apenas à boemia, mas também ao repertório literário, ainda que sempre em tom de galhofa. A expressão "assimilamo-nos mutuamente", usada por Galetti, é uma imagem feliz das amizades fortes que aproximam temperamentos contrários, o que parece o caso — a rigidez disciplinada do meu pai, o "cabeçudo", encontra alívio na leveza boêmia do amigo:

> *Diz o Tezza e chegou mesmo a te escrever, que estou mudado: mais sociável, mais ordinário. O Tezza pelo contrário é que*

está sofrendo uma metamorfose. Depois que foste para aí, graças à minha benéfica influência ele leu: "Diálogo sobre a amizade", "Tratado dos Deveres" e "Da Republica" de Cícero e "Demostenes e Cicero" de Plutarco. Está lendo "Alexandre e Cesar" de Plutarco e pretende ler as "Vidas dos 12 cesares" de Suetônio, "Obras de Cornelio Nepos e outros livros de Cícero Tácito, Plutarco etc. É que eu e o Tezza assimilamo-nos mutuamente, adquirindo cada um, algumas parcelas do temperamento do outro. É alias o que ao que me conta tambem se dava contigo e ele.

Senhor de uma vida agitada e emocionante, muito tenho aconselhado o Tezza a escrever sua autobiografia romanciada, no que parece, serei atendido. Seria bom que voce também desse uns palpites a este respeito.

Uma "autobiografia romanceada" — o tom farsesco do amigo não oculta o fato de que muito provavelmente meu pai teria mesmo essa ideia em mente, a razão final de passar a vida copiando cada linha escrita. A carta seguinte é de 9 de setembro, agora ao Rau, agradecendo os últimos 20$000 da velha dívida do sargento, *o negocio que há mais de um lustro vinha sendo protelado.* E meu pai faz uma piada antissemita com tonalidade ambígua, porque afinal ele está chamando um suíço-alemão (ou a si mesmo) de "judeu": *Fizeste milagres: mas é como já tive ocasião de te dizer: "judeu" com judeu não se cria!* A palavra está no ar, pronta para uso, mas ainda de sentido genérico. A observação a seguir dá mais uma pista dos sentidos em jogo, reforçando a "influência mútua" lembrada por Galetti: *Queixas-te serem as minhas cartas "estilo relampago" e "tratar quasi exclusivamente de negocios". Não é tanto: a ultima tinha oito paginas!* (*no caderno de registro*)*; quanto a 2ª afirmativa, tu mesmo foi quem me ensinou a ser materialista "tratar de dinheiro" e rapidez!*

Apesar da brincadeira, do espírito boêmio e da alegre caça às namoradas — ou talvez justamente por isso —, tudo indica que meu pai vivia um momento de crise, o que ele fantasia com tinta literária: *Chove, está esfriando e eu sinto já tres invernos ao mesmo tempo: um a estação, outro de minha idade e o terceiro do meu ultimo namoro: este passou por todos os estados: nasceu, ardeu, (e note-se que ardeu com tanta violencia que nenhum outro chegou a tal) deixou cinzas esfriaram-se estas e, finalmente, gelaram.*

Aos vinte e nove anos, ele vê a própria idade como a chegada de um "inverno". E o namoro com a Maria "ardeu com tanta violência que nenhum outro chegou a tal". É uma expressão forte; talvez — é o ficcionista que volta a imaginar a cena verossímil — tenha havido mesmo um encontro sexual nas festas do final de 1939. Um momento inesquecível e traumático que marcou profundamente o temperamento quadrado, reprimido e repressivo do meu pai, diante de uma mulher que parece livre, determinada e independente — e que em vários sentidos o desafia. A chave da relação se perdeu nas quatro páginas que (agora sem nenhuma dúvida) ele mesmo suprimiu. O que restou de Maria nos cadernos indica um relacionamento agressivo, desprovido do afeto romântico que até então havia sido a sua marca de sublimação amorosa. Com Maria, todas as metáforas são bélicas.

A fase difícil talvez seja apenas o peso de uma culpa atávica pelo que o disciplinado estudante considera "vagabundagem" e falta de sentido, o que o atraente niilismo do amigo Galetti parece reforçar: *Vivo, na verdade, com um grande amigo — o Galetti — mas estámos nos tornando monótonos. Vivemos numa malandragem incrivel quando não vamos tres vezes à praça durante o dia achamos ter perdido algo de importante.*

A compensação afetiva é, como sempre, o dinheiro, fruto das aulas extras em vários empregos: *De tudo isto a única consolação que tenho é de ter, no mes passado, alcançado mais um "record" no* *dinheiro — 592$. Si isso valesse a pena!* No dia seguinte, quem sabe assombrado pela culpa de só pensar em dinheiro, escreve um bilhete gentil de agradecimento ao sargento devedor, como quem quer apagar tudo que o antigo amigo — o "judeu" — teve de ouvir dele: *Com pesar de ter sabido estar de cama gripado, comunico-lhe que recebi, ôntem, do meu procurador a última prestação dos 100$ Agradecendo com satisfação e fazendo votos de seu breve restabelecimento, ponho-me, novamente ao seu dispor.*

A sensação geral desagradável, entretanto, continua a atormentá-lo. Numa carta do dia 12 de setembro ao Antenor, ele pinta um autorretrato sinistro, em que mais uma vez se pressente a lembrança da Maria:

> *Já não duvido de mais nada; até supersticioso estou ficando! A ciência já não explica os fatos que nesse ultimo mes se tem desenrolado em torno de mim — Amores! desgostos e dores! Juro-te, amigo, que seria melhor ter um coração duro como o aço e frio como o gelo do que fino e puro como o ouro e vibrante como as cordas do violino. Amor! Amor! Que é este amor senão um sinonimo de sofrimentos e torturas espirituais?! Tenho vivido dias horriveis. Tenho passado horas de contrastes espirituais permanentes. As contradições se sucedem constantes e rapidamente nos meus sentimentos.*

Como se temesse o ridículo da própria exposição, ele acrescenta na despedida: *Ria desta carta, mas ria só!* Depois de um mês sem cartas, ele volta a escrever ao mesmo *velho amigo Antenor*, retomando a retórica dos perigos da vida amorosa:

> *A música, as mulheres, as flores! isto é bom para os poetas e sonhadores... Os que como nós nos criamos no "batente", no duro "ganha pão" dos piores, se nele mesmo, de qualquer for-*

ma, não sentimos o prazer maximo, nem em outro qualquer. Musica, mulheres e flores nos dão ou melhor podem nos dar qdo muito um prazer de termômetro da nossa febre da dôr moral, e assim, quando sentimos em nós a dura realidade aquilatamos o quanto é dura a nossa vida para ser vivida, e podemos avaliar o quanto nos custou para alcançar a relativa facilidade de viver do agora comparado com o passado.

O peso da culpa cristã desaba súbito na cabeça do meu pai, contrapondo-se à leveza inconsequente do amigo Galetti — um juiz da Inquisição não encontraria melhores palavras para acusá-lo. De onde meu pai tirou essa "dor moral"? De onde vem esse desconforto do prazer?

A percepção de que todo prazer é um pecado e toda fartura um exagero é uma marca atávica da família, de fundo religioso, que sempre atribuí ao ramo da minha mãe (em especial pela imagem da avó materna), em que a contrição católica era muito mais intensa do que teria sido para meu pai (o que a correspondência até aqui confirma). Mas súbito me ocorre que é procurar metafísica num chão mais simples, o que deveria ser óbvio para alguém que cresceu sob o espírito de prosperidade dos anos 1950 e seguintes — o sentimento de "dura realidade" vem de longe.

Especulo que para meu pai a passagem dos anos 1940 tenha sido o momento da desistência de utopias que ele certamente alimentava desde 1931, quando começou a copiar por escrito sua vida: o prazer é coisa de "poetas e sonhadores", escreve ele agora. Parece um detalhe ridículo, mas é uma frase dura para um jovem assumir; é uma mudança forte, uma decisão — até a postura do corpo muda. Um ritual de iniciação adulta: os poetas lá, eu aqui. Numa única frase, meu pai se coloca no outro lado da existência: *os que como nós nos criamos no "batente"*. Para esses, nada de música, flores ou mulheres. É o clássico início da "vida adulta", um passo que nenhum escritor verdadeiro consegue dar. Talvez fosse uma resposta à influência niilista, alegre e desagregadora do amigo Galetti, com seus inúteis passeios na praça.

É claro que ninguém fica adulto no estalo de um instante. Ou fica? O filho escritor olha para o teto e imagina uma ficção da fratura amorosa, um pequeno conto moral, velho como a Bíblia: o jovem sedutor arrasta e seduz Maria — e, cego às suas súplicas, abandona-a, com evidentes sinais de alegre crueldade, como nas provocações durante a soirée dançante do Clube Doze, que ele, um visconde de Valmont da província, relata entre risos vingativos ao amigo Rau. Para que o mundo faça sentido, terá agora de alimentar a culpa, essa erva ao mesmo tempo daninha e querida, que nos salva. A culpa, e junto com ela o peso de uma rotina que não sai do lugar:

> *A rotina desta terra (que todos os daqui falam mal dela mas dela não se querem afastar) continua normalmente, de 2ª a sabado quanto a mim é: Ginasio, Faculdade, Pensão, Faculdade. Praça. 14 B.C., Praça, Pensão e assim sucessivamente atravez de semanas meses, estações e anos. Aos domingos é mais monótono ainda: Pensão, Praça, Pensão, Praça e... para completar a monotonia é sempre P.P.P.P. Salvai-me livros e esperança!*

Livros e esperança: olho para mim mesmo e vejo-me idêntico ao pai, depois da "vida adulta", já professor de universidade. Através de semanas, meses, estações e anos, fechado numa geografia de meio quilômetro quadrado, até romper tardiamente o ciclo. E meu pai, que aos vinte e nove anos está mal começando, vê a si mesmo um velho engessado, com um toque sinistro em que até a ortografia é antiga: *Assim é que vou somando mais um ano à minha carcassa*. Essa percepção do tempo que corre em silêncio é um lugar-comum universal que, no entanto, parece nunca perder sua novidade; o tom de brincadeira não esconde a angústia da morte, porque é exatamente disso que se trata.

O tédio precoce indica também o mal-estar com a própria profissão: *Estou seriamente achando esta vida de Faculdade, 14 B.C. e Ginásio sem atrativos.* E vislumbra uma saída: *É preciso que eu mesmo, por mim e para mim, crie alguma cousa sublime para a distração do espírito e isto não poderá estar fora dos limites do trabalho intelectual.*

O mesmo deprimido que um dia antes renegava a poesia e as flores, agora busca alguma *cousa sublime*. O adulto resiste a se assumir. O lado ornamental permanece: "distração do espírito". Mas é o "trabalho intelectual" que o atrai. No dia 27 de outubro daquele longo 1940, uma resposta sem entusiasmo ao Rau, que havia indicado o nome de um advogado para meu pai procurar em busca de um estágio na área jurídica, dá uma medida de seu desgosto com o mundo da advocacia. Depois de dois anos do pré-jurídico e um ano de faculdade, o mundo do Direito jamais é objeto de comentário; o tema só aparece como uma sombra: *Não tenho deante de mim senão uma vaga e obscura perspectiva do que será.*

A má vontade com a advocacia revela-se também quando ele relata com visível prazer a reação do amigo Galetti ao saber do projeto de estágio:

> *"Cuidado!" Esta palavra interjectiva, saiu de sua boca, como se fora pronunciada por um traquejado ancião de 60 anos que quisesse advertir uma criança de 6 (!!!) que está preste a por os dedos no fogo... Larguei uma gargalhada estrondosa. Mas como o irmão é advogado, tive um certo medo — "será que vão me por na cadeia? perguntei" — 1º, diz ele, não te vão dar nada; 2º, tu vaes ser criado deles, etc. etc. Mas, disse eu, não vou para ganhar dinheiro, vou para praticar — Cuidado (repete) de não*

sair mais burro. "Quer dizer que eu já o sou? Não. *Mas si não tens prática não a adquirirás com eles.*

Meu pai pergunta então como deve empregar o tempo disponível: *Estudando*, responde o amigo, e meu pai reage: o Galetti que deixasse de ser um "padre da Idade Média", que vivia sozinho num quarto a estudar e escrever — *quanto a mim, quero "ação"*! No final da carta ao Rau, meu pai acrescenta um PS: *Junto, envio-te uma rapida crônica de minha lavra, queira dizer algo sobre ela.* Na verdade, o monge da Idade Média era mais o meu pai que o amigo boêmio.

25. Profissões

Penso mais uma vez em mim mesmo, em momento semelhante e quase com a mesma idade: no final dos anos 1970, quando meu sonho lítero-comunitário acabou e o mundo mudava rapidamente, estudante retardatário de Letras (mas, ao contrário do meu pai, já casado), o candidato a escritor — monge da Idade Média — também estava em busca de trabalho, sentindo a mesma encruzilhada. No desterro da Florianópolis de 1940, as opções do meu pai pareciam mínimas. Já na província curitibana, quase quarenta anos depois, o seu filho via três opções de vida futura, que eram também escolhas típicas de qualquer jovem letrado de classe média com ambições literárias no Brasil da época.

A primeira seria a publicidade, e brilhavam na cidade os exemplos de Paulo Leminski e Jamil Snege. Leminski, que eu só conheci superficialmente de dois ou três encontros acidentais, já era um nome de expressão nacional, talvez o perfeito poeta-síntese do espírito juvenil do seu tempo. Mas eu frequentava em muitos fins de tarde os cafezinhos da rua XV e a agência do Jamil, um velho amigo e mestre informal de referências literárias. Jamil era um publicitário brilhante — "e um grande criador... de casos!", brincava um profissional da área na época, quando a publicidade muito vivamente começava a absorver o espírito contestatório da nova geração para melhor vender o peixe. Devo ao Jamil a quebra dos meus (então clássicos) preconceitos da esquerda poética e dos apocalípticos-raiz contra a publicidade, esse monstro desumano do capitalismo feroz. Junto com a conversa literária, a convivência eventual na agência me ensinava alguma coisa da alma da publicidade e da sua óbvia importância na produção de riquezas (essa coisa estranha para um pequeno alternativo). Mas, por falta de talento, ou alguma trava psicológica que herdei do meu pai, eu jamais seria um publicitário. Criei uma teoria particular, de fundo aritmético, para justificar minha incompetência: o publicitário joga toda a força da sua criação na propaganda — vai sobrar algum fio de energia para a literatura? Mas a verdadeira pá de cal na ideia foi uma frase fulminante da Beth, minha mulher, quando, fogo de palha, aventei o desejo de me tornar publicitário: *De jeito nenhum!*

A segunda opção era o jornalismo, uma atividade ainda com aura romântica e, no imaginário literário, um ganha-pão tradicional de escritores. Convivi com vários deles em diferentes momentos daqueles anos, em geral sobrevivendo nas beiradas do amadorismo curitibano — antes da era dos portais de internet, que já são outra entidade, a cidade nunca teve jornalismo impresso relevante além do próprio quintal, e o talento com alguma ambição, ou seguia o padrão nacional óbvio de se transferir para o Rio ou São Paulo e lá fazer carreira, ou mudava de ramo, protegendo-se num cargo público colateral, sempre abundantes. Lembro especialmente do amigo Cesar Bond (também poeta-publicitário, de quem tomei emprestados muitos detalhes para a composição do personagem-título do romance *Trapo*), que, diante da minha crise profissional, chegou a me levar a duas ou três redações, propondo meu nome como um possível estagiário. Felizmente, sempre sem sucesso, o que me deixava aliviado, livre do pânico de me amarrar num emprego — nunca levei a ideia realmente a sério. No meu protegido radicalismo (a mulher já com emprego sólido), ganhar o pão escrevendo em jornal seria mais um caso de conflito de interesses mentais — escreve-se literatura; o resto é sobrevivência.

E a última, de fato a única e definitiva, acabou sendo o magistério, a sala de aula, a vida de professor, giz na mão, roteiro prévio na mesa, repetindo os passos do meu pai — é um projeto sempre aberto que acaba por se revelar eterno, um pacto faustiano ao contrário: os alunos sempre têm a mesma idade; só você envelhece. Não me lembro de professores escritores no meu convívio de juventude, mas eles se tornariam uma marca típica das décadas seguintes, com o crescimento do ensino superior brasileiro. Desde meados dos anos 1970, sob o peso da ditadura e da censura à imprensa, a universidade iria se tornar um porto seguro para as ambições literárias. A progressiva ocupação acadêmica de espaço cultural nos jornais acabou por pautar o ideário do nosso padrão literário, num movimento consistente e bem-sucedido de controle — um controle teórico-formal, nos anos 1980 e 1990, e depois sociotemático, na virada do século XXI, quando os estudos culturais monopolizaram a área, importando e afirmando políticas identitárias influentes (de fato, determinantes) até hoje.

Em pouco tempo, no Brasil e no mundo, a internet globalizaria tudo, num processo homogêneo avassalador e praticamente instantâneo. A voz individual, essa marca literária fundamental na cultura do Ocidente, começa a se embaçar, perdida, sem lugar, irrelevante; de fato, transformou-se mesmo num valor negativo, sob o império de urgências político-tribal-coletivas. O herói romântico-nietzschiano que moldou a mítica e orgulhosa solidão do escritor moderno desapareceu sob o tropel coletivo inapelável dos soldados das Cruzadas modernas.

Lembro que, num momento fugaz, já nos primeiros anos de

Letras, estimulado pelo amigo Ariel Coelho, como numa volta emocional à origem dos meus tempos comunitários, tentei me tornar ator profissional participando da montagem da peça *Curitiba velha de guerra*, uma criação coletiva que estreou no Teatro do Sesi em junho de 1978, sob direção de Antônio Carlos Kraide (1945-85). Meu pouco talento talvez se educasse e se tornasse minimamente funcional com a prática, mas a desbaratada rotina do teatro, os seus horários boêmios, o caos dos ensaios, a brutalidade da convivência demasiado próxima, a vida inteira à flor da pele numa bolha à parte em que o público e o privado são uma coisa só, tudo isso como que despertou a voz de um soldadinho atávico do quartel do meu pai exigindo moderação e disciplina e apontando outras prioridades: *Você é escritor, não ator. Você não foi feito para a exposição permanente. Largue isso.* A experiência durou menos de um mês.

Como se lhe seguisse os passos, cinquenta e três anos depois do pai, em março de 1984, aos trinta e dois anos incompletos, o filho escritor estaria em Florianópolis, enfim com um carimbo na carteira de trabalho, professor auxiliar de língua portuguesa na UFSC, entrando tenso na sua primeira sala de aula e vendo-se diante de quarenta alunos e alunas de uma turma noturna. Era uma ânsia de mudança de perspectiva, de geografia, talvez de família, sob a falsa sensação de uma vida em aberto, que, como num novo pré-jurídico paterno, durou exatos dois anos de entusiasmo decrescente, quando voltou à origem em Curitiba para nunca mais sair. Ocorre ao escritor, olhando para o teto, que a experiência terá sido sua última tentativa de retorno à infância, porque o velho guru estava lá na ilha do Desterro, também ele em busca do paraíso perdido.

Ainda não sei exatamente o que se escolhe, quando se decide alguma coisa, o momento de virar a página e ir adiante: no meu caso, nunca houve nitidez em nada, exceto o desejo de escrever, o instinto farejando o tempo todo um ganha-pão e um canto de sossego. As coisas parece que primeiro acontecem, e só então, já sem saída, desenhamos as explicações, justificativas, projetos, desculpas.

26. Olho de vidro

No final de outubro de 1940, meu pai escreve à Matilde, depois de meses sem dar notícia à família. É uma carta seca. Pela primeira vez ele se vê obrigado a verbalizar o problema do olho cego de Matilde. Imagino que se sente cobrado; transparece a culpa nas entrelinhas. Como sempre, o dinheiro será um problema. E impressiona como a óbvia preocupação estética da irmã — que tem apenas um ano a menos que ele, e o ficcionista imagina a bela menina caolha sobrevivendo na brutalidade natural daquela vida pequena — não entra nos seus cálculos; todas as explicações são frias.

28 de outubro, Fpolis, 1940

Matilde

Recebi tua carta no dia 22. Não compreendi bem o que pretendes fazer com o olho: deduzi, porem, que pretendes arranca-lo e pôr um de vidro; não é?

Se é isto devo dizer-te que, uma vez não dôa, não convirá

arranca-lo para pôr um de vidro, porque poderá suceder que passe pior depois.

Entretanto informei-me aquí, sobre o caso: em primeiro logar aqui não temos especialistas devidamente aparelhados. O globulo ocular, de vidro, tem que ser comprado fora daqui (creio em Porto Alegre) e é dificilimo encomendar um globo ocular "exatamente igual em tamanho e côr, pois, ha uma infinidade de côres de "castanhos" etc.

O custo não será nada menos do que um conto de reis e sabe lá como sairá o serviço.

Visto isso deves esperar mais, economizar e mais adiante veremos como fazer.

Em dezembro pretendo ir a Porto Alegre e então poderei informar-me mais positivamente sobre o assunto. Lá o centro é maior e creio que haja especialistas para o teu caso.

O olho está doendo ou é porque fica feio?

Escreva-me

Abraços do mano

Baptista

Releio a carta. Talvez não seja frieza; é o modo do afeto quando sob pressão, me ocorre agora. Ele é apenas prático; e não foge do problema. Três dias depois, enfim escreve aos pais, depois de um longo silêncio — *Ha oito meses que não dirijo diretamente a vós* —, o que diz alguma coisa do momento que está vivendo; há uma crescente sensação de distância e desenraizamento. Não é apenas a maturidade normal do filho criando independência; meu pai já pertence a um outro mundo. O primogênito fiel que tem de repetir o modelo de família não é mais o mesmo, ainda que as marcas de respeito (*vós*) se mantenham sólidas. Ele não tem muita coisa para colocar no lugar do mundo mental que herdou e que agora lhe parece pequeno; sente-se num limbo, flutuando entre a roça da infância e a vida mental urbana, que absorve na faculdade e nas conversas com os novos amigos. É apenas um vislumbre; ele sabe que esse ainda não é o seu mundo e não está seguro de que algum dia será.

Lamenta que os irmãos Jacinto e Cândido não tenham seguido o gosto pelos estudos, mas ele fala mais como professor do que como irmão: *Nestes dias li uma carta que o Jacinto escreveu ao Candido: era quasi um enigma para decifrar.* Sobre Cândido, agora soldado no quartel, seguindo a sombra do irmão, meu pai dá um veredito duro: *Candido, parece-me, não dá nada: falta-lhe uma vontade forte e tenaz.* Uma vontade forte e tenaz: é esse vapor que parece mover meu pai desde sempre. Mas ainda não sabe dizer em que direção avança.

Ele retoma com os pais o assunto que atormenta Matilde, no mesmo tom seco:

> *Disse-me ela que, tendo ajuntado um pouco de dinheiro, pretende visitar-me em dezembro, aproveitando, ao mesmo tempo, fazer a operação na vista, e, para isto pediu-me informações a respeito, Entretanto, aquí, não ha especialistas para esse tratamento. Creio que uma vez o globo ocular não dôa não deverá arriscar-se; pois, uma vez não precisou fazer a operação durante o crescimento, não precisará agora.*
>
> *Alem disto não é pouco o dinheiro que precisará. Escrevi-lhe dando meu parecer e esclarecendo que aqui não ha especialistas.*

Ele teme o imprevisto de alguma visita repentina da irmã: *Quanto à visita que ela me pretende fazer será conveniente certificar-se, primeiro, se eu estou aqui quando vir. Porque, pretendo, em dezembro, fazer uma viajem a P. Alegre ou a S. Paulo.* Mas a viagem planejada não é descanso — é outra ansiedade:

O que me faz prever esta viajem é a possibilidade da Faculdade fechar, no proximo ano. Espera-se de um dia para outro ser reconhecida definitivamente ou então ser fechada. De maneira que, caso feche, surgirá, para mim um dilema terrivel para resolver: Ou eu me aventuro para um logar onde haja Faculdade (P. Alegre, S Paulo, Curitiba, Rio, etc Sendo assim terei que empregar esforços duplos, pois terei que arranjar emprego e isto não será facil)

Ou, no caso contrário, eu continuaria como professor, sem nenhum futuro.

Um professor sem nenhum futuro: é isso que ele vê adiante — e é isso que ele será, conclui o filho, adiantando rapidamente a fita. As coisas, entretanto, ainda estão sob controle e ele não quer afligir os pais: *Dinheiro não sobra, mas, saldo bem minhas dívidas.* E deixa para o final a boa notícia de um escritor, que relata com uma alegria de criança: *Comprei a 3 de junho uma maquina de escrever, portatil, "Baby". Nova custa 850$, é quasi nova (não sofreu, em absoluto, nenhum concerto) custou-me 300$:* foi o melhor negocio que já fiz em minha vida, e é interessante que para tal fui procurado.*

A máquina de escrever é, realmente, uma pequena joia importada da Itália, que acompanhou minha vida e tenho até hoje. O engraçado é que meu pai continuou rascunhando à mão toda a sua correspondência até o fim da vida; serão muito raras as cartas datilografadas que ele anexa aos cadernos, com um fio de cola na margem para que pudessem ser folheadas — mas isso só anos mais tarde, e quase sempre correspondência comercial, duplicada com carbono. Mas tenho uma hipótese (porque vivi situação semelhan-

* Pelo índice Estadão, cerca de 10600 reais e 3750 reais, respectivamente, em valores de 2024.

te): como morava num quarto da pensão certamente com paredes de madeira e escrevia mais à noite, nas horas livres (lembrando que toda a sua correspondência era escrita *duas* vezes), o barulho da máquina de escrever tornaria a tarefa inviável sem infernizar os vizinhos.

No dia 3 de novembro, uma carta breve retoma o contato com o ex-cabo Lima, o "Paulo Pátria", agora vivendo em Novo Hamburgo; como meu pai pretende ir a Porto Alegre, pede informações de como fazer para visitá-lo. No dia 9, uma carta ao Antenor faz um pedido "doloroso", para resolver uma crise com o irmão caçula, Cândido, que terá aprontado alguma coisa no quartel (*tolices de criança*) e terá de responder um inquérito em Curitiba: *Creio, porem* (*tendo em vista a sua idade — 18 anos incompletos*) *seja perdoado. Espero, pois, que o oriente nos seus fins e, quiçá falar com os juizes.* O caso deve ter sido resolvido, porque meu pai não retoma o assunto. A anotação seguinte é do dia 30 — um requerimento à faculdade pedindo inscrição nas provas finais. Escrupuloso, anotou entre parênteses: *Paguei 90$ e anexei o recibo.* Um fim de ano decididamente de pouca escrita; no dia 16 de dezembro, aparece o tradicional bilhete ao padrinho Celso Ramos informando a sua aprovação na faculdade e reiterando o agradecimento *à sua benevolência com que, num momento oportuno e decisivo me tem auxiliado.* Dois dias depois, outro bilhete cumprimenta-o por seu aniversário.

No dia 19 de dezembro de 1940, uma quinta-feira, duas dedicatórias de fotografias indicam que meu pai enfim conhece minha mãe, que, pelo visto, deixou uma boa impressão: *À estimada e querida Elin* é a primeira; *À Elin para lembrança de um encontro feliz*, diz a segunda, ambas assinadas pelo *Baptista.*

27. Elin

Um bilhete de Natal aos pais retoma a engessada formalidade filial e seus clichês, informando que ele havia sido aprovado na faculdade — *é mais um degráu vencido na grande escada dos estudos. Com isto estimulo-me para continuar e me apraz; creio, tambem, satisfazer e honrar a vós.* No dia 31 de dezembro, uma terça-feira, ele escreve ao Lima — que tinha dado notícia — informando que não viajou a Porto Alegre e congratulando-o *por já ter escolhido aquela que deve compartilhar de tuas alegrias e tristezas na segunda etapa da tua vida: Deus vos abençõe.* O que é um gancho para falar da própria vida amorosa, revelando ainda a cicatriz da Maria, mas dando o toque do novo (e promissor) momento:

> *Quanto a mim, neste particular, tenho regredido: depois de um longo e apaixonado namoro — "risquei tudo" e comecei de novo, de maneira que estou novamente num simples começo.*
>
> *Este começo, na verdade, é muitíssimo prometedor, mas não deixa de ser começo, e, quem começa e recomeça sempre, nunca chega ao fim.*

Em seguida, no mesmo dia 31 de dezembro, data simbolicamente propícia a rever o passado e projetar o futuro, ele também partilha a notícia com o amigo Antenor, fazendo, com grandes esperanças, um primeiro retrato da minha mãe:

> *Depois de um ano e meio, acabei, com dificuldades, velho namoro. Agora estou entrando num novo periodo: tres semanas felizes tenho passado: vamos ver o que dá... Ela com 19, inexperiente, feliz e sonhadora; terminou o curso no colégio neste ano. Ele com 29, calejado das ingratidões do mundo, esperançoso, dispendendo as últimas fibras de vontade e de otimismo: Vê deante de si 4 anos para completar o curso: pobres de nos dois, eu acho ter encontrado a felicidade nela e ela em mim: O futuro nos dirá se é efemero ou duradouro.*

Será duradouro — para meu pai, eterno —, mas ele não sabe ainda. As "três semanas felizes" são as que minha mãe passou de férias em Florianópolis, retornando na virada do ano para Indaial, onde vivia com as duas irmãs, a mãe desquitada e a avó. No novo ano, 1941, ela começará a dar aulas no grupo escolar da cidade. Relatos de família contam que se encontraram num baile, ao qual minha mãe teria ido para substituir a irmã, que não quis ir. Também se dizia — o que a correspondência de fato comprova — que minha mãe estava resistente ao namoro, estimulado intensamente pela mãe e avó, que viam no meu pai, promissor estudante de Direito, um "bom partido". Outra repetida memória familiar é a imagem romântico-idílica do primeiro encontro: ao ver a jovem Elin, meu pai teria dito ao colega Rau (em Florianópolis naquele dezembro) que iria casar com ela. A história talvez seja apócrifa, mas revelou-se verdadeira.

Já no dia 1º de janeiro de 1941, sob o título "Fotografia postal", meu pai anotou outra dedicatória: À *querida Elin, com amor e respeito, uma lembrança. Baptista.* No dia 14, transcreve mais uma dedicatória, agora de um livro — *Lagrimas Ocultas, dedicatoria* (*romance*), em que já deixa entrever a ansiedade do controle:

> *Á Elin — como lembrança e simbolo de minha máxima dedicação — ofereço-o para que o leie, medite, conserve amor sincero e fortaleça a fidelidade nas horas em que se acha distante dos meus olhos*
> *Batista*

No rascunho ele corta o "p" do antigo *Baptista*, voltando à grafia original que consta na certidão de nascimento. Sobre o livro presenteado, uma resenha anônima de junho de 1939 na *Gazeta*, diário de Florianópolis — *Lagrimas Ocultas, de Mario Costa* —, elogia a "delicadeza do fraseado", a "espiritualização dos sentimentos" e a "força pictórica das descrições". Uma carta de 27 de janeiro ao amigo Antenor revela que no dia seguinte ele iria ao sul para "assistir ao casamento de uma irmã" e que estaria de férias até 15 de fevereiro. O surpreendente é que a irmã que vai se casar é Matilde, detalhe anotado na fria dedicatória de uma "Fot. postal": A *mana* [ele anota "Matilde" entre parênteses] *e cunhado ofereço como lembrança do dia do casamento, em 30/1º/41*. Mais surpreendente ainda são os detalhes que conta à Elin no dia seguinte:

> *O casamento de minha irmã é um fato singular e que me contagia: Ela viu o noivo pela 4ª vez na vespera do casamento! Na 1ª falou algumas horas, numa festa; na 2ª foi um encontro rapidíssimo, de alguns minutos; na 3ª o noivo esteve aqui, em casa dois dias e foi "pedida" (não sei se pedida ou "pedido").*
>
> *Quando ele veio de S. Joaquim para casar fazia mais de um mes que não tinham relações de espécie alguma, nem uma*

carta, nem um telegrama, nem um recado — um não sabia se o outro estava com vida!

Matilde, a presença da família mais intensa para o meu pai até aqui, com quem sempre trocava notícias e a quem dava conselhos, desaparecerá durante anos da correspondência, reduzida ao tradicional silêncio de mulher casada. Na mesma longa carta à Elin, percebe-se uma mudança nos sentimentos do meu pai com relação aos parentes, à cidade natal e às suas origens — a paixão pela nova namorada substitui rapidamente a memória emocional dos "tempos remotos":

> *Quasi sempre só, ando pelos campos recordando os tempos remotos da minha infância.*
>
> *Ás vezes me sinto tão isolado, melancolico e desconsolado que parece esvair-se-me a vida.*
>
> *Digo só, porque companhia, para mim, só é a tua: amiga, nas palestras intimas; condiscipula nos assuntos de instrução; amorosa quando o coração fala e se espande; e, carinhosa sempre —. Porque não haveria de sentir saudades por pessôa de tanta qualidades? Porque não me hei de sentir feliz só quando estou contigo?*

A presença da Elin mudará o universo de referências do meu pai, agora inteiro centrado na ideia de uma vida futura comum, com uma intensidade única — ele projeta nela a sua vida, embora o contrário não seja tão nítido; nas palavras dele haverá sempre um tom de insegurança e de busca de controle. Ele precisa marcar sua autoridade sobre aquela menina dez anos mais nova, ainda que banhado de um afeto dessa vez não apenas poético-literário. Com certeza a urgência do sexo batia naquele coração reprimido pelo senso obsessivo de disciplina; ao mesmo tempo, no velho modelo patriarcal que ele tenta recriar, oculta-se uma postura paternal, e às vezes fraternal — *queira receber um abraço e um beijo, respeitosos, como se fosses uma irmã, deste que te admira, respeita, quer e ama.* É uma projeção que provavelmente não correspondia ao desejo amoroso de uma jovem de dezenove anos, de temperamento forte, ansiando por independência.

Apaixonado, mas sempre atento aos cuidados com a sobrevivência. Naquele fevereiro, em meio à correspondência febril à namorada, ele exercita os talentos de resenhista comentando justamente um best-seller sobre a riqueza:

> *Apreciação do livro "Como fazer fortuna em pouco tempo"*
>
> *Foi com grande avidez e agrado que li o presente livro. Tenho lido vários neste gênero, mas nenhum deles tratava com tanta especialidade da "fortuna", de maneira que me sugeriu algumas ideias novas e proveitosas.*
>
> *Livros destes deveriam ser os livros de cabeceira de todos os pais de familia e professores. Somente assim — sabendo-se que as boas ideias se propagam dificilmente — daqui a duas gerações alguem teria seguido alguns dos seus conselhos... Bons planos e bôa execução não é para todos!*

E anotou entre parênteses: *Este trecho escrevi-o, a lapis no fim do livro. Transcrito em 14/2/41.* Retornando a Florianópolis, escreve à Elin uma longa carta que ocupa doze páginas do caderno — e será também indicativa da primeira rusga entre eles. Com seu senso de método costumeiro, começa dizendo que deveria escrever

> *não uma, mas, tres cartas: a 1ª relatando pormenorisadamente o local e o que se passou entre mim e os demais na minha velha terra — Rio Molha; a 2ª em resposta às tuas duas cartas, escritas a 3 e 6 do andante e por mim recebidas a 13; e, final-*

mente, a 3ª, a mais rispida por necessidade das circunstancias e impaciência de tua parte, seria, propriamente, a resposta do teu telefonema e notícias a respeito da minha chegada.

E ele, de fato, escreve as três cartas, como citações encaixadas — A *1ª das tres cartas seria esta*, começa ele abrindo aspas, falando da viagem. Aparece aqui uma mudança de sentimentos de meu pai com relação ao mundo da infância — ele não se sente mais "em casa", e faz questão de frisar isso para a namorada, talvez sob o complexo de inferioridade que o assombra desde sempre. De certa forma, ele espelha a tradicional divisão brasileira entre mundo rural e mundo urbano, o torrão de origem, "caipira", em contraponto à explosão cosmopolita, "moderna".

A namorada não era rica; vinha de uma família de classe média baixa, lutando em Indaial pela sobrevivência, sob a indelével mancha social de uma mãe desquitada. Mas eram todos letrados, de tradição urbana; os sobrenomes Bousfield, inglês, e Silvy, francês, da trilha materna, deviam empinar um pouco o nariz; o pai da Elin, meu avô, embora proscrito da família, tinha igualmente um pé nas letras. Por sua vez, meu pai sempre soube o valor do capital cultural — lutou todos os dias por ele — e certamente sentia a diferença de padrão de origem entre eles. O que ele quer deixar claro à namorada é que não pertence mais àquele mundo:

Rio Molha, logarejo onde moram meus Pais, é completamente destituido de divertimentos para mim, e, digamo-lo mais generalizado, para qualquer acadêmico, ou pessôa que tenha média cultura. Tu, por exemplo, serias incapaz de viver tres dias, satisfeita, embora estivesses com tua melhor companhia. Mas analisemos: No meio dos meus (tios, primos, velhos amigos) depois de dez anos de atividades completamente diversas e eles receberem a minha visita oito vezes, neste espaço de tempo nada mais restou do que dizer: — "Oh! quando chegaste? — dia 28. — Qdo voltas? — a 13 ou 16, ainda não marquei dia exato.

Contarem-me ele das suas plantações de milho, aipim, feijão, arroz etc.? não me interessa. Eu lhes contar que estou estudando Direito Romano, Economia Politica e Introdução à Ciência do Direito ou que cursei o Pré, ou cousas semelhantes pouco os ha de interessar.

Em seguida, conta que esteve *em dois bailes, ambas no sítio, num dansei tres marcas, sendo uma delas com minha irmã; noutro uma.* A descrição dos bailes frisa cruelmente o ridículo daquele mundo:

> *A sala era uma calamidade: rispida, poeirenta e o calor era ardente. No baile mais concorrido deles os pobres que dansavam, em poucos minutos derretiam-se e pingavam como se tivessem saido de um mergulho os* [ilegível] *tingiam, em listas de diversas côres os paletós ensopados; noutros (que não resistindo a inclemência do calor tiraram o paletó) a camisa empapava-se à pele, e o pó, que em nuvens densas subia, coloria rapidamente às camisas torando-as amarelentas e sujas em pouco tempo; a luta, porem, continuava, e, daí a pouco, um velhote, muito animado na dansa, sentiu-se sufocado de calor e falta de ar; procurou a porta para desabafar, mas antes de alcança-la ia caindo. Felizmente, alguns moços mais resistentes salvaram-lhe a situação, carregando-o pra um logar mais fresco.*

A descrição meticulosa avança até o grotesco:

> *No fundo do salão, sentado numa janela com os pés sobre u'a mesa está o tocador; já não tem mais expressão, o suor desce-*

-lhe da testa e das bochechas secas pingando ritmicamente no queixo e na ponta do longo nariz.

E a dansa continua intensa, embora o senario, o drama e as condições físicas espavorissem um ser humano que fizesse uso da razão

Oh! humanidade miserrima!

Depois dessa evocação da vida na roça, que ele quer exorcizar diante de sua musa como quem se livra do passado vergonhoso, meu pai avança para a "segunda carta", respondendo às duas que minha mãe havia escrito. A paixão deixa entrever o velho complexo:

São as missivas mais extraordinárias que já me dirigiu u'a menina. Não é porem para a minha inteligência, nem para a minha cultura, nem para os meus sentimentos rústicos e pouco cultivados dar uma resposta plenamente satisfatória.

É que a simplicidade gigantesca de tuas cartas fez-me tamanha sombra que me vejo com a inteligência escurecida, a cultura exigua e os sentimentos agrestes: mas se as palavras não dizem eu me contentaria fazer o que realmente mereces de mim. Tudo o que posso fazer, tudo o que minha vontade alcança e a razão dicerne, será pôsto a teu serviço, Elin.

O acadêmico de Direito dessa vez não recorre às metáforas poéticas surradas de seu tempo de quartel, copiadas dos livros; agora ele faz a corte elogiando não a beleza da namorada, mas a sua inteligência e sua cultura — e ela é uma menina de dezenove anos. E ele se entrega totalmente a seu "serviço", o que, bem pensado e pesado, e a seu modo, cumpriu até a morte. Não é uma confissão de artifício; ele pressentia a diferença de formação no menor gesto. Enquanto o esforçado ex-soldado e ex-carteiro lutava por acertar cada letra que escrevia, minha mãe havia estudado desde criança num colégio de freiras, onde aprendeu francês; dos rudimentos das aulas de alemão (que para a imigração alemã da região era a primeira língua, e em alguns bolsões a única), minha mãe cantava conjugações verbais em tom de palhaçada, *Ich habe, Du hast, Er hat*, como provocação às freiras — estribilho verbal que, muitas décadas depois, gostava de repetir às gargalhadas.

Era, entretanto, uma menina, não uma intelectual, o que a brincadeira do parágrafo seguinte revela (ao mesmo tempo que indica que minha futura mãe já trabalhava como professora). Há um trecho enigmático (o "óleo cru"), certamente referência a algum detalhe das cartas da Elin; mas a observação denuncia que minha mãe (a vida inteira uma mulher magra) tinha muita vaidade (um traço que levou até o último dia de vida) e medo de engordar, como qualquer adolescente:

> *Se eu te quero, caso engordes? — Depende... se o "óleo crú" não der conta de te trazer, não é possivel te querer. Mas até esse ponto tu não has de chegar com a rebeldia de 45 pirralhos, no grupo.*
>
> *Mas... "com audácia e calma aprende-se tocar viola, tangindo as cordas d'aço, e vencer as crianças tangindo nas cordas d'alma"*
>
> *Despeço-me emocionado deixando-te num afago, querendo ser teu e sejas minha.*

Essa seria a "segunda carta", que ele fecha com aspas. Metódico, meu pai chega à terceira e última parte, com a tarefa mais difícil: domar aquele animalzinho independente, talvez feroz, para garantir o padrão universal da dominação masculina, o modelo de pai para filho que ele sonha repetir num outro patamar social. Era preciso, entretanto, avançar com cuidado porque a jovem era arisca e temperamental — e sempre recorrendo à força iluminista da razão:

Elin, tenho receio entrar no âmago do assunto desta carta, pois, é quasi uma repreensão que te vou fazer.

Mas não vá querer-me mal nem modificar teu conceito a respeito de mim (se é que — conforme creio — tens feito e conservado até o presente momento, um conceito bom).

Qual a "quase repreensão" que ele pretende fazer? Pois bem, meu pai se alia à sogra para aconselhar a namorada, como um velho tio zelando pelo bem-estar dos parentes:

Estive falando com tua mãe, sábado, e ela me disse teres vontade de vir passar o carnaval aqui, e, para este fim pediste dinheiro. Seria, para mim, uma grande satisfação e uma honra tamanha me proporcionarias, que não sei com que palavras agradecer-te essa intenção.

Mas reflitamos bem: foste para Indaial ha tão pouco tempo, acarretaste tantos gastos à tua mãe e já agora, nem passado um mês, queres voltar? Alem disso, terias, fatalmente, que perder, pelo menos, dois dias de aula, no grupo, e isto não representa nada mas representa um começo...

Tudo que meu pai diz é bastante razoável — mas, obviamente, não é nada do que a namorada voluntariosa gostaria de ouvir. A maravilha de um encontro romântico no Carnaval na semana seguinte é enquadrada pela rígida sensatez do meu pai, em conluio com a sogra. A frase inacabada continua com uma palavra no meio da linha — *Telefonaste-me* —, que é o título da seção seguinte de reclamações, ainda que ele tenha visto no gesto *mais um motivo para me gabar de merecer as tuas atenções.* Segue-se uma preleção de sabor científico: *Um telefonema, porem, presta-se mais para os assuntos objetivos do que para os subjetivos; presta-se mais para transmitir a expressão do cerebro e do raciocinio do que a do coração e dos sentimentos: choros pelo telefone não ficam bem…*

E há os aspectos práticos, que ele enumera com detalhes explicativos:

> *A hora que escolheste foi tão imprópria para mim, aqui na pensão, que não podes fazer ideia: o telefone está instalado num vestibulo onde desembocam cinco portas e perto da cosinha, onde nas horas das refeições ha um barulho infernal e é bem desagradavel ver-se obrigado a falar com a pessôa mais querida aos gritos e pedindo constantes repetições.*
>
> *Raras vezes se ouve bem em dias de grandes chuvas ou após fortes ventos; nestas condições as linhas estarão quasi na certa, estragadas.*

O melhor, portanto, *para telefonar a grande distância seria das 20 horas em diante ou bem cedo,* (*antes das* 7) *marcando com antecedência a hora para falar* — e aqui é curiosa a razão do iluminista: *conferências marcadas com antecedencia teriam a vantagem de dar tempo ao chamado para pensar o que vae dizer.* A sucessão de reprimendas aborrecidas de um pai chatíssimo interrompe-se com um trecho revelador do temperamento da minha mãe: *Mas disto chega, pressinto que estás, já, bem zangada comigo, e com vontade de rasgar esta e pô-la no fogo, não é?*

No dia 25 de fevereiro, uma nova carta à Elin mantém o mesmo tom de conselheiro: *Venho de reler a tua ultima carta com imensa satisfação. A maior satisfação me trouxe por ter sentido, através dela, a tua alegria com os alunos, o grupo: Sem dúvida, a alegria mais concreta é aquela que sentimos no nosso trabalho, e, saber isto isto de ti, me traz a máxima satisfação.*

A carta também indica que meu pai conversava pessoalmente mais com a mãe e a avó da namorada em Florianópolis (onde tinham parentes e ficavam hospedadas) do que com ela. O namoro parece desde o início quase que um acerto em família, ao modo antigo. O livro que meu pai envia de presente é revelador desde o título: *Hoje, estive à tua casa, falei com tua mãe, entreguei-lhe um pequeno romance — "Alma de criança" — para levar-to. Como estive palestrando com ela e a avó bastante tempo, quasi todas as novidades — que são poucas — e quasi tudo o que sinto por ti, podes saber por intermedio dela.*

No mesmo dia, anota no caderno uma apreciação sobre o livro presenteado, que soa como uma mensagem indireta à namorada: *Embora não conheça o autor — a não ser uma vaga noticia de sua existência — creio não me enganar afirmando que nunca teve necessidade de trabalhar para viver bem e abundantemente. Não luta com o mundo exterior, tudo nele é subjetivismo: — É alma de criança.*

28. A noiva

Perdeu-se o caderno seguinte da correspondência, deixando uma lacuna entre fevereiro e setembro de 1941, mas a sequência das cartas à minha mãe (numeradas posteriormente a lápis) indica que ele escreveu nada menos que quarenta e duas vezes à namorada no período. O ano foi totalmente centrado na Elin (que ele, inseguro, teme perder), com uma briga mais ou menos grave em novembro, e que se encerra no dia 30 de dezembro com um súbito — talvez desesperado — pedido de noivado feito por telefone não à noiva, mas à futura sogra.

Para o filho escritor, trinta anos mais tarde, a simples ideia de "noivar" seria banhada de ridículo, o dourado falso das convenções, a palhaçada dos anéis; mais ridículo ainda, o pedido de autorização à família, quando a simples ideia da relação amorosa assumida significaria por si só o rompimento com a escravidão familiar — um olhar, de fato, adolescente. A instituição do casamento se percebia como um kitsch existencial, um teatro de isopor às vezes grotesco, o rito do fim de uma vida, esmagada por uma família antes e outra depois. Nunca usei aliança, de comum acordo com a minha mulher; hoje, passando dos setenta anos, especulo se haveria alguma pista simbólica nessa ausência, que jamais nos incomodou (*ou só a mim?*, temo perguntar) e na qual nunca pensei, hippie retardatário — para mim, nefelibata, foi uma surpresa, há alguns anos, a percepção inesperada de que há nela a mensagem silenciosa de uma linguagem universal que as pessoas levam a sério.

Quem se ama se junta, feito pássaro em voo, e permanece livre: eu acreditava nesse postulado poético-libertário. A poderosa fantasia do amor livre (uma fantasia que, olhando daqui, soava predominantemente masculina, a legalização do livre desejo, cabendo à mulher o papel passivo de receptáculo da liberdade) parecia dar fim à terrível gaiola do sexo que atormenta a condição humana civilizada. Era, é claro, um ideário jovem de um leitor voraz do espírito do tempo, a escrita emocionante de uma utopia que o escritor habitava pisando em lugar algum. Jamais vivi, de fato, a sensação concreta da liberdade; ela não depende de mim. Como diria meu pai, "alma de criança", e crianças não são livres.

Na vida real, minha rebeldia recusou apenas o casamento na Igreja; sem dinheiro nem poder (o que não me limitava, porque o melhor estaria adiante), aceitei o casamento civil, de resto uma convenção que facilitava as coisas. Em tudo, a sensação de incompletude, o que talvez seja antes uma condição médica que existencial. Lembro que o guru Rio Apa recusou-se a comparecer ao meu casamento, após uma deliberação coletiva comunitário-familiar. Nunca soube exatamente a razão. Sua ausência não me incomodou; eu estava sempre pronto a entender e justificar tudo que ele dissesse ou fizesse — e talvez preferisse mesmo não vê-lo ali, naquele instante fugaz que eu julgava a um tempo afetivo e pragmático, como quem cumpre um detalhe burocrático irrelevante, porque a vida estava em outra frequência e dimensão; em poucas semanas já trocávamos cartas sobre arte, literatura, teatro e até sobre a vida — para ele, como para mim, tudo era a mesma coisa.

Os problemas do meu pai em 1941 eram bem mais concretos que os meus em 1971. A sua incompletude era objetiva: para fechar as pontas de sua vida e ser feliz, ele precisava apenas repetir o modelo, solidamente articulado em valores culturais e morais que se reforçavam todos os dias pelo trabalho e sentimento de conquista pessoal. Um homem fiel. Mas, avançando na leitura dos cadernos, encontro perdidas no meio das dezenas de cartas à minha futura mãe algumas endereçadas a três "correspondentes", a palavra que ele usa: duas moças (Lourdes, do Rio, e Maria Antonietta, de São Paulo) e um rapaz da Bahia, Florêncio. Pronto a ver ali uma intriga, imagino animado um certo desgarramento na sua vida, que começava a se fechar num funil. Mas o mistério dos correspondentes se revela apenas um projeto oficial de intercâmbio epistolar entre estudantes, como se vê na carta à Lourdes em 26 de outubro:

> *Foi-me sumamente agradavel e oportuna a surpresa da tua carta de 13 e por mim recebida no dia 20 deste.*
>
> *Escrevi à Casa do Estudante e já havia conseguido correspondente na Baia e em Santos, não tendo podido satisfazer-me quanto ao pedido que lhe fizera de um correspondente na Itália, devido a guerra, e agora como estou quasi definitivamente resolvido fazer uma viajem de recreio ao Rio, nas ferias do fim do ano, passara-me pela idéia escrever novamente àquela Casa afim de me indicar um estudante do Rio que quisesse corresponder-se comigo.*
>
> *Não cheguei a escrever e eis que me escreveste como que a convite do meu pensamento.*
>
> *Envio-te, com esta, uma fotografia esperando uma tua em retribuição.*

Uma carta à Maria Antonietta também fazia referência a essa viagem imaginária, e é inevitável pensar — ou é só o meu gosto pela intriga? — que meu pai deixa aberta uma porta de escape ao momento afetivo que vivia:

> *Agradeço-te pelas fotografias que me mandaste e, quem sabe se podemos nos conhecer pessoalmente nas minhas proximas ferias. Pretendo fazer uma viajem de recreio (ainda não estabelecida) a Curitiba, S. Paulo, Rio ou Porto Alegre. Caso resolva ir ao Rio ou a S. Paulo, terei, sem duvida, a agradavel oportunidade de falar contigo pessoalmente.*

Ele anexa duas fotografias com dedicatórias, uma seis por nove (*terno de passeio*, anota ele) e outra três por quatro. A suposta "viagem de recreio" parece uma gabolice que inventa sem consequências — mas as palavras expressam desejo e criam realidade. Vivendo uma relação mais ou menos tensa com a namorada, os "correspondentes" que procura são válvulas emocionais, breves caminhos de fuga do que ele chama (numa carta à Elin) de "tela preta" da vida. Enquanto isso, está sufocado pelo trabalho, como explica ao correspondente da Bahia, fazendo uma síntese da sua vida cotidiana: é aluno da Faculdade de Direito (*duas aulas diarias*), professor de educação física no Ginásio Catarinense (*11 aulas semanais*), professor do 14º B.C. (*onde leciono das 19 às 21 horas*), auxiliar da secretaria da faculdade (*onde sou principal datilógrafo, cuido do Gabinete de Medicina Legal e estou empenhado em catalogar as obras da biblioteca*), e ainda tem um aluno particular, a quem dá quatro aulas por semana. E pergunta: *Sobra tempo para alguma coisa?*

Em seguida, sai do ramerrão do trabalho para exibir algo de sua visão de mundo, a começar pelo elogio diplomático ao correspondente do Norte (um "Norte" genérico, que engloba o Nordeste). É um elogio político revelador do caldeirão cultural brasileiro e do imaginário de Nação, mas de qualquer forma oposto ao lugar-

-comum que hoje parece dominar o olhar sulista do Brasil: *És brasileiro da gema… nortista… É comum dizer-se aqui no sul que Brasil é o Norte; lá está a raça a tradição; os grandes feitos, a historia e as epopeias nacionais tambem estão no norte.*

Segue-se uma relação didática de escritores e poetas, com um toque de exibição, que vai de Bento Teixeira Pinto, *com a sua Prosopopéa, poema épico à Camões*, até os mais recentes Cruz e Sousa, *chefe do simbolismo*, e Emílio de Meneses, *lírico e satírico*, passando no século XVI pela *pleiade baiana*, depois o *grupo da inconfidência*, e daí para o Rio e para o Sul. E aqui meu pai crava o grande escritor do momento:

> *Para mim, e com o apoio de bons mestres, o literato, o romancista psicólogo, o que de mais extraordinario tem produzido a literatura sulista, é Érico Verissimo; e, sem exitação, afirmo ser o vulto maximo da literatura romântico psicológica brasileira de todos os tempos: o seu melhor livro ~~parece ser~~ é "Olhai os lírios dos campos".*

Para o seu filho, continua sendo estranho o fato de que a guerra que naquele momento estraçalhava a Europa não merece uma única linha de comentário. O foco é outro: *Queria que me dissesse qual é o "genio inconfundivel da poesia brasileira" — é Castro Alves? Espero, também, que me digas qual o teu escritor favorito.*

A Europa que o interessa é a dos livros; e o pequeno iluminista tem coragem suficiente para contestar Rousseau, o mais influente filósofo dos últimos dois séculos, ainda vivíssimo entre nós, transparente em cada sopro de notícia sobre os valores da vida autêntica e natural; hoje, até os indígenas são rousseaunianos. Meu pai fala a partir da própria experiência; para ele, exclamativo, a cultura é *a única cousa que cresce e enobrece o homem!!!* Mas prossegue, perplexo, *lendo Rousseau, no discurso "Sobre a origem da desigualdade dos homens" verás que esse humanista, atribúe, em tese que defende com verve, ser o progresso das ciências e das artes as causas dessa desigualdade!!*

No dia 28 de outubro, enquanto viajava mentalmente com as correspondentes, meu pai escreve à namorada para saber se ela nas férias de dezembro vai mesmo passear em Porto Alegre como pretendia, um plano que irá se concretizar em breve e que estava deixando meu pai nervoso: *Estou esperando tua decisão.*

Um fonograma do meu pai no dia 31, uma sexta-feira, avisa que ele está indo encontrá-la em Indaial. E alguma coisa muito grave deve ter acontecido entre eles, pelo que se lê na anotação seguinte, uma carta de 5 de novembro:

> *Compreendeste que a ofensa me foi maior em insistires na continuação do nosso namoro e compromissos assumidos... do que se me tivesses dado logo o desprezo, deante minha crueldade; crueldade que não foi mais do que a explosão da soma de todas as ofensas parceladamente recebidas durante todo o tempo que te conheço.*
>
> *Não podes fazer idéias do martírio sofrido durante a última noite em Indaial: horas de insonia, sonhos horriveis, quasi alucinado. Não sei como ainda fui despedir-me dos teus e tive um certo controle. Que aperto de mão falso foi o daquela manhã! Confesso-te, Elin, que em absoluto fui para despedir-me de ti e sim dos teus por honra do meu nome e da minha palavra dada aos teus. Não queria te ver, não olhava para ti como bem notaste; sentia perder, para evitar males maiores posteriormente o que era de mais sagrado para mim a que me dedicava mais que a meus Pais.*
>
> *Não esperava tanta insistência de tua parte, não quis que me tocasse nas mãos para não ser traido pela emoção que me seria transmitida fatalmente pelo contacto; olhei para ti e qua-*

si chorei contigo por me achar numa situação tão penosa: era o dever humano de perdoar deante de tantas súplicas sinceras. Via chegar a hora de ires ao grupo e eu ser causa do teu atrazo, perdoei vencido e te beijei falsamente.

Batista

A briga, entretanto, parece ter durado pouco, com a minha mãe baixando as armas diante da crise do meu pai pelas "ofensas parceladamente recebidas" desde que se conheceram. Dez dias depois, o tom já é outro: *Recebi hoje, ao meio dia em ponto, tua bondosa e submissa carta. Agora aumentou a certeza de tua sinceridade para comigo e creio no que me dizes.*

As cartas prosseguem carinhosas — *considero-te um "pequeno gênio". Tenho-te, já, uma verdadeira adoração*, ele diz no dia 21 de novembro; no dia 26, está exultante porque vão se encontrar em breve: *Faltam apenas seis dias! Até parece sonho! Já estou contando seres minha, toda minha, sempre minha.* A previsão otimista estava certa, mas com uma sombra: em vez de ficar com o namorado, minha mãe viajou com a irmã para Porto Alegre já no dia 8 de dezembro, hospedando-se na casa do tio Cristovão. No mesmo dia, uma carta ao amigo Antenor contando dos exames na faculdade deixa escapar a melancolia daquele ainda menino de trinta anos:

> *A última prova oral para findar o ano letivo será amanhã: Neste ano, porem, meu velho amigo, as cousas mudaram, notas para passar e pouco mais! Não sei se por trabalho, se por "velhice", se por falta de estimulo ou entusiasmo; ou, se queres aceitar, por pensamentos dispersados e dissolvidos no "riacho do amor"; a minha "noiva espiritual", professora de Indaial (perto de Blumenau) esteve aqui uns dias e hoje seguiu a P. Alegre onde foi visitar um tio, e, onde provavelmente vai passar o natal.*
>
> *Já te aposentaste nos assuntos de amor? Amor, "tapeação da*

natureza para a conservação da especie", é a vida impalpavel que está em todos os grandes feitos, sem ele o mundo não existiria.

E ainda nesse malfadado dia 8, uma carta à *Distinta correspondente Maria Antonietta*, como se em vingança contra a namorada que o trocou por um passeio, agradece os "seis belos cartões-postais" que o "deleitaram", prometendo retribuir "com vistas daqui": *Levar-t'os-ei pessoalmente: pretendo ir entre 20 deste e 20 do proximo mes; irei via Blumenau-Joinville-Curitiba-S. Paulo-Rio, e quem sabe se na passagem, de ida ou de volta desço a Santos.*

É uma viagem que ele fantasia em contraponto ao abandono afetivo. Mas vazios emocionais são difíceis de preencher; no dia 13, escreve uma carta angustiantemente apaixonada à Elin, o rascunho cheio de correções, palavras riscadas, encaixadas, substituídas:

> *Venho de ler, hoje, a terceira vez tua amavel carta de 9 deste: tanta bondade e ~~tanta~~ caricias e garridices que me envaideceste. Mas, infelizmente, tenho a certeza de que ocupo o quarto lugar, quando muito, no teu coração. E, esta maldita e insuportavel separação prolonga-se; o tempo passa, mas passa vazio para mim; para mim, juro-te, Elin, é, o tempo que passa longe de ti, um vácuo infindavel. Fiz tudo para fazer-te ficar aqui por mais alguns dias: comprei o presente, oferecer-to ~~prazando-o~~ em troca da condição de ficares aqui, achei inabil. Contudo, queria ver confirmado o que dizias sempre nas cartas: dei-te uma noite para pensares se preferias ir a P. Alegre ou continuares gozando as férias, aqui, comigo: Infelizmente ficou esclarecida uma triste realidade.*

É uma crise da razão iluminista, que não alcança a lógica sutil dos afetos, uma arma que minha mãe sempre soube usar com uma perícia emocional assustadora. Meu pai já está completamente nas mãos da futura esposa. Pensou até em comprá-la com um presente, e confessa candidamente o crime, um gesto que ele julga antes "inábil" que errado. A carta prossegue com o tom autoritário-defensivo de um mestre-escola; o afeto é um capítulo da retidão moral que o constrange desde sempre como medida de todas as coisas, um limite imaginário de Tordesilhas. O inquisidor acusa e exige confissão:

> *Elin, seja sincera, não diga mais que "longe de mim tudo te é indiferente", sempre dizes isto; é pena não corresponder à realidade... se fosse uma verdade teria sido concretizada com tua desistência espontânea, da ida a P. Alegre. Nunca tiveste ocasião tão oportuna para provar de que, na verdade te "sentes totalmente feliz perto de mim"; desta vez, tive a certeza insofismavel de que, por ora, és incapaz de qualquer sacrificios para por mim. Como é difícil (né Elin?) sacrificar o bem estar próprio para dar momentos de satisfação e alegria aos outros!*

A longa carta muda de assunto e entra nas questões práticas: por exigência do trabalho ele não poderá ir a Porto Alegre no fim do ano (*Escreva-me dizendo quando vens*); está com um "palpite" de que terá um aumento no ordenado da faculdade; mas como, *sem dúvida, aumentarão as taxas do curso, acabará ficando uma cousa pela outra*. No final, faz mais uma tentativa para quebrar o coração teimoso da namorada — e sobra até para Porto Alegre, vítima em abril e maio daquele ano da então maior enchente do rio Guaíba, que deixou o centro da cidade debaixo d'água:

> *P.S. Ve se deixa de "ursada" e voltas logo, ouviu? Deixa de farol: "dizer que não pode viver sem a gente, mas passa a vida*

ausente". P. Alegre é uma cidade que até a natureza está contra ela, não viste a inundação querer destrui-la?

No dia seguinte, 14 de dezembro, enfim uma carta aos pais, apenas protocolar, informa que o caçula Cândido deverá dar baixa do Exército em maio. No mesmo dia, escreve ao Rau dando notícia de seu estado de espírito: *Eu, aqui, amigo, estou com tendência a me tornar o "lobo da estepe": solitário, não desiludido, mas sem ilusões, não desanimado, mas sem animo.*

No dia 18, nova carta à namorada conta do trabalho na faculdade durante a visita de uma comissão federal que decidirá sobre o reconhecimento do curso — *A inspeção da Faculdade me tem feito trabalhar das 7 as 23 horas. É uma cousa horrivel, de fazer enlouquecer!* E, enfim, toca no único assunto que realmente interessa:

> *Gostei muito da tua carta mas de ti gosto mais. Devias, tu mesma, teres vindo a mim e não a carta, esta diz, fala mas não escuta, nem ouve, nem responde. Precisava falar bastante contigo, mas não atropeladamente como da vez da tua passagem por aqui: estavas manhosa para te veres livre daqui! Que história é essa de me perguntares se "estou conformado"? Com que? Acho que não estou, não, ouviu? "Tela preta" basta, e de mais a mais és uma ingrata; dizendo em linguagem menos rude e mais expressiva "não me ligas".*

No final, relaciona as notas no curso, que variam entre 7 e 9, observando, sempre comparativo: *Notas baixas, né? É que, neste ano, me fizeste sombra (com a inteligência) — fui classificado em 4º logar!*

Na véspera de Natal, uma longa carta ao Rau dá notícia de tratativas burocráticas para resolver problemas complicados do amigo estrangeiro em torno da certidão de idade e certificados de ensino; tudo encaminhado, no final ele conta do namoro, com um tom mesquinho de mesa de bar:

A pequena está em P. Alegre na casa do tio.

— Lembras-te de quando te censurei por dares um anel de 80$ à pequena? Pois, na véspera da minha pequena partir para P. Alegre, dei-lhe um anel (de professora) de 380$000 como presente de Natal — tipo da estupidez!!! Ha mais de ano que tenho a vida de monge! As empregadas da pensão são todas "familia"!

A observação sobre a vida de monge e a graça grosseira sobre as empregadas da pensão foram espremidas a posteriori no rascunho entre uma linha e outra. Meu pai fecha o ano sob tensão, perturbado pela ausência da Elin, o que o leva até a fazer piada sobre o fechamento da faculdade, talvez um desejo inconsciente de sair de uma vez da cidade e refazer a vida:

Não posso sair até 15 de janeiro devido a escola do 14 BC. Quasi com toda certeza tirarei férias do emprego da Faculdade (que infelizmente parece que não fecha! terminamos com a papelada da inspeção, ôntem) que 15 dias uteis a contar de 2 de fevereiro que abrangerão até 4ª feira de cinza, e, estarei inteiramente livre. Onde vou? Não sei.

O dia do Natal — 25 de dezembro — foi de solidão, que ele alivia escrevendo cartas e enviando telegramas de boas-festas a parentes, correspondentes e amigos. Ao Rau, escreve um lamento confuso, atulhado de correções, encaixes, inversões de palavras e supressões:

Aqui está uma lembrança triste de mim e de um Natal passado sem graça, neutro, oco, vasio enfim. É tempo triste o que passa em brancas nuvens sem ser gasto e mais triste é ser por ele gastado! O sino tange 1941 anos de vitoria: Pax nobis!

É — eu preciso de novas Aventuras!

Por último, meu pai escreve uma carta à Elin, retribuindo um magro telegrama de boas-festas. O tom é de lamento; pelo trabalho, ele não pode sair, e pede que ela venha para Florianópolis na virada do ano. No dia seguinte, nova carta: *Peço-te por um obsequio dizer-me se já marcou o dia para vires.*

Passam-se quatro dias — com certeza, meu pai avaliava, ressentido, viver "novas aventuras" com algum sabor de vingança; quem sabe, se a faculdade fechasse mesmo, viajar para São Paulo e Rio para encontrar suas belas correspondentes e retomar o controle da vida sem o pesadelo afetivo a que se prendia como a uma maldição. A atmosfera de Natal e de fim de ano, essa tortura a que milhões de pessoas se submetem em honra à felicidade obrigatória, reforçava o desespero. Como escapar? No dia 30 de dezembro, sob o gélido silêncio da namorada, a solução decisiva rascunha-se numa carta à sogra, em que a correção da segunda frase é altamente reveladora:

Senhora Ernestina

Desejo-lhe bôas festas e um bom princípio de ano novo

Esta carta tem por fim principal confirmar o pedido ~~de sua filha Elin em casamento~~, que hoje fiz por telefone, no sentido de oficializar o noivado com sua estimada e distinta filha Elin. O prazer foi todo meu em obter da senhora um consentimento espontâneo e sincero, como muito bem transpareceu nas rápidas palavras que tivemos por telefone.

Quatro dias de silêncio, sofrimento e reflexão, e meu pai súbito telefona à *Senhora Ernestina* para acertar o noivado com sua filha, o que, consentido com alegria, ele imediatamente oficializa por escrito, tabelião rigoroso — antes mesmo de falar com a namorada. O sonho fátuo das "aventuras" se esfarela — ele não quer virar o ano com o futuro incerto e pressente o risco de perder a namorada distante. Pela frieza da Elin, vive o temor insuportável da separação definitiva se deixasse o namoro ao acaso. Parece que ela prefere qualquer coisa a estar com ele. À maneira antiga, recorre à virtual sogra para negociar e sacramentar o noivado. Ele obtém da mãe da noiva "um consentimento espontâneo e sincero", o que parece não ter sido partilhado pela filha; meu pai tateia as palavras: *A Elin ficou surpresa e se não se está ~~sente~~ totalmente feliz é porque ~~está~~ acha longe da senhora: teria sido mais interessante e agradavel se tivesse sido em casa da senhora, mas as circunstâncias não o permitiram.*

Nada ficará ao acaso — a oficialização do súbito noivado deu novamente a ele o controle que estava perdendo: *Já mandei fazer as alianças, ficarão prontas amanhã. A Elin ficará, aqui, até 28 de janeiro; em fevereiro, quando eu tirar ferias, irei a Indaial e falaremos mais pormenorizadamente.*

A noiva não participou de nada, objeto de uma transação afetiva — *A Elin ficou surpresa*. Ela não está *totalmente feliz*, meu pai reconhece, sempre honesto. Mas o casamento enfim se encaminhava. Virado o ano e superada a tormenta emocional, já no dia 2 de janeiro meu pai escreve ao *Senhor Cristóvão*, o tio solteiro que hospedara as duas irmãs em Porto Alegre e que tradicionalmente exercia um papel de autoridade paterna naquela frágil família de mulheres. Trata o tio com respeito e deferência e pede aprovação: *Resolvi noivar, para eliminar de vez as dúvidas que ainda pudessem existir quanto à minha intenção.*

No dia 3, uma carta aos pais comunica o noivado. Ele vê o papel da mulher na sua vida futura exatamente de acordo com o padrão de seu tempo:

> *O fim principal desta é participar que noivei com a professora Elin Bousfield Cláudio. É um passo que sempre tive o maior receio em dar; mas, um dia é preciso decidir-se, de maneira que escolhi o dia 30 de dezembro de 1941. Inteligente, estudiosa, e instruida e dedicada como é, não tenho dúvida nenhuma em afirmar que Elin será uma indispensavel colaboradora para a minha futura carreira na advocacia e um estimulo perene para continuar a vencer como sempre tenho vencido na vida.*

No dia 12, conta a novidade para o amigo Rau, e o tom é de um alívio bem-humorado: A *respeito do meu noivado foi surpresa para mim mesmo!!! embora viesse pensando nisto ha longo tempo, foi resolução de um "daqueles momentos" que não se sabe se se é feliz ou desgraçado.*

29. A guerra

As anotações do ano de 1942 continuam tomadas pela perspectiva do casamento e da vida em comum que se aproxima. Desaparecem as referências aos amigos boêmios e o humor do meu pai ganha uma tonalidade irônico-melancólica. Dos amigos, mantêm-se presentes Rau e Antenor, que moram em Curitiba e que ele visita em fevereiro, aproveitando alguns poucos dias de férias. De lá escreve à Elin, contando da viagem, com detalhes que parecem saídos de um folheto publicitário: *Viaja-se com toda segurança: é uma estrada feita pelo Governo Federal, que não só visou a circulação facil e rápida, fator primordial do progresso, mas, tambem e em primeiro logar, a necessidade estratégica.*

Antes houve uma parada em Joinville, onde passou a noite. Ele faz uma graça que para ser compreendida é preciso considerar a guerra em curso e o local em que está, um forte enclave de imigração alemã: *Fiquei no Hotel Brasil (patriota, né?).* Sobre Curitiba, não há novidades: *Nenhuma impressão nova de importância além das que tive em 1932.* O final da carta é um exagero dramático: *E assim, Elin querida, neste quarto, nº 33, que me faz lembrar a crucificação de Cristo, me despeço, saudoso e triste.*

No relato da viagem de retorno, o tom é de introspecção banhada de melancolia:

> *Neste momento não tenho ânimo para cousa alguma: estou amassado. Fiz a viagem toda lendo; é a primeira vez que isso acontece. Estou (repetindo o que disse o autor de "Menina e moça",) eu e a minha vida no meu quarto, silencioso, do habito. Apenas de quando em quando uma busina lá longe e o farfalhar das folhas das arvores rompe o silêncio costumeiro desta rua, depois das 21 horas.*

"Menina e moça me levaram de casa de minha mãe para muito longe" é o início do romance de Bernardim Ribeiro, o bucólico renascentista português. Meu pai vê a si mesmo e à Elin como personagens solitárias perdidas numa floresta hostil — ele, longe de casa desde criança, rompidos os elos com aquele mundo que não é mais seu; e ela, filha de um homem que não pode nomear, menina frágil entre mulheres enclausuradas. Um pouco Dom Quixote, um pouco Madame Bovary, ele absorve intensamente o que lê, mas em três compartimentos distintos: os livros de autoajuda, que lhe sustentam o pragmatismo edificante, sempre em busca da prosperidade virtuosa; os de formação didática, onde capta um quadro da cultura e sua perspectiva histórica; e as obras literárias, poesia e prosa, que são a sua transcendência e o seu espaço de reflexão existencial (o que é mais ou menos o que acontece com todo leitor de literatura).

Nesse terreno, encontrou na minha mãe uma interlocutora especial: *Sinto, Elin, um grande vácuo por não ter com quem conversar sobre as leituras feitas, e em geral, sobre assuntos instrutivos*, dirá ele num momento. Em cada página lateja a ambição literária, que jamais se verbaliza mas que escapa nas entrelinhas, o desejo que a timidez de origem mal deixa aflorar. E há o duplo imponderável do talento, que ele tateia e às vezes enfrenta, retórica em punho — mas sabe que o fantasma desejado não está ali. É como se pressentisse, desde o início, não pertencer ao mundo da criação verdadeira; o hábito copista da anotação (de objetos úteis, reais, concretos, que ocupam espaço no mundo real, e não da invenção espontânea) passava a escrever por si — é uma biografia que a cada minuto reproduz a si mesma.

Já aos trinta e um anos, solteiro tardio, a sua vida se afunila, confluência de todas as variáveis, do acaso genético aos caprichos do desejo — entre um ponto e outro, sempre cabe tudo. Um pouco mais relaxado pelo noivado, as cartas à namorada seguem o ramerrão do dia a dia e contam trivialidades, como nesta página de fevereiro: *Fui ao café, tomei um copo de leite com "chanduiche" (é assim?) lancei a tua carta e fotografias no correio e lá me fui ao 14 B.C., onde fiquei examinando até 21,30! 145 provas! Amanhã posso divertir-me com elas.* E de repente a guerra é um assunto central, inescapável, mas a informação inesperada assume um tom de brincadeira:

> *Estas com medo de que eu deixe essas plagas? Se é para morrer de morte natural, estou pronto a qualquer hora, o que não faço é apressar a minha morte por vontade propria!*
>
> *Elin, não será de apendicite que me irei!!! as balas desta guerra e que provavelmente virão me buscar!!! Isto se eu não for ao seu encontro, como geralmente acontece aos que morrem na guerra.*
>
> *Em todo caso espero ver-te, pelo menos mais uma vez antes de ir e deixarei tudo que é meu contigo até a volta se existir para mim.*

O detalhe é que Getúlio somente declarou guerra à Alemanha e à Itália em 22 de agosto de 1942, isto é, sete meses depois. A carta indica que já em fevereiro a entrada na guerra era uma possibilidade concreta por pressões políticas e populares, diante de um governo até então ambíguo, discretamente simpático ao modelo fascista. De qualquer forma, a firme disposição do meu pai em se alistar, mesmo em tom de bazófia (ou talvez exatamente por isso), é mais um traço indicativo da intensa assimilação cultural da imigração italiana no sul do Brasil, comparativamente com os núcleos de origem alemã, muito mais conservadores e resistentes.

Em agosto ele volta ao tema, após novo bombardeamento de navios mercantes brasileiros — ao longo do ano, mais de trinta foram afundados por submarinos alemães e italianos, em represália à adesão do Brasil à Carta do Atlântico, negociada por Churchill e Roosevelt, que na prática acabava com a nossa neutralidade oficial. É uma carta nervosa, escrita sob emoção intensa, o rascunho em garranchos cheios de correções:

Fpolis, 18 de agosto de 1942

Minha Elin adoravel

Não ha cansasso que não se aniquile com a leitura de uma carta ditada pelo teu coração e sinceridade e alegria

Aquela em que me dás noticia sobre os teus últimos sucessos, ou melhor, sobre a confirmação do teu constante sucesso recebi-a hoje às 18,30

Não estive à tarde, na Faculdade, pois

~~*o comercio não abriu à tarde e as repartições públicas fecharam às 15 horas (o Instituto às 16,30) a-fim-de assistirmos todos a um grande comicio em sinal de protesto às barbáries praticadas pelos "existas" contra a nossa marinha mercante. Durou este comício das 17 as 19 horas*~~

, pois o comicio, marcado para as 17 hs, prolongou-se até as 19 hs., hora em que iniciamos os exames.

O comércio não abriu à tarde, as repartições públicas fecharam as 15 hs, o Inst. as 16h30, os cafés 15 minutos antes do início dos discursos; enfim, toda e qualquer atividade parou e a população da capital unida na rua 15 e [ilegível] *vibrava em unissono de repulsa, protestando as barbaridades praticadas pelos "existas"* [defensores da Alemanha e da Itália, países do Eixo] *contra os nossos navios mercantes.*

Terminado o comício, a população em massa dirigiu-se às casas de certos alemães e parece-me que houve destruição de muitas cousas nossas que estavam em mãos dos bandidos.

Elin já estou ficando nervoso, estou perdendo o controle e me dá vontade de sair do quarto jogar e amassar e esmigalhar o primeiro alemão que me aparecer pela frente.

Desculpa-me, querida noiva, esta carta está sendo extragada pelas circunstancia, mas voltaremos a ter o direito como lema e teremos, se Deus quiser, oportunidade para a troca de carinhos tranquilos e serenos.

Abraços e beijos do noivo que te adora

Tezza

A emoção despertava-se pela faísca da evocação patriótica, que em todo o sul do Brasil justificava os frequentes ataques aos imigrantes alemães no período da guerra. Era uma tensão que já vinha de longe, desde 1936, quando o então governador Nereu Ramos — que não contava com a simpatia dos imigrantes alemães, colonos isolados que se inclinavam a espelhar a mitologia nazista (com um fervor e uma intensidade que deixou rastros até nossos dias) — dá início à "nacionalização" da região, onde praticamente não se falava português. Em janeiro de 1942, em sequência ao rompimento de relações do Brasil com a Alemanha, decreta-se a proibição total do uso da língua alemã. Em Indaial, município desmembrado da grande Blumenau em 1934 (num processo de criação de municípios que entre outras razões visava também quebrar a hegemonia política alemã na região), a contratação da minha mãe e sua irmã como professoras do grupo escolar local já era sinal da orientação nacionalizante.

A carta do meu pai sintetiza a fúria coletiva que ele sentiu e absorveu. O iluminista autodidata entrega-se de corpo e alma ao novo discurso patriótico oficial, que enfim toma partido na guerra. Bate ali, também, o coração do soldado e a formação do quartel. E o fiel alinhamento de Nereu Ramos — o interventor que anos antes havia recebido o carteiro de Lages em audiência — com a política de Getúlio Vargas certamente teve um peso emocional nas inclinações do meu pai.

Mesmo assim, a guerra — e suas ramificações ideológicas — permanece uma temática periférica da sua vida. Em toda a correspondência não aparece nenhuma reflexão sobre os horrores do fascismo e do nazismo, ou sobre as implicações políticas do que acontecia no governo Vargas; depois do entusiasmo juvenil por Plínio Salgado, meu pai concentra-se apenas na sobrevivência. A política que lhe interessa — além da fiel gratidão aos Ramos — é a das portarias, regimentos, leis e decretos que abriam ou fechavam possibilidades de emprego no sistema público.

No dia 26, ele volta ao tema, entrelaçando o amor à pátria com o amor à Elin — ao mesmo tempo, a carta revela que o governo tentava manter as manifestações populares sob estrito controle, proibindo os comícios:

> *Somente estando pertinho de ti é que poderia receber e dar o prazer, num jogo constante de coisas íntimas que se auxiliam e completam para a nossa felicidade... mas... parece que a Patria já está chamando com olhos lacrimejantes e de súplica.*

Comícios não é tudo, comícios apenas servem para inflamar os frios e os despidos de patriotismo — e isto quando os inflamam. Para os que têm a conciência do dever, bastam as frias ~~palavras~~ letras de uma notícia de jornal, basta um chamado, basta um convite.

Assim é que os nossos dirigentes proibiram toda e qualquer comício que possa dar motivo de desordem para encaminhar os ~~espiritos~~ brasileiros à ação eficaz.

E eu serei brevemente incorporado ao exercito ativo.

Tento fazer um perfil do meu pai no momento em que sua vida começa a se afunilar numa direção única. Sempre que ele faz uma reflexão mais abstrata, sempre que ele pensa, teoriza e conclui, assoma o lugar-comum oficial da autoridade maior. Conservador por instinto, agarra-se à lógica segura da obediência, do modelo paterno da criança à ordem militar do adulto.

Esquecendo da desproporção histórica, penso no que aconteceu comigo — o que herdei, por comportamento, do meu pai? Certamente o método, um certo espírito de disciplina, a preguiça culpada, alguma clareza do que eu quis desde sempre, uma sinceridade frequentemente suicida (e às vezes homicida, pavio curto que escapa, vingança de algo que nunca sei bem o que é mas que parece me ameaçar), a dificuldade emocional no trato afetivo com as mulheres, o isolamento escapista das cabeças livrescas, um senso agudo de responsabilidade pessoal e a volúpia da rotina, que é um motor conservador do mundo inteiro. E vou me espantando, a cada golpe de pá que revira o chão da memória escrita do meu pai, com esse rosário de semelhanças impossíveis.

Algo central, entretanto, não herdei: a alma da obediência. Foi o espírito da desobediência que sempre me moveu: uma desobediência medida e controlada, é verdade, como um agente secreto de mim mesmo, sempre sonhando em direção contrária, porque lá é melhor. A desobediência silenciosa do prisioneiro. Um horror instintivo pelo mundo oficial; a náusea da pompa e da medalha no peito. Para entender esse horror, talvez aqui seja o caso de abandonar a chave da soberba, o orgulho da vontade própria, a pequena lasca da inclinação pessoal ou a simples força da natureza, que não se explica; a desobediência, enquanto eu crescia, estava em toda parte, era o ar do tempo que se respirava, a irresistível fragrância, a flauta de Pã que nos levaria à felicidade. Se os anos 1930 que formataram meu pai eram os anos universais da obediência em ordem-unida, os anos 1960, com a inédita prosperidade libertária que parecia cair do céu em toda parte, abriram as portas maravilhosas da desobediência. Entre o pequeno colono semiletrado que batia às portas do quartel em 1931 e o pequeno narciso que lia poemas e acendia seu primeiro cigarro em 1968 havia o abismo do tempo, um outro mundo e um outro Brasil.

Mas essa mecânica de marionetes não explica tudo. Imagino como eu seria se meu pai não tivesse morrido num acidente que, por si só, era a marca de uma ascensão na vida, uma simpática lambreta na página da revista *Cruzeiro*, ou passeando feliz nas comédias italianas; não mais a bicicleta de trabalho do carteiro, mas a maquininha moderna do prazer da independência, o filme colorido, cabelos (sem capacete) ao vento. Prosseguisse ele vivo pelas décadas seguintes — sem o dedo do acaso, o DNA familiar certamente o levaria longe —, eu repetiria o mesmo script e romperia com o meu pai? Ou seria apenas um caso comum de adolescente revoltado, com o espetáculo caseiro de pequenas crises que, pouco adiante — o peso do emprego, a namorada salvadora, a ideia de uma casa, o conforto dos filhos, o dinheiro chegando —, se acomodaria na pachorra de uma vida normal como todo mundo, calculando a aposentadoria e o plano de saúde?

Não sei. Provavelmente a presença do pai teria dado alguma estabilidade e previsibilidade maior às crises e redenções subsequentes. Eu costumava imaginar que seria muito pouco provável que a família saísse de Lages e de seus limites — e nem tenho ideia se a literatura ocuparia minha vida do modo como ocupou. Mas estava enganado: nas cartas dos dois últimos anos de sua vida, meu pai — vivendo uma sequência de pequenos fracassos e frustrações em que nada dava certo, e menos ainda o casamento, fonte inesgotável de tensão e sofrimento — pensava em se aposentar (naqueles tempos milagrosos em que as pessoas se aposentavam com menos de cinquenta anos), mudar-se para Florianópolis e, no momento seguinte, fazer carreira política (para a qual ele nunca teve o menor talento) em Urussanga, sua terra natal, numa volta espetacular à origem. Daria certo? Imagino que sim, pela força da vontade e do método, como sempre — um bom vereador, quem sabe um prefeito correto. O seu único trunfo, por assim dizer, era a própria biografia.

A minha desobediência seria a mesma? Mas estou ignorando uma variável inescapável, metade de mim, que também está nas cartas que decifro, o ser indócil e sempre sem lugar: minha mãe.

30. A gangorra

A oficialização do noivado tranquilizou-o, quase como se lhe garantisse a solidez de uma escritura de transferência de posse. Em momentos, ele ainda reclama da rotina e sonha com "aventuras", em sopros juvenis — *A triste rotina me definha; falta-me o estimulo de novos golpes, novas mudanças, novas aventuras*, dirá ele num momento —, mas o futuro se resumirá mesmo no casamento que se aproxima, e de fato é só nisso que ele pensa desde o básico, como uma estratégia existencial num plano de vida cujo fim será a "vitória": *Com as palavras vivificantes de tuas cartas tomo sempre novos impulsos para continuar a realizar o que está, por assim dizer, em meio caminho: a vitoria completa.*

A vida oferece sofrimento: estamos sempre "em provas" — eterno mestre-escola, meu pai passará a vida tentando moldar a inquieta Elin à sua imagem e semelhança. Ao longo de 1942, enquanto enfrenta as variações emocionais da noiva, cuida da solidez do futuro — até o casamento, serão páginas e páginas de soluções práticas, que ele informa com detalhamento e constância, começando pelo terreno:

Sexta-feira fiz a compra daquele lote de terra que vimos juntos, naquela vez, lembras-te? Já entreguei o dinheiro, em pagamento, mediante recibo, 6ª. O lote tem 12,5 × 25 m e me custou 4:000$; isto é, com escrituras (que ficarão prontas até sabado proximo) e imposto de transmissão, vai sair-me por, aproximadamente, 5.000$, o que, conforme todos dizem, é barato, pelo local, proximo ao centro.

Em outro momento, faz um pedido de doze livros por reembolso postal — a lista inclui desde *Cartas de amor*, de Marcelo Peyret, ou *Só rindo*, de Cornélio Pires, até *O mercador de Veneza*, de Shakespeare. Entre eles, um título sintomático: *A vida das crianças*, da socialista e educadora italiana Paola Lombroso (1872-1954). O plano de constituir uma família passa a ser o centro da sua vida, da preparação profissional à "educação" da noiva. Numa carta ao Rau, que também tinha noivado, meu pai filosofa: *Digamos, Rau, uma verdade: estamos cansados de flutuar numa sociedade malsã e porisso estamos dispostos a crear uma nova, pequenina, intima, feita ao nosso modo e nossa; a familia.*

O problema é que a imagem tranquila da família feliz que alimentava sua alma vive entretanto os altos e baixos do comportamento bipolar — para usar uma expressão de hoje — da minha mãe. Ela permanece insegura quanto ao casamento; imagino-a sufocada por uma sensação de armadilha de que não pode escapar. No espelho do meu pai, suas mudanças de humor são intensas e frequentes. Numa carta de março, tudo vai bem:

Neste instante tive a satisfação de saborear o teu gênio através de tua última carta

Como sempre, primorosas, as tuas cartas, pelos sentimentos nobres e contrastes surpreendentes.

Em outra, a amada — que de repente não quer mais se casar — se transforma numa seca "Elin", e a simples ideia de recusá-lo se define, na lógica irrefutável do meu pai, como "paranoia":

Arripiado e surpreendido pela impressão que me causou a tua carta de ante-ontem, estou quasi inibido de te responder.

De certo tempo para cá, venho notando, em ti, uma desenfreada transformação psicológica incompativel com a idéia de casamento.

Onde, afinal de contas, foste beber essas idéias paranoicas?

Foi a esperiência que te revelou "essas verdades" (!) ou as sorveste e mal as assimilaste dos livros?

— Dos livros? como ~~os adquiriste~~ te foram às mãos?

— Da experiência? de que forma?

Uma semana depois, um bilhete igualmente seco se encerra com reticências em busca de notícias: *Estou esperando a resposta da minha carta*... No dia seguinte, escreve ao amigo Antenor e deixa escapar sua depressão, retomando o sonho de "aventuras": *Rotina! miseravel rotina! A vida com a rotina quasi se apaga... Estou devéras ávido por batalhas de outro gênero! Levo uma vida vasia.*

A "vida vazia" é certamente o silêncio da noiva. Mas as tempestades amorosas vêm e vão — no início de maio ele já manda *um abraço apertado e um beijo na testa*, com um livro (*O crime e o castigo de Dostoievsky*, anota ele na dedicatória: *Á Elin uma lembrança dos dias alegres e felizes que, em Indaial, passei juntinho em peraltices*).

As "peraltices" funcionaram, porque o mês será inteiro de paixão derramada pela noiva (que ele chama de "queridinha", "anjo doirado", "adorada", "noiva querida", "afetuosa Elin") e de planos objetivos em torno da futura vida em comum, em que não faltam brincadeiras sobre o enxoval: *Querias que fosse incumbencia dos homens o enxoval? Pois eu troco, custeio todo o enxoval e tu fazes uma casinha.* Súbito, escreve uma carta entusiasmada e surpreendente sobre uma mudança radical dos planos:

> *Resolvi aceitar o emprego de fiscal no Instituto dos Comerciarios — 400$ por mes e 25 h por dia, para viajar, para o interior; daqui a 8 meses, passarei, automaticamente, a 800 $ (desde que desempenhe bem a função) e 25$ de diaria continuam.*
>
> *Vou abandonar tudo o que tenho e faço, inclusive a Faculdade. É preciso mudança! este "lero-lero" monotono de Fpolis é simplesmente aborrecedor e enferrujante... Já estou aqui ha quatro anos, é preciso mudar de ares... — A vida é tão cheia de imprevistos, quem sabe se daqui a alguns anos passo a trabalhar interno nesta Capital e continuo o curso jurídico?*

O rompante revolucionário — alguma ansiedade irresistível que surgiu e que ele botou no papel em seguida — terá vida curta; o que mais uma vez é visível é o pouco entusiasmo do meu pai com a profissão de advogado. Nenhuma palavra sobre possibilidades de trabalho na área — nada. E, como sempre, nenhum tema jurídico desperta o mínimo comentário.

No dia 13 de maio, aparece a frase ("A vida é prosaica...") que, por anos a fio, minha mãe gostava de declamar, num tom altissonante, como a um breve poema filosófico:

> *As nossas cartas têm se tornado, ultimamente, apenas instrumentos de negócios: todas elas giram e convergem no objetivo "metal sonante". Mas a vida é prosaica, só na ilusão, num ideal inatingivel ou por realizar, é que ela, a vida, oferece certos lances que inspiram poesia e mergulha a propria dureza da realidade dos fatos numa aparente felicidade absoluta.*

O fato de minha mãe ter decorado e repetido essa última frase a vida inteira, frisando um simulacro de emoção, atriz no palco — um pequeno clichê retórico, mas não menos verdadeiro, sobre o escape transcendente da dureza da vida —, me intrigava. Se não estou sendo cruel, era um dos raros momentos da minha lembrança em que a referência ao "Tezza" (como ela o chamava) não se contaminava de crítica ou ironia. Do que transparece nas cartas, a sedução do meu pai é sempre antes argumentativa que afetuosa. No imaginário dele, minha mãe é parte passiva de um plano fechado, a peça indispensável que completará o quadro de sua vida, segundo o imemorial padrão masculino. Mas há o frenesi de algum projeto comum nesse mês de maio, ao qual, parece, minha mãe também está entregue: *Depois que voltei de Indaial continuei a desfazer-me de livros e certas roupas, de maneira que no momento que tiver de viajar levo tudo com a maior facilidade: em duas maletas vai tudo! Não será tão logo…*

Que viagem seria essa? A da vida do viajante do que seria o seu novo emprego? Mas, ao mesmo tempo que sonha com a liberdade que o livrará da rotina, ele não esquece da estabilidade da "casa" e do papel da mulher, reduzida ao cromo patriarcal:

> *Minha querida e afetuosa Elin*
>
> *A sorte de um lar está toda depositada nas mãos da dona de casa: pode haver um lar com relativa felicidade sem um homem; não pode, porem, existir o lar sem a mulher que lhe dê estrutura. Foi a mulher quem fez nascer o "lar"; o homem fez apenas a "casa", sentido material, simplesmente.*

A paixão se contrapõe ao mundo prático, que se reduz ao dinheiro, numa tensão estudada de interesses, como ele explica: *Dinheiro! Dinheiro! e mais dinheiro! o meu ideal, agora, é o dinheiro…* E meu pai faz agora uma curiosa referência à marchinha de

Carnaval* com o célebre refrão "é dos carecas que elas gostam mais", sucesso de 1942: *É o "metal sonante" que elas preferem! — que carecas... que nada... Quero ver se um pelado de cabeça e de bolso, é preferido, uma bola!*

Ocorre-me súbito que essa é a única citação musical específica que meu pai faz em vinte e oito anos de correspondência — a música está completamente ausente de sua formação. E, por extensão, da minha. Olho para o teto e penso: no alegre país do Carnaval, é um vazio de peso. Tento imaginar o efeito que essa ausência cristalina e bruta exerceu na minha vida — a música só entrou de fato na minha cabeça sem ouvido no final dos anos 1960, como referência de cultura, a que cheguei pelos livros; era uma espécie de capítulo literário. Eu ouvia os clássicos à maneira do meu pai, com a disciplina de quem lê verbetes de enciclopédia que deveria conhecer se quisesse ser escritor. Em seguida, assimilei por osmose (e com prazer, na experiência do teatro comunitário) a transbordante contracultura que começava nos Beatles, passava pela performance de Jimi Hendrix e Janis Joplin (os suicidas da droga), avançava por Rolling Stones (Nada de "Let it Be" — "Let it Bleed!") e repercutia em graus e ressonâncias diferentes (marcadamente políticas) nas vozes brasileiras (em torno de Caetano, Gil, Chico Buarque e Raul Seixas — que, palhaço entre amigos, eu gostava de parodiar inventando letras choradas, lancinantes e disparatadas numa declamação sem fim).

Uma experiência de impacto foi ver e ouvir um paramentado Ney Matogrosso no início dos anos 1970, numa performance em São Paulo. Sentado no chão de um pequeno teatro, fiquei fascinado. Musicalmente, estacionei naqueles anos; e como jamais consegui ler ou escrever ouvindo música (preciso do silêncio), e nun-

* "Nós, os carecas", de Roberto Roberti e Arlindo Marques Jr., que se tornaria um clássico carnavalesco.

ca parei de trabalhar, ela acabou por ficar do lado de fora da minha vida. Sempre senti um misto de inveja e admiração pelas pessoas — e são milhões, no mundo inteiro — que conseguem a proeza de andar e ouvir música ao mesmo tempo, fones pregados nos ouvidos. Apenas muitos anos depois, por uma bela influência de amigos e vizinhos músicos e melômanos, comecei a me reatualizar na área, seguindo a estrada do jazz e do blues, que hoje ouço sempre com prazer, uma breve transcendência emocional que acompanha a conversa e a cerveja. Como tudo tem um preço, imagino que essa ausência de origem deixou marcas importantes. Talvez — se não estou sendo brasileiro demais na explicação — uma certa falta de jogo de cintura, mau dançarino, a alma tensa que me acompanha desde sempre mas que procuro entender e controlar (a ideia de que eu não deva fazer nem uma coisa, entender, nem outra, controlar, é vertiginosa demais para mim). De qualquer forma, o senso de ritmo, imagino, independe de nada — sempre me vi atento à musicalidade da frase, às sutilezas vocálicas, suas assonâncias e dissonâncias, quando escrevo e quando leio. Em instantes de dúvida, a leitura em voz alta da frase que escrevo é parte integrante da minha decisão literária.

Volto ao meu pai e a sua alma aflita, que sonha com a noiva, com dinheiro e com aventura, naquele momento três tópicos incompatíveis entre si:

> *Nem sempre com dinheiro se adquire a saude, mas sempre por falta dele se a perde.*
>
> *Vem cá, Elin, quando vamos fazer a nossa aventura, falta pouco, não é? Eu já estou pronto, é só mandares dizer, sinto-me tão disposto que pareço ter entrado nos 12 anos, ontem.*

Que aventura seria essa, que jamais aconteceu? Um maio febril para meu pai, pleno de sugestões lítero-românticas, como neste postscriptum desajeitado e sentimental de uma cena de filme mudo:

> *Olho para traz, estás apoiada sobre uma cerca de sarrafos, ao lado de uma roseira grande carregada de flores, triste, olhos para mim e em volta, tomo uma rosa coloco-a nos teus cabelos, abraço-te pela cabeça, beijo-te na boca… … de longe… dou-te o ultimo adeus… tiras a rosa dos cabelos e fazes um gesto oferecendo-ma, o trem apita… olho… desapareço atras da colina…* ~~*o trem apita*~~*… pensamentos… lagrimas… saudades… e depois?*

No dia 19, um freio: talvez inseguro pela liberdade dos sentimentos que afloram, meu pai volta a filosofar sobre os papéis do homem e da mulher no casamento no passado e no presente (afinal, quem é dono de quem?), freio em que não falta a preleção do professor repetindo lições de latim. É preciso defender o velho patriarcado diante do que ele sente (perigosamente) como excessivo poder da noiva:

> *Logo nas primeiras palavras não estou concordando contigo: Tu é que deves ser minha e não eu pertencer-te, ser objeto de tua posse! Entre os Romanos o Pater (pai) era dono absoluto do filho: podia vende-lo, da-lo de presente e até — Deus me perdoe! — mata-lo. A esposa, naqueles tempos, ficava "in loco filae" (em logar de filha) plenamente protegida pelo marido, ela nunca intervinha nos negocios realizados fora das paredes da casa. Hoje está completamente mudado… Imagine! tu, que és quem mais me quer e bem me ama, queres "possuir-me"*, possuir-me como se possue um livro, um relogio ou uma casa?*

O asterisco remete a uma nota de rodapé: *Não só queres possuir a mim, mas já te consideras feliz por considerar-te dona de minha pessôa...* O medo maior está na conclusão: *O teu amor é perigoso!... envez de dares-te, tomas-me.*

A febre daquele maio — mudar de vida e de emprego — segue em frente, até um inacreditável plano de fuga, no tom ridículo de uma farsa amorosa:

Estás com medo que eu fuja? Pois vá comigo, queres?

Que tal, nos dois nos aprontando na surdina para fugir?

— Tu, num dia, saires umas dez vezes de casa gorda de vestidos um por cima do outro e com um pacotinho debaixo do braço. Na casa de uma amiga ir amontoando tudo. De noitinha fingir uma ida ao cinema ou cousa que o valha e... ... adeus... turminha de casa... Imagine com que afobação e tremor seriam realizados esses movimentos de embrulhar pacotinhos! E vestir-te tantas vezes! tendo o cuidado de deixar sempre o mesmo vestido por cima para ninguém desconfiar! Que sensação! que medo! que sustos! Que agonia!

Por via das dúvidas, talvez temendo o poder das próprias palavras, lembra a noiva de não fazer bobagem: *Olha, vê se vais ler esta hipotese de fuga à Vó e fazes perder toda a cotação... com ela. Para ela sou um rapaz "direito" incapaz de pensar nessas cousas.*

No dia seguinte, a comédia da fuga começa a ganhar corpo e parece se transformar, de fato, numa possibilidade concreta:

Como o destino foi cruel para mim!

Conserva-me, por um capricho, sempre longe de ti, parece que quer zombar de mim, judiar-me, maltratar-me, envilecer-me; tirando-me a ultima creatura querida deste mundo...

... Querida Elin na hipotese de eu ir ao Rio grande ou ao Paraná, vaes fugir comigo?

É febril, mas é realmente uma proposta. Fico imaginando: meu pai *realmente* seria capaz de fugir com a minha mãe, por força de uma paixão? O noivo exemplar que contratou o futuro casamento diretamente com a sogra e que parece incapaz de fechar uma carta à mulher amada sem enviar lembranças, recomendações ou presentinhos à família, teria coragem de romper as poderosas convenções que ele mesmo, conservador de raiz, sempre defendeu? No dia 23 de maio, revela-se que minha mãe não aprova a ideia da fuga, o que parece atiçar mais o meu pai, envolvendo a noiva em reticências sugestivas:

Divina

Então não queres saber de aventuras comigo? Convidei-te, lembrado por ti. Disseste-me, certa vez, quereres fazer uma aventura, por isso, sugeri faze-la juntos... Não te julgas bem acompanhada por mim? Quem sabe se ainda não pensaste bem a respeito? Quem sabe se te resolves? Querida Elin, sinto agora uma saudade louca; queria estar perto, abraçar-te muitas e muitas vezes, beijar-te... e...

Em seguida, o tom da paixão esfria, não se fala mais em fuga, e meu pai recupera o tom prático de sempre: informa que não vai poder visitá-la (*as folgas estão acabadas*) e, como sempre, pergunta como vai a Vó (*já está melhor, não é?*). No dia 28, amainada a febre emocional, a melancolia ressurge com tintas poéticas:

Minha Elin, querida.

Como são adoraveis tuas cartas. Como me enchem de satisfação e agrado! Meu ideal, querida Elin, foi sempre este: en-

contrar para mim uma esposa que fosse instruida, inteligente e de espirito. Mas és bem assim, nasceste no principio da primavera e ao meio-dia, enquanto que eu nasci no princípio do outono e na escuridão da madrugada!

Por isso eu vou entrando para inverno, e as minhas cartas também; e, tu, entras na primavera, no romantismo, sentimental e sublime e, depois, para o verão com um calor fecundo em tudo.

É assim querida: hoje estou sentindo frio de corpo e de espirito. Nesta última carta, confirmas, mais uma vez a tua veia de gênio: assim aparecem as "cordas da alma", o "vento calmo" e o "azul leve" eis aí paradoxos expressivos.

Criar uma imagem da mulher e refugiar-se nela (mais na imagem do que na mulher) — talvez seja outro traço do meu pai que herdei, como se essas sutilezas de gravurista viessem no sangue, inalteradas pela experiência. É um equilíbrio impossível. Com trinta e três anos, meu pai vê a si mesmo "entrando no inverno". Ele formata a mulher amada para fazê-la sua redenção — com certeza não era o que a jovem Elin, dez anos mais nova, gostaria de ouvir. Mas transborda uma admiração pelos talentos da noiva, que parece escrever com uma facilidade impulsiva que ele jamais teve, operário diligente e cuidadoso de cada letra que copia — "instruída, inteligente e de espírito"; "calor fecundo em tudo"; "veia de gênio"; "paradoxos expressivos". As palavras não enganam: cada carta da minha mãe atordoa o meu pai. A professorinha de Indaial, engaiolada no estigma de uma família de mulheres, para sempre incompleta com um pai invisível, é uma pequena fera a se domesticar. Ela será, para sempre, a megera indomada do meu pai.

No dia seguinte, o costumeiro relatório da vida prática é antecedido por um desgosto que se transforma numa espécie de ordem: minha mãe teria férias em junho, mas está decidida a não ir para Florianópolis. Pela segunda vez desde que se conheceram, ela refuga a oportunidade de ficar mais tempo perto dele. A imagem que meu pai desenha para convencê-la a viajar, mesmo sabendo que não terá muito espaço para ela, com seu rosário de empregos — é um simulacro assustador da futura vida de casada:

> *Li e reli tua carta de ante-ontem. Percebi que estás bôa da febre e dor de cabeça de que me falaste em carta anterior, e isto muito me satisfez. O que não me agradou, porem, foi dizeres que não virás em junho: tenho muito que te falar e ainda que não tenha muito tempo disponivel, terei sempre algumas horas vagas ao teu dispor. Deves vir e vir durante todos os dias de ferias: traze trabalhos e faze-os enquanto eu estou ocupado, assim terás uma impressão vaga de estares casada, em casa, sempre à minha espera.*

Sempre à minha espera — é impressionante a cegueira afetiva. No dia 13 de junho, o lamento: *Desde o dia 7 aguardando pela resposta!* Parece que minha mãe enfim decidiu-se (ou viu-se obrigada pela família) a passar suas férias em Florianópolis, e meu pai, num exaustivo relatório de seus empregos e horários de trabalho e de provas na faculdade, faz um panorama desolador de como será a convivência naqueles dias, antecipando-se à provável fúria da noiva:

> *Escrevo ésta — espero ser a última desta vez — para por-te ao par do meu tempo disponivel para não te impacientares, caso não esteja te esperando ao chegares. Dias úteis estou absolutamente impossibilidade de te esperar ou conversar contigo, das 12 às 18 hs., menos aos sabados, que, estarei, nestes dias, no expediente, das 9hs às 12 hs.*

Depois disso, anota apenas um bilhete no dia 16 (*Elin, é favor telefonar-me para o nº 1481*) — e só volta a escrever à noiva no dia

12 de julho uma longa carta que dá uma ideia do desastre monumental daquelas férias. Li a inspirada diatribe do meu pai contra a noiva vivendo a torcida secreta em defesa da minha mãe, mesmo sabendo que, ao fim e ao cabo, se ela chutasse o pau da barraca de uma vez (o que ela, presa para sempre na gaiola familiar, certamente *não poderia fazer*, impotência que aumentava-lhe a fúria), e acabasse de vez com aquele noivado torto, o seu filho inexistente não estaria aqui para contar a história. Outro filho, mais centrado, com um sorriso nos lábios diante das preciosas anotações do seu pai e sob o olhar da suave fotografia de outra mãe, pensaria: do que o meu pai se livrou! Mas as perpétuas possibilidades do poeta restam sempre eternas no limbo. Desde o início a carta dá o tom professoral da virtude que se confunde com a verdade:

Fpolis, 12 de julho de 1942

Minha Elin

Como não posso pela minha educação, não devo pela minha conciência, nem quero pela minha vontade, não venho mentir; porque considero a mentira um vício dos mais infames.

Não pretendo, portanto, engendrar, aqui, nenhuma desculpa tola a respeito da minha demora na resposta às tuas cartas de 30 e 2 e por mim recebidas a 2 e 4, respectivamente

Digo-te isto com toda sinceridade e sem o mínimo de constrangimento: porque "dizer a verdade é uma virtude e perseverar nela é o meio sublime de vingar-se dos mentirosos"

A oratória do meu pai, leitor dos clássicos romanos, segue o cânone escolar; a racionalidade é o seu guia, e a autoridade é fruto necessário da razão e da virtude, gêmeas inseparáveis. Penso o quanto herdei do meu pai nessa área: a vida inteira racionalizada, não por alguma ordem superior do universo que diga o que devo fazer, mas pelo instinto controlado do desejo e da sobrevivência.

Há um valor que, se não consegui sustentar na vida, sempre equilibrista, luto por manter no subterrâneo da escrita: *não minta*. O que fez de mim, ao modo do meu pai, um escritor mais reflexivo que imaginativo: é preciso tentar entender as coisas que a imaginação oferece e que vivem diante dos olhos. Daí o seu espanto diante daquela mulher que parece não se encaixar — pior, ela *não quer* se encaixar — no desígnio racional que desenhou para si mesmo com a mesma simplicidade, nitidez e clareza com que pedirá ao amigo Rau a planta da casinha que pretende construir no terreno que comprou.

Mas não desiste — ele terá de usar todo o poder da palavra para convencê-la a aceitar o papel designado, terá de demonstrar racionalmente à minha mãe o quanto ela estava *errada*: *A tua visita só me deixou consternação; nos últimos dias já não era eu quem agia, eu não passava de um joguete exgotado e vencido no teatro triste daqueles tremendos 15 dias; e assim, exausto satisfazia a todas as tuas manhas para evitar maiores escandalos.*

Diante desses "tremendos quinze dias", meu pai não quer simplesmente xingá-la, mas demonstrar, pela pura razão, o erro da noiva, e para isso recorre a um paralelo ficcional: criar hipóteses de existência para dali chegar a alguma verdade matemática (e não propriamente a uma experiência partilhada). Num ato necessário de contrição ("se ainda te resta alguma bondade natural"), minha mãe precisa deixar de *sentir* e começar a *entender* (minha lembrança da vida inteira diz que ela sempre *entendeu tudo, com fria nitidez*, mas jamais mudou uma vírgula dos sentimentos por causa disso). Veja-se o elaborado silogismo do meu pai, "joguete esgotado e vencido", que começa como uma imagem de filme:

> *Peço-te, Elin, se ainda te resta alguma bondade natural, que te coloques, sosinha, num logar calmo e procures reproduzir tudo quanto se passou durante as férias, entorno de nos. Mas,*

tenhas o cuidado de, antes de mais nada, colocar, imaginariamente, outra noiva no teu logar; e, no meu logar, tambem colocar outro homem — que não seja nem simpático, nem antipático! estejam eles — noivo e noiva — fora da esfera dos teus interesses.

Já estás vendo os dois?

O cenário é o mesmo que nos tivemos?

Estabelecido o cenário e os personagens, meu pai desenha a si mesmo, o seu duplo edificante:

Pois bem, agora, lembra-te de todos os afazeres: Ginásio, 14 B.C., Faculdade e Instituto. Faça uma reconstrução de estado de espírito dos teus dias de exame no Colégio e considere o noivo em estado análogo, mas não esqueças de que ele ao mesmo tempo, está suportando o peso de mais quatro empregos; todos estes aborrecimentos transporta-os para os nervos desse noivo imaginário, mas não te esqueças de que ele está ocupado materialmente 16 horas diárias.

O que ele tem a oferecer a ela de valor pessoal? O trabalho, algo respeitável por si só. Mas agora vem o contraponto terrível — e o retrato que meu pai faz da minha mãe é cruel, mas de um realismo exato e pungente:

Alem de tudo isto, o que é mais pesado para a conciência, devorador para os nervos e exgotante para as forças e a energia, por ser imprevisto e repentino e que acaba por dilacerar a integridade espiritual do noivo miseravel desta situação é ter uma noiva que tem a seu dispor o dia todo, pensa mil coisas nas folgas, pede mil outras quando estão junto, muda, a todo instante os meios de pedir, censurar e provocar, como uma tempestade de inverno: ora pede com carinho e insiste; ora insulta, zomba, ridiculariza e ameaça; ora pede aos choros ou prometendo suicídio; e com mil outras artimanhas que a todo instante sabe introduzir de surpresa e violentamente, como um temporal que não dá tempo, ao infeliz piloto, de manobrar seu leme.

Há um evidente prazer literário na descrição dos humores da minha mãe, como se pela linguagem meu pai pudesse controlá-la; hoje minha jovem mãe talvez se enquadrasse em alguma síndrome médica, mas na reação a um casamento claramente indesejado é difícil riscar a fronteira entre a pressão do sufocamento familiar e a força dos misteriosos genes, que a cada ano a ciência vai mapeando com pretensões de precisão cirúrgica. O fato é que meu pai descreve uma Elin que eu conheci durante décadas, em minutos capaz de passar de generosidades súbitas a promessas de suicídio; ao mesmo tempo, solitária e feroz, sempre ao largo da fluidez dos afetos, manobrava os filhos e a vida prática com uma objetividade espantosa. Manteve-se dona exclusiva de si até o instante final, aos oitenta e nove anos, quando acendeu seu último cigarro, deu uma tragada e caiu na cozinha em que preparava o café, fulminada por um AVC, assim fechando de estalo a existência que, depois da morte do marido, determinou a si mesma.

A última parte da carta completa o retrato desolador com o dedo em riste e um lamento sem saída — aparentemente, é ele que está prestes a romper "tal tormento", sobrepondo à descrição acusações agora brutas e ofensivas, que se encerram com uma furiosa (e inexplicável) oposição: *Vá ser freira ou artista!!!* E a assinatura encerra a carta com a formalidade de um requerimento oficial:

Este, desgraçado, pergunto eu, não dará graças aos "deuses imortais" que se acabe esta situação?

Este noivo não daria fim à sua própria existência se não lhe restasse a esperança de que, no fim de alguns dias, está livre de tal tormento?

Que adiantam as tuas cartas cheias de espírito, poesia e mimos?

Para que servem e qual é o valor das afirmações, promessas e castelos arquitetados por ti?

Para que, enfim? se nenhuma promessa cumpres, nenhuma iniciativa levas a termo, nenhuma maxima pões em pratica?! Mas, pelo contrário, procuras "maximar tuas praticas" para justificar tuas fraquezas e incapacidade de perserverar nos teus planos ôcos e inconsistentes! Vá tirar o Madureza, estude direito! Faça um concurso (não odeies àqueles que foram aprovados por ter sido facil, e tu teres desistido!) Vá ser freira ou artista!!! Realize, enfim, um de teus planos! —

Que posso esperar de ti, Elin?

João B Tezza

Durante as famigeradas férias, uma única carta foi escrita, em 29 de junho, ao amigo Rau, agora casado em Curitiba, dando uma ideia indireta de seu estado de espírito ao informar que está com cinco empregos e que o diretor da Penitenciária ainda ofereceu mais um (dar aulas de educação física aos "condenados"). E revela onde buscava inspiração racional para suportar os problemas:

Confesso-te, caro amigo, que sucumbiria se não tivesse fortalecido meu espirito com longas, vagarosas e assimiladas leituras de livros que ensinam a agir; e o 1º livro deste gênero, foste tu que mo apresentaste: foi o tal "Ajuda-te".

"A vida começa aos quarenta" foi outra obra extraordinária*

* *A vida começa aos quarenta*, de W. B. Pitkin, em edição da Editora Globo com tradução de Erico Verissimo, foi um best-seller da época.

que li sobre o assunto, nela que li as 5 classes de trabalhos ou atividades do homem. Na 1ª estão os planos, é a atividade mental a idealizar futuras ações, é a mais simples e menos cansativa, ela nos proporciona delicias, é própria dos menos de 17 anos — são "os sonhos de uma eterna felicidade"; mas…

Mas, Ráu, estou a te roubar o tempo em vão.

Meu pai só volta a escrever para a noiva mais de duas semanas depois do libelo acusatório, uma carta seca, indicativa de que o noivado esteve realmente por um fio. E é, também, mais uma carta reveladora do seu "método" existencial, o esquema mental com que ele se protegia; é visível o temor de qualquer intensidade afetiva que pudesse perigosamente fugir ao controle. *Levas teus argumentos totalmente para o terreno dos sentimentos e estes não os tenho como norma para dirigir o nosso destino: os sentimentos quando muito condicionam e modificam a vontade, esta, porem, é que deve dirigir e prevalecer, sempre, nos átos, e, mormente nos atos de um homem.*

O horror aos sentimentos, o culto da vontade, a primazia do homem: é a síntese de uma receita do imaginário que estava no ar naqueles anos de guerra, da estética futurista à proliferação de ditaduras. Mas é também, pensando com simplicidade, a reação de um noivo magoado que só tem como arma a lógica cotidiana impregnada na vida prática. A sequência da carta indica que minha mãe sentiu o golpe mas quer continuar o noivado, na gangorra da insegurança; ao seu estilo, usa a mãe e a avó como argumentos emocionais:

Dizeres que os teus me tratam muito bem, como é verdade, não seria motivo suficiente para a continuação do noivado, se, de fato, já tivesse chegado à conclusão de que eu não deveria continuar mais.

Os teus não fazem e nem devem fazer mais que preparar um ambiente favoravel para facilitar a nossa aproximação, e é o que têm feito até agora: as vontades devem ser nossas.

Como num embate político, o argumento emocional da minha mãe põe meu pai na defensiva; depois de dizer que não é daqueles que *vão numa improvisação constante até casar mais por circunstancia que por vontade espontânea*, ele rebate a acusação: *Eu não tratei mal tua mãe, nem tua avó, em tempo algum, e, muito menos podia faze-lo daqui, sem ter comunicação com elas*. E contra-ataca: *Escrevi a ti, posso ter-te ofendido, mas a elas, nunca; pois na última carta nem me referi a elas nem te autorizei transmitir-lhes qualquer coisa. Se ficaram ofendidas com as verdades que te disse, não me cabe a culpa de não teres guardado o sigilo sagrado da carta que te dirigi.*

Encerra com um amuado "Abraços, Tezza". Mas a crise passou, e as coisas logo voltam ao normal sob o invencível feitiço da noiva, pelo que se lê na próxima transcrição: *Ontem, às 20,55', quando cheguei do 14 B.C., esperando uma hora para o onibus, recebi tua carta adoravel.* Agora, fazendo as pazes, ele é um conselheiro mais gentil que autoritário, mas sempre edificante:

Devo dizer-te, sinteticamente, que não podemos desprezar por completo, o nosso passado. Ele é a nossa tradição pessoal; o presente é o resultado do nosso esforço preterito; e o nosso futuro dependerá do presente, que, será bom se soubermos aproveitar as lições das experiências do passado, ou não se incidirmos sempre nos mesmos erros.

Alguns dias depois envia uma carta imensa, uma espécie de diário da insônia, *dando livre esposição às minhas ideias engarrafadas no silencio da noite*. O início da carta é intrigante, pelo modo de declaração de paz entre eles; o realismo do meu pai não suaviza nada, mas dá um jeito de encontrar felicidade na relação disfuncional:

Minha cara Elin

As tuas cartas, ainda que escritas com intuito de ofender, trazem sempre em si um quê de admiravel e qualquer cousa de inexplicável e extraordinário pondo em evidência o índice do gênio. Muitas vezes são intrincamente diabólicas, mas, ainda assim, embora deem ferroadas até à alma, eu leio-as com agrado e prazer.

Dito isto, minha Elin, com aquela tua comum rapidez de ligação de ideias e pensamentos, é possivel que te eu leve a lembrar-te daquela "piada" de almanaque que dizia: "Gosto mais de ti quando estás longe" Mas, até certo ponto, has de concordar que nossos encontros tem sido fastidiosos pela rapidez, cenários e circunstancias; "quando começamos a gostar o prazo estava exgotado" e, de novo, as saudades voltavam a reconstituir um passado feliz ou triste, mas que não volta mais como "todos os passados"; e, assim, contentemo-nos com dizer que o "melhor da festa é esperar por ela" e continua a "tela preta".

É uma paixão estranha, de quem ama só à distância — a imagem agressiva que faz da noiva, eivada de expressões fortes (*diabólicas*, *ferroadas*, *encontros fastidiosos*, e mais a estranha imagem recorrente da "tela preta", uma metáfora certamente tirada do cinema), parece mais deixá-lo feliz que infeliz. Mesmo ofendido, sente "agrado e prazer". O rascunho se interrompe por uma anotação — *Dia 6, 3 horas da madrugada* —, seguindo-se um relatório minucioso de sua vida para deixar bem clara à noiva a intensidade de seus esforços para cuidar do futuro. A história dos "seis empregos" está chegando ao fim, ele diz — *e, note bem, são exatamente seis: Bibliotecario, Preparador da Aula de Medicina Legal, Prof. de Ed. Fisica, Prof de Escola Isolada e Auxiliar, estas são as denominações das distintas funções, alem de estudante, que não deixa de ser uma profissão.*

A carta prossegue relatando as agruras das aulas no 14º B.C., de onde às vezes, por falta de ônibus (*nossa Capital esta virtualmente morta, só nos resta sepulta-la*), ele tem de voltar caminhando; em seguida, conta das refeições e dos horários de sua vida corrida, e reserva o final para a faculdade — *O ambiente da Faculdade foi o único a que me "adaptei", de toda minha vida pelo mundo fora, foi onde puz à parte meus hábitos austeros e irredutiveis, para ceder aos costumes do meio.* A imagem que ele tem da faculdade é péssima; para um autodidata determinado, isso não teria sido um problema se houvesse nele alguma simpatia pelo mundo jurídico, que é nenhuma. Enfim termina a carta — e é sugestiva a frase final que escreve e risca em seguida: ~~*Minha Elin, não sei se intendeste o que quero dizer nessa longa carta.*~~

Se ela entendeu ou não o quanto ele estava se matando para fazer o pé-de-meia do futuro casamento — certamente era essa a mensagem —, a carta seguinte restaura a pura paixão, transformando a figura diabólica numa princesa:

> *Querida princezinha*
>
> *Como és adoravel na fotografia! É a mais linda das que tiraste até agora: é tão linda, tão linda que estou até vaidoso de ter uma noiva que parece uma princesinha. Imediatamente quis coloca-la na minha carteira acadêmica que adquiri ha pouco tempo, mas é grande demais, então deixei a que estava. Sabes qual é? É aquela que estás sentada na frente de uma cerca de sarrafos verticais; com as mãos sobre o joelho esquerdo; de sapatos brancos; vestido de meia manga com 5 botões*

visiveis; relogio de pulso no punho esquerdo; fitinha branca em laço, no cabelo à esquerda; uma ponta do laço quasi toca a orelha; estás alegre; e, teus os olhinhos muito lindos.

A foto se perdeu, mas pelo retrato do meu pai já é desnecessária — penso em mim como escritor e percebo que nunca descrevi um personagem em detalhes fotográficos dessa forma, capaz de revelar "cinco botões visíveis" ou o relógio "no punho esquerdo", ou ainda uma ponta de laço que *quasi toca a orelha*. E o principal: minha mãe está alegre. Com o meu olhar sucinto, sempre abstrato, seria esta última a única informação relevante.

Em retribuição à fotografia que recebeu, manda um retrato seu, com uma dedicatória que não deixa dúvida de que a tempestade emocional passou: *Elin, princezinha dos meus sonhos, um tributo de gratidão do teu noivo que te admira, ama e quer.* Em seguida, informa que pediu demissão do Instituto, ordenando as razões em cinco itens, ao seu modo iluminista — *1º) terei mais tempo para estudar; 2º terei vencimentos maiores do que si largasse a Faculdade e o 14 B.C.* etc. —, porque na vida do meu pai nada pode restar sem uma boa explicação. A sequência matemática inclui também desvantagens — não terá estabilidade nem promoções por antiguidade —, o que ele minimiza com um discurso altissonante de coragem e autoestima:

Estou convencido de que só os medíocres ambicionam um logar de estabilidade; aqueles que vivem fracassados pelo medo dos fracassos, não tendo confiança em si querem estar agarrados e rotinar sempre; descontentes sempre com o emprego que tem (as vezes ha uns 20 anos) mas incapazes de outras aventuras no drama da vida; então, atribuem à má sorte todos os seus sofrimentos. Para mim, julgo, que a única má sorte de um ser humano, é vir ao mundo alejado ou doente incuravel, quanto ao mais a nossa vontade ha de vencer tudo: não como um visionário querendo o mundo de uma só vez, mas calculadamente e só aquilo que devemos querer.

Na aura do tempo, ressoa o assustador triunfo da vontade, ainda que temperado pelo cálculo miúdo. É também uma ética protestante do trabalho, fundada na responsabilidade pessoal e no voluntarismo autodidata; mas, para mim um detalhe importante, uma ética laica — até aqui, Deus não entra nas suas equações existenciais, apenas a razão cuidadosa que repudia a fantasia e a preguiça. Sobre a ideia de uma "ética protestante", é engraçado lembrar sua presença no coração de uma família de colonos católicos típicos, o que me intrigava, influenciado talvez por uma certa imagem popular da cultura italiana no século XX, sua anárquica indisciplina — "Não é difícil governar a Itália; é inútil", teria dito Mussolini, o criador do fascismo. Mas também aqui não preciso recorrer à sombra dos ancestrais: mais simples e correto será apenas lembrar os cinco anos de formação militar, que deixaram marcas profundas com seu sistema de valores, espírito de obediência e pacote positivista carimbado na bandeira — "ordem e progresso".

Se olho para mim mesmo, vejo que herdei esse instinto de autonomia e senso de responsabilidade pessoal. Mas há uma diferença importante: para alguém formatado, na passagem da infância para a vida adulta, no meio da ascendente classe média urbana do Brasil e do mundo dos anos 1960, corrigir os males do mundo sob princípios igualitários parecia uma tarefa retoricamente mais urgente do que os cálculos da sobrevivência ou do sucesso pessoal; sinto que fiz parte de uma geração inebriada. Claro que é exagero atribuir a uma geração inteira de jovens — afinal todos girando as rodas práticas e funcionais do mundo, como sempre se fez — os traços que moviam os inadequados de todo tipo e que faziam de sua inadequação um valor a ser cultivado e cultuado, na arte, na política, no comportamento, nos valores da cultura e da fé. Mas esse era, decididamente, o espírito transformador do meu tempo: estava no ar; bastava respirá-lo.

Já o meu pai — fico pensando agora, entre uma carta e outra — levou a vida inteira movido pelo "princípio de adequação". *O mundo não se discute* — esse parece ter sido o seu mantra. *O problema sou eu*. Numa época histórica inteira dominada por ditaduras e concepções totalitárias de Estado, em que o conceito de democracia, ainda exasperantemente novo e frágil no mundo, soava à esquerda e à direita como ingenuidade burguesa, o impulso de adequação era poderoso, controlado por valores morais básicos de fundo ao mesmo tempo laicos e historicamente cristãos, numa esteira de raiz iluminista. De qualquer forma, ele não é um intelectual, alguém preocupado em explicar o mundo, e nem tem essa pretensão de gabinete; reage aos acontecimentos do seu tempo por instinto, e na escala puramente individual, como a imensa maioria das pessoas. Sempre que tenta um voo mais alto, encaixa-se nos lugares-comuns retóricos e tranquilizantes que circulam em torno: para isso servem as palavras. No dia 23 de agosto, sob o impacto das manifestações da declaração de guerra, escreve à noiva, que parecia viver a mesma vibração (o que o surpreende):

> *A vida que se renova pelo agir constante, acompanhando o evoluir vertiginoso do nosso século, ~~deixa~~ desconhece a monotonia e nos tras, a todo instante, sabores novos: A grandeza da tua alma, a gigantesca capacidade de vibrar de todo teu ser, em favor dos sentimentos nobres, do patriotismos e das causas justas do Brazil e da humanidade, deixou-me devéras confuso.*

Aos trinta e três anos, meu pai quer se sentir um homem pronto, ou maduro, ou completo — palavras engraçadas para se referir a alguém num momento especialmente turbulento de sua vida, lidando com os altos e baixos da relação com uma noiva difícil. Na carta anterior, do dia 12 de agosto, um trecho dá uma ideia de como ele transforma o temperamento da Elin num contraponto atraente:

> *Aquele vae-vem adoravel de teus nobres sentimentos não deixa espaço para a monotonia introduzir-se em nossas relações epistolares.*
>
> *Não sei como tens uma capacidade natural tão extrardinária para manifestar tantas cambiantes em tuas missivas.*

Depois de tentar uma transferência de Indaial para Florianópolis, legalmente inviável, minha mãe será nomeada diretora do grupo escolar, o que desperta o orgulho do noivo por *suas excelsas qualidades de professora*. E brinca, feliz: *Então estás ficando rica... Do dia 31 em deante estarás com vencimentos maiores que os meus!* A felicidade virá acompanhada, como sempre, de uma discreta preleção escolar de fundo moral:

> *Estou seriamente encantado com os teus sucessos; alias, não constituem de todo surpresa para mim; nada se conquista e adquire de um momento para outro; já vens trabalhando ha tempo e os louros que agora colhes foram semeados e cuidados com todo carinho, só tinham que amadurecer e serem colhidos em boa hora. Felicito-te, pois, e me sinto orgulhoso de ser teu.*

31. Latim

Tudo ia bem, mas a sombra da guerra não pode mais ser ignorada — ela será um tema recorrente a partir de agosto de 1942. Meu pai havia pedido ao amigo Rau, agora estudante de engenharia em Curitiba, uma planta para uma casa no seu terreno em Florianópolis. No dia 11 de setembro, desiste da ideia: *Infelizmente a guerra está desorganizando todos os meus planos: suspendo toda e qualquer atividade que diz respeito à casa — "casa e casar só quando a coisa melhorar"*. A guerra, enfim, está presente em tudo. Na faculdade, canta-se o Hino Nacional, *e todos os sabados, há solenidade de hasteamento as 8 hs e de arreamento às 18 hs*, conta ele à Elin.

O entusiasmo patriótico é grande, e súbito a convocação passa a ser uma possibilidade concreta — antes mesmo de ser chamado, ele já pensa, febril, na fotografia que enviará à noiva, como promete em 16 de setembro:

A guerra está se aproximando cada vez mais de nós!

No dia 11 deste mes o Presidente Vargas assinou um decreto criando um Nucleo de Preparação de Oficiais da Reserva em

Fpolis que devera funcionar dentro de um mes, e é destinado aos alunos do pré e dos cursos superiores.

Enfim estou nas vesperas de me fardar: assim que me matricular ou for chamado como sargento te mandar-te-ei a fotografia.

Hoje foi decretada a mobilização geral: só falta sermos chamados.

No dia seguinte, conta a novidade ao Antenor, o amigo a quem costuma reservar um tom mais sóbrio e filosófico — o chamado militar desperta os seus volteios retóricos:

Há períodos, na vida de quem vive para a luta, nos quais, nada se vê alem das cousas que nos cercam; os sentidos que possuimos absorvem-se todos nas cousas mais proximas, na ação de vencer os obstaculos que nos impedem o livre transito.

Estou, por força legal, à disposição do governo, esperando a qualquer instante momento ser chamado.

Sem dúvida, dentro de um mes estarei no Nucleo de Preparação de Oficiais da Reserva, ou, quem sabe, estarei com a farda de sargento.

Mas a sonhada farda mais uma vez não virá, como escreve à noiva uma semana depois: por enquanto, só aceitarão os voluntários até trinta anos. Ele ainda vê uma remota possibilidade de convocação: *Visto a situação que acabo de expôr ou tratamos de casar logo ou então disiste-se de pensar nisto até que Deus quiser, escreva-me na proxima carta dizendo qual das duas situações achas melhor.*

A indagação irritou minha mãe, e a tranquila explicação do meu pai indica que talvez ele visse a guerra como a "aventura" de que dizia sentir falta:

Não me compreendeste bem o que quis dizer na minha ultima carta; se eu te apresentei duas alternativas para dares tua opinião a respeito, não quer dizer, com isto, que eu aceite a tua preferência.

Pela tua carta parece creres que para mim servem, indistintamente, uma das duas. Pelo contrário, não estou versado, de um modo definitivo, a nenhuma das soluções propostas; apenas as circunstâncias é que instigam a tal, mas como o homem não deve ser "joguete" de circunstâncias, acho que não deve ser a guerra em Stalingrado que faz solucionar os meus assuntos particulares. Dizer que "ha males que vem para bem" é filosofia muito fôfa; se esta expressão encerra algo de verdade sob algum ponto de vista, melhor diz esta para o caso:"entre os males o menor". Uma solução forçada pelas circunstâncias extranhas à nossa vontade, não deixa de ser uma solução de maleta. Por enquanto nada de definitivo, como o são todas as cousas terrenas; não se agite, nem fique nervosa ou aborrecida com esta minha carta, que, o que te pertence Deus não t'o negará; beijos e abraços do teu

Tezza

O "entre os males" — casar ou esperar a guerra — indicava um estado de suspensão suspeito para a minha mãe. Mas para o sólido olhar de notário do meu pai, que não quer ser "joguete de circunstâncias", a guerra de Stalingrado, que se estendeu de 23 de agosto de 1942 a 2 de fevereiro de 1943 — a mais crucial e sangrenta batalha de que se tem notícia na História, com mais de um milhão de mortos —, não deve solucionar os seus "assuntos particulares". No dia 29 escreve novamente ao Antenor, repisando o assunto que o atormentava: *Não sou capaz de me dicidir sobre se devo casar logo ou si devo continuar só, com a aliança de noivo —*

isto é, continuar nesse estado que nem sei se é, nem se deixa de ser... até acabar a guerra!

Entre a guerra e o amor, decide ocupar o tempo, como conta ao Rau: *Tive de arranjar uma coisa nova para me distrair: Estudar direito não tenho estimulo e então escolhi "latim": Já traduzi nada menos de 14 fabulas de Fedro.* O terceiranista de Direito "não tem estímulo" para estudar sua matéria — mas por que o latim? Adiante, a explicação: ele quer fazer um concurso de professor da disciplina em Lages: *Não é que eu pretenda deixar de fazer o curso juridico por 900$, em Lajes (pelo menos julgando pelas minhas condições atuais) mas, sendo aprovado, ainda que em 2º logar, terei alcançado mais uma vitória, que não deixará de me encher de satisfação, caso contrário contentar-me-ei com a lição que não deixará de ser útil.*

Parece inconsequente, mas ele começava a alimentar a ideia de se mudar para Lages, o que de fato acontecerá em poucos anos. Em nova carta ao Rau, dá mais um sinal de seu escapismo:

> *Tenho uma novidade; mas antes de contar-t'a peço-te encarecidamente de não chamar-me de louco, maluco ou cousa que o valha: trata-se do meu início ao estudo do grego. Note-se bem que é o grego antigo, o grego de Demóstenes (o mestre orador celeberrimo, do grande orador romano Marco Túlio Cícero) e de Aristóteles (o filosofo de todos os tempos).*

Uma carta à minha mãe de 11 de novembro se encerra com uma citação em grego caprichosamente copiada no caderno, com a tradução abaixo: *É dever do juiz julgar com justiça.* Nada disso — o latim, o grego — terá futuro. Mais uma vez sinto a presença de um Policarpo Quaresma nesse beletrismo de almanaque, que despreza o curso de Direito e busca distrair-se (talvez num impulso apenas lúdico, a criança reprimida que às vezes vejo em mim) com um saber livresco lacrado na bolha edificante dos lugares-comuns e frases feitas. É uma vitrine escolar igual a si mesma desde sempre, de fundo autoritário, de que ele jamais conseguirá escapar. O ato de aprender não se percebe como um momento de criação, mas como uma tábua de mandamentos criptografada em grego ou latim — é preciso traduzi-la e seguir sua orientação. Sei que estou sendo cruel com o meu pai, provavelmente injusto, sob uma arrogância anacrônica; ele é apenas um homem comum que, por uma determinação incomum, saiu das amarras de sua origem e chegou a um outro patamar social, que ainda não domina.

É uma fase em que meu pai praticamente deixa de escrever à família. Depois de meses, enfim dá notícia à mãe (porque dela recebeu uma carta) — justifica seu silêncio (*o que mais desvia a atenção de nos homens para com a familia dos Pais são certamente as namoradas e noivas*), promete visitá-la e sintetiza sua vida: *Continuo meus estudos no 3º ano da Faculdade, falta-me o fim deste* (*vai até 15 de dezembro*) *mais o 4º e 5º anos para me formar advogado. Depois de formado talvez resolva ir advogar em Urussanga.*

Em outubro, quando a eventual convocação para a guerra desaparece da correspondência, uma carta à Elin indica alguma intriga que acaba por não se explicar. Um tanto secamente diz que não será possível visitá-la em novembro, como ela havia pedido, porque vai visitar a mãe (deixando escapar o clichê imemorial — *Mãe só tem uma*); e, numa frase, revela que a noiva está em crise: *Senti muito as calunias levantadas contra ti.*

O que seriam as "calúnias"? Quatro dias depois, segue outra carta, ainda mais seca, mesmo agressiva, diante da insistência da minha mãe em vê-lo:

> *Precisavas de minha presença para te animares? O que mais surpreendeu, para te "acalmares" um pouco... E estás, enfim, confessando que já os teus não podem mais com tua vida? Pensarás, talvez, que eu quero noiva para ter o trabalho de acalma-*

-la? Não achas, por acaso, isto um tanto ridiculo? Tenha paciencia e espere, chegará o dia de me veres e até demais, talvez.

Dito e feito: meu pai aproveita o feriado de Finados para visitar os pais e de lá manda um telegrama, agora com um espírito inteiro diferente do primeiro relato à namorada que fizera sobre a terra natal: *Apreciando maravilhas urussanguenses — Saudades*. Minha mãe, irritada com a sua recusa em vê-la em Indaial (e talvez mais ainda por vê-lo feliz com os parentes), resolveu viajar no feriado para Jaraguá, sozinha, o que conta ao meu pai. Arma-se mais um entrevero de noivos. A resposta do meu pai deixa claro o que ele espera da futura esposa: obediência total e irrestrita:

> *Reprovo plena e solenemente a tua ida para Jaraguá. Isto demonstrou claramente a tua rebeldia e certamente foste em represalia à minha ida ao sul.*
>
> *Eu fui visitar os pais, que ha tanto tempo não ia, tu foste a passeio em casa de extranhos. A minha inclinação natural era ir ver-te, mas o dever de filho de ir ver os pais.*
>
> *Aliás, já tenho notado reiteradas vezes (e digo-te com toda sinceridade), parece ser de teu habito não pedires licença, nem mesmo me comunicares quando pretendes resolver alguma coisa de importância; só das banalidades é que tenho direito de tomar conhecimento.*

Segue-se um trecho riscado, sob a rubrica "sem efeito": [*Insistes sobre o praso para o casamento: eu acho que: 1º) o ano de noivado ainda não passou; 2º) Não vejo circunstâncias que permitam dize-lo; 3º) Não vejo dados para que sobre os quais eu possa basear o praso. Vejo tudo problemático*]

A versão enviada não é mais suave: *Já estás pronta? Estás toda a minha espera? A mim falta muito, muitissimo para satisfazer às tuas mil exigências.*

Agora é minha mãe que tem pressa, e cobra do meu pai um prazo e uma data. Estaria o meu pai desistindo? O entusiasmo com que recebeu a ideia de ser chamado a se alistar já pareceu suspeito ao filho ficcionista, para quem mesmo o mais infeliz casamento seria uma dádiva maravilhosa em troca da convocação para uma guerra. É possível que o fantasma da desistência tenha sido uma sombra partilhada por ambos, sob a insegurança do passo definitivo. Lembrando da inconsistência emocional da minha mãe, os seus abruptos altos e baixos, especulo se a reiterada cobrança ao noivo não seria uma pressão inconsciente pelo rompimento por iniciativa dele (de fato o único com esse poder), que afinal a libertasse do futuro sufocante. Sufocante: a palavra talvez não seja forte demais para descrever a situação — décadas depois, relatos da minha mãe, já suavizados antes pelo humor que pelo rancor, contam que, assim que se casaram, meu pai não permitia que ela sequer saísse de casa; a imagem da mulher como uma propriedade do marido continuava parte inalienável da felicidade masculina.

Mas, seguindo a gangorra afetiva, depois da briga a relação tranquiliza-se. Em 11 de novembro, o estado de espírito já é outro:

> *Minha querida Elin*
>
> *Recebi tua magnífica carta. Não me cansei de reler muitas vezes. A esta hora talvez já estejas pensando e sentindo muito diferente do que expões nela a respeito de mim e dos planos do futuro: Aquilo foi uma onda de santidade que te perpassou enquanto escrevias ou então foi a sorte que te foi concedida pela tua santa de preferência, Terezinha de* [ilegível], *tantas coisas belas, que te proporcionaram momentos de indizível alegria.*

Uma anotação lateral acrescenta: *Junto uma florzinha*. No final do mês, um telegrama indica que minha mãe passará alguns dias de férias em Florianópolis, dessa vez sem fuga a Porto Alegre: *aguardo anciosamente telegrama dia tua chegada. Saudades do Noivo*. Uma carta à futura sogra indica que o clima estava bom entre eles; e descubro que minha mãe, quando jovem, bebia cerveja, uma qualidade que este filho herdará com prazer:

Estreito (Ponta do Leal) 12 de dezembro de 1942

D. Ernestina

Enquanto saboreio os deliciosos docinhos que a senhora nos mandou e tendo ao lado a distinta "tagarela" Elin, escrevo este cartãozinho agradecendo de coração.

Tomamos muito banho de mar e passeamos constantemente juntos.

A Elin é muito boazinha mas quando chega a hora do "lanche" ou por qualquer outra circunstancia está com fome começa a brigar comigo. Contudo são briguinhas curtas porque sei o remedio... cerveja com "sanduiche".

Já está se tornando bem forte e gorda e mais bonita.

Como se vê, o amor era um assunto de família; a observação, então elogiosa, dirigida à sogra com um jeito de prestação de contas, de que minha mãe está forte, gorda e mais bonita parece mais a de um pai ou um tio cuidador que a de um noivo. Penso em mim mesmo, na virada dos anos 1970 — a ideia de prestar contas a alguém da família sobre a minha vida amorosa seria o máximo do ridículo. O amor (e o sexo, sua face inescapável) era percebido por mim (talvez mais como retórica, mas as palavras de algum modo sempre criam e deformam realidades) como expressão central de uma vida disruptiva, individual e intransferível, supostamente transformadora, libertadora e revolucionária. A ilusão poderosa impregnava o ar (bem mais confortável) dos novos tempos.

Meu pai viveu a ilusão contrária — era um universo mental estático, de pés enterrados num chão difícil, emoldurado por valores cristãos que se ilustravam por frases edificantes veneradas em latim. O cromo atualizava-se pelo princípio rígido da disciplina militar que absorveu na juventude e reforçava-se pela influência da mixórdia integralista das soluções finais, sob a lógica da exclusão de uma pátria de caderno escolar. Ele imaginava repetir algum modelo ancestral — e "modelo" é a palavra exata —, mas agora muitos degraus acima da origem, no pedestal do triunfo da vontade.

Meu pai está virando a chave de sua vida: talvez seja essa a passagem adulta que me atormenta. Foi um ano em que escreveu quase que exclusivamente a uma noiva que não o queria, sustentando uma relação jamais tranquila. As especulações, devaneios e sonhos de juventude parecem se apagar: o tempo ganha corpo e rigidez. As aventuras boêmias desaparecem — a vida se concentra inteira no projeto familiar e suas perspectivas de sobrevivência.

No dia 17 de dezembro, escreve ao irmão Cândido, vendendo a máquina fotográfica que o acompanhou desde o tempo do quartel; nunca mais comprará outra. É uma tentação para o filho escritor ver nesse descarte o sinal simbólico de sua mudança, a abdicação de um prazer — fotografar é uma alegria:

> *Enviei-te hoje pela Catarinense uma Kodak que é de minha propriedade.*
>
> *Não é bonita mas, em compensação, é garantida pelo longo uso que nunca falhou. Custa-te Cr$25,00 e o filme, que vai junto, dentro da máquina, Cr$ 7,00.*

32. O rádio

A virada do ano de 1943 define a vida do meu pai — em junho ele finalmente se casará com a noiva. Em dezembro de 1942, minha mãe passa três semanas em Florianópolis e volta para Indaial; no dia 23, um telegrama do meu pai indica que os planos de minha mãe para se transferir como professora para a capital parecem definitivamente enterrados do ponto de vista legal, apesar de várias tentativas — ela não tem tempo mínimo de trabalho para uma remoção; no dia 24 — véspera de Natal —, meu pai vai encontrá-la, e passa as festas com a família da noiva, voltando ao trabalho no dia 3 de janeiro, quando imediatamente manda um telegrama com "saudades dolorosas". No dia 4, escreve ao Rau, sintetizando a vida: *Depois de uns dias em que as emoções tiveram livre espansão e cuja amplitude atingiu ao máximo (nos momentos mais críticos ou adoraveis) a vida recomeça com sua monotonia costumeira.*

Três dias depois, escreve à noiva com uma referência enigmática — *Sem falar sobre o assunto do rádio, previno-te apenas que não deves fazer absolutamente nada sem ser por meu intermédio.* O tal "assunto do rádio" vai revelar nas cartas seguintes um lado sombrio de meu pai. O estopim é a compra de um rádio: tudo indica que em dezembro minha mãe comprou um rádio sem consultar o noivo, assinando duplicatas referentes às prestações. Era mais dinheiro do que poderia pagar, e imagino que a compra deve ter arrepiado a alma econômica e metódica do meu pai, já calculando o prejuízo diante das prioridades do casamento que se aproximava. Arrependida, minha mãe quer devolver o rádio, enviado pela loja a Indaial.

No dia 17, uma longa carta retoma o imbróglio do rádio. O vendedor é um judeu, dessa vez sem as aspas pitorescas, e a crescente dificuldade para desfazer o negócio será argumento para meu pai destilar um antissemitismo assustador pela violência verbal — inexistente em nenhum outro momento de sua correspondência — e pela repetição dos clichês de substância nazista com certeza absorvidos em anos de leituras dos jornais, revistas e livros integralistas e afins que se espraiavam por Santa Catarina e por todo o sul do Brasil. Isto é, o mesmo patriota febril, ansioso pelo alistamento militar que derrotará os então odientos alemães, encontra no "judeu", uma entidade mítica, sem nome e sem rosto concreto, um inimigo muito mais perigoso e poderoso.

Meu pai descreve sua estratégia para desfazer o negócio. Minha mãe devolveu o rádio, e o comerciante, não aceitando a devolução, despachou-o de novo, avisando-a por carta. Meu pai vai à agência transportadora e, inventando uma desculpa (erro de endereço), consegue cancelar o envio. Por enquanto, o judeu é apenas "judeu":

Querida Elin

Estive duas vezes na casa do judeu: a 1ª entreguei-lhe o rádio e a carta: leu-a e disse-me uma porção de coisas que sem dúvida explicou-te na carta. A *2ª vez, vi o radio, já pronto, na*

Catarinense, para ser devolvido. Eu disse ao agente que voces não estavam em Indaial e portanto o rádio estava mal endereçado (suspendeu a remessa).*

No passo seguinte, retorna ao vendedor comunicando a suspensão do envio e oferecendo-se para pagar as despesas; como o homem não aceita a proposta, meu pai inventa uma teoria conspiratória sobre a má vontade do homem:

No dia seguinte (2ª vez) falei com o judeu: — disse-lhe que voces não estavam mais lá, que era inutil mandar o aparelho para lá e que ele aumentava seus proprios prejuizos com a remessa e que não adiantaria teimar no negócio porque nada recebería devido ao vosso estado de finanças. Respondeu-me que já havia escrito a voces e que dava o negocio do radio como encerrado. Avisei-o de que o rádio estava suspenso, na agencia, e que o único meio de não perder tudo era rescindir o contrato e que eu pagaria os prejuizos. Não o convenci, e, creio que ele está convencido de que eu é que estou interessado no negócio e que eu é quem vai pegar o radio!!!

E prossegue com instruções precisas:

O melhor é não receberem o rádio, riscar a lapis de côr o endereço e devolve-lo ao remetente, sem tocar na embalagem, sem dar explicação alguma, como no caso das cartas que não encontram o destinatario e voltam ao remetente.

Sobretudo voces não devem pagar prestação alguma, por-

* Empresa de ônibus de passageiros que também envia encomendas.

que se pagarem uma única prestação, de Cr$ 5,00 estão confirmando a aceitação da compra.

Meu pai enumera uma série de alegações possíveis (confusas e não exatamente honestas) em caso de reclamação do vendedor, com o seu costumeiro detalhismo, que beira o ridículo — como argumentar que o rádio foi visto num lugar escuro (o "vocês o viram" indica que minha mãe comprou o rádio com a mãe ou a irmã):

Só assim mais tarde poderão alegar: que o radio não foi remetido dentro do prazo — Natal; b) que vendeu um radio como novo e que o radio que mandou era um radio velho: 1º ou trocou o radio novo por outro velho; 2º ou agiu de má fé; e que o rádio visto num lugar escuro (onde vocês o viram) parecia novo, mas não era mais que um lustro dado posterior ao longo uso e verificado melhor notou-se que de fato o rádio era muito velho. c) que apezar de tudo, voces se prontificaram a pagar os prejuizos causados, em tempo.

É um comércio de balcão de um país antigo; hoje o caso seria resolvido em dois minutos com a simples devolução. A questão, entretanto, parece que tem solução encaminhada, e serve de argumento para meu pai exercer o seu clássico papel patriarcal:

Enfim, Elin querida, deves fazer o possivel de remediar "dentro do possivel" as tuas finanças, para, no caso de ter que pagar, faze-lo com a maior serenidade. Cr$ 900,00, a parte que te toca, não representa uma catastrofe para a vida de uma crea-*

* Pelo índice Estadão (o jornal custava cinquenta centavos), o equivalente a 9 mil reais em dinheiro de hoje. O cruzeiro foi adotado em 1942, substituindo o padrão mil-réis.

tura; quando muito, pode ser um episódio triste. E hoje, que a mulher, na sociedade, desempenha, infelizmente, um papel nada inferior ao homem, e, até, certas vezes ela tenta sobrepor-se em direitos, não lhe é mais lícito chorar no infortúnio.

O "infelizmente" é inacreditável. Há um prazer punitivo nessas palavras, um toque inquisitorial de triunfo, de modo que minha mãe se colocasse, sempre submissa, no seu papel de mulher. Como numa fábula de Fedro (que meu pai lia e traduzia, sublinhando as conclusões morais), havia também no caso do rádio e no erro da minha mãe uma lição moral exemplar que não deveria ser esquecida: *É um mal — o negocio — mas é um mal perfeita e radicalmente curavel com o suor. O que resta é não esquecer a lição.*

Em seguida, destila uma pérola de cristalino capitalismo, brilhando inteira deslocada nas sombras daquele pequeno mundo mental: *Tens lido "Como fazer fortuna em pouco tempo?" Leia-o que é o evangelho da dona de casa, dos nossos dias, da felicidade de todos.* No final, o tom afetado de conselheiro encontra uma forma de autocelebração: *Se te fui agradavel nesta carta, querida Elin, não me cabe dizer: procurei dizer, combinado, o que me ditou o coração e o cerebro.*

O sonho do rádio — que parece saído de algum conto de Tchékhov — também era do meu pai. O rádio era uma novidade cara naqueles tempos pobres, como seriam as primeiras televisões uma década mais tarde. Talvez ele tivesse conversado com a noiva a respeito naquele dezembro, quem sabe até planejado uma compra (sem imaginar que ela tomaria a iniciativa por conta própria), porque anotou no caderno de correspondência um bilhete a uma certa "Importadora Ava-Rádio", de São Paulo, pedindo um catálogo. Em 17 de janeiro, uma carta ao Rau também toca no assunto, referindo-se a algum outro fornecedor, este de Curitiba; claramente, o imbróglio da compra do rádio não sai de sua cabeça — *Passou-me outra onda de vontade de comprar um rádio, mas já se me afastou de novo* —, assim como o casamento próximo: *Passei momentos agitados e tormentosos!!! Está marcado — o casório — para 5 de junho, (no "grosso" do inverno!!!) contudo é um acontecimento "a realizar-se" — futuro...*

"Momentos agitados e tormentosos": é uma síntese de todos os encontros do meu pai com a noiva. No mesmo dia 17, escreve a ela uma carta mais tranquila, dizendo que, atordoado pelo problema do rádio, esquecera de agradecer o livro que ela havia mandado: *Já estou na pagina 106 com a leitura e estou gostando muito. Muito obrigado pelo livro e pela fotografia, "carinha feia" mas para mim é muito bonita.*

A paz dura pouco, e a malfadada história do rádio volta a atormentá-lo. Parece que minha mãe, recebendo a carta do vendedor, resolve aceitar de uma vez o rádio que afinal havia comprado, o que deixa meu pai furioso contra o "judeu", gatilho do antissemitismo, que avança numa fúria conspiratória:

> *Não, não, absolutamente não! Tenha um pouco de persistência e deixe de ser covarde! Ainda que ele não aceite, vocês não deverão pagar a 1ª prestação para não confirmar aceitação do contrato de compra. O judeu é judeu até a medula: o dia que ele ficar convicto de que não receberá de voces, aceitará, imediatamente, uma indenização e o radio de volta — a questão é convence-lo, e para convence-lo não se deve oferecer prestações menores e muito menos pagar.*

Até aqui (pensando, com alguma indulgência, num quadro cultural disseminado em toda parte e absorvido como um clichê), ele apenas parece repetir a caricatura imemorial do judeu como o comerciante astuto, num preconceito mecânico. Imigrante de segunda geração, encravado num novo mundo em que ele com certeza jamais conviveu ou interagiu com judeus, o cromo do semita desonesto atrás de um balcão repete-se como um eterno vilão de história infantil, uma poderosa imagem literária ocidental que, em lampejos de lugar-comum e de frase feita, se encontra em toda parte, do romance de Dostoiévski aos folhetos nazistas. O "judeu" nunca tem um nome; é um arquétipo coringa, que se usa como adjetivo, uma expressão engraçada supostamente inocente — assim como dois anos antes ele dizia ao amigo Rau que seria "mais judeu que o judeu", com a má consciência do cobrador (católico) de uma dívida, talvez aqui se tratasse apenas disso, imagina o filho ao descobrir esse pai.

Mas, no trecho seguinte, a linguagem muda de patamar. A carta assume um tom decididamente nazista, fazendo emergir das vísceras de algum secreto ressentimento um ódio que, imagino, meu pai absorveu durante anos sem nenhum contraponto intelectual, na abstração rasteira do pequeno autodidata, e que agora explode como que do nada — na correspondência inteira não encontro nenhum paralelo emocional com o que ele escreve aqui. O passo central, e mortal, é a coisificação animalesca do vendedor.

> *Em último caso, pelo menos inicialmente, não falar em Cr$ 50,00! O judeu é pior que sarna, onde se agarra não larga, coçando violentamente; é preciso um remédio mais eficaz e lento.*
>
> *Coçar sarna pisa-se a própria pele e a praga fica; esplodir diante dum judeu é intregar-se às suas garras impiedosas. O judeu é vencido pela resistência e pelo tempo. Antes de protestar, sem dúvida, ha de avisar para assustar-vos.*
>
> *Agora, querida Elin, para que eu possa conhecer a psiquê intimamente criminosa do judeu peço mandar-me a carta que te escreveu, sim? Só assim poderei me orientar melhor no negocio.*

O ressentimento racial, aqui afinal inteiramente abstrato, e que inclui um sentimento inefável de conspiração e de perseguição ("antes de protestar, sem dúvida, há de avisar para assustar-vos"), nunca se apresenta como tal, nu e cru, simples "triunfo da vontade" — ele precisa assumir ares ao mesmo tempo científicos, morais e religiosos, todos de natureza radical, violenta e excludente. Leitor de origem desses "princípios científicos" condensados nos panfletos da época, meu pai parece incapaz de dar o pequeno salto cognitivo (ou emocional, ou afetivo) da desconfiança. Um traço forte nesse mundo mental talvez seja determinante: não há humor. É um mundo inacessível ao riso — assim como hoje, sob o império da internet, a elegância da ironia é esmagada pela brutalidade do escárnio. Todo o linguajar da carta repercute, com o feroz entusiasmo do fanático, o biologismo nazista, que sintetizava politicamente a "ciência das raças", uma ovelha desgarrada e deformada do imaginário cientificista do século XIX, e que ganhará uma força imensa na entrada do século XX. A violência do vocabulário e das metáforas ("sarna", "praga", "garras impiedosas", "psiquê criminosa") corta pela raiz qualquer fio possível de empatia ou trato civil: o judeu não pode ter um nome; é uma entidade a ser extirpada (ele será "vencido pela resistência ou pelo tempo"). Em seguida, cumprido o frenesi exorcista, vem a banalidade do afeto:

> *Recebi o livro muito obrigado — Estou gostando muito dele, já estou na pagina 144. Recebi a carta de Joinvile e a de Jaraguá e a de Indaial com as fotografias. Lembrança, abraços e beijos do sempre teu*
> *Tezza*

Talvez tenha sido um surto, uma explosão subterrânea da estupidez coletiva canalizada naquele instante pela dupla ansiedade de acalmar a ansiedade da noiva pela compra infeliz do rádio, o impulso trazendo à tona o horror que todos carregamos sem nos pertencer, é o que chego a imaginar, esperançoso, avançando as páginas do caderno, o inconsciente soturno que temos medo de tocar — afinal, esse é o meu pai.

Mas a sequência não deixará nenhuma dúvida.

33. O encontro

Na longa carta seguinte, três dias depois, a obsessão detalhista do meu pai em relatar um encontro fortuito, surpreendente — de fato, inacreditável —, que parece deixá-lo em choque e que ele precisa resolver, reforça a sua violência verbal. Ele não pode deixar escapar nenhuma fresta possível de empatia que o enfraqueça diante de alguém que não consegue (não quer) transformar num igual. Até o fim será obediente à sua certeza. É uma fábula edificante, que já começa pela moral da história:

Fpolis, 22 de janeiro de 1943

Querida Elin

Aproximar-se dos maus nunca é prudente: ter com eles algum comércio, seja ele material ou espiritual, as consequencias são sempre dolorosas.

Para cúmulo do meu espanto, hoje, às 10,30', esbarrei, na Secretaria da Faculdade, com o judeu cão (para não dizer o "cão do judeu" que haveria ambiguidade no sentido)

O "judeu cão" — de onde vinha esse vocabulário? Em que calçada daquele desterro tropical brasileiro, uma ilha perdida ao sul, falava-se e ouvia-se o entusiástico idioma da Berlim de coturnos, suásticas e braços esticados em continência? E isso, relembro, no meio de uma guerra mundial em que meu pai desejava "esmigalhar o primeiro alemão que encontrasse". Em toda a correspondência, esta carta é um momento único. Com um prazer de cronista, ele parece sintetizar para si mesmo o rosário completo de suas certezas intelectuais, o máximo de sua sabedoria, temperada pelo grotesco:

> *Fiquei perplexo, entrei, cumprimentei secamente e me sentei "vis a vis" na frente do homem que sentado numa cadeira comum fica com os pés pendurados e a barri- encima* [sic] *da mesa. O judeu estava sentado entre mim e o barrigudo "dando" com a cara direita ao gordo, a esquerda ao magro e o nariz de gancho para a porta: assim pude observar sem ser observado e analizar bem a fisionomia e a cara daquele representante da raça amaldiçoada por Cristo.*
>
> *Que estaria fazendo aquele indesejavel, ali?*

A "raça amaldiçoada por Cristo" — acusação que certamente não preocuparia um nazista puro, que se imagina um pagão ancestral wagneriano — é um afluente lateral que desemboca ali, mecanicamente, cumprindo tabela, pela via do cristianismo oficial-popular desde sempre. Afinal, meu pai era um católico de fachada, por herança passiva — confirmando-se ano a ano, até aqui não aparece uma única referência nas suas cartas a alguma missa a que tenha assistido ou a qualquer contrição ou confissão de fé religiosa. A pergunta que abre novo parágrafo é retórica, para fazer suspense narrativo — mas o "indesejável" transcende; o tom vai claramente além da questão pessoal. Que quadro mental produz e sustenta esse espírito tenaz de exclusão?

Não há argumento nenhum; a linguagem fala sozinha, e a sequência cai em outra caricatura universal, a do comerciante desonesto, fechando o quadro da fábula infantil, o lobo sorrateiro e o cordeiro honesto e ingênuo, que meu pai retoma como se, inconscientemente, pusesse à prova a fragilidade do próprio olhar:

> *Lembrei-me logo dos tapetes, cortinas e* [ilegível] *que ele habilmente — sem medir malicia e dolo — anda impingindo em quasi todas as repartições publicas por preços exorbitantes. Contra o meu costume, depois de assinar o ponto tomei de um jornal e aí permaneci. Nunca lera tanto tempo num só Diario Oficial nem com tão pouca atenção: todos os meus sentidos e as minhas faculdade estavam febrilmente voltadas para aquele homenzinho que se me representava um "demonio de carne e ossos" Esse é que é o "bicho papão"* (!) *de que tanto falam os pais para assustar as crianças!*

O homem que passou a vida adulta pensando em dinheiro e calculando a sobrevivência, e que lutou até o limite para receber uma dívida pessoal, está agora diante do "demônio de carne e ossos" que "impinge preços exorbitantes" — um "bicho-papão". Em algum lugar ao fundo ressoa, hereditário, o mal-estar católico com o dinheiro, objeto simultâneo de desejo e culpa. Tudo é ridículo, e no entanto o sentimento está ali, vivo, forte, inamovível, poderoso. Ouvindo a conversa do homem enquanto finge ler o *Diário Oficial* na mesa ao lado, meu pai descobre outras razões para o desprezo. Parece que agora, finalmente, o ódio personaliza-se, porque de algum modo — pelas vicissitudes da vida dura — meu pai percebe, irritado, que está diante de um igual, e ele precisa marcar o território da diferença. O toque de escárnio se soma ao sentimento de superioridade de quem já conseguiu o que o "judeu" tenta, surpreendentemente, conseguir — recuperar o tempo de educação formal perdido:

> *"Que qu...ria esse raio?" diria um portugues da "Veira Baixa"... — Queria matricular-se na Faculdade!!!!! E como queria!!!!?*
>
> *Não possue preparatórios do ginásio, pretende tirar o madureza e os tres anos do Colegio, no Catarinense.*
>
> *Mas que diabo, a Faculdade não tem nada com madureza nem com Colegio...*

É um ressentimento que assoma entre vizinhos: ali está um semelhante, quem sabe querendo ocupar um lugar que deveria ser apenas seu, o direito ao estudo. A irritação crescente se desloca agora contra o diretor, que, inexplicavelmente, dá atenção ao "judeu", auxiliando-o no seu pedido absurdo:

> *O diretor da Secretaria (o único diretor do universo que não dirige ninguem, porque não tem siquer um auxiliar na sua secretaria, esse pançudo cuja cabeça parece uma bola colocada sobre os ombros, entretanto, está rabiscando uma petição complicada para o judeu.*
>
> *É que o judeu vai requerer exame de admissão à Faculdade sem possuir os preparatórios, comprometendo-se fazer, simultaneamente o madureza e o Colégio no G. Catarinense!!!! "O tempora, o mores"! diria o mestre da oratória.*

A afetação latina parece coroar com erudição a catilinária antissemita. Mas o ressentimento se desdobra em mais um lance acusatório que, em busca de razões, começa num tom cristão moralizante ("despojar os seus semelhantes") e termina com a volúpia nazista que absorve no ar: "esmagar essa infâmia". Que direito teria "esse miserável" aos estudos?!

Isto, entretanto não satisfaz a curiosidade de quem quer saber o "porque" das coisas.

Porque essa creatura, que só pensara em despojar os seus semelhantes com negócios até agora, só quizera bens materiais, conquistados por bem ou por mal, pelando sem piedade quem lhe caisse nas garras, esse miseravel, agora, queria estudar direito? Que lhe teria dado nos miolos? Não é de hoje que está em Fpolis, no entanto só agora quer tornar-se doutor: e que doutor!

É preciso que eu estude para esmagar essa infâmia que anda por aí.

O assunto parece encerrado, uma anedota de vingança que meu pai, solidário, partilha com a noiva, fazendo-lhe justiça pelo que tem sofrido nas mãos daquele infame que quer receber pelo rádio que vendeu. Mas no passo seguinte da carta aparece uma revelação — que pelo seu toque prosaicamente humanizante deve ter enfurecido ainda mais o meu pai:

Não quero gabar-me de servir de exemplo em certo ponto ao judeu, mas o fato é que ele me deu os parabens pelos minhas vitórias obtidas na vida e disse que na sua loja tinha ao meu dispor um exemplar do jornal "A Imprensa" de Tubarão (nº 415 de 16-1-43) onde lera a sintese da minha biografia — junto segue o recorte; para ti, aliás, não constitue novidade.

Imagino o homem, ao ver meu pai chegando à secretaria da faculdade onde trabalhava, levantando-se de sua cadeira para cumprimentá-lo efusivamente, com um sorriso amplo e a mão estendida — e ainda com a notícia de um artigo de jornal sobre ele, que oferece gentilmente: "Guardei para você!". O que "não constitui novidade" para minha mãe é a história de infância do seu noivo; o inesperado é o recorte do jornal de Tubarão (que meu pai guardou zelosamente no caderno e que, mais de oitenta anos depois, descubro e desdobro, uma frágil folha amarelada do jornal) — e mais ainda o fato de que a notícia vem dos lábios alegres de seu inimigo mítico, o miserável judeu.

Em seguida, prossegue meu pai, neste conto que seria apenas burlesco não fosse tão revelador de sombras, ele vai à loja buscar o artigo de jornal — e o famigerado rádio, é claro, volta à tona:

> *Ao meio dia recebi tua carta, à tarde, aproveitei "matar dois mosquitos com um só tapa"*
>
> *Fui, recebi o jornal, agradeci, pedi-lhe se havia solucionado algo do rádio; disse-me que o enviara e escrevera e nada mais. Entreguei-lhe a carta, leu-a, enfiou-a na gaveta com cara de dois de pau; e, inexoravelemnte, persistiu no dizer que faria pequenas prestações mas que não poderia receber o rádio de volta, porque não poderia mais vende-lo em vista de não estar mais pagando imposto sobre venda de radio.*
>
> *Finalmente, apos discussões alternadamente violentas e calmas disse que se sujeitaria a fazer o abatimento de 100$, mas que era impossivel receber o rádio de volta; pudera! se o rádio não vale mais que 500$, quer 1.700$, nesta hipotese — Já foi alguma coisa, não é?*

A despedida parece ter sido pelo menos civilizada; o manuscrito do meu pai tateia as palavras, que afinal se fecham num horrendo kitsch poético:

Despedi-me, agradecido, e disse-lhe que me procurasse caso ~~tivesse~~ quisesse rescindir o contrato ou para entrar em qualquer acordo ~~razoavel~~ possivel.

Enfim, minha querida, a vida é prosaica... e o bandido do judeu tirou-me, a mim e a ti, as últimas migalhas de poesia que porventura ainda tivessemos na nossa luta dura e cruel pela vida. E assim, querida, termino dando-te o meu abraço cordial e fraterno, com todo o fogo do meu amor que incinera o corpo e purifica a alma.

Teu maridinho
Tezza
desculpe as incorreções, não a reli
Beijos do teu
Tezza

34. O recorte

A carta seguinte para a minha mãe trata do artigo do jornal da cidade de Tubarão, do dia 16 de janeiro de 1943, gentilmente recortado, guardado e presenteado ao meu pai pelo "judeu". Ocupando três colunas da capa do semanário A *Imprensa* (*Publica-se aos sabados*, informa o subtítulo), tem como título "Força de vontade", trazendo uma foto oval do plácido rosto do meu pai, com o bigodinho aparado, a gravata firme e o olhar tranquilo, como um personagem de *Tia Julia e o escrevinhador*. Tento me ver ali. Comparo o olhar dele com o meu olhar de 1960, aos sete anos, criança posando para a fotografia escolar do segundo ano primário, o globo terrestre à esquerda, o livro aberto à frente, o mapa-múndi ao fundo, uma Nossa Senhora e um vaso de flores à direita; o meu olhar é igualmente firme, porém tenso e assustado. Sempre vivi com medo: *nosso pai e nosso companheiro*, diz o poeta. Já no rosto sereno do meu pai há alguma coisa de santo e de ingênuo, a expressão limpa, indefesa e honesta. Dali a quatro meses fará trinta e dois anos.

O artigo revela-se uma fonte de informações de um período

nebuloso da sua vida. Certamente foi escrito a partir de uma entrevista pessoal — Francisco Carlos Regis, *Segundanista de Direito*, que assina a coluna, é colega do meu pai na faculdade. A epígrafe que dá o tom da matéria (*uma historia edificante de um filho de lavradores*) são versos da "Canção do Tamoio", de Gonçalves Dias, traduzindo a mensagem simples: a vida é luta renhida e viver é lutar. O que faz sentido, no caso dele: *João Batista cedo aprendeu o amánho da terra, e sól apoz sól, trabalhou na casa de seus pais, fazendo todos os serviços dum bom lavrador, até Fevereiro de 1928.*

Descubro que saiu de casa já alfabetizado (*Cursou a clássica escolinha primaria do interior, indo até o terceiro ano*). Pelo que conta o colunista, sair de casa cedo para trabalhar seria um padrão comum na vida rural do sul:

> *É costume, no sul do Estado, os moços da zona rural, sairem para trabalhar em estradas de rodagem no Paraná ou no Rio Grande do Sul. Da competencia dos nossos trabalhadores, neste serviço, temos fartos documentos. João Batista não escapou ao costume: em Fevereiro de 1928, partiu para o Rio Grande a fim de trabalhar em estradas. Retórna daquele estado em Março de 1929. Neste mesmo ano, em Setembro, parte para o Paraná, onde trabalhou, durante um ano, nas estradas de São João do Barracão a Palmas e na estrada de Clevelandia a Vila Nova.*

Seguem-se os anos no Exército — *Em Março de 1931 apresentou-se voluntario, tendo ingressado na extinta Terceira Bateria de Artilharia da Costa, com séde em Florianopolis* —, do qual deu baixa para ingressar nos Correios e trabalhar em Lages, o estudo intensivo e o exame de Madureza, e o retorno a Florianópolis, esclarecendo uma lacuna (pela perda de um dos livros da correspondência): o curso de Educação Física, que fez em 1938: *Neste tempo, cursou com brilhantismo a Escola de Educação Fisica do Estado, tendo se diplomado.*

Depois de comentar o período em que *João Batista desdobra-se em esforços* — os dois anos do pré-jurídico, a aprovação no vestibular na Faculdade de Direito e em seguida a nomeação como bibliotecário, *cargo que vem exercendo com eficiência* —, o colunista faz o elogio final:

> *Quem chega a vencer todas estas barreiras, por certo que tem valor e muito valor. E é preciso frizar: está vencendo sozinho, apoiando-se no cajádo da sua férrea vontade de ir adeante.*
>
> *Por toda esta sequencia de lutas e vitórias, João Batista Tezza é digno de encomios, de admiração e de imitação pelos moços do Brasil hodierno.*

É um artigo simpático e sincero de um colega, que não esconde a admiração pela persistência e ascensão social do meu pai; e o texto é correto, claro e informativo, com as marcas de estilo, clichês e código de valores de seu tempo, nos limites mais ou menos orgulhosos da província e do perfil regional do semanário, já de longa vida (*Ano X, número 415*, diz o cabeçalho). Tudo somado, seria motivo para meu pai ficar feliz, a breve vaidade de ver-se reconhecido, a ponto de seu inimigo mítico, o "judeu" — a quem, por ironia, ele deve o recorte —, cumprimentá-lo em público pelo sucesso pessoal. Mas meu pai não gostou — alguma coisa irritou-o na matéria, como se vê na carta à minha mãe:

> *Então, gostaste muito do artigo? Quanto a mim que sinto o meu passado quasi que mais fortemente do que o presente, não me impressionei. E, devo dize-lo, com sinceridade, não está bem escrito. Pondo de lado a modéstia, afirmo que a roupagem com que o meu panagerista vestiu a história do meu passado*

tirou o brilho do biografado. O rapaz que fez o artigo merece os aplausos de ser um esforçado: quer escrever, quer escrever o seu nome por extenço no jornal e dizer que foi promovido ao 2º ano!

É uma observação mesquinha, com a sombra da inveja; ou ciúme, quem sabe — talvez minha mãe tinha elogiado demais o articulista, aparentemente alguém com a leveza e o trato social dos bem-nascidos. A última frase — o artigo teria sido escrito apenas para o autor do texto aparecer — é particularmente estúpida. Pelo início do texto, tudo indica que o colega escrevia regularmente no jornal: *Tenho hoje, para os leitores de* "A Imprensa", *uma historia edificante de um filho de lavradores.* É possível que o reprimido complexo de inferioridade aflorasse ao ver-se tão cruamente objeto de um olhar paternal por um colega estudante, que se soma à vergonha (ou culpa) da exposição pública de sua origem pobre.

O parágrafo seguinte deixa mais clara a ciumeira, que se desdobra numa empáfia de conselheiro, um papel que ele gostava de assumir com um ranço moral acusatório. Diante de um artigo elogioso em que ele é o assunto central, meu pai aperta um cilício afetivo, desloca o olhar e faz um esforço torto para disfarçar o incômodo desagradável de ver o colega assinando uma coluna de jornal — o que ele nunca conseguiu. O mecanismo de ocultação do sentimento ressentido é ao mesmo tempo confuso e transparente; talvez fosse o caso de ele lembrar das fábulas de Fedro, com as súmulas morais que tanto apreciava — as uvas desejadas estavam verdes.

Na verdade, quem não escreve e se esforça não aprende a escrever; mas, contentemo-nos a escrever sem assinar! ou então sejamos modestos perante o público! assinemos com pseudonimo.

Quando eu era mais moço e sabia a metade do que sei agora, tinha loucura para escrever no jornal — felizmente, nunca tive oportunidade e foi otimo assim. Agora, não lamento as bobagens postas aos olhos do público (ainda este publico não veja um milimetro na frente do nariz) e me deleito em ve-las todas somente nos meus cadernos e papeluchos.

Devo dizer-te — nunca disse a ninguem, nem me orgulho disso — que ha muito tempo, certo redator de jornal ia me dando "indiretas" e finalmente "diretas" para que eu escreva "alguma coisa".

Esse moço, bem intencionado, pensa, provavelmente, que os artigos valem tanto mais quanto mais anos de Faculdade se tem passado.

Pelo menos o "moço" (ele tem a mesma idade do meu pai) é "bem-intencionado", mas meu pai, em comparação infantil com o rival que o elogia, frisa seus anos a mais de faculdade. Apesar do mal-estar, acaba por confessar o próprio limite, talvez por perceber que o texto lido tinha uma clareza simples que meu pai não alcançava ao escrever:

> *Mas eu sei quanto exiguos e vacilantes ainda são os meus conhecimentos para ombrear com artigos, no jornal.*
>
> *Antes de escrever é preciso ler, ler e estudar muito, acostumar-se a ficar, com prazer, no meio de livros, lendo e estudando.*

É mais uma vez o Quixote ingênuo, sonhador e sem referências, temperado pelo bovarismo social subterrâneo de que não pode escapar.

O parágrafo seguinte muda súbito de assunto, com mais uma revelação surpreendente, especialmente paradoxal — e que, pela sua inconsistência intelectual, também por paradoxo deixa feliz este filho. O mesmo antissemita feroz que repete a caricatura nazista sobre o judeu, agora se confessa encantado por Stefan Zweig, o austríaco judeu que teve seus livros queimados em praça pública e que em 1934 fugiu do horror que assolava o mundo alemão.

Zweig se apaixonou pelo Brasil, vendo aqui uma utopia dos trópicos — seu livro *Brasil, um país do futuro*, de 1941, é dessas referências fortes que carimbam nosso imaginário, como o "berço esplêndido" do Hino Nacional. Desde 1940 o escritor já visitava o país, onde logo passou a viver até seu impactante suicídio, em 1942. É claro que meu pai deveria saber quem ele era e qual sua história — que aliás está lendo. O espantoso é que não faça nenhuma ilação política entre uma coisa e outra, entre o antissemitismo como expressão final e indissociável do sistema nazista e a profunda admiração pelo escritor que confessa à noiva. Numa incrível cegueira, parece ver do escritor apenas um estímulo escolar, que se encerra num elogio nefelibata à tradução:

> *Estou na pagina 326 com a leitura o livro "O mundo que eu vi". É um dos poucos livros que até agora li, que não esquecerei jamais: impressionou-me tanto que (alias já era ideia velha) já iniciei a tradução de um livro escrito em italiano. Comecei ontem, já tenho 8 paginas manuscritas. Diz Stefan Zweig que o melhor exercicio para desenvolver o intelecto é a tradução de livros. Na verdade é coisa notoria que quasi todos os grandes escritores traduziram e as vezes traduziram muito, muitissimo. Na tradução livre aprende-se a acompanhar o fio do pensamento do escritor. Muitas vezes é necessário desprezar o sentido isolado da palavra para dar sentido à frase, ao período e ao conjunto do trecho ou obra: é enfim, um esforço salutar e profícuo para a formação do espírito.*

Dois dias depois, nova carta à noiva, e o rádio inesgotável volta a ser assunto. E, com ele, o "judeu", que enviou à minha mãe uma carta de cobrança. Já esquecido da admiração por Stefan Zweig, meu pai desenvolve uma sequência de hipóteses tentando interpretar as intenções secretas do "judeu", para a ele se antecipar, numa operação de guerra com os inevitáveis traços conspiratórios. Tudo que o "judeu" faz tem objetivos subterrâneos, intrinsecamente desonestos, que devem ser desvendados. *O negocio do judeu vai melhor do que pensava: Ele está de fato vacilando, está nervoso.*

Para melhor argumentar, meu pai numera os parágrafos, pensando ao mesmo tempo que escreve, tateando as possibilidades, até revelar qual seria o truque do "judeu", na sua aleivosia em insistir em receber desonestamente pelo rádio que vendeu (*fez-se de animal para poder pastar mais a vontade*) — o que ele queria era uma resposta qualquer da Elin, *para ficar assim confirmado o negócio.*

No terceiro parágrafo, atribui ao "judeu" o acaso de uma leitura de jornal pela qual o comerciante teria flagrado num edital a assinatura da diretora do Grupo Escolar de Indaial (no momento a irmã da minha mãe) — confirmando assim o domicílio de cobrança. Tudo soa absurdo, mas ele avança febril na conspiração, entrando na cabeça do homem como um narrador onisciente:

> *No dia que ele esteve na Faculdade, indiscretamente, leu a "Comarca", que estava sobre a mesa do Diretor da Secretaria, e viu que Vanda assinara o edital sobre matricula do Grupo: Ela está em Indaial! teria dito consigo! Certamente, as duplicatas estavam no cofre, esperando ser cobradas. Fez, então, uma tentativa, entregando-as ao Inco, que tem agencia em Indaial e que teria mais influencia moral sobre vocês, caso as cobre, o Banco terá uma porcentagem. O Banco não desconta letras de pessoas desconhecidas!!! que ele deixe de ser bobo!!! O Banco pode descontar com a garantia total do endoçamento, que neste caso, só pode ser o judeu. O Banco não vai fazer despesas de protesto etc. para satisfazer ao judeu!!!*

Mas, se nas conclusões do meu pai nada do que o vendedor fez tem sentido, o que ele pretendia? A resposta: *obter uma carta de voces, pois ele precisa saber o estado de espirito de voces, para melhor agredir.* Em seguida, um trecho do rascunho é cortado, anotado como "sem efeito"; a animalização do inimigo é sublinhada com a marca do biologismo psicológico: *Um tigre ouvindo o gemido medroso de um animal, na floresta, conhece-lhe o temperamento e as qualidades. E consequentemente, estará mais apto para agredi-lo.*

E retoma as intenções subterrâneas do "judeu nervoso": ele quer *intimidar-vos moralmente; até agora, ele só gastou com o negocio e isto é negocio que deixa um judeu nervoso, pois essa raça nunca pratica um ato comercial sem receber alguma coisa.* Depois de um extenso rosário de orientações à noiva, a conclusão: *resistir ao pagamento: não pagar, não pagar, não pagar. Esperar que o judeu dê gritos mais coléricos do que esta cartinha aparentemente delicada.*

O delírio mais ou menos enlouquecido do meu pai — é difícil ver o episódio de outra forma — assume no último trecho o espectro de um ressentimento pretensioso, estufado de sentimento de injustiça; o antissemitismo ganha uma forma que se pretende poético-filosófica, colando retalhos disparatados de clichês retóricos:

> *E a poesia continua sem cultivo de nossa parte! Também, num ambiente desta natureza! Como podemos nos inspirar! Isso só mesmo para tragedias, não ha coração humano que não se dilacere, que não se torture, que não se esfacele: mas viver e lutar e a luta chega até os limites da morte.*
>
> *Abraços e beijos fervorosos do teu Tezza*

Ressoa um eco do artigo de Tubarão, com o "viver é lutar", de onde sai o ridículo, e sinistro, "limites da morte". Tudo para não pagar um rádio que se comprou, e dar ao gesto uma tinta de grandeza. O espírito de notário nunca o abandona: ele acrescenta em letra miúda o seu frequente escudo de defesa: *Não reli, desculpe-me as falhas* — o que não faz sentido, porque o texto é o rascunho de uma carta que depois será copiada.

Alguns dias depois ainda há uma referência ao "judeu" em torno do rádio, que parece mesmo ter sido devolvido — *o que vai acontecer é que o judeu terá que pagar o transporte de lá para cá, se quiser devolve-lo para Indaial*, diz ele num trecho confuso, e o assunto enfim desaparece das cartas.

35. Dias tensos

Em fevereiro de 1943, meu pai escreve aos pais anunciando o casamento e informando como está — *saude de aço: magro, entretanto, esta minha magreza espanta as doenças e a preguiça; sempre agindo, sempre estudando, para sobir sempre* —, e conta do trabalho e das perspectivas de estudo: *em dezembro de 1944, estarei formado em direito.* No final, detalha o casamento que se aproxima:

> *Desde já estão convidados a assistirem ao nosso casamento, que deverá ser no dia 5 de junho, se não houver contratempos.*
>
> *A cerimonia será simplicissima, só convidamos as testemunhas necessárias e o pessoal de casa. Será realizado em Indaial — 25 quilometros pra lá de Blumenau —, finda a rápida merenda, embarcamos para Blumenau e em seguida para Fpolis.*

Que os meses seguintes foram angustiantes para meu pai, as cartas irão comprovar. Com relação à Elin, mantém-se a insegurança. Pressente que ela é mais inteligente do que ele (*Querida*

Elin, minha filósofa. Estou admiradissimo de como expremiste, conciso e sinteticamente, o sentido da existencia humana. De dia a dia o teu genio está se revelando, diz ele), mas quer marcar um nítido e severo espaço masculino de dominação, exigindo uma subserviência padronizada que se encaixe na imagem que ele criou da vida conjugal. Minha mãe não parece disposta a aceitar — sempre arredia, num momento ela se atreve a dizer que meu pai "não tem razão", o que o irrita:

> *A tua carta, que me chegou às mãos hoje, trouxe-me uma fustigada com a frase: "Não tens razão etc" que muito me desagradou. Na realidade eu nada havia afirmado para "ter ou não ter razão"; apenas supús, lembrei a possibilidade, por isso não ha logar para sensuras.*
>
> *O interessante é que pensas tanto no mes de junho, entretanto, não mostras a circunspecção que o caso exige, nem a serenidade e moderação para comigo, na maior parte das vezes que nos encontramos.*

O casamento não exige afeto ou alegria, mas "circunspecção": meu pai quer que minha mãe seja o que ela não é. Ela está com vinte e um anos de idade, e meu pai, aos trinta e um, projeta nela a imagem de uma senhora soturna que ao mesmo tempo seja obediente como uma filha. Todos os encontros eram problemáticos:

> *Sempre ocorre um incidente, e, às vezes, bastante grave: sempre relevado por minha parte! Continuo como se nada houvera acontecido; entretanto, depois, quando, só, no silêncio do meu quarto, começo a pensar sobre que ha passado de regular e sólido entre nós, vejo pouca coisa. O que vejo mais, na tela da nossa convivência, é a irregularidade, a inconstância d'estado d'alma,*

a puerilidade; e, nos átos de tua parte, uma brincadeira constante que é imprópria e inconveniente para quem é noiva.

Meu pai já não tem humor nenhum; desaparecem os breves toques juvenis e um certo entusiasmo solto de anos atrás, capaz de brincar com o que ele chamava de "aventuras". Agora, preparando-se para uma carreira que não o interessa (mas que de fato é só o que ele tem), aferra-se à lógica da disciplina punitiva, a matéria bruta de que sua vida inteira foi feita. A mulher — a esposa — é uma peça a ser encaixada sem fissuras no quadro redentor com que sonha. Ele será nada menos que "o guia exclusivo", impermeável a censuras; um pequeno ditador reproduzindo o mundo em torno. Chega a fazer um ultimato indireto; certamente sabia que, por mais que esperneasse, a noiva não teria por onde escapar.

Para mim, nunca ha bôas oportunidades para fazer-te certas advertências e mesmo vou sempre esperando propositadamente para ver se isto melhora; mas qual, vejo pouca probabilidade. Continuar a encher folhas de papel com elogios, creio ser superfluo e improfícuo: Si eu não sou digno de ser teu guia exclusivo e impassivel de censuras diretas, de tua parte, não mereço o logar que me concedeste de noivo…

Sob o véu de um sábio conselheiro no alto de um púlpito, o papel que meu pai amava ver em si mesmo, a carta segue carregada de ameaças; ele quer nada menos que a submissão absoluta, ou minha mãe não será feliz:

Lembras-te de que se até o dia do casamento não te sentes preparada, espiritualmente, para ligar, sem condições ~~incondicionalmente~~, os teus destinos aos meus, nenhuma felicidade en-

contrarás nele. Pergunta a ti mesmo, se estarias contente e feliz, sem nada exigir alem do que, espontaneamente, te ofereço.

Ele será tudo para ela; e, como um Deus, a um toque de dedo é ele que vai torná-la tudo para ele:

~~Não te esqueças de que~~ Do dia do casamento em deante, nenhuma pessôa deve haver mais amplamente tua íntima, nem mais autorizada e superior, para te dar conselhos, do que eu. Nisto é que consiste o sustentáculo da felicidade tua, minha, nossa e do lar. Serei tudo para ti: tornar-te-ei tudo para mim.

Meu caloroso e fraternal abraço, acompanhado de beijos, muitos, sinceros e de distinção.

Teu noivo

Tezza

Fecho os olhos e vejo minha mãe lendo aquele "sustentáculo da felicidade", o "fraternal abraço" e os beijos "sinceros e de distinção", da pessoa com quem se casará em três meses; posso sentir o gelo do terror contraindo-lhe a alma.

Um dia depois, meu pai transcreve outra carta, uma das mais rascunhadas e corrigidas dos cadernos, cheia de lapsos e frases encaixadas, talvez sob efeito do excesso de vinho — o que, no caso dele, seria um assombro. É um dos seus raros momentos intimistas; talvez o que escreveu no dia anterior — e a expectativa da resposta que, é claro, ainda não chegou — tenha mexido com ele além de sua medida de segurança emocional:

Minha querida Elin

Eu teria de apostilar tão longamente a tua carta que tres dias não me bastariam para tal trabalho de crítica e observações; entretanto, não ha tempo nem força de ~~espirito~~ pensa-

mento para resposta de tamanha dimensão. O tempo não o disponho porque ~~como sabes~~ tenho ocupações muitas; a força de pensamento não a tenho pelo seguinte: Iniciados os trabalhos do corrente ano, este meu esqueleto ambulante e racional sentiu a necessidade de melhores tratos para bem resistir o manejo dos sete instrumentos que me são peculiares.

"Esqueleto ambulante e racional" — dou uma risada; o filho passando dos setenta anos ri da imagem do pai aos trinta e um, tão precisa! Esqueleto ambulante, mas com autoestima forte, um senhor de sete instrumentos. E passa a descrever seu dia a dia, acentuando a imagem de um sofrido lutador; afinal, viver é lutar.

Tratei de comprar quejo para reforçar o magro café ~~com pão~~ da manhã, vinho afim de abrir o apetite, tomando, matematicamente, tres quarto de copo no almoço: Surtiu o efeito esperado, comia como um lobo; pratos de carne eram devorados por mim, coisa que ha muito não fazia

~~No Ginasio~~ Já fazia duas semanas que assim procedia e estava contente com a sorte com o novo método de vida.

Os lapsos na escrita prosseguem; agora descreve em detalhes um encontro de professores no Ginásio Catarinense, em que espera ser contratado:

No Ginasio, temos um Pe. Prefeito novo, veio de P. Alegre, camarada, social e amigo dos professores. Pensou ele em convocar mensalmente uma rápida reunião de professores leigos e padres a fim de livremente, trocarem ideias sobre os mais variados assuntos.

Na Sala dos Professores há uma pequena estante de livros, um cabide, um espelho, tres mesinhas, dois radios, um alto fa-

> *lante, um fogareiro elétrico e um a petroleo ou alcool, tres cuias, duas bombas, etc. etc. As 9hs duas bandejas de doces e quatro Lotus foram servidos. Correu doces, vinho e chimarrão a vontade, sem cerimônia. Falou-se e discutiu-se sobre guerra, letras e artes. Com doces, ~~tomei tres quartos de copo~~ adiantei a dose de vinho do dia ~~(eram 10hs)~~ e, por cima, tomei chimarrão.*

"Guerra, letras e artes" — e nenhum detalhe a mais. O mundo parece um rol de objetos. E, súbita, uma memória sentimental exata — ele lembra da data — que o vinho trouxe à tona: *~~É~~ — Dia de S. José ~~(19-3-43)~~, ha 14 anos passados* (19-3-29) *foi o dia que mais passei fome em minha vida; pois viajei o dia inteiro pelo campo deserto e sem recursos, com cem reis de pão e 50 gramas de queijo! Era a vespera da chegada em casa de minha primeira aventura — volta de Rio Grande.*

São lembranças duras que ele revive sob a tensão do casamento que se aproxima, ressentido, talvez, pela noiva que teima em não lhe render obediência. No último parágrafo, o quadro dos efeitos do vinho:

> *Sexta-feira de noite, porem, é que se manifestou o vinho* (*creio eu*) *a carne em exesso e a falta de frutas na alimentação: uma inflamação no tubo digestivo causou-me febres noturnas, feridas na boca e uma ligeira intoxicação causando insônia, que completada pelos mosquitos, não dormi direito desde aquele dia. Estou fraco como folha e magro como caniço; entretanto não perdi um só dia de serviço, embora não tenha vontade de fazer coisa alguma: continuo semi-envenenado. Hoje pretendo ir ao médico embora tenha verdadeira aversão a médicos.*

Mas as coisas melhoram: no dia 31, um bilhete otimista dá conta dos planos de emprego e salário (A *perspectiva é de mais serviço no 14 B.C. e mais serviço e vencimentos no Ginásio*), e segue junto o livro "*O segredo do Noivado*", com a dedicatória anotada: *À Elin, minha noiva ideal, ofereço.* Três dias depois, informa que já está bom "de corpo e espírito", feliz por ter recebido dela uma caixa de abacates mas preocupado por saber que a sua irmã mais nova está com tifo: *Se é que a Nitinha está com tifo cuidem-se para não ficarem todos doentes, porque é perigosamente transmissivel.*

No dia 6, nova carta com bom astral, graças aos abacates e à atenção da noiva: *Estou cada vez melhor.* As boas perspectivas profissionais se confirmam; no Ginásio terá agora dez aulas semanais — *o meu ordenado melhorou*, diz ele. Com as aulas do 14º B.C., mais o trabalho na Biblioteca, parece que meu pai sente menos a ansiedade do casamento, cada vez mais próximo. Depois de listar compras do "enxoval" (*Está tudo caro!*), despede-se com paixão: *A ti o meu abraço bem longo e apertado; abraço que entre mil beijos será o simbolo de união eterna entre nós.*

É a última carta do *Decimo segundo Caderno de Registro da Correspondência*. De maio de 1942 a abril de 1943, meu pai escreveu 164 cartas à minha mãe, como indica o índice na última página, caprichosamente anotado, agora com a caligrafia dela, certamente depois que se casaram; no mesmo período, o amigo Rau recebeu dezesseis cartas; o ex-colega Antenor, apenas três, assim como seus pais.

36. O casamento

No casamento, a vida súbito acaba — é preciso nascer de novo, num outro planeta e com outros habitantes, falando uma língua parecida mas que jamais será a mesma. A percepção do espaço é diferente; o tempo também é outro. O cenário original rapidamente desaparece e surge uma estranheza atravancada no espaço em torno, girando com intensidade, carência e pressa; pessoas, casas, sexo, rotina, paixão, trabalho, descanso, fúria, desejo, dinheiro — e filhos, que vêm disruptivos do nada, com exigência esmagadora. Especialmente naqueles anos, era um passo sem volta. Acompanhando a correspondência — meu pai terá ainda quinze anos de vida pela frente —, percebo que não transparece nele mais nada realmente transformador, exceto a inconfessada corrosão de pequenos e sucessivos fracassos (sempre em busca de um emprego ideal), numa sequência de dificuldades, a um tempo miúdas e urgentes, que rodam num eixo espanado em torno da família, que é tudo. Tudo e nada: Elin, a estranha, com quem vai partilhar quatro filhos, jamais viverá ou lhe dará algo parecido com felicidade.

Ainda que, relembrando a trajetória, eu tenha de pensar sob

outra perspectiva, menos pretensiosa, menos retumbante, muito mais simples, mais corriqueira, às vezes tranquila, até alegre, o afeto da essência das coisas que todos os dias nos arrastam sem escândalo para o momento seguinte: o que meu pai, de fato, queria? Qual a transcendência sonhada, o sopro que o movia? Mas eu tenho mesmo o direito de fazer essa pergunta? Usando o GPS dos meus dias, de que lugar eu faço a exigência de um passado melhor? Por que, pensando em mim mesmo, desabo da própria imagem e não sei a resposta: o que me move? O minuto seguinte, ou o paraíso? A literatura, essas palavras no papel? Não faça retórica, digo a mim mesmo. Volte ao seu pai, à sua mãe: está tudo ali, imagino. Saiba ler.

Desgraçadamente, o caderno seguinte se perdeu, perdendo-se com ele toda a correspondência dos meses antes e depois do casamento dos meus pais, em 5 de junho de 1943, um sábado, na cidade de Indaial. Há duas memórias de família, pitorescas, sobre o casamento, que minha mãe contava entre risadas. Na primeira, consta que meu pai não queria que houvesse missa, apenas o casamento; como o padre resolveu rezar a missa assim mesmo, o noivo se retirou da igreja, só voltando para o ritual do "sim" e da troca de alianças, o que criou um mal-estar geral. As razões do gesto não estão claras; custo a entender a birra dele por uma aparente picuinha no momento central de sua vida, ainda mais no contexto carola dos parentes da minha mãe, pelos quais sempre se esforçou para demonstrar respeito.

O filho ficcionista vê um leque de possibilidades, da recusa a pagar ao padre o trabalho extra da missa não solicitada (talvez a hipótese mais provável — o anticlericalismo se soma ao sempre sólido espírito de economia camponesa), a um gesto psicanalítico de negação do casamento que, como todo casamento sólido, decretaria o fim consentido de sua liberdade em troca dos pequenos prazeres do amor. Na segunda história, também contada entre risos, ao viajarem de trem a Blumenau em lua de mel, minha mãe chorava ao seu lado em soluços altos, mesmo escandalosos, de tal modo que os outros passageiros, preocupados, perguntaram o que havia acontecido. E meu pai, desenxabido, explicava: "É que nós nos casamos hoje". A história é engraçada — e, como no chiste freudiano, reveladora.

Em Florianópolis, se instalam numa pensão e em novembro se transferem para a casa alugada pela sogra, próxima da praça da Figueira (*Rua Vitor Meireles, nº 2*, anota meu pai), para onde dona Ernestina, suas outras duas filhas e sua mãe haviam se mudado, saindo de Indaial, como ele explica numa carta ao tio Cristovão: *Assim ficou melhor, porque, desta forma, posso ajudar a sogra: ela nos cedeu o melhor quarto e ficou combinado que daríamos Cr$ 450,00 por mês.*

Passando a lacuna do casamento, o volume seguinte — *Décimo Quarto Caderno de Registro de Correspondência* — começa no dia 30 de novembro de 1943, com um requerimento ao diretor da faculdade pedindo inscrição nas provas finais do quarto ano do curso de Direito. Mas, doente, vítima de febre tifoide, no dia 6 de dezembro outro requerimento pede segunda chamada por ter faltado às provas; dois dias depois, um terceiro requerimento (agora como funcionário da faculdade, e não como estudante) solicita licença até 31 de janeiro de 1944, esclarecendo que vai a Urussanga, onde estará "ao dispor de V. Exa.". Dito e feito: naqueles tempos tranquilos com folgas hoje inimagináveis, meus pais viajam em seguida para o sul, onde ficarão quase dois meses.

Sobre a grave febre tifoide do meu pai, então endêmica, uma longa carta ao Rau, de 6 de janeiro — com a observação "não foi remetida" — dá detalhes de cronista sobre sua internação, que inclui uma suposta mesquinharia das freiras na sua dieta e uma fuga do hospital diante da rigidez das normas sanitárias de controle da doença:

Quando melhorei, no Hospital Nerêu Ramos, entrei logo em conflito com as freiras porque desobedecendo prescrições médicas impunham-me dieta exagerada que, segundo creio, era para fazerem economia para o bolso delas. Indignei-me; queria eu o bife mal passado que o medico facultou; não mo deram e eu protestei energicamente, declarando que se eu não fosse tratado como mandara o meu médico particular sairia do hospital sem esperar pelos celebres "exames de libertação" — 3 exames de fezes e urina com intervalo de uma semana! Sem o que ninguem portador desta molestia contagiosa pode ter alta.

Continuaram inexoraveis!

Ele conta que mandou chamar o médico — *genro do dr. Nerêu*, detalha ele, o interventor do estado que, por acaso, dá nome ao hospital —, o qual *falaria, "pró-forma", com o diretor do hospital a-fim-de conceder-me alta, mandar fazer os exames lá em casa e transferir-me na ambulância da assistência pública para evitar a lingua do povo.* O jeitinho brasileiro não ajudou muito; a cultura de proteção sanitária na saúde pública (que será oficialmente semidestruída durante a epidemia de covid, quase oitenta anos depois) já era forte, na esteira do pioneirismo de Oswaldo Cruz: o diretor se opôs, o que levou meu pai a uma fuga rocambolesca (*um jacto de revolta atormentou meu espirito e resolvi tirar o pijama e vestir-me para a fuga*).

A alegria da fuga ainda sofreu alguns percalços até ele ser "libertado":

Momentos depois de chegar em casa o Delegado de Higiene apareceu em casa exigindo a volta sob pena de não mandar fazer os exames: não voltei e ele oficiou para o Ginasio e Faculdade comunicando o fato e proibindo-me a entrada. Fiquei cinco dias em casa e no dia 1º de dezembro, dia da 1ª prova oral da Faculdade fui falar, no consultório, com o Delegado que, depois de longa palestra amigavel resolveu-se mandar fazer os "exames de libertação". Feitos estes, o resultado deu negativo e fui "libertado" no dia 3.

Logo em seguida eles estarão em Rio Molha, em Urussanga, numa viagem que minha mãe chamará uma "segunda lua de mel". No dia 14 de dezembro, uma surpresa: uma longa carta escrita pela minha mãe, que, durante alguns anos, certamente a pedido do marido, partilhará os livros de correspondência copiando também suas cartas. No início ela fará isso com aplicação, a caligrafia caprichada, e depois com crescente impaciência, em garranchos apressados — e sua presença será cada vez mais rara.

Esta primeira carta — escrita com uma leveza e uma correção que meu pai jamais teria — é um relatório de férias à família, e fixa um primeiro quadro da vida em comum, bastante feliz na moldura, em que transparece o olhar cultural do tempo. Minha mãe já está grávida do primeiro filho.

Rio Molha, 14 de dezembro de 1943.

Queridas mamãe, vovó, Vanda e Nitinha

Que todas estejam gozando saúde é o que, sinceramente, desejo. Eu e Tezza vamos passando otimamente. De viagem, passei muito mal; aliás, nas curvas destas estradas sulinas até Orleans, não esperava outra cousa. Vomitei muito e sempre deitada. Chegamos às 11.30h e à tarde, melhorei. Deste lugar, onde estamos para um tempo agradavel de férias, não se pode exigir mais nada. É excelente!

A mãe do Tezza, para nós, tem sido incansavel. Não quer que eu faça a mínima cousa. O nosso quarto fica no segundo pavimento; é grande e muito arejado; temos uma cama de casal — colchão de palha alto e fôfo, travesseiros de pena e neste ponto *não se tem a impressão de estar numa colônia, pois, os lençois de cabeceira e <u>bem bordados</u> aparecem em todas as camas.*

Segue-se a idealização romântica da vida rural, com os seus tradicionais toques poéticos; e a ideia de fartura, um valor mítico, é sublinhada em contraponto o tempo todo:

Tenho a impressão de estar numa 2ª lua de mel, pois, o nosso quarto é aprazivel. Na verdade tem feito umas noites de luar maravilhosas. À noite, eu e Tezza saimos a passear pelo campo, salpicado de coqueiros e árvores de espécies diversas. Imaginaram o quadro? De dia, geralmente, faz calor e à noite é friozinho... Contudo, até uma certa hora dorme-se com as janelas abertas; deitados, avistamos a lua... e as estrêlas... De manhã cedo e à tardinha — todos os dias — vamos à mangueira e tomamos o leite, quentinho e espumante, até cansar...

Durante o dia, toma-se leite à vontade, quando se tem sêde... Do queijinho gostoso, nem se fala... O Tezza riu, quando, na chegada, me admirei de havia no armário da dispensa, 17 queijos, fora os que estavam guardados. Como quase 1 por dia, e não se levando em conta o requeijão... Pela manhã, tomo um prato de coalhada com açucar. Eu assisti à "colheita" do mel... nos armários, bacias de favas de um amarelo avermelhado... Eu e Tezza comemos de vez em quando. Eu não gostava desta papa de milho, que, aí, chamam polenta. Polenta é a que se faz aquí! Que cousa boa! Come-se com mel, queijo, salame e eu, "para encurtar a conversa", como mais do que os outros.

Depois de advertir que vai voltar "como uma 'bilontra' [sic] de tão gorda", minha mãe descreve cenas do marido, com uma graça irônica, direta no alvo, numa entonação que reconheço desde criança:

> *O Tezza já está outro: vermelho, disposto e de vez em quando, pega seus instrumentos, para fazer uma limpeza pelas redondezas da casa… Fez um "bodoque" e, nos primeiros dias, vivia perseguindo os passarinhos… Cansou-se e não matou nada… Dava para rir!! Quando voltava para casa, era um número! Agora, desistiu. Depois, passou para a pesca. Passou um dia, engordando os peixes com as "iscas" e apareceu com uma "piavinha" espetada num pau. Desistiu tambem e agora, só trabalha no campo. Se Deus quiser, ele vai voltar vermelho e disposto.*

Em seguida, vem o passeio nas redondezas e o quadro dos parentes, frisando-se sempre a "santa fartura da colônia":

> *Ontem, a uns km afastados daqui, houve uma festinha de Santa Luzia — missa, procissão e baile o dia inteiro. Eu e Tezza fomos — de aranha — à manhã e de tarde. Tive ocasião de conhecer muitos parentes. Os tios são todos cheios do dinheiro e vivem nesta santa fartura da colônia. As uvas estão se desenvolvendo… Nem em cinema eu já vi parreirais tão lindos e tão extensos! E isto em todas as casas daqui! Imagina que nós vamos ajudar na colheita!!!*

A animação de criança continua, agora com a comprovação dos seus dotes culinários, a autoestima em alta:

> *No domingo, eu fiz o jantar, que agradou a todos. Eu mesma fiz a macarronada, e preparei-a em camadas, com molho e bastante queijo; um ensopado de galinha (o Tezza disse que o melhor que ele já comeu), pirão de batata — tambem em cama-*

das com môlho e queijo, salada de batatas com ovos cozidos e azeite, repôlho, etc.. Estava da "pontinha" e ganhei "pontos" com a velha. Eu sou para ela, assim como o Tezza é para a vó. Sou a nora predileta... Ela gostou de ver-me, porque sou muito forte e vermelha. Aquí, no campo, as "côr" voltaram logo... Estou muito mais vermelha que a Nitinha. Estou ficando morena, mas com a pele ótima, porque, antes de ir ao sol, uso leite de colônia; ao voltar, tambem.

Na última parte, minha mãe repete a mesma contrição filial do meu pai alguns anos antes, reconhecendo o valor da educação que recebeu, com o respectivo elogio da obediência como porta da felicidade, um sentimento que parece distante mas que pode ser alcançado. Sinto na confissão da bondade o toque sutil da angústia: *Graças a Deus, tenho sido muito boazinha e faço o que posso, para ser agradavel a todos. Todos os dias, lembro-me dos conselhos que me deram, e boazinha como tenho sido, sou feliz. Já me convenci, de que, sendo boa, a felicidade está nas minhas mãos. Hei de ser sempre assim, se Deus quiser.*

Depois de mais alguns detalhes (eles vão enviar uma caixa de produtos da roça — *15 litros de feijão, 15 litros de batata inglesa, 12 litros de amendoim, um punhado de cebolas de cabeça, um punhado de alho e um queijinho*: é a lista que meu pai faz em outra carta), ela se despede da família (*já devem estar cansadas da minha tagarelice*), num tom sentimental, quase infantil, de elegia:

> *Todos mandam muitas lembranças. Tenho sonhado com a minha avozinha. Está melhor? Não me hei de esquecer dos conselhos que ela me deu! Estou contentíssima, mas, quando olho para a estrada, que vai para Fpolis, sinto saudades de todos da nossa casa... Como vai a querida Nitinha? A ela mil beijinhos e que me escreva. À Vandinha tambem e que, no dia 15, coma*

um docinho por mim. Sinto não poder estar aí. À mãezinha e à avozinha, mil beijinhos e abraços e que me abençoem. A todas, um forte abraço!

Elin

37. Os pintos

O ano de 1944 será atribulado, com o nascimento do primeiro filho, os estudos intensos para a conclusão do curso de Direito, além do trabalho costumeiro para sustentar a casa. Parece que o último impulso de estudo diletante do meu pai foi parte de uma tradução de um livro italiano — ele não diz qual é o título, nem o autor —, como explica numa carta do dia 17 de fevereiro ao padre Alvino Bertholdo Braun, diretor do Colégio Catarinense, a quem envia uma cópia: *Aqui está um ensaio de tradução, que produzi nos poucos minutos que me iam sobrando, na "luta pela vida", durante o último ano.* Escrevendo ao Antenor, comenta o trabalho: *Resolvi parar. Terminei a primeira parte, 64 páginas do livro, ou sejam 35 páginas datilografadas de tradução.* Certamente foi um exercício penoso e difícil — as suas cartas provam que a linguagem continuou até o fim um objeto arredio, áspero, duro, anguloso na sua mão: a expressão exata do seu mundo.

O horror da guerra terá mais um excruciante ano pela frente, mas o tema, se já era raro nas cartas, desaparece. A guerra agora é apenas pessoal: posso imaginá-lo, irritado, com os parentes em casa, a sogra, a mãe da sogra, as irmãs da esposa, as suas amigas, a invasão da intimidade, o filho por nascer e já nascido, abrindo um capítulo irreversível e sem controle — tudo conspira contra, ele ainda por se formar, profissionalmente incerto, com três empregos e pouco dinheiro, e ainda inseguro no papel de páter-famílias que desenhou para si mesmo.

Duas cartas ao tio Cristovão do dia 26 de março, uma da minha mãe, outra do meu pai, enviadas no mesmo envelope, dão uma imagem do clima que viviam. A carta da minha mãe é especialmente estranha, pelo tema da morte em cada linha — e revela percepção literária, sob uma graça inconsciente, de cortes absurdos mas com o olhar enxuto e uma densa leveza na frase. Entre os dois, a escritora teria sido ela, se fosse seu desejo e pudesse escapar de si mesma. A referência ao "vestido de noiva" me lembra que um mês antes, em 28 de dezembro de 1943, estreava no Teatro Municipal do Rio de Janeiro, com grande impacto na imprensa, a impactante peça de Nelson Rodrigues — talvez, fantasia agora o filho, detalhes sobre a história da peça tenham chegado pelos jornais até minha mãe, impressionando-a.

Fpolis, 26 de março de 1944

Querido tio Cristóvão.

Recebí sua carta, que me deixou contentíssima, por saber que vai passando bem. Isto é o principal. Aquí, tem morrido muita gente que conhecemos. Já soube da morte do Sr. André Almeida? Eu e mamãe falamos com êle às 17 horas em frente ao Correio, faleceu às 23 do mesmo dia. Foi uma morte repentina! Isto aconteceu no Hotel Central e o corpo foi levado para Bom Retiro. Veio a fim de tirar uma consulta para D Sinhazinha, que estava muito mal. Ela ficou...! Outra morte que muito nos abalou foi a da Délia Regis. É uma cousa inconcebivel! Ela e Zezé foram passear em S José dos Pinhais (17 km distantes de Curitiba);

depois de uns dias, veio um telegrama, dizendo que ela passava mal; horas depois, um outro, que tinha falecido. Coitada! Todos lhe queriam bem. Antes de viajar, presenteou-me com uns sapatinhos lindos, feitos por ela mesma. Por enquanto, não sabemos de mais nada. O senhor deve ir à casa do João Artur, não é? Tambem soubemos da morte de Nair Gevaerd, que morava em Indaial e gostava do Tito. Tinha, apenas, 17 anos e era noiva em Rio do Sul. Dizem que se ia casar depois da Páscoa e que se enterrou, vestida de noiva. Não sei se a conheceu! Com o Tito, os pais não queriam o casamento. Em casa, todos vão bem. Vovó, graças a Deus, tem estado bem melhor. Eu, cada vez mais gorda. Lembranças de todos. Um abraço a D. Etelvina e Snr. Fleck. Beijinhos muitos e um carinhoso abraço da

Elin

A carta do meu pai, ao seu estilo e gosto, faz uma "breve resenha" de sua vida no momento, reservando o segundo parágrafo para contar como está se livrando das amigas intrusas da esposa grávida. Transparece um conluio com o tio Cristovão para educar e controlar a esposa e sobrinha rebelde; era um cinturão partilhado de autoridade que, a correspondência mostra, será ativo durante toda a vida do meu pai, com minha mãe cada vez mais indócil. A carta não deixa dúvidas sobre o torniquete emocional que se fechava em torno dela:

Fpolis, 26 de março de 1944

Senhor e amigo Cristovão

Deixando de parte as notícias de mortes, limito-me a uma breve resenha da nossa vida caseira. Todos estamos com saude e agindo normalmente na vida quotidiana.

As visitas diminuiram sensivelmente, mas para isso foi necessário muita energia de minha parte. Já estão convencidas, muitas delas, de que eu não gosto de longas conferencias sobre a vida alheia. Muitas dessas espigas tentaram fazer vizitas nas horas em que eu estivesse fóra, mas enganaram-se porque eu não tenho hora certa: vou e volto a todo instante, de maneira que as visitas chatas estão sempre em estado de alarme. A Bia já desapareceu do mapa das visitas — Ha muito tempo que não aparece e, se Deus quiser, estamos livres dela.

No dia 19 de abril, nasce o primogênito. Meu pai manda telegramas para os amigos e às autoridades de seu círculo, e pede ao jornal A *Comarca*, de Indaial, para publicar uma nota do nascimento. E escreve uma carta aos pais, dando conta de sua rotina diária, a que não falta o toque patriótico da ordem-unida:

Continuamos morando com a sogra, muito satisfeitos; assim unidos podemos mais facilmente, enfrentar as dificuldades da crise atual, pois os preços estão cada dia mais assustadores. Felizmente, eu, com o método econômico herdado de casa, sempre me defendo bem e dou a impressão de ter "muito dinheiro", por ter sempre as contas em dia e uma reservazinha no banco: Todas as coisas no seu logar, toda pessôa com serviço determinado e todo serviço feito na hora própria. Ordem para haver progresso.

Depois do introito edificante, a notícia principal — é o único momento da correspondência em que ele demonstrará alguma simpatia, ainda que indireta, por Getúlio:

No dia 19, ante-ontem, às 20,34´´, enquanto a cidade estava em festa pela passagem do aniversário do nosso Presidente Getulio Vargas, aqui em casa tivemos a sorte de ver o feliz nascimento do nosso primogênito, que registrei com o nome de João

Batista Tezza Filho, anuindo eu ao gosto da Elin, que assim quis para prestar-me uma homenagem.

O assunto seguinte é a formatura no fim do ano, sua grande conquista, e, é claro, ele quer que os pais venham a Florianópolis — *Espero contar com vosso abraço na hora que vou receber o diploma.* A imagem que meu pai faz do mundo oficial e da pompa do poder (estarão presentes as "mais altas autoridades do Estado") tem algo de realista (a sua vida depende do Estado) e de ingênuo — meu pai acredita no que diz:

> *Naquele dia de festa, todos esses homens respeitaveis, verão em vocês progenitores exemplares, dignos das mais altas honras porque, alem da utilidade do seu trabalho simples mas honroso e básico para a economia nacional, souberam incutir no espírito do filho a perseverança no esforço do estudo e a fé na vitória, na realização de seus planos.*

O orgulho da formatura é compreensível — ele sabe que o diploma é um atestado simbólico de ascensão social de alguém programado pela origem para outros fins (*trabalho simples mas honroso e básico para a economia nacional*, como no tempo em que ele, criança, abria estradas), uma conquista que nenhum de seus irmãos ou irmãs terá alcançado. É o "poder da vontade", uma força que imagina universal e igualitária, sem cor ou etnia, e que servirá de régua para o seu juízo final de todas as coisas. Um sentimento bom: as peças se encaixam à perfeição uma a uma, o que inclui o nascimento do primeiro filho. No enlevo deste último detalhe, o triunfo masculino, ele chega a descobrir o poder da fé: *Estamos radiantes de alegria, alem de tudo ter corrido bem, chegou homem, o que tanto queriamos, Deus atendeu ao nosso pedido.*

O ano será turbulento, mas com algum prazer nas leituras: no dia 25 de abril, uma semana depois do nascimento do primogênito, ele encomenda por reembolso postal a *História da literatura brasileira*, de Sílvio Romero, em cinco volumes encadernados (que duas décadas depois serão a minha iniciação histórico-literária, também autodidata, na biblioteca remanescente que minha mãe levará para Curitiba). Certamente é uma obra que não constaria no currículo profissional de um advogado prestes a se formar.

No início de maio, convida o amigo Rau para ser padrinho do recém-nascido, a autoestima em alta, ilustrada em latim: *As grandes ambições são, sem duvida, o fator preponderante na formação dos grandes homens, e ninguém será grande com doses demasiadas de modéstia e timidez:* fortuna adjuvat audacia. Uma nova carta ao amigo conta proezas do bebê (que se livrou sozinho dos panos em que estava enfaixado — *ele esboçou um gostoso sorriso como quem diz: "tive a primeira vitória!!!"*) e revela o sonho literário:

> *Para romper a monotonia, invento, de quando em quando, uma imaginária mudança radical de vida: desisto de tudo — depois de terminar o curso — vou para uma grande cidade, arranjo um emprego para poder viver, dedico o resto da minha vida à literatura!!! Mas na realidade, não escreví nem uma linha do meu possivel romance futuro.*

É o último suspiro do seu sonho poético-intelectual, que vai seguir respirando, como uma sombra, apenas pela infatigável anotação das cartas. O velho plano ("uma imaginária mudança radical de vida") será o projeto de praticamente todos os escritores desde sempre — achar um emprego que sustente a escrita. Mas, fantasia à parte, meu pai de fato busca um caminho de sobrevivência que, por todos os sinais, não consegue ver na profissão de advogado, trabalho que detesta. Está atrás de alguma válvula de escape — e pela primeira vez na correspondência, esboça uma alternativa fora das asas do Estado, alguma coisa que não fosse um emprego público, como informa ao amigo numa revelação surpreendente: cuidar de galinhas.

> *Nesses dias, os ovos estavam a Cr$ 6,00 a duzia; resolvi ser avicultor: ir para o mato, comprar e fazer criação de diversas raças puras de galinhas, perús etc. Com 2.000 galinhas poedeiras eu teria uma renda quasi fabulosa!!! Pedi uma "Cartilha do Avicultor" e 2 revistas emprestadas, estudei tecnicamente o caso durante uma semana: de acordo com a previsão dos calculos, a empreza devia surtir infalivelmente rendas fabulosas fantásticas.*

O que parece uma brincadeira engraçada (escritor ou avicultor?), acenando com "rendas fabulosas", não foi um rompante qualquer — meu pai nunca mais deixará de pensar nessas galinhas redentoras. Até o fim da vida lidará com aves e ovos num aviário instalado no quintal, fazendo do diletantismo um comércio caseiro de complementação de renda; era um ganho de trocados que, na ponta do lápis, dava mais prejuízo que lucro. Ele jamais conseguirá traduzir o seu desejo de autonomia econômica em alguma atividade que literalmente fosse capaz de sair do seu quintal de infância. O peso do modelo familiar e a utopia do colono autossuficiente eram demasiado esmagadores para que ele assimilasse algum espírito empreendedor modernizante (que em algum grau se expandiu no pós-guerra) — estudar o mercado, pensar em escala, contratar funcionários etc.

No final da carta, na admiração e reverência ao amigo engenheiro e arquiteto que faz "coisas úteis", transparece o desânimo com o próprio curso: *Tu é que acertaste aplicando-te, logo, em coisas úteis para ti e para a tua cidade; deixando de perder tempo nos teóricos, inuteis e improficuos bancos escolares de um curso superior onde nada se aprende.*

Enquanto isso, minha mãe manterá alguma correspondência com a mulher de Rau, Cecília (no momento vivendo em Lages com o marido), que será sua amiga por muitos anos. Em 18 de junho, envia-lhe uma fotografia e conta de seu dia a dia de recém-casada e dona de casa, o que inclui alguma vida cultural, principalmente o cinema:

> *Aqui, têm passado filmes ótimos. Os dois últimos que vimos foram: "Fantasmas da Ópera" (todo colorido)* [*Phantom of the Opera*, 1943] *e "Corsários nas nuvens* [*Captains of the Clouds*, 1942]. *Hoje, vamos ver: "Em cada coração um pecado"* [*Kings Row*, 1942]. *Na 5ª feira fomos ao teatro assistir ao drama "Redenção", feito pelo falecido Gil Costa, desembargador e professor do Tezza. A festa foi promovida pelo "centro acadêmico". Ganhei, como presente de aniversário de casamento, do Tezza, um lindo costume de lã "havana" (última moda) e o complemento verde: luvas, carteira e sapatos. O costume é o que vês na fotografia. Ultimamente, em que tudo corre bem, temos passeado muito, para recuperar, ou melhor, esquecer o nosso primeiro tempo de casados: moléstias contínuas (tifo, malária e outras cousas).*

Um mês depois, ela volta a comentar filmes com a amiga, praticamente sua única diversão (um prazer que sentirá, cinéfila amadora, até o fim de seus dias) e — a metáfora caseira é exata — janela possível para o mundo. Como criança, relembra seu aniversário próximo (quando fará vinte e três anos):

> *Não queres fazer uma surpresa? Se for, já estou descobrindo… Meu aniversário é no dia 8 de outubro. Então, aí passou "O*

vento levou" [Gone with the Wind, 1939]; *de fato, para vê-lo pela terceira vez!* Nesta semana, vimos: "Casa Blanca" [Casablanca, 1942] *e "Adversidade"* [Anthony Adverse, 1936]; *na passada, "Meu filho não se vende"* [My Heart Belongs to Daddy, 1942] *e "Encontro de amor"* [Appointment for Love, 1941]; *destes dois últimos, gostei mais do que dos dois primeiros, a-pesar-da fama destes sobretudo "Casa Blanca"... Temos assistido a outras, mas "abacaxis", tal como "Turbilhão"* [Coney Island, 1943], *de que só vale o colorido.*

Aqui, só se vai a cinema, não há outra cousa! Agora, vou parar um pouco, pois estou aborrecida. Os filmes não valem quase nada: em última análise, são quase a mesma cousa.

Se as galinhas e suas "rendas fabulosas" parecem ainda um sonho remoto de verão, meu pai continua em busca de alternativas profissionais; decididamente, ele não se vê advogado. Em 29 de julho, inscreve-se no concurso para professor de *Psicologia educacional — Pedagogia*, do Instituto de Educação de Florianópolis (uma área completamente fora do mundo jurídico), decisão inopinada que acabará sendo central na sua vida e lhe dará, de fato, o seu principal ganha-pão até morrer. Em 13 de agosto, escreve ao Rau, mais uma vez elogiando o amigo por alguma decisão tomada — e o elogio reitera, por contraste, a sua crise pessoal. É um paradoxo insolúvel: sonha secretamente com os arabescos da literatura, enquanto elogia tudo que é "prático e utilitário".

Ativo e ambicioso, faz da ação brotar sua propria filosofia, e vive a vida que passa e sente, sem se preocupar com metafísicas movediças e sem apoio seguro: tudo é pratico e utilitário, nada de discussões inuteis acerca daquilo que não podemos sentir, tocar ou crer; cada um com suas convicções e cada um sua própria vida — Em ultima analise, só se exige dos circunstantes que nos não prejudiquem.

Em seguida, informa do concurso que vai fazer, que assume uma repentina importância (e deixa trair sua renitente sensação de carência intelectual): *Estou, creio eu, no meu maior esforço metódico, para alcançar o maior alvo de toda minha vida até o presente: Se eu tiver a felicidade de ser aprovado — sem favores, pois, não estou agindo neste sentido — ter-me-ei imposto às rodas intelectuais da nossa pobre intelectualidade florianopolitana.*

Deu certo: em 15 de outubro, um telegrama ao amigo informa o sucesso: *Aprovado plenamente, segundo logar, governo estudando possivel aproveitamento idêntica cadeira Instituto Lajes.* Uma carta ao tio Cristovão dá os detalhes:

> *Resolvi aceitar; uma vez que vou terminar o curso de direito neste ano, poderei advogar lá que, segundo me consta, é ótimo campo para a advocacia. A cidade é uma das melhores do Estado: não ha falta de luz e agua* (!!!) *como acontece aqui. Não sei bem se terei que assumir no proximo mes ou si em fins de janeiro, isto é, depois das féreas.*

No dia seguinte, conta a novidade aos pais, com observações mais realistas (*os vencimentos são por enquanto, de Cr$ 900,00 mensais; na verdade, com estes Cr$ 900,00, dá apenas para viver*) mas frisando a importância do momento: *o Governo deu-me a extraordinária honra de convidar-me para reger a referida cadeira.*

Em nova carta ao Rau, conta as agruras do concurso, do sorteio dos pontos à aula expositiva. O assunto mais eletrizante, entretanto, não é a nova profissão, mas sua incrível experiência caseira como "avicultor" — numa gaiola no sótão, aquecida com uma lâmpada, ele está cuidando de uma ninhada de pintos: *De 15 ovos seletos sairam apenas 4, e, destes, um aleijado das duas pernas: tres, em todo caso são excelentes.* O final da experiência não foi exatamente estimulante: *Amigo Rau, os meus pintos foram trajicamente devorados todos na noite de 29 a 30 por ratões (acredita-se) só restou o rasto de sangue. Foi na 1ª noite que os deixei sem lampada para aquecê-los. Foi terrivel!!!*

A vida continua: em novembro, meu pai convida os pais para a formatura dos "Bacharéis em Direito", no dia 9 de dezembro, com detalhes pitorescos: *Papai, se puder, traze umas cebolas de cabeça, uma cabeças de alho, um ou dois queijinhos e, o que seria interessante, se, no dia, aquí em casa, no almoço, pudessemos tomar um copo de vinho de casa, à saude da minha formatura...*

Numa carta à "comadre Cecília", minha mãe faz um relato emocional da formatura do marido, recapitulando a sua história pessoal com a devida contrição (e seu talento dramático) — ela "pertence" ao meu pai:

> *Tudo correu maravilhosamente e, no momento em que recebeu o diploma, senti-me ainda mais orgulhosa de pertencer-lhe, se é possivel aumentar a parcela...*
>
> *Para mim, enquanto o Fontes pronunciava "umas coisas"..., em latim, concedendo ao Tezza o gráu de bacharel em ciências jurídicas, o momento foi de verdadeira emoção! Eu o vi saindo de casa, para trabalhar de picareta... e fui acompanhando... soldado... carteiro... até o presente momento. Os trabalhos, as dificuldades, pelos quais passou, eu, tambem, os sentí e eles pareciam envolver as diversas etapas, como nuvens escuras e espêssas... Cecília, estes termos não são próprios para uma carta íntima, mas me é dificílimo calar, quando falo nas lutas do Tezza, para alcançar a vitória.*

Em março — depois de mais dois meses agitados, que incluíram uma viagem a Urussanga, a preparação para a mudança e o acompanhamento exaustivo dos trâmites legais da nomeação — meu pai, já em Lages, apresentou-se ao diretor do Instituto de Educação e ministrou sua primeira aula.

38. As galinhas

De março de 1945, quando se mudou para Lages, a junho de 1959, o mês de sua morte, serão catorze anos de planejamentos profissionais intensos (todos mais ou menos frustrados), mais uma filha (1946) e dois filhos (1948 e — este cronista — 1952), e ininterrupta turbulência emocional. Consta que minha mãe sofreu um aborto espontâneo em 1950 (a correspondência nada diz a respeito), o que, no meandro do acaso, especula o filho poeta, talvez tenha permitido minha vida dois anos depois, se a conta se fechasse em quatro rebentos. Em 27 de março, instalados no Hotel Rossi, minha mãe escreve à "mãezinha e vozinha" com um tom que seria cada vez mais frequente, agora sem a ajuda da família para cuidar do bebê (que está doente): *Não calculam como tenho sentido saudades de todos vocês, não passa um só instante em que não chore, quase com desespêro.*

A angústia da moradia, pela dificuldade de conseguir alugar alguma casa (*aqui no hotel temos gasto rios de dinheiro*, conta minha mãe; *vida caríssima*), entretanto, durou pouco. Num lance de sorte, meu pai consegue comprar já em maio daquele ano uma casa pequena num bom terreno, próxima do centro, na rua Afonso Ribeiro, que ele irá ampliando ao longo dos anos e que representou na minha memória (assim como a praça Joca Neves e a pracinha da igreja Santa Cruz) a geografia da minha infância: a casa com a varandinha, o terreno ao lado com duas macieiras, o quintal aos fundos com o galpão do aviário, um pequeno parreiral e a horta. Uma compra suada que se fez por três empréstimos (do pai dele, do amigo Rau e do banco), como detalha na carta aos pais em maio de 1945, cinco dias depois da rendição dos alemães:

Lajes, 13 de maio de 1945

Meus queridos Pais,

Não podem imaginar a alegria que nos trouxe o telegrama de voces dizendo-nos que autorizaram Cr$.12.000,00. O nosso compadre Rau que é construtor e que viu a casa diversas vezes achou que é negocio de ocasião, ele me empresta Cr$.5000,00 e até, disse ele, sem juros, eu no fim deste mes terei Cr$ 6.000,00 disponiveis, apenas Cr$.8.000,00 tirarei do banco.

Já fechei negocio e recebi a chave, vou pagar Cr$.31.000,00, e, eles pagam todas as despezas, dando-me a escritura na mão.

Numa compreensível reviravolta de sentimentos, já no dia 22 minha mãe conta à família a novidade, descrevendo o cromo de uma vida na fronteira do mundo rural:

Parece um sonho. Desde domingo estamos morando no nosso bangalô. Os móveis da sala de jantar já vieram, está tudo arrumadinho que é um amor. Os móveis do nosso quarto chegaram sem um arranhão. O meu quarto de dormir está do barulho. Os moveis, na casinha nova, até parecem outros. O Tezza já fez um galinheiro, já compramos galinha. Ele semeou repo-

lho, vamos fazer uma horta. Plantar grama, fazer um jardim. Eu canto tanto, só vivo falando; parece que estou sonhando, dentro do bangalô... O Tezza está muito faceiro, sai do serviço e vem, ligeiro, trabalhar em casa.

Basicamente professor, trabalho que sempre o sustentou de fato, meu pai (as cartas revelam) é um advogado de cobranças, o que mal complementa a renda. A par disso, manterá vivo o sonho diletante do aviário, que instalará no quintal da casa; ao longo dos anos, buscará informações técnicas sobre criação de aves em livros e revistas especializadas e várias vezes escreverá a centros de avicultura pedindo orientação. Faz encomendas periódicas de ração (em geral aos cuidados do tio Cristovão, em Porto Alegre) — e sempre reclama do preço.

Era um trabalho caseiro de paciência beneditina, que, mais adiante, contará com a colaboração compulsória dos filhos maiores, entregando galinhas (vivas) e ovos encomendados pela vizinhança. A tarefa infantil rendeu muitas anedotas no memorial familiar, sempre repetidas entre risadas — como o dia em que o irmão mais velho, com duas ou três galinhas num saco de estopa para entregar, parou para jogar futebol com os amigos num campinho e ali ficou durante horas, no fim das quais as aves, sufocadas, estavam mortas. Com medo de (mais uma vez) apanhar, contou em casa que havia sido roubado, com detalhes realistas do assalto sofrido ("Eles eram grandes e fortes!"), uma peça dramática que foi inútil para protegê-lo da implacável cinta punitiva do pai.

No início dos anos 1950 sua vida está encaminhada, e vejo no meu pai a imagem de um homem "pronto", se é que essa entidade fixa faz sentido, alguém estável e sempre igual a si mesmo. A correspondência será cada vez mais prática e comercial, ilustrando sua luta diária para ganhar dinheiro e pagar as contas, como milhões de brasileiros comuns. As reflexões existenciais, frequentes na juventude e durante os estudos na faculdade, os pequenos voos de imaginação (às vezes com o seu suspiro literário) são bem mais raros. O que haverá de novo é uma certa ambição política, um sopro que irá crescer gradativamente até se tornar de fato um objetivo central na vida, que ele não teve tempo de realizar.

Naturalmente, a família tinha uma roda próxima de amigos em Lages, que, é claro, não aparece na correspondência, exceto em referências acidentais. Mas na minha curta memória da infância não guardo nenhuma lembrança especial de visitas, almoços ou jantares com convidados, ou contatos mais amplos além dos vizinhos (contatos em geral mais dos filhos que dos pais), relacionamentos que nascem da simples proximidade, como em toda cidade pequena ainda com laços rurais. Dos amigos antigos, apenas Rau (que logo se transfere para Florianópolis, onde se estabelece como arquiteto importante) vai se manter uma presença constante na correspondência, agora quase sempre sobre questões práticas, meu pai auxiliando o amigo em problemas de Lages (burocracia de escrituras, cobrança de aluguéis, certidões municipais), e este respondendo a eventuais pedidos igualmente burocráticos em Florianópolis.

Vendo daqui, uma perspectiva privilegiada mas não menos fosca por isso, imagino a sensação de sucesso pessoal que ele deve ter saboreado ao se estabelecer em Lages, exatamente a cidade que, alguns anos antes, ele percorria de bicicleta entregando telegramas. Agora tinha um diploma de curso superior na parede, era professor concursado da principal instituição local de ensino e, completando o quadro, proprietário de uma boa casa, próxima do centro, onde vivia com uma bela mulher e terá seus quatro filhos pequenos, todos saudáveis. Na sua medida, era uma família letrada, e logo minha mãe voltará a dar aulas como substituta, tornando-se depois professora efetiva (o que será fundamental para a sua sobrevivência futura, o reinício em Curitiba). Como pano de fundo, corriam as rápidas transformações sociais e econômicas dos anos 1950, com o seu ímpeto otimista de modernidade.

Tudo parece acertado, fecham-se as peças do quebra-cabeça existencial — de fato um triunfo — como a cena dos filmes que minha mãe amava: a redenção de um final feliz. Haveria alguma fissura? Já em 29 de maio de 1945, numa antecipação do quadro, minha mãe agradece à Ernestina presentes que recebera e, sempre hiperbólica, descreve a reviravolta de seu estado de espírito: *Juro-lhe, querida mãezinha, que eu e o Tezza vivemos felicíssimos!* Em contraponto, exorciza o período anterior: *Eu não quero nem me lembrar de passear em Fpolis. Deus me livre! Parece que saí de um inferno. Aí, a inveja mata. Aqui, todos se admiram da nossa convivência.*

Aos vinte e quatro anos, a felicidade da minha mãe é antes de tudo um estado emocional em torno do papel reservado a ela por meu pai desde o início, um verniz que ela parece enfim aceitar e absorver — mas a gangorra afetiva, cada vez mais incerta, explodirá em ciclos. Em setembro, grávida da filha, o ânimo já será diametralmente outro, como lamenta à sua mãe: *Estou mesmo pesada neste "lugar do diabo". Cada vez me arrependo mais de ter vindo para aqui, tão bem que poderia estar aí, perto de vocês todos. A culpa foi minha, o Tezza não queria vir. O que a gente tem de passar está escrito.*

Tento entender o sentimento de culpa — na correspondência não há sinal de que o meu pai não quisesse ir para Lages, uma possibilidade que, ao contrário, ele punha sempre na balança. Transparece a depressão da gravidez, que se repetirá todas as vezes, e o peso da vaidade: *É um desespero! neste "diabo" deste lugar, até a gravidez é diferente daí. Estou me sentindo tão mal.*

As crises serão uma constante; em junho de 1946, um telegrama do meu pai à Ernestina (*Elin gravemente doente*) pede que ela venha ajudar o "tratamento"; em seguida, outro telegrama dá detalhes: *Causa principal doença exgotamento nervoso proveniente excesso preocupações e chuvas constantes*. Em agosto, uma carta ao tio Cristovão diz que a *Elin vai muito bem, já tomou dez injeções das 30 que o medico receitou, está pronta para reassumir o governo da casa*. Nem quero imaginar qual seria o diagnóstico do médico e que injeções seriam essas. Até o último livro, a correspondência estará pontuada pelas crises da minha mãe — numa carta que escreve à mãe em 1949, sintomática do clima da convivência mútua, ela mesma se define como a "louca" da cidade: *Não faz mal, que a senhora me tivesse chamado de "louca". Uma a mais, uma a menos, não faz mal. Pois, como a senhora sabe, agora, todos me batizaram com o nome de "louca" aqui em Lajes. Só me chamam de louca de maneira que não extranhei muito que a senhora também me chamasse.*

E o meu pai? Qual será a sua ambição agora, cumprida mais essa etapa do seu plano de serviço para a própria existência? Restará alguma transcendência? Talvez a política, que pouco a pouco, ano após ano, passará a ocupar sua cabeça de uma forma cada vez mais objetiva. Do integralismo juvenil de quartel e seu ideário de aprendiz, ficaram as cicatrizes do conservadorismo, marcas profundas que já vinham antes de seu encontro com Plínio Salgado e que continuarão depois. Do ponto de vista profissional, a sombra da política foi uma presença na sua vida adulta assim que ele resolveu abandonar os Correios e se instalar em Florianópolis; as aulas do 14º B.C., que o sustentaram até o casamento, já haviam sido uma indicação direta de Celso Ramos; e o encaixe da aprovação em segundo lugar no concurso de Florianópolis para uma vaga de Pedagogia em Lages, afinal uma manobra legal, contou com o dedo do próprio interventor Nereu Ramos. Mas, até esse momento, a política se restringia a esses pequenos favores. Em Lages, enfim com a vida encaminhada, a ambição sobe de patamar.

Os Ramos, imagino, viam com simpatia aquele cabo eleitoral da família, agora advogado e professor, uma nova e respeitada referência justamente na cidade de origem da poderosa oligarquia. Meu pai, fiel escudeiro, já nos seus primeiros dias na nova vida, em 31 de março de 1945, assinava um abaixo-assinado encabeçado por Vidal Ramos Júnior (que anos depois seria prefeito da cidade) em apoio à candidatura do general Eurico Gaspar Dutra; Getúlio Vargas, que será deposto em outubro, ainda não havia formalizado o apoio a Dutra, mas é obviamente elogiado (*continuador sabia e proficua administração preclaro Presidente Vargas*).

Dutra será candidato pelo PSD, um partido de centro (congregando figuras importantes da política brasileira, como Tancredo Neves e Ulysses Guimarães, e o próprio Nereu Ramos), fundado em julho daquele ano no processo de redemocratização que se seguiu ao fim da guerra e à queda do Estado Novo. Em novembro, a correspondência atesta o trabalho de correligionário do meu pai. No dia 13, numa carta aos pais, depois de informar do estado da horta (*Colhi alho para o ano, tenho repolhos, alfaces de 2 qualidades, rabanetes, couve e couve-flor, tudo no ponto para ser aproveitado*), pede votos à família: *Não se esqueçam de que o candidado que convem para o Brasil é o candidato do Partido Social Democratico, General Eurico Gaspar Dutra, e para governo do Estado, teremos que colocar o sr. dr. Nereu Ramos.* O garimpo de votos se repetirá com a sogra e seus parentes, com grande entusiasmo (*O Dutra já está com a vitória, que será esmagadora*).

É um momento de mudanças que vão se refletir na vida do meu pai e testar sua capacidade de adaptação aos novos tempos. Um homem "pronto" não é necessariamente um homem "maduro" — capaz de se transformar pelas novas circunstâncias, o filho escritor especula. Escrevendo ao amigo Rau, ele vive uma pequena depressão — durante alguns dias está hospedado com a mulher em Florianópolis na casa do cunhado, com bastante conforto, o que parece deixá-lo indócil. Na ética do colono, há sempre algo de perigoso no prazer, e talvez a riqueza do parente (um comerciante bem-sucedido que no início dos anos 1960 erguerá o Hotel Royal, então o mais luxuoso da cidade) tenha despertado nele seus complexos angulosos, as pontas do mal-estar que se refugiam num senso de fracasso e busca de transcendência:

> *É uma situação toda nova, não se confunde com algum trecho de vida passada, vivida. Para a Elin, apresenta, unida a todos os seus, quasi que um recanto dum "Paraiso Real". O conforto é de tal forma completo que, dificilmente, com a vida de trabalhos que levamos, poderiamos ter imaginado antes: comer, descansar, passear, dormir. É um viver propício para matar toda a atividade mental e estrangular toda sorte de iniciativa. Enfim, sinto, eu, algo de vagamente vasio em tudo isso. A vitória, nas eleições, que é motivo de intensíssima alegria para alguns, quanto a mim não é tão intensa porque não me entreguei de corpo e alma à campanha política: os meus esforços foram moderados, moderadas são as alegrias da vitória.*

Nesses primeiros anos em Lages, talvez insatisfeito com a vida de professor, e mais ainda com a atividade de advogado, meu pai dá alguns sinais de alimentar ambições profissionais que pudessem de fato mudar sua vida — é provável que espicaçado pela fúria da mulher, a "louca", contra a cidade. O primeiro deles será a ideia de fazer um concurso para juiz de Direito — a mesma área que, afinal, detestava. Ele sabia que não tinha lastro jurídico para ser bem-sucedido; entre outubro e novembro de 1946, faz vários pedidos por reembolso postal de livros de teoria do Direito para suprir a lacuna, e começa a acreditar no projeto. Inebriado pelo sonho, por dois anos a ideia não sairá de sua cabeça, em idas e vindas, com entusiasmos e desistências intermitentes. Em outubro de 1947, enfim se inscreve no concurso para o cargo de juiz de Direito (comarca de Concórdia), mas a evidente ausência de vocação transparece numa carta aos pais, explicando o que fará se for aprovado: *Irei para Bom Retiro até vagar Urussanga, quando pretendo transferir-me para lá. Então, no inverno que vem, vou orientar uma criação de leghorn branca.* Era o sonho de uma volta à infância, e leva adiante o delírio — vendo daqui, tem sua graça, um juiz que sonha em criar galinhas —, que terá um fim definitivo em dezembro. Num choque de realidade (talvez húbris ferido), percebendo a provável reprovação na prova escrita que acaba de fazer, envia um requerimento ao presidente da banca do concurso desistindo da prova oral que se seguiria.

O assunto desaparece da correspondência. No dia 18, ele transcreve no caderno o tradicional telegrama de cumprimentos a Celso Ramos pelo aniversário. Era um momento de crise. No dia 24 de dezembro — véspera de Natal —, escreve a um certo "amigo Freitas" pedindo que suspenda o lançamento do "imposto de indústria e profissão referente à advocacia", *estando quasi certa a minha saída de Lajes, no começo do próximo ano.* Um lacônico — e críptico — telegrama ao mesmo Freitas informa: *Escolhi Curitibanos.* Curitibanos é a cidade onde nasceu minha mãe. Posso imaginar a tensão daquele Natal, com as crises da Elin querendo sair a todo custo da cidade, o choque do fracasso no concurso, o dinheiro curto, as dívidas a vencer, o casal de filhos pequenos.

Fosse o que fosse o "projeto Curitibanos", algo deu errado; no final de um janeiro sem cartas (em viagem de férias para Florianópolis e Orleans), meu pai pede inscrição para concurso de lente no Instituto de Educação Dias Velho, de Florianópolis (*aceita em 18-02-48*, anota meu pai). No mesmo dia, um requerimento ao prefeito de Lages pede "que se digne mandar proceder à baixa dos lançamentos", *por motivo de mudança de residencia e domicilio* — o que jamais fará. Mas não comenta mais o concurso e tenta uma simples transferência de Lages para Florianópolis, requerimento anotado com uma frase no fim: *indeferido por falta de amparo legal*. E o assunto também desaparece.

Fracassadas a magistratura e a transferência como professor, o seu próximo plano de fuga, por assim dizer, é ser nomeado promotor, naquele tempo uma mera indicação do governador, sem necessidade de concurso. A primeira menção ao assunto aparece numa carta da minha mãe à mãe e à irmã, em setembro de 1949: *Quanto à Promotoria do Tezza, nada. Só promessas e mais promessas*. Segue-se um rosário de lamentações, indicando que a cidade se tornava insuportável e que ela queria sair dali de qualquer jeito: *O inverno daqui está terrivel. Está chovendo ha mais de 5 dias, sem parar. É uma lama que não dá nem para atravessar a rua*.

O cargo de promotor do marido seria a saída milagrosa, inclusive com destino assinalado: *pode ser que até janeiro, já tenhamos saido daqui para Orleães, com a promotoria*. Algumas linhas adiante, garranchos apressados revelam mais uma discussão com a mãe: *Mãezinha, quanto a sua carta com a descompostura, não entendi nada. Ciumes, Maluca, não era nada disso. Apenas ia sair com o Tezza, de muda, para Orleães, com ou sem promotoria, com licença dele, como a senhora viu aqui, quando combinamos*.

O assunto fervia em casa: no dia 18, uma carta ao primo Olivo comenta a luta para conseguir vaga na promotoria de Orleans (*situação ainda incerta*, diz meu pai). Dois dias depois, uma carta a um certo "Dr. Mussi" sintetiza o momento: *Estou completamente em suspenso, parece que a minha vida, com todas as aspirações e ideais, estacionou numa encruzilhada, aguardando o desfecho, para poder continuar a caminhada*.

E a pretensão submerge. No ano seguinte, em 14 de maio, escreve ao "amigo Tasso" (que vai se revelar numa carta adiante um político de Orleans) agradecendo a colocação para a irmã Matilde numa escola municipal e sintetizando seu momento: *Quanto a mim estou fazendo 39 anos hoje, falta apenas um ano para come-*

çar a viver; pois "A Vida Começa aos 40" segundo o celebre livro americano. Voltam as galinhas: no dia seguinte, anota um *pedido de 50 pintos de um dia*, por via aérea, pela Varig. Em junho, mais uma desilusão com a advocacia, como ele frisa numa carta ao Rau, relatando um caso mal resolvido: *É este o terrível aspecto diario da fragilíssima justiça humana! e é por isto que eu, a não ser para atender os amigos, desisti completamente de advogar.* Em julho, escreve aos pais descrevendo o aviário que está montando nos fundos do terreno, entrevendo uma possibilidade de sobrevivência: em 15 de agosto de 1952 escreve à *Editora Characa e Quintais*, pedindo o envio, pelo reembolso postal, do livro *Como fiquei rico criando galinhas*.

Vejo que nasci (no dia 21 desse mesmo agosto) sob o signo das galinhas. No dia 30 ele escreve ao Tasso contando o que teria sido a fundação da sua "empresa aviária", *Aviário Recreativo Irmãos Tezza* — o "recreativo" é intrigante. De fato, adiante ele fará uma proposta ao irmão Cândido de uma sociedade para a criação de galinhas, mas o assunto morre com a carta.

O tema da promotoria só é relembrado em maio de 1953, numa carta ao primo Adolfo, dando conta do vaivém de suas desilusões políticas (e da independência da minha mãe):

> *Como vai o Olivo? não perdeu a cisma da politica? Continua no PSD? Eu, desde muito antes das últimas eleições tornei-me um "livre atirador". Julgo ser eu o único democrata no Brasil: não fiz cabala nem do voto da minha mulher — enquanto votei no Cristiano, ela votou no Getúlio; enquanto votei no Lacerda (Dep. do PRP) ela votou no Saulo Ramos (para Dep Fed PTB); coincidimos nos votos para deputado estadual — o Tasso — único amigo sincero que fez força em meu favor, na ocasião que pleiteava uma promotoria — e assim fomos distribuindo os votos entre os diversos partidos procurando descobrir*

homens; infelizmente, ha muitos "cafagestes" com aparência de gente e a gente se engana.

Foi ingenuidade do meu pai a pretensão de uma promotoria — não por sua eventual incompetência jurídica para o cargo, o que, por si só, jamais brecou a ascensão de ninguém em cargos por indicação no Judiciário brasileiro, das mais simples assessorias até as cadeiras do Supremo, mas por cegueira política; era, obviamente, um cargo sensível que o governador (na época, Aderbal Ramos da Silva, sobrinho de Nereu Ramos) escolheria a dedo em cada comarca, sopesando influências, prestígio e fidelidade numa balança política de precisão. Meu pai não tinha nenhuma relevância política, e o momento, mais plural com a democratização e a multiplicação dos partidos, já era outro. O impetuoso carteiro de Lages que, dez anos antes, conseguira uma audiência com o próprio interventor em busca de uma colocação de professor primário, subia-lhe agora à cabeça. Uma cabeça que, tudo fracassando, Policarpo Quaresma, refugiava-se nas galinhas e seu papel na história humana, como indica o rascunho de uma carta de 21 de fevereiro de 1953, sem indicação de destinatário:

> *Peço a fineza indicar-me um livro onde possa encontrar subsídios para a história econômica da ave, principalmente da galinha. Entre os Gregos, segundo Gostavo Glotz,* N.E.G *e Homero a Odisseia, que tanto falam em carneiros, cavalos, porcos e bois, a galinha era desprezada, nem sequer merece um* [ilegível].
>
> *Não lembro passagem alguma que preocupe os Romanos no assunto. Em que época, afinal, os poetas, cronistas, etc. mostra o prelúdio do aproveitamento da ave economicamente criando-a.*

Mas o projeto de fuga do pequeno sonhador não era apenas, por assim dizer, lítero-aviário; numa carta à Cia. Química Rhodia Brasileira, com pedido de produtos e preços de chocadeiras, esclarece: *Devo declarar que estou apenas passando de avicultor por curiosidade, recreação e passatempo à fase industrial: estou, como se costuma dizer aqui, ameaçando de ser industrial.*

Um passo que ele jamais dará; o diletantismo nunca o abandonou. Já em 1947, na mesma época em que se informava agitado sobre o concurso de juiz de Direito, pede a um amigo que fez um curso de rádio por correspondência que lhe envie o endereço da escola e títulos de livros a respeito. Mas faz a ressalva: *Não se espante com as minhas pretenções, que não é minha intenção montar oficina de rádio, nem fazer de tal estudo fonte de renda; mas, apenas, praticar por diletantismo.* No mês seguinte, anota um pedido por reembolso postal do livro *Curso Elemental de Radio Electricidade* — mais um projeto que desaparece em seguida.

Eu herdei alguma coisa desse instinto de curiosidade inútil, a busca atávica do alquimista medieval por autonomia, saber e riqueza — nos anos da comunidade, fiz um curso de relojoaria por correspondência, sonhando que viveria de consertar relógios, numa vida simples, honesta e pura, o que jamais consegui em nenhum dos itens; mais tarde, também por correspondência, tentei aprender revelação fotográfica, ainda nos tempos analógicos, e hoje, passando dos setenta, enquanto insisto na fotografia, ocupo-me com aplicativos de imagens e filmes com um prazer semelhante ao da minha neta montando castelos de Lego. Deve ser o capricho dos genes, a busca de alguma coisa que dê simultaneamente o pão e a paz, fora do tempo e do mundo, como se repetisse em pequena escala alguma assombração do destino brasileiro.

39. A política

Meu pai era alguém sem habilidade política — "cabeçudo", como definira perfeitamente seu amigo boêmio anos antes —, uma falta de talento que herdei e da qual me defendi por um espírito caturra mais ou menos impermeável, fugindo por instinto de todas as situações que me obrigassem a algum trato político (e considero isso antes um defeito emocional que uma qualidade moral — nunca perdi de vista a percepção de que a política é a essência da vida civilizada; sem ela, estamos perdidos).

Ao contrário do meu pai, a consciência da minha fraqueza me salvou várias vezes. É uma teimosia que se revela em miudezas — durante vinte e cinco anos professor da Universidade, concentrado na formação acadêmica e no trabalho literário clandestino, jamais fui chefe de departamento ou de qualquer coisa, fugindo, egoísta e invisível, de todos os convites; lembro que renunciei à socapa a um cargo de representante dos professores auxiliares ao qual, distraído, tinha sido eleito por pressão de colegas progressistas (eram os tempos ainda suavemente polarizados do fim da ditadura, na era pré-internet). Na vida privada, em outro momento, o amigo Ariel Coelho — que, do Rio de Janeiro, começava a articular a adaptação teatral do meu romance *Trapo*, em 1989 — praticamente exigiu que eu comparecesse ao Palácio do Governo do Paraná para o lançamento de um programa de apoio ao teatro com um edital de distribuição de verbas. Deu instruções detalhadas: *Vá lá, converse com todo mundo, cumprimente as pessoas, fale do projeto da peça. É importante para nós. Nós vamos precisar dessa grana.* A simples ideia de comparecer no Palácio para um rapapé oficial em causa própria me arrepiou, mas, corajoso, embarquei no meu fusca (que um ano depois seria vendido para cobrir contas da peça, um sucesso de público e um desastre econômico) e fui para lá. Já na escadaria pude ver a festa no saguão através dos vidros — um ator global convidado especialmente para o evento conversava entre risadas histriônicas com o secretário de Cultura, garçons distribuíam bebidas e salgadinhos, figuras carimbadas circulavam felizes — e estaquei. *O que eu estou fazendo nessa merda?* — a frase-mantra é um pequeno mas poderoso surto de dona Elin que me tomava a alma de tempos em tempos (depois dos sessenta, me acalmei; hoje me defino como um discreto epicurista). Num impulso, sob um inesperado e inexplicável ressentimento, dei meia-volta, desci a escadaria e voltei ao fusca. *Desculpe, mas não consegui*, expliquei pelo telefone ao amigo desconsolado.

Naqueles primeiros anos em seguida ao casamento, em algum momento meu pai romperá com a família Ramos, passando a trabalhar com o mesmo afinco pelos candidatos da UDN. A razão do rompimento com os Ramos (principalmente Celso Ramos), com quem havia mantido mais de uma década de vínculo fiel, não aparece na correspondência. Com certeza a decepção por não ter sido nomeado promotor teve um papel importante; mas o horror a Getúlio Vargas (*o homem politicamente mais sujo e indigno que o Brasil possue*, ele escreveria ao primo Olivo em maio de 1954, rememorando a derrota do PSD no estado) e a memória de seu integralismo juvenil devem ter tido igualmente um papel na mudança de rumo. Havia uma zona cinzenta — tipicamente brasileira — nas fidelidades políticas durante a ressurreição de Vargas em versão democrática, de modo que é difícil saber o que se passava na cabeça do meu pai, embora o seu pendor conservador e reacionário fosse se tornar cada vez mais forte. E, com o voto do meu pai (*elegi o governador*, ele conta ao Olivo na mesma carta), Irineu Bornhausen, um dos criadores da UDN, seria governador do estado de 1951 a 1956, quebrando a longa hegemonia dos Ramos e movendo o pêndulo do poder oligárquico em outra direção, que meu pai acompanhará com uma fidelidade semelhante à anterior.

Mas os tempos mudaram; o antigo leitor de *Anauê!* agora era assinante das *Seleções do Reader's Digest*, inclusive enviando assinaturas de presente para alguns parentes de Orleans, como a irmã Matilde. A leitura da revista substituía, já no tom cosmopolita de um capitalismo triunfante no mundo, o seu antigo proselitismo regressivo nacional-integralista. Tenho lembrança de infância dessa revista em casa, junto com minha iniciação nos gibis, principalmente com as histórias do Mickey e do Pato Donald, que meu irmão colecionava.

A percepção de uma certa modernidade emergente e de um mundo que se tornava muito maior que o quintal onde criava galinhas reforçou-se nos seus últimos anos de vida através de duas viagens importantes — uma a Porto Alegre, em 1953, outra ao Rio de Janeiro, no ano seguinte, com estadas mais longas, em dois cursos de especialização pedagógica que ele faria, justamente a convite do novo governo do estado, aos seus olhos sinais de uma gratidão política que faltara aos Ramos.

Em Porto Alegre ele ficará três meses, hospedado na casa do tio Cristovão, deixando a mulher sozinha em Lages com os quatro filhos, previsivelmente com tensão à vista; numa carta, meu pai conta que antes de viajar vendeu por preço de liquidação mais de duzentos pintos e muitas galinhas, deixando apenas umas cinquenta *para diminuir o serviço da patrôa*. Posso imaginar o estado de espírito da minha mãe: além dos filhos pequenos e das aulas do grupo escolar, ela ainda teria de cuidar das galinhas. Sobre o curso, a primeira impressão não é boa e ele parece resistente, como escreve no dia 2 de setembro a um amigo: *Pelo que me foi dado observar, estou convencido de que poucas vantagens esse curso me trará além de mais uma esperiência de pouca significação para a minha vida.*

Em 7 de setembro, descreve seu dia a dia para a Elin — *Vivo como um monge, lendo, lendo, lendo, e ouvindo rádio* — e conta da visita que fez ao velho amigo Lima, o militar insurrecto dos seus tempos de estudante em Florianópolis, desaparecido há anos da correspondência, que agora vive em Novo Hamburgo. A descrição idílica reflete o escapismo fantasista de um Brasil isolado e purificado, um perfeito quadro verde-amarelo na parede, certamente tema de conversa animada entre eles:

> *A cidade é o que ha de mais perfeito que se possa imaginar, parece feita com o pincel, o terreno ondulado, ruas largas, limpas, casas todas com jardins na frente, é um verdadeiro painel adoravel, não há favelas, na ha zonas impróprias para menores e sujeitos de linha, levou 100 anos sem haver um crime de morte e, não é pequena, conta 32.000 habitante, portanto, duas vezes Lajes.*

Três dias depois, escrevendo novamente à minha mãe (*Querida Chica*), a impressão sobre o estágio já é outra: *O curso tomou rumos novos e interessantes*, diz ele, *principalmente no que concerne ao método diametralmente oposto ao que eu adoto e que a maioria dos professôres adota lá em S. Catarina*. Ampliava-se o repertório intelectual do meu pai em algum patamar minimamente mais moderno e contemporâneo.

Mas o impacto da viagem não é apenas a convivência intelectual — é também a percepção da cidade grande e de seu potencial. Na carta para a minha mãe, ele prossegue dizendo que o mais importante de tudo não é bem o curso: *é que cheguei à conclusão de que para quem tem que empregar pequenas economias, não deve empregá-las em terrenos, mas em um apartamento.* O curioso "elogio do apartamento" já é sinal de um mundo novo na sua cabeça — a abstração da cidade moderna, rompendo (também na modernização — de fortes tintas inflacionárias — da economia) a holística rural (afinal, não poderá criar galinhas num apartamento): *O apartamento que eu sempre detestei solenemente para residência, para quem mora em cidade grande, oferece tantas vantagens que é a habitação preferida para a classe média. Por isto, já estou, em horas vagas, investigando possibilidades.* O tema reaparece numa carta ao Rau, em que meu pai se espanta com o admirável mundo novo das prestações: *é incrivel como se realizam as transações econômicas nesta cidade — e creio que em todas as grandes cidade — tudo se compra a prestação.*

O entusiasmo é grande, refletindo o otimismo de um novo mundo, o que ele sintetiza numa carta ao filho mais velho, refazendo o percurso da família:

> *Querido Joãozinho,*
>
> *Recebi tua adoravel cartinha, Deus nos ajude a todos! Imagina, você, o mais novo da turma o 1º logar! O meu avô só aprendeu a escrever com carvão atrás da porta da cosinha — quando vendia fiado — assim — "Un Farmai (queijo) dozento reis" — O nono, com a minha idade (42 anos) recomeçou a estudar e sabia menos do que voce agora. Eu ~~com 19 anos mal~~ sabia menos do que você ~~sabe agora~~. E quando tinha 20 anos.*

Nas turmas de colegas, nos estudos, eu era sempre o mais velho, você é sempre o mais novo. O meu avô nunca usou um sapato fino, meu pai usou o 1º calçado (era uma bota) com 17 anos, teu pai recebeu o 1º sapato para fazer a 1ª comunhão quando tinha quasi 10 anos. Com que idade você recebeu o 1º sapato? Como os tempos mudam e melhoram sempre! Cada dia que passa a vida e mais facil, mais bela e mais confortavel.

40. A capital federal

A segunda viagem importante será para o Rio de Janeiro, onde fará a partir de 1º de agosto de 1954 um curso de quatro meses de aperfeiçoamento didático no Instituto Nacional de Estudos Pedagógicos. Meu pai está orgulhoso do convite: no dia 19 de julho, manda uma carta ao diretor do jornal local, dizendo que ficaria grato se publicasse uma pequena nota sobre a viagem na *Secção Social*.

Já na primeira carta que escreve à Elin do Rio, manda instruções detalhadas sobre o trato das galinhas: *Estou com o pensamento lá e não aqui, e para o cúmulo nas galinhas. Sim, nas galinhas, porque sei que é um dos problemas mais sérios para você.* Seguem-se conselhos práticos — *Lembre-se de que cada galinha vale pelo menos CR$ 50,00* e *galinha fugida é galinha perdida* — e justifica-se com uma definição das diferenças mútuas: *Tenho certeza que ao ler as notícias daqui para diante vai pular, gritar e encomodar-se porque eu me determino de acordo com as circunstâncias e você quer fazer e mandar fazer aquilo que você imagina ser melhor. Entretanto* *nós devemos nos amoldar ao meio, mais do que nos esforçar-nos para mudar a rotina do mundo.*

O esforço do meu pai para "amoldar-se ao meio" — levando consigo um mundo impermeável onde ele nunca esteve de fato mas ao qual ele quer voltar — parece sintetizar sua vida. O que o espanta desde sempre é a recusa da minha mãe em fazer o mesmo. A sequência da carta é uma longa descrição da viagem, com todos os detalhes pitorescos de um capiau na cidade grande, do trato com o taxista (*eu me sentia tão calmo e falei tão pouco com o motorista que nem parecia ser eu*), até a discussão com o gerente do hotel em que passou a primeira noite:

> *O homem abriu a porta do quarto e disse CR$ 2.200. Diferença CR$. 2.100,00, pago adiantado. Respondi-lhe que pagaria uma diária. O cretino — que por sinal parece que era espanhol — disse que sendo uma diária seriam CR$ 100,00 e disse de maneira mais antipatica e sem nenhuma educação. Já era tarde e não era negócio ariscar-me arranjar outro automovel sem destino a procura de pouso, paguei os CR$.100,00 ao miseravel.*

Na manhã seguinte, percorre hotéis e pensões sem gostar de nada, até ter a ideia de parar numa banca e pedir um jornal com anúncios: *Sem exagero, é mais parecido, o jornal, com um dicionário, tem umas 20 paginas de anuncios os mais variados, tudo bem distribuidos, por assuntos, por zonas e em ordem alfabética.* Enfim descobre uma pensão conveniente (*Tudo muito simples mas muito distinto e higiênico*). Já instalado, e claramente feliz, põe-se a escrever ao amigo Antenor, à sogra, ao Lima e ao irmão Cândido contando as novidades trepidantes de "um dos maiores formigueiros humanos do Brasil". No dia 5 de agosto, escreve ao primo Olivo com o relato da viagem e dá alguma medida de sua gratidão pela atenção do governo Bornhausen, da UDN, e seu ressentimento com os Ramos: *Mais uma lembrança (do Governo atual) do meu nome para um curso útil para mim, pessoalmente, e para o ensino do nosso Estado. Nos Governos anteriores nem pedindo. Pois o tal caso da Promotoria, não houve geito, e no entanto se tratava de uma coisa tão simples e que eu julgava justíssima.*

Em seguida, meu pai faz do limão uma limonada, com um autodiagnóstico preciso sobre as recorrentes uvas verdes: *Creio ter sido a minha sorte, porque teria, certamente, que me emiscuir em política, causa imprópria para a minha indole, educação e temperamento.* E acrescenta: *Nem eu mesmo me teria sentido bem no "torvelinho" político.* Se o diagnóstico é exato, a conclusão é insincera, porque cada vez mais a política vai ocupar a sua cabeça, como a preencher o vazio de um projeto existencial que teimava em não se realizar.

A carta revela a animação com a viagem, repetindo, como sempre, as vantagens da bolsa recebida, que se estendem também ao mundo cultural da capital, o que ele conta com alegria adolescente: *Receberei, com os demais colegas de curso de todos os Estados do Brasil, entradas gratuitas para as melhores peças artísticas levadas no Teatro Municipal.* Mas, junto com as benesses, sopra o sentimento de culpa do puritano: *Isto para voces lá hão de achar um beneficio excessivo.* E ele pede notícias da terra, com a pergunta que volta à política, revelando a polaridade do momento: *Como vai de candidatura? Como está colocado? UDN ou PSD?*

A política seria mesmo inescapável, especialmente onde ele estava, e justo naquele mês de imensa ressonância histórica. No mesmo dia 5 de agosto, meu pai transcreve uma carta a um certo "amigo Jorginho", dando conta do seu registro do diploma e oferecendo-se para retirá-lo. Em seguida, o detalhe chocante: *Aqui tudo azul, isto é, azul para mim, tenho aqui na minha mesa a "edição extra do jornal do Tenório "Luta Democrática" em que, em letras garrafais anuncia o assassinato, ontem a noite do major Rubens Florentino Vaz.* Tenório Cavalcanti é o Homem da Capa Preta, um político agressivo com uma aura de mito, dono do jornal sensacionalista que faz oposição a Getúlio, mas meu pai não faz comentários. No dia seguinte, escreve à "querida Chica" dando informações sobre o curso (serão três meses, e não quatro como pensava) e sobre o trato das galinhas; e no final, de passagem, conta a notícia do momento:

> *Tenho na mesa a edição extra da "Luta democratica" "Um jornal de luta feito por homens que lutam pelos que não podem lutar"* (É do Tenório) *anuncia em letras garrafais o atentado do assassinato contra "Carlos Lacerda"* (*este é um jornalista violentissimo*) *e em consequência, mataram um major da aeronática, que nada tinha que ver com a história.*

No dia 12, numa carta à Ernestina (que está em Lages, ajudando a filha), reclama da falta de notícias da mulher, temendo alguma crise: *Será que está com o "bode"?* E segue-se mais uma vez a notícia explosiva, agora com uma rara opinião direta em tonalidade irônica:

> *Aqui, apesar da "ruaça" dos políticos, do tenente* Gregorio* *comandar uma quadrilha de assassinos, da morte do tal major da aeronáutica, apesar dos comícios dos estudantes, apesar do "quebramento" de uma camionete de propaganda trabalhista, apesar da policia de choque lançar bombas, jatos dagua com mangueira na multidão, apesar de tudo isso, vai tudo muito bem.*

* Gregório Fortunato (1900-62), chefe da guarda pessoal de Getúlio Vargas, acusado de comandar o atentado contra Carlos Lacerda, episódio que acabou por levar o presidente ao suicídio.

"Nada a lamentar". Pobre Brasil, que é bem brasileiro...

Ouviremos, hoje, o discurso do homem, que, apezar de ser apontado, ostensivamente, pelos jornais de ter, na sua folha de "serviços" registrado 4 assassinatos, ainda continua sendo o "1º homem"; isto só acontece no Brasil.

Três dias depois, outra carta à "querida Chica" trata de questões de dinheiro, com novas e extensas instruções sobre as galinhas — e então aparece o "bode" da Elin, certamente em crise. Tinham acertado que ela viajaria ao Rio para passar um tempo com meu pai, mas parece que ela duvida do amor dele e imagina perdê-lo, numa crise intensa de ciúmes, o que era frequente. Para tranquilizá-la, meu pai chega a relembrar, em detalhes afetuosos, o primeiro encontro que tiveram, no Clube Lira de Florianópolis. Para ele, em questões de amor um "não" não era um "não":

> *Desde o nosso 1º encontro estás sempre temerosa de "perder-me"... quer sempre "declarações" e "declarações diretas". Naquele dia, no Lira, de fato não havia necessidade de declarações, de propostas e contra propostas como quem vai fechar um negócio na esfera comercial e de indole material e econômica. No amor um "sim" pode ter a significação clarissima de um <u>não</u> e um "não" a de um <u>sim</u>. No amor o que menos vale nas palavras é a sua forma e conteudo comum — o conteudo real é figurado, é o que emerge nas entrelinhas, as quais muitas vezes transbordam de sentido, sentido tão objetivo e concreto, como no caso do nosso primeiro encontro, para mim, não havia dúvida de que serias minha e minha para sempre; nem tinha eu receio de perder-te, nesse 1º encontro, quando me disseste "hoje não, hoje não quero que me acompanhe". Pouco me importava que houvesse outros fortissimamente interessados, a minha convicção era tão forte quanto é hoje (de que fu-*

girias de todos e cairias feliz em meus braços), apezar de todas as tolices que muitas vezes saem de teus labios. Tolices ditas com tanta energia e severidade, na aparência, quanto estão destituidas de fundo, estão sem apoio para perdurar, não tem sentido, só tem forma, estão vasias de conteudo real.

A percepção do poder das entrelinhas é uma sutileza do meu pai, mas o seu afeto tem sempre o toque unilateral do velho "poder da vontade" de suas antigas leituras, um poder intrinsecamente masculino: as queixas ambivalentes da minha mãe (ela teme perder aquele com quem nunca quis casar) são tolices "vazias de conteúdo"; desde o primeiro momento — *não quero que me acompanhe*, ela havia dito no final do primeiro encontro — a palavra da minha mãe é uma voz irrelevante, tanto mais irrelevante quanto mais louca parece. Tudo indica que ela implicou com algum senão do meu pai:

> *Agora é preciso que eu diga que deves vir? Mas se isto foi combinado, se quando falei no quarto me referi ao teu gosto que, provavelmente, não seria satisfatório, que mais era preciso dizer? Pois, saiba que a cama só dá para um, mas creio que mais importante do que a cama e o calor das cobertas, seja eu, porque onde estou estão resolvidos todos os problemas reais. Não se mostre sem fé, porque sei que a tens.*

A frase é forte e definitiva, e vai além de um "não se preocupe": *onde estou estão resolvidos todos os problemas reais.* Depois de dar detalhadas instruções sobre a logística da viagem, meu pai fecha a carta com vários conselhos práticos — *Não invente de trazer roupas quentes e não pratique o ato escandaloso de trazer o casaco de pele*; e *não venha com muitos vestidos, porque aqui, envez de mudar o vestido, mudam todos os dias e a todo momento aqueles que te vêem.* Finalmente, a última recomendação: *cuidado com os sapatos, porque por pouco que se ande, anda-se 10 vezes mais do que lá.* Em suma, *É preciso ter mais cabeça do que chapéu, embora aquela, normalmente, caiba dentro deste, como dizia meu avô.*

No dia 20, mais uma carta, com as implacáveis instruções sobre o galinheiro e curiosidades cariocas, entre elas uma novidade nos cinemas: *Vi o tal Cinemascope: não achei grande vantagem, é barulhento, pois, o ruido não é só na frente é dos lados em cima e até atraz da gente. A fita era histórica, entre cristãos e pagãos — sai antes de acabar.*

Em setembro, meu pai já está no quarto mobiliado que alugou especialmente para passar a nova "lua de mel" com a Elin no Rio, e imagino que deve ter sido um período de, enfim, vida comum intensa, talvez mais feliz do que em qualquer outro momento da vida deles. De correspondência anotada, apenas um bilhete ao tio Cristovão no dia 6 (*Estamos na lua de mel. Enquanto isso, a sogra está com as 4 crias*) e, também para ele, um cartão-postal ou uma fotografia no dia 22 (*Uma lembrança do nosso passeio ao Rio*).

Imagino o impacto do Rio de Janeiro na cabeça do meu pai. Ele está com quarenta e três anos e é a primeira vez (e será a única) em que, realmente, sai dos limites de seu mundo, na geografia e na cabeça. Se os dois meses de Porto Alegre no ano anterior já tinham sido uma experiência estimulante plena de novidades, ainda era um mundo familiar, caseiro e periférico, uma extensão do seu quintal revivida no quintal do tio Cristovão. Agora, na capital da República, o horizonte era muito mais amplo. Mas já é tarde para transformar sua vida; para onde ele ia, as galinhas e sua pequena utopia rural iam junto — desde que havia se casado, dez anos e quatro filhos antes, aquele foi o seu único plano firme e estável: um aviário que desse certo.

O diploma de advogado tinha sido a vistosa escada social possível no seu mundo de opções limitadas, mas as aulas, além do ganha-pão desde sempre, representaram o suporte para alguma outra coisa maior, nunca exatamente definida, que os cursos de atualização pareciam estimular. Resta sempre alguma transcendência intelectual na sua cabeça — afinal, ele continua a copiar fielmente sua correspondência, o que deve significar alguma coisa, a expressão de um desejo, quem sabe o sonhado, e temido, romance de sua vida, que lhe daria alguma chave: estava tudo ali — a vida completa, a ser fechada com um laço.

O sentido que ele alimenta é a estetização de uma família perfeita; ainda que forjada a fórceps, sempre haverá a poesia para dourá-la. Da mesma forma que, muitos anos antes, ele via a si mesmo personagem de um cromo fotográfico, o primogênito escrevendo aos pais e aos irmãos que ouviriam reverentes os relatos do seu triunfo, agora ele repetia o modelo e redefinia os papéis. Eis o teatro que desenhou para a "querida Chica" em 26 de agosto, quando informava que alugou um quarto no Rio especialmente para recebê-la:

> *Estou com tantas saudades da nossa pequena república que chego quasi a chorar quando me lembro das brincadeiras do grupinho e ainda mais, agora, com a sogra lá, cada um tem seu papel que encarna uma personalidade natural, específica e distinta: a avó com as suas reprimendas de sogra, o Vicente com as suas resoluções inabalaveis e intempestivas seguidas de fuga do senário para qualquer canto do quintal, o pequeninho parece incrivel que imite gente grande com suas caretas desaforadas, o Joãozinho sempre vitima das tuas severas reprimendas e "fuchicos" da Vera, esta, por sua vez, largando suas piadas no momento oportuno e gozando o maximo possivel de todas as situações e você, Chica sempre paradoxal nas suas emoções, movimentando espetacularmente todo o senário.*
>
> *E eu? eu visto por mim mesmo? Que função tenho no drama?*

Ele terá apenas cinco anos incompletos de vida para responder. O tempo psicológico faz milagres de prestidigitação, em idas e vindas mentais que nos dão a ilusão do demiurgo; mas é o tempo cronológico que mata no seu silêncio regular, o pêndulo gótico de um relógio de parede. Meu pai não sabe que função tem naquele romance tradicional, um dia depois do outro, mas sente que vive um drama.

Volto à questão política, lembrando que meu pai estava no Rio no dia 24 de agosto, o do suicídio de Vargas, praticamente ao lado do Catete. Imagino o choque desse acontecimento dramático da história brasileira na sua cabeça: o inimigo que se suicida, um golpe baixo da nêmesis que justifica nossa fúria, deixando-nos com a sombra da culpa; a covardia insidiosa, talvez ridente, de alguém que sai de cena interrompendo a peça em que teríamos o papel relevante de acusador. Como ele reagiu à gigantesca comoção que se seguiu no país inteiro, com traços de uma reviravolta popular shakespeariana?

Não há nenhuma carta anotada do dia do suicídio até 3 de outubro, quando ele escreve do Rio ao amigo Lima, com quem talvez ainda partilhasse a simpatia integralista — e era justamente o dia de eleições gerais no Brasil (onze governos estaduais, dois terços do Senado e toda a Câmara dos Deputados e Assembleias Legislativas). Na curta mensagem, aparece a sua única observação nos cadernos sobre o suicídio do presidente:

> *Os meus "votos" são de que os teus (o teu e dos teus correligionarios) sejam eficientes para o bem do Brasil, que tanto espera por homens dignos; e, infelizmente está cheio de corvos. Não pense que eu queria me referir ao jornalista Lacerda, eles são tantos e estão tão fortemente infiltrados em todos os partidos que parece ser feito deste estofo o grupo que esteve e está nos governando; os houve e os ha, para desgraça do Brasil nos pos-*

tos de comando, muitos: — crápulas, tarados. Não quero entrar em apreciação do suicidio do ex-Presidente, pois, sobre mulher, religião e politica não se discute abraça-se; entretanto, uma cousa sou obrigado a dizer: o último ato do ex-Presidente não foi cristão, neste ponto creio estares comigo.

A piada machista parece um pequeno escape do riso diante do mal-estar do suicídio, um álibi argumentativo; e, como que do nada, vem afinal o juízo de raiz religioso, que é uma pá de cal para encerrar o assunto: o ato de Getúlio não foi cristão. É notável que o argumento apareça nesse momento, dos lábios de alguém que — as cartas dizem — nunca demonstrou ser um homem de fé religiosa explícita ou ativa. Deus nunca havia sido um estandarte na sua vida; era apenas um pano de fundo social e mais ou menos opaco. Sua ambição intelectual se inclina antes à racionalização ponderada que ao impulso emocional. É sempre formalmente à "razão" que ele recorre para justificar, controlar e explicar a vida. Mas, por uma certa ingenuidade estrutural — é a expressão, com sabor anacrônico e toque arrogante, que me ocorre —, a razão apenas deduz, a partir de um mundo ao qual, por imutável, devemos nos amoldar, como diz à Elin. Para ele, a razão não induz à mudança, mas como a vida real é difusa e se sobrepõe em camadas e nuances sem fim, meu pai assimila os dois modos, mantendo entretanto sua âncora e porto seguro, a dominância conservadora que trouxe de origem.

41. O conservador

À medida que Deus — um Deus católico — começa a se tornar mais presente na sua vida (pela via política, o que vou descobrir adiante), o conservadorismo reforça sua vereda salvacionista. No mesmo dia 3 de outubro em que escreve ao Lima, rascunha febrilmente uma longa carta ao irmão Cândido em que descreve um plano: *a novidade fora do comum que anda pelas nossas cabeças, minha e da Elin: fazer uma visita a velha casa paterna.* Seriam dois meses de férias nas quais imagina uma utopia rural familiar-educacional; é de fato uma "teoria pedagógica", em que o irmão Cândido serve apenas de interlocutor abstrato:

> *A viajem seria diferente das outras, seria pela serra, formaria uma verdadeira caravana. Seria levada, inclusive, uma bicicleta para facilitar a locomoção em logares que não ha pronto transportes. La haveria um programa de trabalho para todos, inclusive para as crianças maiores, pois, pelo trabalho aprenderia coisas que na escola não aprendem, preparar lenha, transportá-la para casa com o carro de bois, fazer feno ou ra-*

ção verde para as vacas leiteiras; mas tudo levado a sério. ~~O João por exemplo trabalharia e aprenderia todas as partes do trabalho que a suas forças comportam.~~ com hora certa para levantar, para o trabalho, para jogos, ~~de footebol~~, natação, leitura e ~~comentario~~ de livros, passeios para as casas dos parentes estudando os tipos de solos, plantas úteis etc. Fazer observações sociais: grau de adiantamento, o que aquele povo aprecia qual é, enfim, a mentalidade da população, (dos velhos, dos moços e das crianças do logar) quais são os seus divertimentos prediletos. Reunir a mocidade e fazer bate papo juntos coletivo, não em discursos mas apenas trocar idéias, cada um dizendo o que viu e o que pensa deste mundo que Deus criou.

De alguma forma absorvidos, os estudos pedagógicos que ele vinha fazendo desde a especialização de Porto Alegre até os cursos do Rio de Janeiro (e que ele jamais comenta em detalhes nas cartas) moldavam-se ao ideário militar-integralista de sua formação de quartel — a paixão pelo uniforme e a retórica de Plínio Salgado continuam presentes. É um projeto iluminista-caipira, um "anauê" escoteiro imbuído do toque da militarização da vida, essa parte inseparável do sempre violento (e sempre recorrente) salvacionismo brasileiro. O moderno especialista pedagógico — lembro que, pai orgulhoso, ele levou um grupo de alunas ao quintal de casa para ver uma cidadezinha com ruas e casinhas de barro que meu irmão e eu fizemos, uma pequena maquete — convivia perfeitamente com o espancador que dava surras metódicas nos filhos a título de "correção de comportamento" quando demonstrassem desobediência. Percebo que esse ideário não é mais apenas um instrumental de professor que se atualiza — ele já tem os traços da ambição política, justamente a área em que ele dizia ser contra sua "índole, educação e temperamento". Os planos políticos serão suas uvas verdes de sempre.

O bizarro projeto de férias nunca foi adiante — em dezembro, escreve de novo ao Cândido abandonando a ideia: A *minha ida da maneira que escrevi "tipo caravana" está fora de cogitação.* Explica que nas férias o filho mais velho irá para Porto Alegre e a filha para Florianópolis. Ele, com bronquite asmática, ficará em Lages por razões de saúde: *Tirei uma chapa dos pulmões.*

A partir do ano seguinte, a correspondência indica uma forte regressão conservadora na cabeça do meu pai; a experiência do Rio de Janeiro, em vez de ampliar sua visão de mundo, parece tê-la fechado mais, na mesma medida de seus fracassos — o projeto de avicultor, que nunca sai do lugar, o professor em luta por miseráveis progressões profissionais, sofrendo as picuinhas burocráticas no eterno embate paroquial dos Bornhausen versus os Ramos, o advogado aporrinhado cobrando duplicatas que não são pagas, e, por fim, a variável mais terrível, a sempre imprevisível Elin, que jamais se encaixava na sua utopia familiar. O sonho acabava?

Assim que ela retorna a Lages após um mês de aparente lua de mel, a primeira carta do meu pai, ainda do Rio, já se irrita contra os garranchos da minha mãe: *Querida Chica, na proxima vez vê se capricha na letra para evitar que eu vire o Chanpoleon* (*o tradutor dos hieroglifos dos* [ilegível] *Egito*). No dia seguinte, outra carta, esta furiosa, faz ironia sobre os pergaminhos da "República de Cícero", escritos e reescritos sobre peles de ovelha. Imagina os especialistas diante das cartas da minha mãe:

> *Como conseguiram lêr não só a nova escrita mas também a velha e já raspada: eis, aí, a tua carta escrita em papel fino e dois lado e com letras e palavras hieroglíficas. Para entendê-la foram necessárias tres tentativas de leitura, gastando mais ou menos 30 minutos cada vez!!! Que leitura irritante! Que agonia, que martirio! que tortura querer saber o que vai no teu cránio pela interpretação dessa escrita chinesa!!! Certo critico*

disse que Euclides da Cunha escrevia com cipó, pois, eu diria que tu escreves com o bisturí ou com um espinho de ouriço. A tua pena ao escrever realiza uma verdadeira batalha contra o indefeso papel: furando-o e rasgando-o. Já pensaste que pensar não é o suficiente para que eu entenda seu pensamento? Quando estás presente compreendo teus pensamentos mesmo que expressas por palavras e frases sem lógica, porque não tomo as palavras ou frases ao pé da letra, tomo o ritmo e a tonalidade da voz, interpreto mais o teu rosto, nos teus olhos brilhantes ou turvos, nos teus movimentos bruscos ou lentos o sentido do que dizes. Mas longe, os elementos de interpretação são muito mais reduzidos.

São sintomas visíveis de uma crise que não se formula, mas agride. O primeiro sinal de regressão conservadora, o refúgio do ressentido, aparece numa carta de 25 de janeiro de 1955 ao agora renascido amigo Lima, de Novo Hamburgo:

Esta carta é pra pedir-te um grande favor. Trata-se de emprestar-me o tal livro sobre Psicognomia — A minha intenção era de adquirir um exemplar, no Rio, acontece, porem, que não me foi possivel descobrir um volume do mesmo, a própria editora, segundo me consta, já não existe mais. Sobre o assunto não consegui, sequer, coisa semelhante.

Lembro desse volume, um velho tratado lombrosiano de capa dura sobre a correlação entre aparência física e caráter moral, ilustrado por desenhos de cabeças de macacos lado a lado com cabeças humanas, com diagramas explicativos, assim como perfis goebbelianos "exemplares" de queixo ou nariz etc. Era inspirado pela "psicognomia", disciplina criada pelo padre católico belga Paul Bouts (1900-99), que classificava tipos humanos a partir de características craniofaciais e grafologia, uma estupidez que teve algum sucesso no Brasil a partir da edição do seu livro em 1943, em pleno triunfo do ideário racista "científico".

Obviamente, aquela idiotia (no caso da psicognomia, de filiação católica), típica do período de ascensão nazifascista de vinte anos antes, já saíra de moda, e sem dúvida não constava de nenhum currículo pedagógico de seus cursos de atualização. De onde vinha esse interesse renovado? O próprio Lima vai em seguida visitá-lo em Lages (o que uma carta de 9 de fevereiro ao velho amigo comum, Antenor, revela), onde certamente deixou o livro (jamais devolvido, porque será o exemplar que herdei).

O segundo sinal é religioso — na verdade, político-religioso, porque em 1955 ele fará campanha, ao governo do estado, por Jorge Lacerda, um candidato oriundo do movimento integralista, em quem meu pai já tinha votado para deputado federal e com quem mantinha contato esporádico com pedidos burocráticos pontuais na correspondência. Era um político de tintas intelectuais: como assessor do poeta Cassiano Ricardo, diretor do jornal *A Manhã*, do Rio de Janeiro, fundou o suplemento Letras e Artes, congregando praticamente todos os nomes relevantes da cultura brasileira do período, de Portinari a Carlos Drummond de Andrade, o que mostra que as raízes nacionalistas da modernidade brasileira perpassavam todos os matizes político-ideológicos — e também religiosos. Lacerda se elegerá governador de Santa Catarina pelo PRP (de fato, a antiga Ação Integralista Brasileira, tornada ilegal já em 1937) em coligação com a UDN, derrotando o candidato Francisco Gallotti (da coligação PSD-PTB) por uma margem apertada.

Em 17 de setembro, ele escreve uma carta ao candidato, anexando uma circular pessoal mimeografada (no sistema do gelatinógrafo) no verso de um folheto eleitoral com a fotografia de Jorge Lacerda sob o título *Porque os Católicos vão votar em JORGE LACERDA*. O folheto acentua em cada um dos seus onze parágrafos o seu profundo catolicismo; o deputado federal é, "nas palavras de Sua Eminência Rvma. D. Daniel Hostim, Bispo de Lages, um destemido defensor dos princípios da Igreja Católica", um "Congregado Mariano desde 1930", que combate o divórcio, defendendo assim "o pensamento do povo catarinense". Na circular do meu pai, ele informa que "no comício monstro que realizamos, aqui, na terra que já foi de Nereu [Ramos], o nosso candidato teve uma verdadeira consagração" (na verdade, em Lages ele perderá para Gallotti). Ao próprio Jorge Lacerda, ele "sente-se honrado" em informar que está trabalhando ativamente junto aos irmãos e primos (*trinta e tantas famílias*) pela candidatura, como *o ilustre amigo poderá ver no texto supra e verso desta missiva.*

É uma fidelidade de cabo eleitoral que expressa, na mesma moeda, um claro ressentimento contra os Ramos, quase uma vingança pessoal. Tento imaginar o grau de sinceridade política e religiosa do meu pai, se é que isso tem alguma relevância em campanhas políticas, porosas e intercambiáveis pela própria natureza. Sinto que há de fato um terreno firme de convicção movendo seus passos (os vinte e cinco anos de correspondência comprovam), ao lado dos pequenos cálculos de vantagens profissionais eventuais, que sempre acompanham o ativismo político, o que é parte natural do jogo — ainda mais na escala provinciana daquele Brasil enraizado, ontem como hoje, na tradição coronelesca. Numa carta ao mano Jacinto pedindo voto, ele explica a lógica pedestre da coisa:

> *Quando o Jorge fôr fazer a campanha, se tiveres oportunidade simplesmente de cumprimentá-lo e dizer-lhe "sou irmão do Tezza de Lajes", para mim valeria muito; pois, se eu pudesse contar, na certa, com uns 30 votos, entre o pessoal da minha família eu valeria perante esta gente, 30 vezes mais. Infelizmente é assim, mais consegue um quasi analfabeto mas que conta com 50 votantes do que um doutor que tem todas as qualidades mas*

que não tem mais do que seu proprio voto. Para vocês não tem grande importância, o voto mas para mim se pudesse contar com uns 50 votos, e que o candidato saiba que é por minha causa e meu interesse que esses eleitores votam nele, e que ele vença, teria muito mais probabilidade de progredir nas minhas aspirações.

Continuo vendo nele a mesma "ingenuidade estrutural" de quem encontra na política um caminho possível de sobrevivência, que, por outros meios (as aulas mal pagas, o aviário deficitário, a advocacia claudicante), parece se estreitar à medida que a idade avança. É um despertar tardio e sem tradição, que ele tenta apreender em pequena escala. Mais adiante, dará sinais de pensar num voo próprio.

O dinheiro está cada vez mais curto naquele Brasil crescentemente inflacionário. Em fevereiro, um requerimento pede a transferência do filho mais velho, do Colégio Diocesano, privado, para o Ginásio Vidal Ramos, público, "por motivos financeiros". Uma anedota familiar conta que o padre responsável pela tesouraria do colégio irrompeu na sala de aula do meu irmão e declamou à turma, em voz alta e solene, uma "lista" de alunos com pagamento atrasado, na qual constava um único nome, o dele. Meu irmão — é uma história que ele gostava de contar e recontar, imitando o sotaque alemão do homem com detalhes hilariantes — levantou-se da carteira e tirou do bolso um maço de notas amarrotadas de um cruzeiro (frutos do agenciamento do jogo do bicho que estaria fazendo por fora, no recreio, para desespero do meu pai), arremessando-as ao padre em pagamento. A história é verossímil, mas não sei se verdadeira — meu irmão João tinha um talento mitômano poderoso e engraçado, que herdou da mãe, e eu nem sempre percebia a fronteira entre o fato e a fantasia (talvez nem ele, assim como a mãe: as palavras criam realidade assim que se pronunciam). Mas o simples relato indica um dado concreto: o dinheiro curto. Em 21 de março, numa carta sobre um pagamento atrasado da Ordem dos Advogados, meu pai faz uma brincadeira com um dos personagens do momento, o governador de São Paulo, uma figura carismática que despontava no horizonte: *Estou como o Jânio, "apertando a cinta"*.

Sobre a confissão católica, há vários sinais de um reforço ideológico consciente, por assim dizer, com uma dimensão nova na sua vida. Em março ele escreve ao frei Aurelio Stulzer, um religioso catarinense importante, dando um parecer crítico sobre dois catecismos para crianças. O fato de o frade pedir essa leitura ao meu pai já é um indício de que ele circulava no meio religioso com algum prestígio e relevância. A correção e limpeza gráfica do texto indica que deve ter sido escrito e reescrito com um cuidado especial antes de ser passado ao caderno. Ele começa dizendo que não tem competência, e que *poderia, assim, terminar minha carta.* Mas, sendo *professor e Católico*, ele se vê com *certa obrigação moral* de dar uma impressão sobre os *grandes livrinhos*.

Depois de tentar uma classificação da moral como um dos ramos do conhecimento humano, meu pai pisa em ovos argumentativos: *Se a religião tem uma das facetas social e humana, tem outra que é, sem duvida a propria essência e razão de ser da Religião: é o elemento Divino que encerra. E eis que, aqui, o terreno se me foge dos pés.* Embora declarando-se incompetente, arrisca uma formulação para o embate da razão com o sentimento religioso, ao qual ele atribui o caráter de abstração, perceptível racionalmente:

> *Segundo me parece, podemos afirmar que a Religião é matéria altamente abstrata. Pelo menos na sua essência não cai sob os sentidos, os sentidos não cobrem diretamente os ensinamentos religiosos. A Religião apresenta-se-nos concreta para a razão, e*

esta na criança, é reduzida; sua capacidade evolue, lentamente, com o crescimento.

É uma perspectiva religiosa decididamente não pentecostal, destituída do princípio de iluminação, revelação ou carisma. Os sentidos são o caminho para a razão, como diria um bom empirista: *Dai o ensino religioso para a criança deverá ser atravez de figuras que impressionam os sentidos, fortemente ilustrado, e, ministrado por meio de historietas para que a crianca possa assimilar, indiretamente, pelos sentidos as primeiras lições.*

É o caminho do respeitoso elogio final ao frade:

Quadros evocativos da vida religiosa, testes claros, concisos e em linguagem apropriada para a criança impresso em tipos grandes que as crianças podem usar, até, para a leitura de alfabetização. Estas qualidades fazem de "o teu Catecismo" o livrinho de Religião mais perfeito de quantos conheço; e, está enquadrado dentro do rigor pedagógico moderno.

Pela minha memória, não havia nenhum catecismo em casa; meu único contato com histórias bíblicas veio do colégio de freiras onde cursei meus dois primeiros anos. Lembro nitidamente de um livro colorido com a história da Arca de Noé, entre muitos que a professora distribuía para a turma em horas de leitura — e isso foi tudo.

42. O diretor

Durante o ano de 1955 meu pai assume a veia política que imagina para si mesmo e trabalha ativamente pela candidatura a governador de Jorge Lacerda — serão dezenas de cartas aos parentes e amigos pedindo votos. Foi um ano pleno de tensões, locais e nacionais. No plano nacional,* a velha fidelidade juvenil está de volta; numa carta em julho, comenta um programa na Rádio Clube, pró-Plínio Salgado — mas o voto nostálgico indicava que a fidelidade estadual não se estendia à federal, e o golpe militar, como sempre, estava no horizonte:

A receptividade a Plínio Salgado, nessa terrra de coroneis caducos, é pequena. Eu, que estava muito entusiasmado pela

* Eram candidatos à Presidência Juscelino Kubitschek (PSD), Juarez Távora (UDN), Ademar de Barros (PSP) e Plínio Salgado (PRP). Juscelino venceria a eleição por pequena margem, o que provocou questionamentos da UDN e dos militares, armando-se um golpe, afinal fracassado graças ao contragolpe do ministro da Guerra, general Lott, num movimento conhecido como Novembrada.

campanha, com as últimas notícias da Metrópole, custo a me convencer de que haja eleições — para mim, francamente, o golpe esta elaborado e está a espera do término do Congresso Eucarístico Internacional.

O Congresso foi um acontecimento de impacto que fez do Rio, segundo uma manchete do jornal *O Globo*, "a capital mundial do catolicismo". O próprio presidente Café Filho fez uma saudação aos milhares de peregrinos; o papa Pio XII mandou uma mensagem aos fiéis pelo rádio e veio um cardeal da Itália representando-o. Ontem como hoje, a religião era um dos muitos fiéis da incerta balança política.

Passadas as eleições com a vitória de Jorge Lacerda, e já sem a sombra do golpe na esfera federal (*não creio haver dúvida sobre a posse dos eleitos, embora o ambiente seja de grande tensão nas esferas políticas e militares e continuará até 31 de janeiro de 1956*, diz ele ao primo Olivo), era hora de cobrar a fatura de sua militância. Já no dia 2 de novembro, escreve a um deputado eleito da região de Urussanga, com força política junto ao novo governo, e expõe sua pretensão: meu pai quer ser nada menos que diretor do Departamento de Educação. Segue-se um parágrafo de autoavaliação, em que expõe o seu senso de injustiçado: *Tenho sido constantemente preterido em qualquer cargo de algum destaque.* E acrescenta: ninguém poderia exibir *tantas credenciais técnicas pedagógicas às que me proponho oferecer.* Ele enviará carta semelhante ao próprio governador eleito: *Caso esteja interessado na minha colaboração, poderei apresentar-lhe um esquema do plano de ação que poria em prática, no exercício do cargo, se tivesse a honra de ser distinguido com a nomeação.*

Em janeiro de 1956, prossegue o otimismo ingênuo do meu pai. Numa carta à "querida Chica", que passeia em Florianópolis, ele conta do encontro com o futuro governador: *O Lacerda esteve dois dias aqui: tornou-se o homem de casa, fala-se com êle como se fala com pessoa da familia, sem nenhum acanhamento.*

Obviamente, meu pai não foi nomeado; em vez disso, lhe ofereceram o cargo de diretor da Escola Normal, o que se revela, na ponta do seu lápis atento, um mau negócio — ganharia mais mil reais como diretor, mas perderia dois mil das aulas de educação física que teria de largar, como explica em fevereiro a um certo "amigo Rubens", pleiteando que essas aulas sejam transferidas para a mesma Escola Normal. O entusiasmo pelas uvas, novamente verdes, não é mais o mesmo; o que parece incomodá-lo mais é a reação pública na terra dos Ramos:

> *Já estamos preparando o espírito para uma resposta às interpelações indiscretas dos nossos adversários para o caso de não ser nomeado para coisa nenhuma. Responderia: (aos que fingissem espanto de eu e a mulher termos trabalhado tanto e não ter obtido nenhuma compensação) "bom, mas eu continuo sendo uma grande "reserva moral".*

É um dos raros momentos de autoironia do meu pai — se as aspas indicam de fato ironia. Mas já há um ano alimentava um plano B: fazer um curso de Pedagogia na Universidade Católica de Porto Alegre; ele avalia que precisa um reforço de titulação na área educacional para aumentar seu peso político (o que se verbaliza numa carta ao Olivo mais adiante). Seria um curso feito à distância, como que uma volta aos velhos tempos, conta ele ao Antenor: *Em Porto Alegre, na PUC do RG Sul é possivel fazer o curso com exames sempre na 2ª época, lá por fevereiro, tipo madureza. O mais provavel, porem, é de não passar de projeto.* Mas o projeto segue em frente: em fevereiro ele vai a Porto Alegre fazer as provas de habilitação.

Janeiro havia sido um mês conturbado, alternando a euforia

da vitória política com o desconforto da vida pessoal, ainda sem rumo. Mais uma vez, a mulher era o estopim da crise. No início de janeiro minha mãe tinha viajado a Florianópolis com a filha para um período de férias e lá ficaria para o baile da posse do governador, no fim do mês — mas o esperado encontro das irmãs *tornou-se um ambiente hostil e carregado*, diz meu pai numa carta ao Cândido. Ao sabor da gangorra afetiva, a sombra do ressentimento familiar reaparece e minha mãe terá outro de seus rompantes. Em mais esse pequeno conto de desastres, meu pai parece indeciso entre condená-la e defendê-la: *Elin não se sentiu bem.* Posso ver a cena, que se repetia em ciclos na sua vida: bastava uma palavra mal-entendida ou uma suspeita conspiratória para acionar o explosivo gatilho emocional, ou *a pimenta no sangue*, na sugestiva imagem do meu pai: *Num momento que a pimenta no sangue aumentou de dosagem não fez, absolutamente, nenhuma cerimônia e como a passagem tinha sido comprada ida e volta pela VARIG, em poucas horas resolveu tudo e está em Lajes.*

O que significou perder o baile da posse do governador eleito, um sonho que meu pai atribui mais à mulher:

> *Eu, embora, um tanto acostumado com estas mudanças radicais de resoluções da Elin, fiquei perplexo, levei quasi um choque, quasi não... que levei de verdade. Imagina que tinha comprado o Smooking por CR$.3.000,00 só para ir ao baile da posse do Governador, coisa, alias, que não queria, mas que cedi por insistência dela, sob os argumentos de que não era cabivel perder a festa: "quem ganha a batalha tem direito a aproveitar-se dela". Quando abri a porta para atender e vi que era ela, com as malas ao lado, recebi seu abraço estático e gelado; olhou-me e disse: "você está magro e pálido — era preciso mesmo que eu viesse para dar-te melhor trato".*

O problema passa a ser a minha mãe — e, junto com ela, como sempre, o dinheiro. Na mesma carta ao irmão, meu pai conta que, em Porto Alegre, levou a Elin a um médico, "especialista de doença de nervos": *Imagine que só a consulta do médico (na verdade durou quasi duas horas) custou CR$ 600,00, mais CR$ 850,00 de exames de laboratório (de sangue etc.) e a 1ª aquisição de remédios mais de CR$ 1.000,00.* Minha mãe volta a Lages e meu pai fica para as provas do curso. Ao retornar, assume enfim o expediente como diretor da Escola Normal Vidal Ramos. O cargo será um choque de realidade da vida burocrática, agora do outro lado do balcão, o da chefia, como meu pai descreve em nova carta ao Cândido, no dia 4 de março: *a luta é tremenda: lidar com quase uma duzia de funcionários, uma duzia e meia de colegas professores e mais de 300 alunos, começo de ano, em que não estamos acostumados, fico o dia inteiro quasi atarantado.*

Os meses seguintes continuarão turbulentos, com o meu pai movendo-se entre os compromissos de diretor e os estudos de pedagogia — sem esquecer do trato das galinhas no aviário do quintal, que continuarão consumindo tempo, cuidado e dinheiro. E mais os "tratamentos" intermitentes do "problema de nervos" da minha mãe. Uma carta de março de 1956 a um certo "Dr. Pedro Rosa" (assinada pela minha mãe, mas com a caligrafia do meu pai) informa que *na oitava injeção de Saluto de Amino - Ácido "Piam", deu-me uma reação semelhante à malária, isto aconteceu uma hora depois e repetiu-se umas 10 horas após.* Fico matutando o que seriam aquelas misteriosas injeções, para que serviam e qual o seu efeito.

Não obstante os "nervos", ela mantinha a tradicional jornada dupla feminina, dando aulas e cuidando da casa, como ele conta ao Rau em novembro de 1956: *Professôra, a velha, das 7,30 às 11 hs, vai se virando para dar conta do "recado" de cozinheira.* Em seguida, faz um resumo de como vão os filhos, com os inevitáveis detalhes de pai coruja: a Vera Lúcia completa a quarta série e fará exame de admissão para o ginasial; o Vicente, "sob certos aspectos, sabe mais do que o pai"; Joãozinho "margeia o gênio", com uma inteligência "fora do comum". E *o pequeninho, Cristovão Cesar — de 4 anos, tomou de uma tesoura e cortou seus próprios cabelos na frente — fez uma roça — que foi isso, meu filho? perguntei-lhe ao chegar. "Sou caleca ou não?". Tive que meter a maquina a zero e "pelar o bicho". A turma da casa, depois de "pelado" achou que se parecia com o Eisenhower. Oxalá...* (Lembro da maquininha de cortar cabelo; de tempos em tempos, meu pai transformava a sala em barbearia, tosando ele mesmo os cabelos dos filhos, cortes de recrutas em padrão militar.)

Em seguida, entra em detalhes sobre o curso de Porto Alegre, relembrando os tempos em que estudaram juntos para o exame de Madureza. Meu pai sofre para acompanhar o programa (*papagaio velho não aprende a falar*, diz ele):

> *Tive que mandar trabalhos no 1º semestre e no 2º semestre ainda não os mandei, falta-me fazerem dos 5 que pediram "A situação da Mulher atravez da História". Mas, o Rau, você que é prático, sabe me dizer de que maneira se pode transformar em dinheiro os trabalhos seguintes? "Os sofistas", Anaxagoras e Empedocles" Resumo da "Utopia" de Tomas Moore, e, "As provas da Existência de Deus...*

Em março daquele ano ele já havia dito a um colega de curso, a quem pedia informações sobre as provas de segunda chamada: *De todas as cadeiras, a mais difícil, para mim, é a de Religião.* Nesse primeiro ano de estudos ele acabará reprovado em matemática e biologia — o que, conta o meu irmão Vicente, provocou uma ironia do primogênito sobre a exigência escolar: "Se o pai pode ser reprovado, eu também posso!". Numa carta à secretaria da PUC, já em 9 de maio de 1957, pergunta se é possível fazer as dependências em junho — e surge a primeira indicação de que quer se demitir do cargo de diretor: *É muito provável que largue a Direção do Estabelecimento até lá, assim fazendo provas dessas duas matérias, em junho e novembro, ainda poderia salvar, talvez, o segundo ano.* No dia seguinte, uma carta ao Cândido reforça a ideia: *Comunico que estou nas vésperas de pedir demissão do cargo de Diretor, pois, é um tal 'abacaxi' dos diabos e dá a miséria de CR$1.000,00 por mês — não dá nem para a sola do sapato. É uma gratificação miserável de maneira que vou me livrar dela.*

Mas não será simples: em 3 de julho, conta ao tio Cristovão que a demissão não foi aceita; no dia 24, escreve ao "amigo Laerte"* pedindo que interfira para o governo aceitar o seu pedido de demissão: *o meu maior desejo é ficar livre deste "espeto": ha um ano que não recebo um centavo de verbas para manutenção da escola, tenho prejuizos pessoais imensos e agora os vencimentos atrazados em dois meses.* Ele se sente cada vez mais desconfortável na direção; em 19 de setembro, uma carta a um certo "Dr. Lídio" dá mais sinais da turbulência, revelando sua impaciência crescente com a vida política real:

> *Sou "democrata" e "cristão", se alguma vez, em minha correspondência, fui contundente, nunca tive outro objetivo senão o de moralizar e visar o ideal educativo.*
>
> *Não me moveram nem me moverão o ódio, a inveja, a vingança, as paixões políticas-partidárias: sempre lutei por objetivos educacionais mais elevados.*
>
> *Sei que é dificil, senão impossível, convencer os políticos partidários de que é possivel agir com independência, abandonan-*

* O lageano Laerte Ramos Vieira (1925-2017) foi duas vezes deputado estadual pela UDN (de 1955 a 1963) e deputado federal em quatro legislaturas, de 1963 a 1979 (depois de 1964, pelo MDB e PMDB).

do a política rasteira, para perseguir objetivos mais elevados e nobres. Entretanto, não foi outra — desde que assumi — a atitude que ostentei: absoluta independência e imparcialidade na direção.

Haverá ainda um episódio explosivo. No dia 14 de outubro, nova carta ao Laerte Vieira, agora reagindo ao deputado Osni Régis —* em quem meu pai, indignado, não vê "envergadura moral" —, que *engraçou-se na Assembleia Legislativa e teve a petulância de referir-se de modo grotesco contra a minha pessoa na Direção do Estabelecimento.* Imagino a irritação do meu pai: o fiel udenista, o admirador de Plínio Salgado, é acusado — pasme-se — de estimular a imoralidade sexual. Segue-se a lavação de roupa suja da política paroquial, num tom indicativo do estado de fúria do meu pai — é uma agressividade única:

> *Por acaso êle não se lembra dos bacanais que fazia numa casa "República" na rua Coronel Fausto de Souza? Tal era a ruaça, com prostitutas trazidas da "zona" que um vizinho, indignado, ameaçou acabar aquilo a bala. E no tempo da Direção Osni?*
>
> *Houve um período que nesta Escola era um verdadeira "bagunça". Ele gastava as verbas de escursão escolar e outras em passeios ao Rio; e, certa vez, realizou no Salão Nobre um baile de tal natureza que antes de chegar ao fim tiveram que carregar alunas do Curso Normal completamente embriagadas, pelo "Bafo do Tigre", saindo pelo portão do lado, para diminuir o escandalo e levá-las para casa de automóvel.*

* Osni Régis (1917-91) foi um político do PSD, duas vezes deputado estadual (1955-63), secretário de Estado e deputado federal, filiando-se à Arena no período militar.

No final, aparece a única informação, indireta, sobre o pavio que teria provocado os ataques na Assembleia: *Afirmo que o Salão Nobre na minha gestão não é desvirtuado: a exposição foi nele instalada mas como eu a queria: decente.*

Mas o que aconteceu? Consta — a informação é da minha irmã, que tem memória do incidente — que, numa exposição de arte no Salão Nobre promovida pela direção, houve reações públicas ao quadro de uma pintora local, um inocente nu artístico. A carta do meu pai indica que a indignação da província chegou até a Assembleia. Este filho escritor fica feliz: o pesado conservadorismo do seu pai pelo menos tinha brechas liberais de tolerância artística, defendendo-as com firmeza.

Uma nota do *Correio Lageano* do dia 14 de dezembro de 1957 informa que a Escola Normal tem novo diretor. Enfim meu pai se livra da direção, mas insiste na política — no dia 1º de janeiro de 1958, escreve ao presidente da UDN de Lages declarando fidelidade ao partido e pondo-se à disposição, *nas vésperas de possíveis novas alianças, recompondo as forças políticas para as próximas pugnas eleitorais.* Aliviado da direção, as coisas parecem ficar um pouco mais tranquilas no ano novo que se abre, agora inteiro focado nos estudos do curso de Pedagogia. Um episódio com a minha mãe, porém, será um choque afetivo inesperado, e certamente marcante, na sua vida.

43. A paixão

Em 19 de dezembro de 1957, meu pai escreve a uma certa "amiga Yolanda", de Curitiba, contando que a Elin está se preparando para um exame de suficiência na cadeira de Geografia, mas antes terá de fazer um curso de um mês naquela cidade, promovido pelo Ministério de Educação e Cultura. E pede: *Elin se sentiria muito melhor na casa de vocês do que em qualquer outra casa ou pensão, e, é claro, ajudaria nas despesas.*

No dia 27, uma carta aos pais conta da viagem da Elin e detalha que Yolanda é de uma família conhecida de Indaial, agora dentista de Curitiba. Num encaixe do rascunho, informa: *O Vicente, a Vera e o Cristovão com a menina que faz todo o serviço da casa ficam comigo.* O mais velho irá para Urussanga, aos cuidados do irmão Cândido, mantendo-se o princípio da autoridade: o filho deverá ser obediente *sob pena do "chicote"*. Em 7 de janeiro, meu pai já está em Lages, depois de levar minha mãe para Curitiba, e escreve um primeiro relatório à mulher: *Tudo estava em ordem, ontem à noite pus em degelar a geladeira e funcionou maravilhosa: no congelador estava tudo destacado e limpo.*

É uma lembrança que tenho da infância: a espetacular chegada da geladeira Frigidaire em casa, um símbolo poderoso de mudança de padrão social que, vejo agora, deve ter sido comprada em dezembro; na carta, meu pai faz referência ao primeiro degelo. Ele anexa "cartas dos guris" e um recorte de *Seleções* com um artigo sobre as Cataratas do Niágara. E explica: *Não achei o Cruzeiro do artigo sobre o a nascente do Amazonas* — provavelmente seriam reforços escolares para trabalhos do curso de Geografia.

No dia 14, mais notícias da casa, contando que estuda dia e noite: *Tenho feito menos arrumações nos galinheiros: só uma horinha por dia para descansar da cabeça.* Um dia depois, manda aos pais uma carta do Vicente ao irmão (*êle escreveu por sua propria iniciativa*) que está em Urussanga. E acrescenta: *Ele queria muito ir lá, mas não há dinheiro que chegue para estas viajens. Quem sabe se daqui a 3 ou 4 anos podemos comprar um automovel e irmos todos, nas fereas, isto seria muito bom...* Apesar da tensão do curso de Pedagogia, que meu pai acompanha com bastante dificuldade, parece que ele vive um momento especialmente otimista depois de se livrar da direção da escola.

No dia 21 de janeiro, mais uma carta à "Querida Chica": *Recebemos, hoje, tua carta "sputinique":* parece que não tens nem tempo pra te coçar: já previa isto e estando com programa o dia todo não sobras tempo nem para olhares o "ensopado"* [sic]. E segue-se uma pequena anedota caseira, talvez indicativa de alguma ansiedade diferente: *Perguntei ao Cristovinho de quem gostava mais e disse "da mai". Então eu disse, mas ela está em Curitiba. "Mas eu gosto daqui até lá".* No dia 23, meu pai, ainda habitante do Brasil rural, aproveita um portador para enviar à Elin uma dúzia de ovos. *Aqui vamos bem, eu sempre estudando — estou vendo a coisa preta. Já*

* Referência ao *Sputnik*, o primeiro satélite artificial da Terra, lançado pela URSS em outubro de 1957, e que foi uma sensação mundial.

mandamos as fotografias anteontem. Vera Lúcia diz que nada tem a escrever e mesmo porque nem tocaste no nome dela na tua carta.

Minha mãe volta a Lages no dia 4 de fevereiro; escrevendo ao cunhado, meu pai informa que ela não chegou a fazer as provas finais, *mas com a frequência e provas parciais com aproveitamente julgado suficiente obteve licença para lecionar mais um ano.* No dia 7, ele viaja a Porto Alegre — os exames do curso começam dia 14 — e de lá escreve para minha mãe uma das mais estranhas cartas de toda a correspondência, indicativa de um choque emocional absolutamente novo para ele — e também para o filho biógrafo.

A carta começa corriqueira, dando notícia das datas de prova — haverá uma folga entre 15 e 19, período de Carnaval, diz ele, mas nesses dias pretende preparar as cinco matérias finais. Até pensou em ir a Lages no feriado, e faz um exercício da futurologia otimista dos anos JK: *Se nos estivessemos vivendo no Brasil de 1980, teriamos, certamente, linha noturna: iria na noite de 15 e na noite de 18 voltaria. Ha de te parecer, talvez, quasi loucura, mas na viajem, poderia inclusive estudar.* E faz o cálculo do dinheiro, optando enfim pelo sacrifício: *De mais a mais os CR$ 700,00, não seria fora do comum dos homens gastá-los no carnaval, quanto a mim gostaria de estar contigo, em casa; mas, como é quasi impraticavel ir, ficarei no quarto estudando durante 3 dias.*

E a carta toma súbito outro rumo, como se ele enfim criasse coragem para tocar no assunto mortal que queima sua alma: *Como vaes com os teus pensamentos siderais? E as tuas emoções a derreter-te evaporar-te, a volatilizar-te?* É um tom diferente, e o rascunho — cheio de encaixes, correções, frases riscadas — indica que meu pai pensou e repensou cada palavra, ao seu modo lógico-iluminista. Trata-se de trazer minha mãe "à razão". Isso porque, no mês que passou em Curitiba, ela apaixonou-se por um professor do curso — do que só fico sabendo agora, ao ler essas linhas criptográficas. Conversando com minha irmã, ela esclarece: a própria Elin, aos trinta e seis anos, confessou o novo amor à filha, que faria doze anos em maio. Uma imensa pressão para uma criança, e um bem guardado segredo familiar. Com certeza, minha mãe relatou a paixão ao meu pai por escrito, depois que ele foi para Porto Alegre. A primeira defesa dele é o apelo racional — aquilo não pode fazer sentido:

> *Emoções que, em certas circunstancias fazem-te perder toda lógica, até a mais rudimentar, e fazem-te perder a ideia e valor dos números, do tempo, da verdadeira moral tudo é zero deante das tuas vivências emocionais, só elas falam, impoem, gritam, submetem, aniquilam e tudo devoram imperando da forma mais absoluta. Como se do universo nada restasse senão essas vivências emocionais que — doloroso — fazem-te passar pelos transes mais tremendos e paradoxais.*

É uma retórica delirante, com um toque escatológico, em que o começo e o fim se tocam, reverberando uma teologia: O *prazer e a dor — nivelados — ficam num caos, como as coisas no começo do mundo; as desgraças iminentes apresentam-se-te com um paraíso de portas abertas.* Ele não vê a mulher real diante dele — apenas calcula a "desgraça iminente" do que, imagino, seria uma trágica separação. Ela estaria vivendo "transes tremendos e paradoxais". A emoção como inimiga da vida: até aqui, o transtorno do meu pai segue a sua mecânica defensiva, conhecendo minha mãe desde os tempos de noivado: tudo não passa de um surto. Mas dessa vez seria só isso mesmo? Ou de fato um momento de intensa paixão amorosa, essa espécie de anomalia emocional que, olhando de certo modo, mais lembra um sintoma de fracasso (do casamento, da vida em comum, que vão para o ralo) do que promessa de felicidade (o prazer de escapar da prisão e enfim viver um afeto completo, verdadeiro).

Vendo daqui, especula o filho ficcionista, um enredo simples — depois de quinze anos de um casamento que jamais chegou a ser feliz, pela primeira vez na vida, aos trinta e seis anos, ela está passando um mês inteiro sozinha, longe de parentes opressivos, numa cidade grande, na animação de um curso profissional que lhe acena com horizontes novos e a incrível sombra da independência. Há o estalo de um encontro, com uma intensidade nova, que dispara o gatilho de um sentimento inebriante e maravilhoso: a paixão. Súbito ela respira um "estado de aventura" e entrevê a fantasia libertadora de uma outra vida. Virar a página, esse sonho impossível. Milhares de livros e filmes contam desde sempre a mesma história inesgotável.

Dará certo? Talvez, mas minha mãe, a filha sem pai que fez da solidão o seu refúgio, tem um brutal senso prático atrás da aparente loucura: meu pai pode ser um Quixote, mas ela não será uma Emma Bovary. Ela quer de fato se separar, desde que no universo concreto da realidade.

O filho vê a cena, que desenha e escreve mentalmente — meu pai sozinho em Porto Alegre quer entender o que está acontecendo. A aposta inteira de sua vida (a família mítica, a repetição do modelo, o triunfo da vontade, o cálculo da felicidade, a vitória profissional, a realização do destino), tudo desaba, num desastre irredimível, porque agora a dimensão é outra — o futuro não mais depende dele, de sua simples determinação: está nas mãos da Elin, a "louca". Talvez ele tenha tido um ataque de fúria assim que leu a carta com a revelação; mas, percebendo a estupidez de chutar cadeiras, um gesto inútil, acalmou-se. Há uma outra variável, a um tempo insondável e asfixiante, que ele também não consegue controlar: a vergonha. Cinquenta anos atrás (um tempo que em tudo continua vivo e respirante em cada esquina do país), seria vergonha pública masculina em estado absoluto: o clássico, o imemorial marido traído. A tragédia ampliada pelo ridículo, uma comédia italiana, gargalhadas no salão. Alguém saberá disso?, ele se pergunta, num pânico crescente, e se refugia ali: o que ninguém sabe não existe. Vejo-o perdido, atarantado, bufando, magro e seco, andando em círculos no quarto vazio da casa do tio Cristovão, que o hospeda em Porto Alegre: o que está acontecendo?

Terá sido mesmo assim? O ciúme nunca foi o seu território — não há sinal, em nenhum momento da correspondência, de que meu pai temesse perder a mulher ou se sentisse mesmo remotamente ameaçado de perdê-la para um outro homem (e menos ainda — se é que isso jamais entrou na sua cabeça como possibilidade — para uma outra mulher). Nem brincando, como jogo amoroso, ele manifesta uma sombra de ciúme; jamais. A mulher é dele e inamovível como a mesa da sala ou o fogão da cozinha.

O ciúme, na verdade, era o território exclusivo (e forte, irascível, incontrolável, muitas vezes violento) da minha mãe. Era quase sempre anedótico, episódios de fúria que se desfaziam em pó, mas não por isso menos reais. O filho consulta os cadernos atrás de exemplos. Mais de dez anos antes, ainda mal instalados em Lages, em 31 de outubro de 1946, ela escreve uma carta a uma aluna do marido (com a anotação lateral no caderno, letra dele, *não foi remetida*), que, parece, teria elogiado as gravatas do meu pai:

> *Não devia rebaixar-me em escrever-lhe uma carta — você não a merece.*
>
> *Mas você já está ultrapassando os limites. Será que não basta o seu noivo? Também está conquistando um homem casado?*
>
> *Se quiser, pode ficar com êle, está à sua disposição.*
>
> *Então, gostou da coleção de gravatas! O seu amor é forte, porquê — eu, só depois de casada é que comecei a interessar-me pelas gravatas do meu marido.*
>
> *Para uma simples aluna, isto é forte!!*
>
> *Mais uma vez, eu o ponho à sua disposição!*

Nesse mesmo ano, numa folha solta de um bloco pautado com timbre (JOÃO BATISTA TEZZA — Advogado), minha mãe escreve a lápis garranchos enormes, furiosos e sublinhados contra o marido (*Mentiroso! Fingido!! É mais, muito mais, do que eu pensava! Nunca mais acreditarei em ti!!! Para mim, serás sempre um hipócrita!*). E qual a fonte do ciúme? Pelo que se lê, apenas uma impressão, mas avassaladora: *A costureira não me disse nada, eu descobrí sózinha, pelo modo com que a tratavas e pêlo interêsse, que vens demonstrando por ela desde que aqui chegamos.*

Sem se abalar, como se se tratasse de um caso clínico a ser estudado, meu pai anota a caneta a data (21-8-46), dobra a folha em quatro e a arquiva no livro de correspondência, para o filho encontrar quase oitenta anos depois. Olho para o teto e penso: talvez houvesse nela, desde sempre, um desejo reprimido de rompimento e separação de um casamento indesejado, que o ciúme disfarçava, provocava e sublimava — mas é melhor não especular sobre essa zona cinzenta de contradições. Não há, igualmente, o menor sinal na correspondência de que meu pai, em algum momento, tivesse traído minha mãe com outra mulher. Claro que — é a conclusão óbvia universal — ele não deixaria pistas nos cadernos de sua vida (assim como, cuidadosamente, ainda solteiro, suprimiu quatro folhas do caderno de 1939 contendo cartas à misteriosa Maria, no único momento em que algum temor secreto superou a honesta compulsão do notário). Mas, tudo somado, é a minha hipótese: sendo ele o que era e o que se tornou depois de casado, seria *inverossímil* meu pai ter um caso com outra mulher. O problema é que a realidade nunca faz sentido; isso é tarefa exclusiva da ficção.

Agora, a situação é inversa: diante da paixão da mulher por outro homem, meu pai não demonstra ciúme direto; a carta não pergunta quem é ele, não comenta nem se interessa pelo que aconteceu; também não agride ou ofende a mulher com o primeiro palavrão que lhe venha à boca. Releio mais uma vez, atrás de pistas: ele nem mesmo parece pessoalmente indignado; igualmente, não invoca o peso da vergonha (que certamente sente); não faz ameaças — não há nada nele que lembre a caricatura do homem traído que reage ao adultério. É antes a repreensão ponderada, na verdade fria, do professor severo advertindo uma aluna relapsa que está em erro e precisa ser corrigida para o mundo normal voltar aos eixos.

Mais surpreendente para o filho ficcionista é a estridente argumentação religiosa que assoma súbita na conversa, numa caricatura bíblico-medieval em que não consigo reconhecer meu pai: *Nestes momentos parece não teres a mínima idéia de diferenciaçao entre Deus e satanaz; um ou outro são a mesma coisa e, até, este parece ser-te mais aconselhavel!!!* Se falta explicação lógica, o pensamento mágico ocupa o espaço. A traição da mulher não é apenas uma agressão à razão: será também uma condenação ao inferno. As palavras do meu pai indicam que, de fato, minha mãe queria se separar, uma ideia — esta sim — insuportável:

> *A razão está subjugada à emoção esta é que domina; aquela está temporariamente morta ou num estado letargico. O! Elin! acorda! Não esqueças que nossa vida é uma história e como todas as historias humanas não pode ser apagada da consciencia dos que a viveram para começar outra; nem é aconselhavel se possivel fosse: apagar uma história substancial para começar uma ilusória? de pura miragem instantanea, que de real só haveria o sofrimento certo e inapelavel, permanente e destruidor: todas as portas da felicidade estariam fechadas inapelavelmente per "omnia seculo et seculorim amem" menos uma: a do sofrimento permanente.*

Mergulhando num imaginário de catecismo, meu pai chega a contestar a Igreja para, agora sim, encaixar a figura demoníaca do homem que ameaçava sua vida. É inacreditável, espanta-se o filho ao ler o que o pai escreve, um inferno medieval saído de uma gravura de Doré: *Não esqueças que os demonios nunca se apresentam como são apresentados em certas alegorias que a Igreja inventou de rabo, chifres e garfo em punho, remechendo em fornalhas "onde o fogo nunca se apaga". O demônio só se apresenta com cara de anjo, nunca veste negro, sempre de peles alvas de cordeiro.*

A memória das velhas fábulas de Fedro de suas aulas de latim retorna para assombrar a mulher, infantilizada em cada linha, no esforço de trazê-la à razão:

> *Sim, porque com o medonho que encerra o demônio não conseguiria atrair captar as almas puras ingênuas e incautas. Apresenta-se bom, amavel, sincero, solícito e, até, parece tudo dar sem nada exigir, quando na realidade dá uma migalha de verme em troca do peixe, saciar sua fome sacrilega e estas qualidades existem realmente no momento. Quem de nos, por exemplo, iria pescar colocando isca que o peixe não gosta? Colocariamos sem dúvida justamente aquela isca que o peixe mais aprecia. Que queremos do peixe? ~~"Quando a esmola é grande o santo desconfia", que nos sirva de lição. O demonio apresenta-se dando tudo e nos exigindo, Deus dá-nos a liberdade e deixa-me escolher conforme nosso comportamento~~*

Depois desse quadro demoníaco para crianças, meu pai fecha a carta recorrendo à sua sincera utopia patriarcal, agora temperada também pelo argumento religioso, uma novidade na sua voz:

> *Acorda do sonambulismo mental em que jazes e te será facil observar que entre uma simples mulher por grande que seja e uma creatura que é, acima de tudo filha, mãi e esposa não ha termos de comparação: até numericamente esta é — 3 vezes —*

maior; quanto ao valor real enquanto esta se projeta ao infinito para cima aquela se projeta ao infinito para baixo. Mulheres todas são; filhas, esposas e mães no bom sentido só as escolhidas por Deus.

O rascunho, febril, se encerra num tom de reconquista afetuosa (mas frisando, no fim, que o sofrimento é muito mais dela do que dele):

Confia, confia em mim, se refletires um pouco, descobriras que sou uma das duas pessoas que realmente sempre quiseram fazer-te feliz.

Ausente, mas sempre cumprindo meu dever: sempre zelar por ti termino com o meu abraço entre dores pelos teus sofrimentos e saudades pela tua ausencia.

Uma das duas pessoas — quem seria a outra? Não me ocorre outra senão a mãe Ernestina, o que o coloca, por simetria, na posição do pai suprimido. A carta é do dia 9 de fevereiro, um domingo, provavelmente enviada no dia seguinte. De alguma forma, impressionou minha mãe, porque, ao saber que meu pai ficaria durante o Carnaval em Porto Alegre, ela, sem aviso prévio, vai com a filha a tiracolo para Porto Alegre no dia 15 — por ironia, no mesmo dia em que ele resolve, também sem aviso, passar o feriado em Lages, o que fico sabendo por uma carta enviada a um amigo no dia 4 de março: *Resolvi fazer uma surpresa à mulher e vim para Lages: fiz uma prova no dia 15, de manhã, às 12 horas tomei o ônibus e às 21h20 estava aqui na boa terra! A surpresa foi dupla; a mulher, com a menina que ainda não conhecia P. Alegre, tambem pensou em fazer-me uma surpresa!!!*

Meu pai volta a Porto Alegre no dia seguinte e reencontra a mulher, que *felizmente ficou lá*, acrescenta. No dia 19, Quarta-

-Feira de Cinzas, minha mãe volta para Lages e ele fica para prosseguir com os exames. *As saudades eram recíprocas*, confessa meu pai ao amigo — uma observação inusitada para fazer a alguém com quem meu pai não tinha nenhuma intimidade especial. O sentimento transbordava, e tudo indica um idílio renascido; a reprimenda paternal-católica do meu pai parece ter surtido efeito no espírito da mulher indócil que ameaçava se desgarrar da utopia familiar.

Mas há um detalhe que não aparece nos cadernos, relembra minha irmã, testemunha privilegiada do momento, a filha transformada em confidente: o professor de Curitiba escreveu para minha mãe (carta que provavelmente chegou às suas mãos naquele início de fevereiro, assim que meu pai viajou) propondo viver com ela — *desde que sem os filhos*, frisava. A paixão fulgurante apagou-se instantânea, e dela não se terá mais notícia escrita nos dezessete meses de vida que restam a meu pai. Minha mãe, sempre prática, comparando as duas cartas, a do namorado e a do marido, dispara a Porto Alegre, levando a filha de cacife emocional, para garantir a permanência do status quo que ela mesma havia posto em risco.

O episódio entretanto marcou meu pai a ponto de levá-lo a se aprofundar no tema amoroso, numa vertente inesperada para o católico que via demônios: a psicanálise freudiana. Da biblioteca do meu pai, restaram alguns volumes encadernados em espanhol (títulos como *Bases biológicas de la naturaleza humana*, *Psicología de la mujer* e *Constitución y carácter*, provavelmente indicações bibliográficas do curso de Psicologia Educacional que havia feito em Porto Alegre, ou, quem sabe, leituras paralelas do autodidata de sempre). Mas um deles chamou minha atenção: *La mujer frígida: Psicopatología de la vida amorosa de la mujer*, de Wilhelm Stekel, um dos mais importantes discípulos de Freud. Os quatro primeiros capítulos estão extensamente anotados a lápis pelo meu pai, e as frases sublinhadas dão uma medida do que o preocupava. Por exemplo: "*El miedo a enamorarse y las consecuencias del amor, debido a un temor neurótico al dominio excesivo del cónyuge, puede sufocar en germen toda emoción amorosa*".

Meu pai dedica uma atenção especial ao capítulo "*El flechazo* (*amor 'a la primera mirada'*)". Ele sublinha cada hipótese levantada por Stekel para o surgimento desse amor súbito, da atração pelos olhos ("*tal vez el más importante en la elección amorosa*"), à sonoridade de uma voz ("*su profundidad, su pureza y su afonía deciden a menudo el 'flechazo' con una velocidade inquietante*"). No capítulo seguinte ("*Condiciones individuales del amor*"), meu pai sublinha uma frase especialmente reveladora: "*El matrimonio, para numerosas mujeres, es la muerte del amor. Todo lo que se convierte en deber deja de causarle placer*". Vou folheando as páginas — em toda parte, frases sublinhadas e parênteses laterais com a anotação "Importante".

Fecho o livro e olho para o teto: certamente o freudiano Stekel (ainda mais como autor de um livro intitulado *La mujer frígida*) jamais seria indicação bibliográfica de um curso de Pedagogia de uma universidade católica dos anos 1950, frequentado por muitos padres e freiras (o que a correspondência do meu pai aos colegas atesta). Aquela era sem dúvida uma leitura autônoma do meu pai, para dar conta, à maneira iluminista, do que estaria acontecendo com a Elin. As injeções, os médicos, os elixires, o imperativo moral, os demônios e os "tratamentos de nervos", que acompanharam praticamente toda a sua vida conjugal, agora ganhavam um estatuto psicanalítico, em busca de uma nova chave para entender o fracasso de sua sonhada utopia familiar. Mais uma pista de que era isso mesmo que acontecia, tenho comigo um dicionário de bolso espanhol-português, com a rubrica do meu pai e a data — 28-4-58 —, isto é, comprado logo depois da turbulência amorosa. O estudo do espanhol para traduzir teses freudianas substituía a cópia em latim das fábulas morais de juventude.

44. Planos

Em 16 de junho de 1958, uma tragédia acontece: morrem o governador Jorge Lacerda e o senador, ex-governador e ex-presidente da República Nereu Ramos, e mais dezesseis pessoas, na queda de um avião na região de São José dos Pinhais, próximo de Curitiba, pouco antes do pouso para fazer uma escala. No dia seguinte, meu pai transcreve no seu último livro de correspondência os telegramas de condolências que enviou para Celso Ramos, ao "Vidalzinho", irmão de Nereu Ramos, e à sua mulher e filhos; e à Kyrana Lacerda, mulher do governador. O impacto político do acidente foi grande, mas não mudou o tradicional equilíbrio de forças das duas oligarquias do estado; nas eleições estaduais daquele ano, Irineu Bornhausen, da UDN, será eleito senador, justamente contra Celso Ramos (46,78% e 41,22% dos votos, respectivamente), do PSD, que, por sua vez, se elegerá governador em 1960 (51,98% dos votos), contra o mesmo Irineu Bornhausen (48,02%). Depois do golpe militar de 1964, ambas as linhagens confluirão para a governista Arena, no bipartidarismo criado pelos militares.

Nesse vaivém das urnas, meu pai entrevê seu futuro depois de aposentado, o que deveria acontecer em breve. E o tema — o que fazer da vida dali em diante — passa a aparecer com frequência na correspondência. Em agosto, numa carta ao irmão Ricieri, resume sua vida recente: *Fui diretor da Escola Normal quasi dois anos e pedi demissão e continuo como antes, professor. Em politica faço parte do diretório municipal de Lajes, não me quis meter como candidato a vereador; pois, é só incomodo e gasto de dinheiro.*

Não é candidato, mas alimenta projetos na área. Dias depois, numa carta ao primo Olivo (insistindo para que ele seja candidato em Orleans), apresenta seu plano pessoal, com uma ressalva que dá uma medida das tensões do período, o fantasma do golpe de Estado logo adiante: *Se não houver ditadura, irei fazer politica, na minha terra, a começar de 1960, na eleição de Governador.* Acrescenta que vai transferir o título de eleitor para a sua "querida terra natal": *Pelo que ouvi dizer, tenho impressão de que nem Urussanga, nem Orleães elegerá, nesta eleição um representante à Assembléia Legislativa... o que realmente é lamentável.*

O cabo eleitoral de sempre — primeiro dos Ramos, depois dos Bornhausen, sempre pontuado pelas indignações de sua ingenuidade política — está otimista; faz um breve retrospecto e planeja o novo momento, imbuído do velho "poder da vontade" (*até o presente os meus planos foram sempre executados*, ele frisa): *Estou praticamente no fim de carreira de professor secundário e com tempo para me aposentar. É preciso que ao lado da aspiração que tenho para alcançar a catedra superior, tenha uma atividade intensiva na política.*

Eram os tempos felizes — e progressivamente inviáveis — da privilegiada classe média dos estamentos público-letrados, que se aposentava com menos de cinquenta anos, ilhas de autoalimentação burocrática cercadas de um imenso atraso paralisado no passado rural, um panorama resistente e recalcitrante que só a duras penas começaria a mudar nas décadas seguintes com a explosão urbana e relativa moderrnização econômica do país. A cereja do bolo existencial do meu pai será a vida política, em que ele vê a sua futura redenção. E o primo Olivo, até por ter ambições próprias (será candidato a vereador em Orleans), volta a ser o seu interlocutor especial. É interessante que as diferenças entre eles (diferenças afinal paroquiais, sob a tradicional porosidade ideológica do controle oligárquico do estado) como que desaparecem. Os planos são detalhados com a convicção de um general em batalha, articulando os atalhos da vitória:

> *A nossa campanha de 1964 começará de hoje. Em janeiro ou fevereiro "conferiremos" os nossos relogios: "acertados" creio que já estão. Devo declarar-te que como membro do Diretorio Municipal de Lajes, tenho tido uma boa escola, e tenho tido o prazer de fazer realmente parte do quartel general udenista, sentindo-me bem integrado nos movimentos políticos, e considero ter-me sido vantajoso não ter sido candidato a vereador, podendo, assim, estudar melhor a psicologia do político, do candidato, do cabo eleitoral, do eleitor, etc. etc.*

Em seguida, viria a mudança para a capital: *Finalmente, para facilitar a prestação de assistência aos meus conterraneos, no fim de 1959 ou começo de 1960 irei morar em Fpolis.* A "prestação de assistência", que ele entende como uma espécie de síntese da atividade política, para o bem e para o mal, não prescinde da lógica do bom e velho cabo eleitoral; meu pai não vê em si mesmo uma alma política criando por instinto o seu caminho, o carisma mínimo do ativista que atrai atenção própria, interesse e votos. É uma perspectiva acadêmica: ele vai antes "estudar a psicologia do político". E não quer ser vereador em Lages, o caminho natural, pela sua história; em outro escapismo, volta à fantasia da "terra natal", onde só os parentes o conhecem, e para isso imagina que apoiando candidatos teria por sua vez apoio lá adiante. É o uniforme do cabo eleitoral, que ele não consegue largar. Sinto que meu pai — e eu mesmo (a ideia que me ocorre tem um toque assustador) — não se sente à vontade em lugar nenhum: nenhum lugar é dele. O seu espaço próprio (o que hoje se chamaria de "zona de conforto") é um mapa mental recheado de planos, linhas, números e equações, tudo sem correspondência com a vida real, um aviário eternamente deficitário onde ele brinca de demiurgo, pesando pintos de um dia e anotando-os na caderneta.

No dia seguinte, escreve aos irmãos Cândido e Ricieri repetindo seus planos — *pretendo futuramente ir morar em Fpolis e voltar minhas vistas para Urussanga, a cuja população, meus conterraneos, pretendo ser util, tratando dos interesse dos mesmos na Capital do Estado* — e enviando "cédulas" (provavelmente santinhos de propaganda) de seus candidatos. Escreve também à irmã Matilde, que havia se desquitado (*pelo abandono por mais de 6 anos do marido*, conforme contara um ano antes ao irmão Jacinto, então em Capanema, no Paraná), pedindo igualmente votos para seus candidatos. E desenha, mais uma vez, seu plano infalível:

> *Vou me aposentar e pretendo ir morar em Fpolis e ter, de 1960 em deante, contacto constante com a minha querida terra natal, e atender, na Capital, suas necessidades: enfim os meus conterraneos terão um advogado, um professor e um politico a inteira disposição. Portanto, cada voto que conseguires para estes candidatos é como se os desses a mim mesmo. É com êles e com o partido que posso obter as cousas em Fpolis ou na Capital da Republica.*

E promete: *Para o proximo ano espere uma assinatura de Seleções que será o meu presente de Natal.* Entre as dezenas de destinatários de suas cartas pedindo votos — em agosto e setembro ele não faz outra coisa —, estão também a sogra, a quem acena interesses da Elin na Escola Normal como argumento (*quer ver se pega a cadeira de Trabalhos Manuais e quem vai fazer força para nós e a UDN*), e a cunhada Vanda, a quem dá notícias da irmã "problemática" (*não tem feito ruaças*, tranquiliza ele), que se esfalfa nas aulas e é tratada como enferma:

> *Quem está sobrecarregada na escola, agora, é Elin das 8 as 12 e à tarde uma média de mais de 3 horas diárias (20 horas por semana) Tendo deixado de racionar aves, raciono a turma sendo que me considero eficiente pois Elin tem resistido o inverno e o trabalho como nunca: não tem feito ruaças. De manhã recebe gemada na cama, em seguida ovo quente, café com leite e Milo ao levantar. Aliviei-a da lida de distribuição de rações e disciplina nas horas das refeições; a menina trabalha melhor sem a presença da Elin.*

Passadas as eleições — com a vitória de Bornhausen para o Senado e a reeleição do amigo Laerte, o que o deixou feliz —, meu pai volta a se dedicar ao curso de Pedagogia (*A lida de fim de ano é tremenda. Imagina que em um mês, mais ou menos, fiz três viagens a Porto Alegre e uma a Fpolis*, conta ele à Matilde). No dia 7 de dezembro, numa carta remetida ao "mano Cândido e primo Olivo", convida-os a irem a Lages no ano seguinte, porque a Elin irá com as crianças para Camboriú entre 15 de janeiro e 15 de fevereiro (*é lógico que a mulher também tenha direito de umas férias*), e ele só vai encontrá-la na última semana, ficando um tempo sozinho na casa (*Estou escalado para ficar de caseiro — vejam só a que ponto estou reduzido!!*, ele brinca). O problema seria a viagem de Orleans a Lages, sempre complicada, e sugerem que eles venham com "a moto do Cândido". Pela primeira vez faz referência à lambreta que o matará: *Me convenci de que terei que comprar ou uma moto, ou melhor, uma lambreta para facilitar futuras visitas. Devemos notar que a maior vantagem está na economia de combustível.*

O fim do ano revela a imagem de uma família feliz num momento de realizações e otimismo, prestes a uma grande mudança de vida. Mas há uma tensão no ar; em outubro meu pai transcreveu uma carta insólita escrita pela minha mãe a uma certa *D. Maria Teresa*, de Curitiba, que ela conheceu durante o curso de Geografia. Por um momento imaginei que tivesse sido escrita pelo meu pai, mas não — o estilo e o domínio sintático, a pontuação e a gramática, tudo indica a linguagem da minha mãe. A carta, imensa (são quatro páginas cheias do último livro de correspondência, de tamanho grande), foi diligentemente copiada por meu pai com letra clara e caprichada, sem um único borrão ou correção. Desde o primeiro parágrafo o tom é de uma estranha reverência e formalidade, numa retórica epistolar que parece copiada de um modelo antigo:

> *Tantas coisas se passaram depois que recebi tua valiosa carta, que agora mesmo tornei a lê-la e cada vez me certifico mais de que sua carta, para mim, foi uma verdadeira e sã doutrina e de que a senhora é um tesouro inesgotável de amor, compreensão e bondade. Conhecê-la para mim, foi a melhor cousa que o Curso me ofereceu. Nas minhas horas de dificuldades lembro-me da senhora e consigo coragem para prosseguir. Como a senhora pode ser assim tão perfeita? Eu me sinto pequeninha perto da senhora, tão fraca e tão cheia de defeitos. Tenho uma vontade tremenda de melhorar, mas em vão...*

O filho olha para o teto, intrigado: é a minha mãe? Imagino que essa dona Maria Teresa de alguma forma soube da "queda" (a expressão é uma metáfora perfeita plena de nuances) da minha mãe, e com ela deve ter trocado confidências. Talvez uma conselheira. Sente-se em cada linha uma atmosfera de gravidade. É um longo ato de contrição, que (*abusando de sua bondade e compreensão*, desculpa-se ela) começa contando que sua mãe Ernestina teve um câncer no útero há seis anos, fez uma operação e ficou completamente curada: *todos os anos me dava o prazer de sua visita, por diversos meses.* Para maior apelo sentimental, minha mãe intercala a mentira biográfica da "morte" do pai, que percorreu sua vida: *É preciso que a senhora saiba que perdemos o pai em pequenas* (*eu tinha 5 anos*) *e a mamãe lutou com dificuldades tremendas, para nos educar, somos 3 irmãs, sendo eu a mais velha.*

Mas o câncer voltou: *A senhora não avalia o choque tremendo, para mim! Fui a Fpolis e passei uns dias no Hospital, com ela; agora, já está em casa e os médicos tem esperanças de curá-la; está fazendo um tratamento de aplicações de rádio, interno; dizem ser muito eficiente; agora, no fim do mês, fará novo exame.*

Depois desse infortúnio (na verdade, o tratamento será mesmo eficiente; minha avó viverá mais dezesseis anos), minha mãe comenta o trabalho político, também num tom de meia elegia — *sou a presidente da ala femenina da UDN, daqui, cansei de trabalhar, mas felizmente elegemos o senador Irineu Bornhausen, que se Deus quiser será o nosso futuro governador* (*faltam 2 anos*). As notícias prosseguem com outro toque sentimental: *Ontem foi o dia do meu aniversário* (*gostaria de saber o seu*) *fui homenageada pelos alunos e colegas do primário; muitas flores, presentes, uma festinha e tiraram, até, fotografias. À tarde recebi visitas de umas amigas.* São notícias boas, que se quebram em seguida: *Feliz com isso tudo, não!!! Tenho passado dias terriveis e estou com meus nervos em nada; chego a sentir meu corpo dolorido, tenho a impressão de ter tomado injeções nos braços e pernas. E isto não é nada; ha horas, em que não me consigo dominar.*

Segue-se um rosário de autolamentações — e acusações diretas ao marido, que meu pai (imagino a cena) copia atentamente, com maldisfarçada volúpia. Trata-se de um prontuário psicológico que ele estudará ponto a ponto consultando *La mujer frígida*, de Stekel — começando pelo drama da empregada doméstica, que, mucama branca do século XX, minha mãe está "criando":

> *Como lhe falei, em Curitiba, estou criando uma menina, que já está com 14 anos; é um amor; passo o dia fora, sem prejuizo no lar, porque ela dá conta do serviço trabalhadora e jeitosa. E eu brigo com a menina. Chegou a ir embora; a senhora não calcula o meu desespero, alem de me fazer falta materialmente, sentia uma saudade tremenda; pois eu a estimo como filha. Rezei e ela voltou.*

Sim, é minha mãe: tudo é falso, mas expresso com tal convicção íntima que ela se povoa da própria fantasia, do amor à "filha" à invocação divina. Em seguida, vêm as acusações diretas ao meu pai, que prossegue transcrevendo cada frase sem alterar o capricho da letra:

> *Conclusão: estou com meus nervos em nada e precisava de um grande tratamento, porem tenho que trabalhar das 8 as 18 horas e meu marido não toma providências... eu terei de ir ao médico sosinha... a senhora compreende? Ele é bom, não ha duvida, mas não toma iniciativa. Consegui alugar uma casa na praia e irei com todas as crianças, passar um mês em Camboriú de 15 de janeiro a 15 de fevereiro. A senhora viu? Eu aluguei, ele não se interessa, não falou com ninguem... A senhora compreende, agora, D. Maria Teresa?*

Parece um jogo de cena entre minha mãe e meu pai, em que a misteriosa Maria Teresa serve de argumento e álibi, um conluio estranho. Talvez — o filho avalia as possibilidades — minha mãe tentasse justificar sua "queda", sutilmente, pelo comportamento indiferente do marido — *a senhora compreende, agora?* Meu pai descobriu a carta e resolveu copiá-la à revelia? Minha mãe mostrou a ele antes de enviar? O final é pesado, de um realismo a um tempo direto e enigmático, que não se contém:

> *Eu nunca poderei dizer que sou uma mulher feliz. Sou aparentemente, sacrifico-me vou além das minhas forças para que tudo corra de um modo normal, mas eu precisava de um homem que tomasse as iniciativas; como a senhora viu eu me acho muito feminina e não daria naturalmente para este papel que represento. Porem, querida amiga, sei que poucas pessoas concretizam os sonhos de sua vida e prometo-lhe que prosseguirei.*

Vejo meu pai, quem sabe, folheando as páginas do tratado de Stekel, lápis na mão e dicionário de espanhol ao lado, procurando na classificação freudiana onde se encaixaria o caso clínico da Elin, que ele arquiva como um documento precioso. No último parágrafo, os lugares-comuns promovem de novo a fantasia do alívio:

> *Ha compensações; ha os meus filhos e Deus tem permitido que, embora com menos esforços, eu vá realizando tantas e tantas cousas, não é? Eu poderia, por ex. ser doente ou ter os filhos doentes. Eu queria que a senhora visse como elas são lindas e inteligentes e como minha casa está querida! um amor...! Deus tem sido tão bom, não é? D. Maria Teresa, gostaria de receber carta sua e que a senhora me falasse de suas ocupações e que a senhora me desculpasse por incomodá-la tanto e roubar seu precioso tempo com esta carta tão longa. Beijos de meus filhos. Um grande abraço, um beijo e saudades da amiga agradecida*
>
> *Elin*

As tensões — que, como sempre, também são econômicas — vão prosseguir na entrada de 1959, nos últimos meses de vida de meu pai. Em janeiro, ele escreve ao meu irmão mais velho, que está em Porto Alegre preparando-se para a Escola de Cadetes do Exército (em que não será aprovado). Meu pai dá recomendações extensas para os dias da prova e conta detalhes pitorescos da viagem da mãe a Camboriú:

> *Como sempre, carregando muita bagagem, um saco de mantimentos adquiridos no Bertuzzi, na Grande Rodoviaria, 5 minutos antes de partir, perguntei: tens a caderneta?* (CR$.15.000,00 *para sacar em Itajaí*) *Oh! esqueci! Tive que vir às disparadas buscá-la, felizmente deu tempo. O Cristovão quando o chamei, as 4hs30, arregalou os olhos, sorriu e não contou tempo, pulou da cama e tratou de aprontar-se. Foram todos numa alegria incrivel. Aqui vou bem, num silêncio sepulcral, estou habitando um mundo diferente de quando vocês todos estão aqui.*

A viagem a Camboriú é uma boa lembrança de infância para mim. Na época a praia era um pequeno distrito da cidade, de que se desmembrará em 1964, tornando-se município autônomo — e, é claro, nem remotamente lembrava a vitrine de ostentação milionária dos dias de hoje. No dia 13, meu pai escreve à "querida Chica", indicando que o episódio de um ano antes deixara marcas: *Recebi tua carta e já te respondo: satisfeito por saber que te sentes feliz; minha presença, certamente, não é tão necessária, pois, para quem não "vibra" o marido é hornamento dispensavel.* E faz uma pequena ironia: *Quanto a mim, alimentar-me-ei de grandes doses de pepinos, aproveitando a epoca.* Ele pensa em passar uma semana na praia com eles, mas deixando o Joãozinho (que voltou de Porto Alegre) em Lages — *acho imprudência, deixar a casa só — e as folhagens? morrem todas!*

O problema é o de sempre: *Não ha dinheiro que chegue!!* Numa antecipação sinistra, faz uma brincadeira melancólica, deixando uma sequência de reticências no ar da frase: *Vê se consegues trazer algum resto dos CR$.15.000,00, senão é o caso de fazer um seguro bem grande e depois ter a sorte de......... assim as contas seriam saldadas pela viuva.* (Na memória familiar, uma das minhas lembranças era a observação da minha mãe, com um tom implícito de lamento, de que meu pai nunca havia feito seguro de vida.)

Poucos dias depois, nova carta, não mais à "querida Chica", mas simplesmente à "Elin", em que dá notícias miúdas de casa e, no final, deixa aflorar o ressentimento afetivo de um ano antes: *Não tenho recebido tuas cartas à excessão daquele rascunho a lapis que me mandaste em mão própria. Tive notícias tuas por particulares: segundo me consta Camboriú está crivado de lajeanos, ha inclusive um bairro de lajeanos. Espero que não reproduza o drama de Curitiba.*

Meu pai passou alguns poucos dias conosco, quando foi nos buscar no Balneário. Tenho comigo a foto de família na praia quase vazia, com uma bela ilhota de palmeiras recortada ao fundo. Diante do fotógrafo, meu pai, magro e tenso, hierático, uma expressão severa, é o único que não olha para a câmera, contemplando algum ponto do horizonte. Ao seu lado está minha mãe faceira e sorridente; à frente, Vicente, mãos na cintura, desafiador, eu com a cabeça inclinada, desviando-me do sol nos olhos, e minha irmã, fazendo uma pose discreta. Uma família feliz: essa era a ideia.

45. A pintora

A correspondência fica rarefeita nos seus últimos meses de vida — estaria meu pai enfim desistindo da obsessão cartorária de transcrever passo a passo a própria vida? O que ele anota gira cada vez mais em torno de questões práticas, entre elas o destino do imóvel que tem em Florianópolis, fruto de uma permuta do antigo terreno comprado em 1943 — em 1957 construíram nele um bloco de apartamentos em troca de uma unidade. Não consegue receber os aluguéis atrasados do construtor, que administra o prédio, e nem mesmo a escritura definitiva. Já em 13 de fevereiro começa uma série de cartas reclamando dos aluguéis não pagos e exigindo a escritura, o tom cada vez mais duro. Em 14 de abril, numa carta à sogra, que deve visitá-los em breve, pede ajuda para cobrar e quem sabe trazer o dinheiro: *Já estou pensando seriamente em entrar com uma ação caso não resolva em junho o caso da escritura.*

No dia 14 de junho, trinta e nove dias antes de morrer, ele renova o ultimato ao construtor — *considero exgotados todos os prazos possíveis e até a minha paciência.* A ameaça de alguma forma deu certo; depois da morte do meu pai, o apartamento acabará sendo regularizado, talvez por pressão do cunhado do meu pai em Florianópolis, amigo do construtor, mas, praticamente detonado pelo inquilino seguinte, será vendido alguns anos depois por um preço irrisório — minha mãe não tinha recursos para fazer uma reforma que revalorizasse o imóvel. O espírito comercial, decididamente, nunca foi o talento da família — os dois terrenos que meu pai deixou em Lages, comprados poucos anos antes, serão vendidos por minha mãe em troca de aplicações financeiras no milagre brasileiro dos anos 1970 e, é claro, virarão pó.

O mau humor percorre as suas últimas cartas, da falta de dinheiro ao desencanto político de quem, talvez, tenha de repente assimilado a extensão de sua ingenuidade. Há também o fracasso afetivo com a mulher, de que ele não se recupera: desde a crise de um ano antes, o tom de voz é outro, e a Elin mostra uma autonomia e independência que o desconcerta — em julho, ela resolve ir para o Rio de Janeiro passar férias com a filha. Naquele final de década, pelo menos no imaginário as viagens deixam de ser o penoso transporte rural de um mundo caipira atolado no atraso e entram no horizonte dos prazeres modernos da nova classe média. Em janeiro, meu pai escreve a um conhecido do Rio e diz que numa dessas vai visitá-lo: *É só ficar pronta a federal de Curitiba--S. Paulo e transitar onibus direto até S. Paulo a viajem fica rapida e barato. De avião não dá mais para viajar, pois ida e volta custa 8.500,00.*

A inesperada dureza e o azedume dos cinquenta anos que se aproximam — o que seria a maturidade, o sentimento de realização pessoal (pois a vida começava aos quarenta, ele dizia uma década antes, com bom humor) — parecem surpreendê-lo agora como uma traição do destino. O tema mais recorrente das poucas cartas, o único que parece lhe despertar algum entusiasmo, é o curso de Pedagogia em Porto Alegre, onde ele passa o mês de maio fazendo novo estágio, provas e trabalhos acadêmicos, como informa à "Prezada Colega Irmã Ida": *Depois de 4 semanas de ausência voltarei aos filhos, à mulher e à adoravel sogra, que ficou para eu poder vir, e acima de tudo, aos muitos trabalhos acumulados que sem dúvida estão à minha espera para solução.*

A política deixa de ser assunto e apenas reaparece, em tom irritado, numa carta ao "amigo Laerte", em 3 de junho (reiterada em outra carta no dia 13), reclamando da situação da Elin, ainda não efetivada na Escola Normal porque enfrenta a concorrência de uma candidata que também postula o cargo. Meu pai destaca, entre as intermináveis picuinhas políticas que determinavam o varejo das nomeações, o fato de que o secretário da Educação alimentaria uma "antipatia gratuita" a ela de vinte anos antes — *essa antipatia data do tempo em que a candidata de Lajes exercia o magistério primário em Indaial.* A despedida — pela *afronta à política udenista lajeana* — é uma espécie de chute de balde que ele, por enquanto, restringe à mulher, mas brande o pobre cacife de uma ameaça ridícula: *caso não seja nomeada, acho dificil ser arregimentada numa eleição próxima ou remota.*

A lambreta que o matou havia entrado na sua vida em março, quando ele conta à irmã Matilde que *tinha fechado negocio com uma lambreta por CR$ 102.000,00.* Por que meu pai, obcecado por economia, resolveu comprar uma lambreta, justamente num período difícil com excesso de gastos? O que acontecia com o espartano severo e inflexível? Um pouco, certamente, era o espírito do tempo, que soprava seu otimismo até mesmo num osso duro como meu pai. Em abril, ele foi a Urussanga numa aventura de lambreta, que quebrou em Orleans e lá ficou para reparos, como se lê numa carta ao Cândido. Em 11 de maio, agora de Porto Alegre, escreve novamente ao irmão pedindo para enviar a lambreta de caminhão para Lages, de onde seria levada a São Paulo para conserto. Mas já no dia 14 escreve de novo, ao saber que o problema foi resolvido lá mesmo — pede que o Cândido não se afobe e que só vá para Lages de lambreta se o tempo estiver bom. Na mesma carta, comenta as dívidas: *Só da lambreta 9.000 de prestação, depois 4.000 o que alivia muito.*

Tenho uma lembrança dessa época, provavelmente de março: meu pai manda derrubar um trecho do muro frontal da casa e faz uma rampa de acesso para a lambreta; alguém em casa espantou-se com a largura da entrada, suficiente para um carro, quando a lambreta era tão pequena, o que provocou a ironia da minha mãe — "É que seu pai é barbeiro e precisa de muito espaço".

Este filho escritor tenta montar o quadro final de seu mais difícil romance, enumerando as variáveis emocionais que estão em jogo: um certo esgarçamento afetivo entre eles pelo episódio da Elin um ano antes, que deve lhe ter trincado a alma, mais *a curva perigosa dos cinquenta*, como disse o poeta — ele está cansado de resistir às tentações do prazer, enquanto a mulher consumia-lhe o espírito com seus rompantes e o bolso com suas viagens de férias fazendo-se de rica num mundo de fantasia; mais o alívio das idas a Porto Alegre e o respiro de um espaço mais amplo, o novo horizonte que ele entrevia adiante com a aposentadoria próxima; o inefável sopro de independência, e até o volátil sonho político — tudo isso como que estimulava "aventuras" (a palavra recorrente do jovem inebriado de planos impossíveis), a começar por uma prosaica lambreta, a levá-lo rápido de um lado a outro. Esse é exatamente o momento em que a presença de uma outra mulher, secreta como o desejo, faria sentido. Ou *daria sentido* à sua vida biográfica: a morte estúpida.

Alguns episódios detalhados pela minha irmã — meu pai defendendo ardorosamente uma jovem pintora de um nu que causava escândalo (a ponto de repercutir na Assembleia) — indicam a possibilidade de um affair (para mim, o filho cético, mais ou menos inverossímil) entre ele e a moça, já desde 1957, ainda diretor da Escola Normal. Os relatos acrescentam pistas dadas pelo ciúme da minha mãe (de fato não confiáveis, pelos antecedentes), contadas à minha irmã, sua confidente-mirim. Ela dizia que a moça era muito bonita e que, nas sessões do Cine Tamoyo, quando a jovem entrava para assistir ao filme, minha mãe puxava assunto com meu pai e conversava sem parar, desviando a atenção dele de modo que não a visse — é a cena ingênua e engraçada de um filme mudo. Constam também inocentes passeios de lambreta com a moça — de que minha mãe ficou sabendo apenas depois da morte do marido, pela própria mãe da pintora, consolando-a no velório, e no momento ela não ligou uma coisa com outra, a gentileza dos passeios e o affair secreto. O filho escritor, detetive sem talento, vasculhou o quanto pôde atrás de uma única comprovação, um *nome* que fosse (como ela se chamava?), de uma suposta aventura amorosa que chega a ele sessenta anos depois. Mau biógrafo, nada descobre.

Mas o affair prossegue fazendo sentido, forçando entrada na realidade com detalhes verossímeis: as poucas cartas de junho e julho, por exemplo. A presença da lambreta e sua incrível facilidade de movimentos. A viagem — agora providencial — da mulher ao Rio, dando-lhe de presente um mês de liberdade. Tento refazer o dia 22 de julho de 1959, uma quarta-feira. Poucos minutos depois das dezessete horas, meu pai pega a lambreta para ir ao centro — é o que diz aos dois filhos que estão em casa, e que meia hora depois ouvirão pelo rádio, por acaso, sem entender, a notícia irreversível.

A memória familiar que me ficou foi esta: ele parou na esquina da praça central, tomou um café, voltou à lambreta e, numa manobra pouco feliz, quase parando, acertou numa Kombi que virava a esquina e caiu, batendo a cabeça no meio-fio da calçada. Foi levado para o hospital já inconsciente, morrendo no dia seguinte. É uma sequência fixa, de linhas precisas: anos a fio preenchi mentalmente todas as lacunas com lápis de cor — posso até desenhar os quadrinhos. Vejo-o descendo da lambreta, entrando no café, cumprimentando alguém; comenta algum detalhe da política, outro das férias; acena para um conhecido adiante e sorri. Paga o atendente do balcão, volta para a calçada, liga a lambreta e arranca distraído, pensando longe — a última imagem que lhe fica nos olhos antes do fim é a fachada do Banco Inco, na esquina próxima, talvez o brilho inesperado do sol de fim de tarde refletido em alguma janela, que o cega. Daria algum sentido *físico* ao fim de sua vida, a causa e o efeito. Há algo especialmente pungente na insignificância da queda, na simplicidade do acidente, no horror do seu efeito.

O filho busca na internet alguma notícia daquele dia e encontra um exemplar do *Correio Lageano* de 25 de julho de 1959, um sábado. *Acidente fatal rouba a vida do Dr. João Batista Tezza*, diz a manchete. O primeiro parágrafo descreve exatamente a minha história em quadrinhos:

> *Às 17,45 horas da ultima quarta feira, verificou-se no entroncamento da Praça João Costa com a Rua Presidente Nereu Ramos, um fatal acidente em que foi vitima, o Dr. João Batista Tezza conhecido advogado e professor da Escola Normal Vidal Ramos e da Escola Tecnica de Comercio de Lajes.*

Mas o segundo parágrafo refaz por completo a cena imaginada: segundo o jornal, meu pai

> *conduzia uma lambreta de sua propriedade em alta velocidade e com o sinal fechado chocouse violentamente com uma caminhoneta Woskwagem, do 2º Batalhão Rodoviario.*
>
> *Com a violencia do choque o Dr. João Batista Tezza, foi atirado a longa distancia, ficando em estado desesperador.*
>
> *Baldados foram os esforços da medicina, pois que o Dr. João Batista Tezza veio a falecer ás 16,15 horas da quinta feira.*

Depois de frisada a sua importância como professor (*tratava--se de uma pessoa, que muitos beneficios trouxe á nossa juventude, como professor á varios anos na Escola Normal e na Escola Tecnica de Comercio de Lajes*), aparece uma informação que para mim é uma absoluta novidade: *Nos meios esportivos, o extinto gozava de grande reputação, pois ocupou por largos anos o pôsto de juiz da Junta Disciplinar Desportiva da Liga Serrana de Desportos.* Agora sim: não está nos livros, mas faz pleno sentido: um juiz disciplinar. Tento imaginar uma conversa com ele sobre futebol, eu torcedor do Athletico, ele do Internacional de Lages, mas a cena não encontra apoio em parte alguma da memória. Nenhum campo de futebol, nenhuma bola.

Volto aos dois detalhes, estes sim, inverossímeis (e certamente verdadeiros, pelo efeito brutal do impacto): *alta velocidade* e *sinal fechado*. É o meu pai?

Ele ia encontrar a pintora, diz minha irmã. *Com certeza.*

46. O sentido

Numa manhã de janeiro de 1962 — é uma lembrança nítida, um dia luminoso, o céu azul — minha mãe embarca comigo e com meu irmão na cabine de um caminhão de mudanças, de carona rumo a Curitiba, onde o mais velho e a irmã já nos esperavam. Uma viagem sem volta. A vida cortada ao meio — a sensação que me acompanha. O sentido é nenhum; o que, percebo agora, me deixou livre.

Agradecimentos

Não há uma única página deste livro, um romance da memória, que não tenha sido escrita sob a viva lembrança da minha irmã e dos meus irmãos, referências onipresentes na formação da minha vida inteira, a quem afetuosamente abraço — Vera Lúcia, Vicente Luís, e João Batista (in memoriam, 1944-2024).

ESTA OBRA FOI COMPOSTA PELO ESTÚDIO O.L.M./ FLAVIO PERALTA EM ELECTRA
E IMPRESSA EM OFSETE PELA LIS GRÁFICA SOBRE PAPEL PÓLEN NATURAL
DA SUZANO S.A. PARA A EDITORA SCHWARCZ EM SETEMBRO DE 2025